A NOVELA
Gráfica

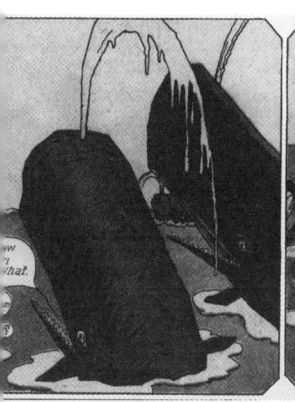   

SANTIAGO GARCÍA

Tradução Magda Lopes

A NOVELA
Gráfica

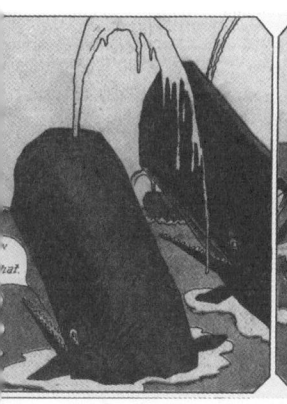

martins fontes
selo martins

© 2012 Martins Editora Livraria Ltda., São Paulo, para a presente edição.
© 2010 por Santiago García.
Todos os direitos reservados.
Publicado em comum acordo com a Astiberri Ediciones.
Esta obra foi originalmente publicada em espanhol sob o título
La novela gráfica por Santiago García.

Publisher	*Evandro Mendonça Martins Fontes*
Coordenação editorial	*Vanessa Faleck*
Produção editorial	*Cíntia de Paula*
	Valéria Sorilha
Preparação	*Paula Passarelli*
Projeto gráfico e capa	*Reverson Reis*
Revisão técnica	*Paulo Lopes*
Revisão	*Flávia Merighi Valenciano*
	Silvia Carvalho de Almeida
	Pamela Guimarães

Dados Internacionais de Catalogação na Publicação (CIP)
(Câmara Brasileira do Livro, SP, Brasil)

García, Santiago
 A novela gráfica / Santiago García ; tradução Magda Lopes. – São Paulo : Martins Fontes – selo Martins, 2012.

 Título original: La novela gráfica.
 ISBN 978-85-8063-070-1

 1. Histórias em quadrinhos – História e crítica I. Título.

12-09185   CDD-741.5

Índices para catálogo sistemático:
1. Histórias em quadrinhos : Interpretação crítica   741.5

Todos os direitos desta edição reservados à
Martins Editora Livraria Ltda.
Av. Dr. Arnaldo, 2076
01255-000 São Paulo SP Brasil
Tel.: (11) 3116 0000
info@martinseditora.com.br
www.martinsmartinsfontes.com.br

A meu pai, que não teve
tempo de vê-lo acabado.

ÍNDICE

PREFÁCIO
A NOVELA GRÁFICA E A ARTE ADULTA — 9

INTRODUÇÃO — 13

1. NOVELA GRÁFICA
UM NOME VELHO PARA UMA ARTE NOVA — 17

2. OS QUADRINHOS ADULTOS ANTES DOS QUADRINHOS ADULTOS
DO SÉCULO XIX ATÉ 1960 — 39

3. COMIX, OS QUADRINHOS UNDERGROUND, 1968-1975 — 159

4. OS QUADRINHOS ALTERNATIVOS, 1980-2000 — 191

5. A NOVELA GRÁFICA — 245

6. A ÚLTIMA ARTE DE VANGUARDA — 301

NOTAS — 313

REFERÊNCIAS BIBLIOGRÁFICAS — 329

PREFÁCIO

A NOVELA GRÁFICA E A ARTE ADULTA

Juan Antonio Ramírez

Lembro-me bem de como tivemos de fazer esforços muito sérios, em nossa primeira juventude, para convencer a instituição acadêmica de que as histórias em quadrinhos (gibis, HQs) eram um objeto de estudo estético tão digno e respeitável como qualquer outro. Falo daquela Espanha de finais dos anos 1960 e princípios dos anos 1980: o ditador ainda estava vivo (ai!) e com ele flutuava no pântano espanhol uma rançosa crosta cultural, hostil a todas as inovações. Mas aquela sociedade não era tão monolítica como o poder pretendia – felizmente. Os aficionados da arte, por exemplo, conheciam a pop art internacional, e alguns de seus representantes autóctones (Equipo Crónica, Equipo Realidad, Eduardo Arroyo...) desfrutavam inclusive de uma ampla estima em alguns meios especializados. Por isso foi possível Antonio Bonet Correa, um catedrático de História da Arte progressista e sagaz, formado em Paris, aceitar orientar minha tese de doutorado, que era dedicada precisamente aos quadrinhos produzidos na Espanha desde o final da guerra civil até os anos 1970, e que foi defendida na Universidad Complutense de Madri em 1975. Tive (tivemos!) sorte: Franco morreu poucos meses depois, e em seguida ficou claro que não me suicidei, enquanto pesquisador universitário, ao dedicar alguns anos da minha vida ao estudo desse meio de comunicação. O clima cultural se tornou mais receptivo e pude alcançar até mesmo certo reconhecimento acadêmico graças aos livros sobre o assunto, que publiquei imediatamente pela progressista Editorial Cuadernos para El Diálogo (dedicada aos quadrinhos femininos e às tirinhas humorísticas).

É certo que desde então já se passou muito tempo, mas a verdade é que não conseguimos que se abrisse uma linha permanente de investigação sobre o assunto dentro da universidade espanhola. Só foram defendidas duas teses de doutorado dedicadas aos quadrinhos nos departamentos de História da Arte (a de Francisca Lladó, na UIB, e a de Pablo Dopico, na UAM) e, creio eu, outra nos departamentos de Literatura. Compare-se essa escassez com os numerosos estudos dedicados aos velhos gêneros artísticos e a todo tipo de criadores visuais e literários. Como explicar semelhante desproporção? Embora não seja muito gratificante, parece que devemos aceitar a ideia desenvolvida por Santiago García neste livro de que as histórias em quadrinhos vêm sendo consideradas, até datas muito recentes, um subproduto artístico e literário dirigido a um público "infantil". Acreditávamos, há quarenta anos, que a revolução da pop art havia deixado evidentes os elevados valores estéticos e culturais desse meio de comunicação, e que já não era necessário reivindicá-los de um modo especial, mas semelhante crença parece estar mais próxima de um exercício voluntarista de otimismo histórico do que do diagnóstico certeiro da realidade. Os quadrinhos sempre tiveram um poderoso teto de cristal, e não estou convencido de que sequer hoje já se tenha podido levantá-lo totalmente.

Para essa situação, contribui a natureza desse meio, que não se insere facilmente na "instituição arte", tampouco na literatura. Pensemos em uma bienal de arte contemporânea, por exemplo: é fácil se ter uma ideia desse evento percorrendo suas "salas" ou pavilhões de exposição durante um ou dois dias; mas assimilar o que aparece em um "salão de quadrinhos" exige muitas horas (dias ou meses) de leitura solitária. Os mecanismos econômicos e de promoção que regem o mundo dos quadrinhos não se parecem muito com os das artes visuais. A literatura, por sua vez, insistiu tanto no idioma que ainda hoje é estudada nas universidades separada por âmbitos linguísticos (literatura francesa, literatura alemã, literatura portuguesa etc.). Em que departamento se há de incluir uma *literatura desenhada*, cuja parte idiomática está concebida para sua tradução? Como pagar tributo adequadamente a modalidades narrativas em que o grafismo, ou seja, o componente visual, é tão importante? É inegável que os quadrinhos têm sido, desde sua origem, um meio intersticial cujo reconhecimento cabal no seio da alta cultura se viu impossibilitado, paradoxalmente, pela consolidação e extensão do sistema da arte. Que grande contradição: enquanto a criação plástica contemporânea alcançava cotas inusitadas de liberdade, consolidavam-se as fronteiras para a exclusão do que o sistema da arte não sabia como integrar.

É provável que a poderosa emergência da novela gráfica, em datas recentes, tenha algo a ver com esse repúdio: já que não podiam ser considerados de todo como grandes artistas visuais, os autores de quadrinhos teriam recorrido ao seio da literatura para ver se seriam aceitos como *escritores*, ganhando prêmios Pulitzer e ocupando as vitrines de grandes estabelecimentos comerciais e de livrarias comuns. Era necessário, por isso, fazer coisas muito extensas, com formato de livro, e com todas as pretensões temáticas da Literatura com L maiúsculo (subjetivismo autobiográfico, *flashbacks*, diferentes tempos narrativos etc.). O movimento da novela gráfica (chamemo-lo assim) poderia ser considerado, portanto, a última (até agora) das várias tentativas dos quadrinhos de assaltar a fortaleza da respeitabilidade cultural.

Pode ser que os jornalistas encarem bem esse fenômeno, mas não vejo isso tão claro no caso dos historiadores da arte. Não temos dúvida alguma de que as histórias em quadrinhos foram e são uma "arte grande" que não necessita se atrelar a outras modalidades criativas para alcançar um amadurecimento expressivo, emoção e qualidade. É muito instrutivo ver como Santiago García reexamina neste livro toda a história dos quadrinhos e como encontra os precedentes da novela gráfica nos inventores do gênero no século XIX. Em todos os casos, vemos a fascinante combinação da análise de modalidades gráficas de grande interesse com narrações de certa extensão. Com o transcurso do tempo, apareceram formulações industriais e estéticas novas que permitiram a apresentação das histórias em quadrinhos como livros ou como romances, algo que parece ter convulsionado a instituição cultural no momento atual. O fio condutor é o da consolidação progressiva, para esse meio, de um público que não se conforma com os antigos estereótipos temáticos ou estéticos, de algum modo vinculados à infância e relegados à "baixa cultura".

Está muito claro, enfim, que esse novo tipo de quadrinho para adultos alcançou um desenvolvimento extraordinário. É um mundo tão rico e complexo que necessita de guias e exegetas bem informados, capazes de selecionar e avaliar. Santiago García soma a essas qualidades a de ser um crítico agudo e sensível. Sem complexos localistas, dá conta, com clareza, do melhor que já foi feito na novela gráfica universal. Eis aqui uma demonstração de que, apesar de tudo, algo choveu – felizmente – no campo dos estudos sérios sobre as histórias em quadrinhos a que me referi mais atrás.

28 de julho de 2009

INTRODUÇÃO

Os quadrinhos têm me acompanhado desde a infância. Essa experiência, que era muito comum entre as pessoas nascidas antes de 1985, já não é tão habitual. E, mesmo naquela época, não era habitual que os quadrinhos continuassem nos acompanhando durante o resto de nossas vidas, uma vez que houvéssemos crescido e ultrapassado a idade que se considerava aceitável para deixá-los *para trás*.

Mas eu nunca deixei os quadrinhos para trás.

De uma forma ou de outra, eles sempre me acompanharam não só como meio de entretenimento ou hobby de colecionador, mas também profissionalmente. Fui livreiro do ramo, fui tradutor de quadrinhos, escrevi como crítico nos meios especializados e generalistas, e escrevi roteiros de histórias em quadrinhos. E se consegui manter o interesse pelo que comumente se considerava uma forma de lazer infantil, foi porque os quadrinhos cresceram comigo.

Durante os últimos 25 anos, deu-se um fenômeno que poderíamos considerar de tomada de consciência dos quadrinhos como forma artística adulta. Embora os primeiros passos nesse sentido já se encontrem nos anos 1960 e 1970, durante o período mais recente concorreu para isso uma série de circunstâncias, entre outras a crise profunda – insolúvel? – dos quadrinhos comerciais e juvenis tradicionais e o amadurecimento de gerações de quadrinistas formados com vocação para autor que ajudaram o fenômeno a dar um salto qualitativo. Sem dúvida, os quadrinhos adultos contemporâneos são, em grande medida, continuadores dos quadrinhos de toda a vida, mas, ao mesmo tempo, apresentam algumas características tão distintivas que foi necessário buscar um novo nome para identificá-los, e, por isso, nos últimos anos, se difundiu a expressão *graphic novel*, ou *novela gráfica*.

Certamente "novela gráfica" é apenas um termo convencional que, como costuma ocorrer, pode suscitar equívocos, pois não se deve entender que, com ele, nos referimos a uma história em quadrinhos com as características formais ou narrativas de um romance literário, tampouco a um formato determinado, mas simplesmente a um tipo de HQ adulto e moderno que reclama leituras e atitudes distintas dos quadrinhos de consumo tradicional.

O que é exatamente a novela gráfica? Como surgiu e por quê? Para mim, como autor comprometido com os quadrinhos do nosso tempo, responder a essas perguntas era urgente. Como saber para onde vamos se não sabemos onde estamos? Como saber onde estamos se não sabemos de onde viemos? Há quem considere que a reflexão teórica é um lastro inútil e que só a prática e a ação são necessárias. A esses, posso oferecer a meditação sobre o sentido das humanidades que fazia Erwin Panofsky, um dos pais da História da Arte – disciplina a partir da qual este estudo está enfocado –, quando se perguntava por que necessitamos das humanidades se elas não têm nenhum fim prático: "Porque nos interessamos pela realidade". E acrescentava: "É a vida contemplativa menos real ou, para sermos mais exatos, é menos importante a sua contribuição para o que chamamos de realidade do que aquela da vida ativa?"[1].

Portanto, este livro estuda os quadrinhos partindo do pressuposto de que são uma forma artística com entidade própria, e não um subgênero da literatura. Afastamo-nos assim da corrente de análise que utiliza ferramentas próprias da narratologia para nos concentrarmos nos aspectos visuais, materiais e, certamente, nos históricos. Nosso volume poderia ser definido como um ensaio histórico, pois tenta explicar seu objeto de estudo através de cada momento da sua existência, e não em um plano puramente abstrato, ideal e teórico. O que aconteceu, aconteceu em um lugar e em um momento concretos, em circunstâncias determinadas, e é esse relato que temos de reconstruir para chegar ao capítulo que estamos escrevendo neste momento, hoje, amanhã.

No transcurso desta investigação aprendi muitas coisas, e a maior prova disso é que cheguei a conclusões a que não tinha previamente chegado – elas foram consequência do trabalho. O que aprendi não foram apenas as informações novas que descobri, mas sobretudo como ordenar, situar e entender as que já possuía. Como entender a posição dos quadrinhos na sociedade e na história das artes, e a minha própria dentro dos quadrinhos. É isso que eu espero ser capaz de transmitir a quem se aventuras por estas páginas. Ao leitor ocasional que sente curiosidade pelas histórias em quadrinhos, uma via de entrada para um mundo talvez mais rico e interessante do que ele imaginava; ao praticante do ofício de escritor de quadrinhos, uma reflexão sobre sua própria situação que lhe permita se relacionar com uma tradição da qual talvez se sinta isolado; ao estudioso das HQs, um argumento para a discussão, um ponto de partida para se aprofundar em novos trabalhos na análise desta arte.

Ao escrever "estudioso das HQs", vem-me à cabeça a imagem de Juan Antonio Ramírez. Ele foi, em grande parte, inspirador e responsável pela existência deste trabalho. Juan Antonio Ramírez iniciou, nos anos 1970, sua extensa e brilhante carreira como pesquisador da história da arte com um par de livros sobre história em quadrinhos. Se, hoje em dia, o mercado para a análise teórica séria dos quadrinhos é ainda mínimo, tal decisão poderia ter sido interpretada como um erro fatal, tanto da perspectiva comercial quanto da acadêmica. Contudo, trata-se do oposto: Ramírez conseguiu, a partir desse início, desenvolver uma trajetória incomparável em nosso país durante as três últimas décadas, estudando toda uma variedade de temas. Eu descobri aqueles volumes – *El "comic" femenino en España* e *La historieta cómica de postguerra* – na biblioteca da Universidad Complutense quando estudava Jornalismo. Imediatamente soube que era isso o que eu queria fazer algum dia. Depois de dar muitas voltas, acabei recorrendo à fonte, ao departamento de História da Arte da Universidad Autónoma e ao próprio Ramírez. Sob sua tutela, realizei o trabalho acadêmico que serviu de base para este livro, como parte do programa de doutorado daquele departamento. Algumas semanas antes de apresentarmos este trabalho diante do Tribunal de Estudios Avanzados, Juan Antonio faleceu repentinamente, deixando um imenso vazio na universidade espanhola, na História da Arte e, sobretudo, no coração daqueles que o conheceram como a pessoa generosa, amável e entusiasta que era. A ele, pois, e por tantas coisas, faço este primeiro e mais importante agradecimento, de todos os que devo fazer, por ter escrito este livro.

Apesar da precariedade dos estudos sobre os quadrinhos na Espanha, seria injusto esquecer que ao longo dos anos muitas outras pessoas tentaram trazer algo à história e à teoria dos quadrinhos no país, quase sempre em condições adversas e com escasso ou nenhum apoio institucional. Para mim, esse esforço continuado sempre foi um estímulo, já que, com frequência, me interessavam tanto os textos *sobre* quadrinhos como os próprios quadrinhos, e, às vezes, também outros materiais relacionados a eles. Sem o exemplo dessas pessoas, eu jamais teria sido capaz de seguir este caminho, e considero obrigatório agradecê-las, ainda que seja através de uma lista incompleta, na qual sem dúvida incorrerei em algumas omissões provocadas pelo esquecimento. Mesmo assim, é melhor nomear alguns – representando todos – do que nenhum. Obrigado, então, a Antonio Altarriba, Koldo Azpitarte, Manuel Barrero, Enrique Bonet, Juanvi Chuliá, Javier Coma, Luis Conde, Jesús Cuadrado, Lorenzo Díaz, Juan Manuel Díaz de Guereñu, Pablo Dopico, J. Edén, Pacho Fernández Larrondo, Carlo Frabetti, Pepe Gálvez, Alberto García Marcos, Eduardo García Sánchez, Luis Gasca, Román Gubern, Toni Guiral, Breixo Harguindey, Antonio Martín, José María Méndez, Ana Merino, David Muñoz, Francisco Naranjo, Joan Navarro, Óscar Palmer, Pepo Pérez, Álvaro Pons, Juanjo Sarto, Antonio Trashorras, Salvador Vázquez de Parga, Enrique Vela, Yexus e tantos, tantos outros, não só os que vieram antes, mas os que aí estão agora e os que virão depois, todos os que tenham a vontade de tratar os quadrinhos como uma arte digna desse nome.

Algumas pessoas me ajudaram de forma mais concreta e próxima na realização deste livro. Sou grato a meus editores da Astiberri por sua confiança. Manuel Bartual e Javier Olivares também me deram suas impressões após a leitura do manuscrito em suas diversas fases, o que me serviu muito, e muito lhes agradeço.

Mas, sobretudo, se há uma pessoa que me ajudou a escrever A *novela gráfica*, e que me ajudou em *tudo*, é, certamente, María. Obrigado, María; este é o nosso livro.

1 – NOVELA GRÁFICA

UM NOME VELHO PARA UMA ARTE NOVA

> *Tenho a impressão de que os quadrinhos deixaram de ser um ícone do analfabetismo para se tornar um de nossos últimos bastiões do alfabetismo*[1].
>
> Art Spiegelman

Ler quadrinhos é elegante

A percepção que temos hoje do que é uma história em quadrinhos mudou bastante nos últimos vinte anos. Em 1992, causou sensação o fato de uma delas vencer o prêmio Pulitzer – embora fosse um prêmio especial, fora de categoria –, e o sucesso de *Maus*, de Art Spiegelman, considerado um fenômeno insólito, foi atribuído mais ao seu conteúdo sério – uma memória do Holocausto – do que ao meio em que estava expresso. Além disso, poderíamos dizer que *Maus* recebeu tal distinção não *por ser* uma história em quadrinhos, mas *apesar de* ser uma história em quadrinhos. Em 2008, o prêmio Pulitzer de ficção foi ganho pelo romance *La maravillosa vida breve de Oscar Wao* [*A fantástica vida breve de Oscar Wao*[2]], de Junot Díaz, que se inicia com uma citação de Galactus, um supervilão que aparece na série em quadrinhos *Quarteto Fantástico*, de Stan Lee e Jack Kirby. O fato de o romance do ano citar um personagem de quadrinhos não é surpreendente; como também não é surpreendente que a citação não seja irônica, mas respeitosa e coerente com o conteúdo da obra; e tampouco surpreende que a HQ citada seja um *simples* gibi de super-heróis para jovens. Hoje em dia, de fato, falar de um *simples gibi* é uma das formas de ser considerado *simples*.

Junot Díaz não é um caso raro. A última geração de escritores americanos está repleta de aficionados por quadrinhos: Michael Chabon utilizou a Era de Ouro dos quadrinhos de super-heróis como cenário de sua obra mais celebrada, *The amazing adventures of Kavalier & Clay* [*As incríveis aventuras de Kavalier & Clay*[3]], e posteriormente levou para os quadrinhos os personagens de ficção que nela apareciam; Jonathan Lethem escreveu por puro prazer um *revival* de um super-herói dos anos 1970, *Omega, o Desconhecido*; Dave Eggers entregou a Chris Ware a antologia literária *McSweeney's* para que ele mostrasse ao mundo o esplendor dos quadrinhos contemporâneos; Zadie Smith contou com o próprio Ware, Daniel Clowes, Charles Burns e Posy Simmonds para sua antologia de narrativa atual, *The Book of Other People*. Novelas gráficas como *Fun Home*, de Alison Bechdel, ou *Persépolis*, de Marjane Satrapi, foram escolhidas entre os melhores livros do ano (sem distinguir entre os que têm desenhos e os que não têm) pelas revistas de referência.

O fenômeno não afeta apenas o mundo literário, mas também o artístico. As exposições de quadrinhos já não são um fato pitoresco, mas cada vez chegam com maior frequência aos cenários da grande cultura por seu próprio valor, e não como notas de rodapé da "arte verdadeira". Nos primeiros meses de 2009, uma exposição intitulada "Le Louvre invite la bande dessinée" apresentou no museu de arte mais importante da Europa páginas originais de escritores de quadrinhos como Nicolas de Crécy ou Marc-Antoine Mathieu, que foram encomendadas pelo próprio museu. E tudo isso, como dizíamos, já não surpreende; o mais importante dessa notícia é que ela já não é notícia. Desde o prêmio Pulitzer especial para *Maus* até agora, o reconhecimento do valor da história em quadrinhos nos mundos da arte e da literatura tem sido crescente, e não só nos Estados Unidos e na França, grandes centros industriais e criativos da história em quadrinhos ocidental, mas também em países periféricos da atividade cultural, como a Espanha. Em 2007, o governo espanhol concedeu pela primeira vez um prêmio nacional para a história em quadrinhos, e os principais suplementos dos grandes jornais começam a incluir com regularidade resenhas de HQs ao lado das críticas de romances. Os departamentos de Literatura e de História da Arte das universidades espanholas dedicam cada vez maior atenção aos quadrinhos. Até mesmo nossos jovens romancistas, assim como os americanos, são contagiados pelos quadrinhos. *Nocilla Lab* (2009), de Agustín Fernández Mallo, termina com uma história em quadrinhos de Pere Joan.

1 – NOVELA GRÁFICA

De repente, ler gibi passou a ser elegante entre os adultos inteligentes. Não é, naturalmente, a primeira vez que os quadrinhos desempenham um papel ativo na sociedade, tampouco a primeira vez que se reconhece neles um valor artístico. Sempre houve olhares furtivos dos *irmãos mais velhos* para os quadrinhos, como o fascínio de James Joyce pela série *Gasoline Alley*, de Frank King[4], de Picasso pelos suplementos de quadrinhos da imprensa americana, ou de John Steinbeck por Al Capp, autor de *Li'l Abner*, que, em sua opinião, era o melhor escritor satírico dos Estados Unidos e merecia o prêmio Nobel de literatura[5]. Em 1966, John Updike levantou a possibilidade de que, em um futuro próximo, surgisse uma obra-prima da novela gráfica, fruto do talento de um artista dotado para a prosa e para as imagens[6]. Inclusive o próprio Goethe bendisse os esforços de Rodolphe Töpffer, considerado hoje quase unanimemente o pioneiro dos quadrinhos modernos. Portanto, não é nada novo que escritores de prestígio confessem ser leitores de gibi, embora seja mais extraordinário que se lancem sobre a oportunidade de escrever quadrinhos com verdadeira paixão de fã.

Pode-se argumentar que a situação mudou tão profundamente que temos de nos perguntar se foi iniciada uma nova etapa, uma maneira de considerar os quadrinhos distinta daquela como eles foram considerados até hoje. Faz vinte anos que Joseph Witek escreveu:

> Uma análise crítica da forma artística da história em quadrinhos é especialmente necessária agora, quando um número crescente de revistas em quadrinhos americanas contemporâneas está sendo escrito como literatura dirigida a um público leitor geral de adultos e preocupada – não com os temas tradicionalmente escapistas dos quadrinhos, mas com temas como o choque cultural na história dos Estados Unidos, as cargas da culpa e do sofrimento transmitidas nas famílias, e as experiências e os pequenos triunfos do mundo do trabalho cotidiano[7].

Essa total e – quase diríamos – repentina inversão de valores tem sua base no surgimento de um tipo de quadrinho que até há pouquíssimo tempo não só não existia, mas praticamente não podia ter sido concebido. Hoje, títulos *autorais* como *Persépolis*, de Marjane Satrapi, vendem centenas de milhares de exemplares em todo o mundo (e isso antes de se realizar a adaptação para o cinema), e, em um mercado tão pequeno como o espanhol, *Arrugas*, de Paco Roca, supera as 20 mil cópias um ano depois do seu lançamento. Certamente as livrarias e os supermercados culturais ampliam cada vez mais suas seções de quadrinhos (frequentemente sob a identificação de "novela gráfica") e os museus organizam cada vez mais exposições sobre histórias em quadrinhos. Algo aconteceu, e vamos dedicar estas páginas a examinar esse fenômeno.

Um novo conceito, um novo termo

O escritor de quadrinhos escocês Eddie Campbell observou que "é inegável que há um novo conceito do que são HQs e do que podem ser HQs, e esse conceito surgiu nos últimos trinta anos"[8]. Campbell sabe bem do que fala, pois não só é um dos autores recentes de novela gráfica de maior destaque, como tem dedicado tempo e esforço para refletir sobre o fenômeno, tanto em diversas entrevistas quanto em seu próprio site na internet, "The Fate of the Artist"[9]. Esse interesse em teorizar a *nova HQ* levou Campbell a desenvolver o chamado "manifesto da novela gráfica", dez tópicos que apresentam, com o humor e a astúcia próprios do desenhista britânico, algumas das características que observou nesse tipo de história em quadrinhos. Em seu "manifesto", Campbell começa reconhecendo que o termo "novela gráfica" não é o mais adequado, mas é conveniente desde que não nos esqueçamos de que não podemos interpretá-lo como um híbrido dos conceitos "novela" e "gráfica" em suas acepções originais. Pode ser que os quadrinhos aos quais Campbell se refira sejam "novos", mas desde o início reconhecemos os mal-entendidos e os problemas terminológicos herdados dos velhos "gibis". Em mais de cem anos, não conseguimos ter uma definição satisfatória do que sejam as histórias em quadrinhos e sequer um termo adequado para denominá-las. Essa nova era começa sob o rótulo de *novela gráfica*, que aparece como um nome que provoca a desconfiança generalizada, inclusive, e talvez mais que em qualquer outro lugar, entre seus próprios praticantes.

Daniel Clowes, um dos autores mais proeminentes de novela gráfica, mostra-se tão resistente ao termo que até mesmo se deu ao trabalho de inventar a expressão "comic-strip novel" para identificar seu *Ice Haven* (ironicamente, o editor espanhol da obra se limitou a traduzi-lo por "novela gráfica", ignorando totalmente as intenções do autor). Embora Clowes – que recebeu uma indicação ao Oscar pelo roteiro da adaptação para o cinema de sua própria série de quadrinhos,

Ghost World [*Mundo fantasma*[10]], e que hoje em dia é uma presença cobiçada em publicações como *The New Yorker* e *The New York Times* – seja precisamente um dos desenhistas que mais contribuíram para que os quadrinhos sejam respeitados intelectualmente, ele tem manifestado um temor dessa respeitabilidade que o deixa receoso de novos termos que trasladem a história em quadrinhos definitivamente para o imaginário da cultura séria. Depois de décadas confinados à marginalidade do produto maciço para crianças ou da subliteratura de consumo, muitos dos melhores escritores de quadrinhos contemporâneos temem as consequências de dar o passo que os conduza definitivamente ao reconhecimento cultural, como se, ao conquistar esse prestígio, pudessem perder algumas das qualidades que mais diferenciam os quadrinhos. O próprio Clowes expressou essa posição conflituosa em seu folheto teórico *Modern Cartoonist*:

> Embora seja inegável que os preconceitos do público em geral nos mantenham à margem, também podemos obter vantagens que com frequência não parecemos dispostos a explorar. A aura de veracidade de que falávamos é consequência de sermos considerados simplórios e (cultural e financeiramente) insignificantes. O escritor de quadrinhos sofisticado e importante pode, por ora, se aproveitar disso para seu benefício, "jogando dos dois lados", com a consciência de que, se conseguir certo grau de aceitação junto aos criadores mais respeitáveis, essa qualidade não pouco substancial se perderá para sempre[11].

Clowes escrevia em 1997, próximo ao que ele mesmo esperava que fosse um momento decisivo no desenvolvimento dos quadrinhos como arte. Seu texto se iniciava indicando as revistas da editora EC como o primeiro sinal de que os quadrinhos tinham potencial para ser algo mais do que "material para crianças regido pelo mínimo denominador comum"[12], em 1953, exatamente quinze anos depois do surgimento do formato comic book[13]. Quinze anos depois da EC, Clowes reconhecia o movimento dos comix, os quadrinhos underground, como sendo o passo seguinte nessa tendência, e, quinze anos depois dos underground, identificava, em 1983, a explosão dos quadrinhos "alternativos". Seguindo com sua teoria dos ciclos de quinze anos, Clowes esperava o impulso seguinte a partir de 1998. Agora sabemos que, efetivamente, o que Clowes esperava havia chegado, e se chama novela gráfica. E parece inevitável que traga consigo essa respeitabilidade tanto ansiada quanto temida.

"Comic-strip novel", denominação que Clowes impôs ao seu *Ice Haven*, não foi a única tentativa, por parte de um novelista gráfico de destaque, de evitar precisamente o termo graphic novel. *Louis Riel*, de Chester Brown, se apresenta como "comic-strip biography", seguindo aparentemente o exemplo de Clowes. Nas capas dos livros anteriores do próprio Brown, podia-se ler o humilde e maltratado termo "comic book". *It's a Good Life, If You Don't Weaken* e *George Sprott*, de Seth, são "picture novels", enquanto *Blankets*, de Craig Thompson, é uma "illustrated novel". *My Brain is Hanging Upside Down*, de David Heatley, se apresenta como uma "graphic memoir". Todas as combinações parecem possíveis, e todas elas parecem indicar a tensão implícita entre a aspiração à nobreza criativa e as origens no fluxo da cultura de massas que possuem os quadrinhos, cuja natureza não pode ser separada da chamada indústria cultural. Os quadrinhos se situam nessa posição paradoxal em que representam um produto suspeito para a tradição, segundo a qual "a cultura de massas é a anticultura"[14], como observou Eco.

Em defesa da leitura

Como diria Eco, a resposta apocalíptica à cultura de massas por parte das elites dirigentes é uma constante desde a Revolução Industrial. É o pavor de Greenberg diante do *kitsch*[15], mais um entre tantos avisos contra a degradação da cultura devido à sua massificação ou, o que é o mesmo, outro episódio na resistência de uma tradição cultural logocêntrica ao assédio da "civilização da imagem"[16]. Will Eisner, a quem muitos consideram o pai da novela gráfica moderna, afirmou com insistência que os quadrinhos são literatura[17], ideia que foi seguida com entusiasmo por muitos, entre os quais se incluem numerosos estudiosos acadêmicos da última fornada[18]. Mas foi precisamente o temor dos quadrinhos *como literatura* um dos recursos que mais frequentemente ativaram a reação contrária a isso. Como indica Hatfield, "a recente insistência nos quadrinhos como leitura parece destinada a se contrapor a uma antiga tradição de estudos profissionais que vinculam os quadrinhos ao analfabetismo e à abdicação da leitura como uma capacidade civilizada (e civilizadora)"[19]. Vale a pena nos determos em uma citação um tanto extensa de Pedro Salinas, porque ela capta quintessencialmente os temores do homem culto diante do surgimento dos quadrinhos:

1 – NOVELA GRÁFICA

Dele [o *visualismo*] derivaram invenções tão curiosas como o que se chama nos Estados Unidos de *funny strips* ou *comics*, e na América Ibérica *muñequitos* ou *tirillas*. Em minha opinião, esse gênero merece uma atenta consideração. Equivale a uma literatura de baixo estofo, com conteúdo deliberadamente tosco e vulgar, publicada em partes, e cuja novidade está em ir diminuindo o papel da palavra em favor do papel do desenhado, do gráfico. A linguagem das *tirillas*, puro diálogo, é como a última concessão feita à palavra humana, seu último reduto, nesta luta contra a língua. As tirinhas podem ser compreendidas, e esta é a razão do seu sucesso, por crianças que acabam de ser alfabetizadas, e quase pelos analfabetos. São uma leitura sem texto, com a escamoteação da linguagem em sua função expressiva. É curioso que, em uma época em que se exalta a instrução na arte da leitura, e se compadece, como de um ser diminuído, daquele que não sabe ler, centenas de milhões de pessoas que conseguiram esse privilégio do alfabetismo, mal abram os jornais, atravessem precipitadas as páginas impressas até chegar ao deleitoso canto das tirinhas, onde o ler é desnecessário, o pensar, supérfluo; e a linguagem humana, pobre servidora dos desenhos, reduzida a um elementarismo infantil. Maravilhoso convite para não ler que o homem moderno tirou da cabeça, depois de render um culto idolátrico à necessidade de ler! Nas tirinhas, ponto de encontro de crianças e adultos, de letrados e iletrados, que assim chegam a uma comunidade de gozo em regressar à mentalidade dos sete anos, assoma outra prova desse materialismo ao mesmo tempo cândido e brutal do homem moderno, que prefere ver *ele* uma coisa a vê-la através dos olhos de um grande artista que a descreva no nível de sua realidade primária. Para que se entreter em sondar esse caudal de palavras com que Homero descreve as lutas dos heróis, frente a Ílion? Não é mais simples, mais prático, mais breve, topar com um *escritor de tirinhas* que desenhe em quatro traços dois bonequinhos, Heitor e Aquiles, de modo que os vejamos, nós mesmos, com nossos próprios olhos, sem que Homero nos engane? Assim como tantos romances vão sendo transferidos, em nosso tempo, das páginas do livro para a tela do cinema, gênero de transposição que implica inevitavelmente o sacrifício do melhor e mais belo do romance, logo se chegará, para maior glória da pressa e do realismo, à bonequização das grandes obras literárias, de sorte que o homem, em vez de passar horas e horas lendo *Guerra e Paz* de Tolstoi, a abrevie em três fascículos, sem esquentar muito a cabeça e economizando um tempo e uma energia preciosos[20].

[1] "Don Quixote", em *Classics Illustrated* 11 (1944), Samuel H. Abramson y Zansky.

O texto de Salinas, publicado originalmente em 1948 como resposta à sua "preocupação pelo risco que correm hoje em dia algumas formas tradicionais da vida do espírito que considero extremamente valiosas"[21], começa advertindo contra "o triunfo do visual" na sociedade contemporânea (uma ameaça a que se somam a fotografia e o cinema). A reação diante do "pictorial turn" (virada visual), como o batizou Mitchell, se inscreve nos movimentos típicos de reação iconoclasta que cada sociedade sofre. Se Salinas tivesse se documentado, saberia que o seu temor do caos desencadeado por uma possível adaptação das grandes obras literárias aos quadrinhos não era infundado: desde 1941, a coleção *Classics Illustrated* (Editora Gilberton) [1] transcrevia em ilustrações *Dom Quixote*, *Moby Dick*, *Hamlet*, a *Ilíada* (certamente) e outros títulos canônicos das letras ocidentais. Curiosamente, a *Classics Illustrated*, que lançou 169 números entre 1941 e 1971, não se apresentava como uma revista em quadrinhos: "O nome 'Classics Illustrated' é o melhor nome para a sua publicação periódica favorita. Na verdade, não é uma revista em quadrinhos... é a versão ilustrada, ou em imagem, de seus clássicos favoritos"[22]. É claro que as afirmações dos editores da *Classics Illustrated* não podiam enganar o Dr. Fredric Wertham, que, em meados dos anos 1950, foi uma das forças intelectuais mais atuantes na crítica aos quadrinhos por sua suposta influência negativa sobre a formação intelectual e social dos jovens:

> Os quadrinhos adaptados da literatura clássica são utilizados, segundo nos foi informado, em 25 mil escolas dos Estados Unidos. Se isso é verdade, então nunca vi uma acusação mais grave contra a educação americana, pois eles castram os clássicos, condensando-os (deixando de fora tudo o que faz um livro ser excelente), são tão mal impressos e desenhados com tão pouca

arte quanto as demais revistas em quadrinhos, e, como frequentemente tem se comprovado, não revelam às crianças o mundo da boa literatura, que tem sido em todo momento o pilar da educação liberal e humanista[23].

A intenção de utilizar os quadrinhos como uma antessala da "verdadeira leitura" (que, na Espanha, se refletiu na campanha "Onde hoje tem uma revista em quadrinhos amanhã terá um livro") também produzia, é claro, reações adversas. E se temia que essa subliteratura prejudicasse irremediavelmente as ternas mentes infantis sem formá-las. O temor do poder das imagens produzia um pânico, descrito por McLuhan em termos geracionais:

> Os anciãos da tribo, que nunca haviam notado que o jornal comum era tão frenético quanto uma exposição de arte surrealista, não podiam se dar conta de que os quadrinhos eram tão exóticos como os livros ilustrados do século VIII. Assim, por não terem notado nada da *forma*, tampouco nada puderam distinguir do seu *conteúdo*. O caos e a violência foram as únicas coisas que distinguiram. Portanto, com uma lógica literária ingênua, esperaram que a violência inundasse o mundo[24].

Poderíamos dizer que o bem-intencionado empenho, por parte de autores como Eisner, em considerar os quadrinhos como literatura não fez senão prejudicar a visão que se tem deles, já que facilitou que fossem julgados utilizando-se os critérios próprios da literatura, em vez de seus critérios específicos. As histórias em quadrinhos são *lidas*, mas é uma experiência de leitura completamente distinta da experiência de leitura da literatura, do mesmo modo que a forma como *vemos* uma história em quadrinhos não tem nada a ver com a forma como vemos televisão ou um filme. Harvey explica esse erro crítico comum:

> Os quadrinhos podem ser avaliados (e com frequência o são) a partir de argumentos literários, quando o crítico se concentra em coisas como a retratação dos personagens, o tom e o estilo da linguagem, a verossimilhança das personalidades e dos incidentes, o argumento, a resolução do conflito, a unidade e os temas. Embora semelhante análise literária contribua para um entendimento da história em quadrinhos ou do livro, utilizar exclusivamente esse método ignora o caráter essencial do meio, pois negligencia seus elementos visuais. De forma similar, uma análise que se

concentre no aspecto gráfico (comentando a composição, o desenho, o estilo etc.) ignora o propósito a que servem os aspectos visuais, a história ou a piada que está contando. Os quadrinhos empregam as técnicas tanto da literatura como das artes gráficas, mas não é nem completamente verbal nem exclusivamente gráfico em suas funções[25].

A busca de um modelo de análise próprio dos quadrinhos é, portanto, um dos projetos mais importantes para os estudiosos atuais das HQs. Um modelo capaz de explicar a relação dos quadrinhos com a arte e a literatura – inclusive com os clássicos da literatura – não em termos comparativos, mas em termos alternativos. Mitchell[26] observou que os meios "mesclados", como os quadrinhos, exigem uma atenção a aspectos da relação entre as imagens e as palavras, e não ao mero valor de uns e outros em separado. Talvez esse seja o caminho para entender a reinterpretação pós-moderna que R. Sikoryak[27] faz de Dostoievski [2] em uma HQ que, provavelmente, teria produzido pesadelos em Wertham e Salinas. Sikoryak adapta *Crime e Castigo* em onze páginas, utilizando os personagens e a linguagem gráfica dos quadrinhos do Batman dos anos 1950. Pastiche, paródia, desconstrução ou alucinação, seja o que for, *Crime and Punishment!* não é explicável em sua totalidade nem pela crítica literária nem pela crítica de arte, e, se não contamos neste momento com ferramentas suficientes para analisá-lo, isso não deve fazer com que o tratemos como um aborto literário ou um subproduto artístico, e sim nos estimular para desenvolver a linguagem precisa que nos capacite a enfrentá-lo em seus próprios termos.

Um meio de comunicação de massas

O "pecado original" dos quadrinhos é essencial para se compreender a função social que eles têm desempenhado há décadas. A verdade é que nem os estudiosos desse meio entram num acordo sobre qual é a sua verdadeira origem, agrupando-se em duas tendências principais. Uma delas reconhece como inventor dos quadrinhos o professor suíço Rodolphe Töpffer, que realizou algumas *histoires en estampes* a partir do fim da década de 1820, enquanto a outra prefere localizar o momento seminal nos jornais de Joseph Pulitzer (*New York World*) e William Randolph Hearst (*New York Journal*), no final do século XIX, e especialmente nos achados de desenhistas como Richard Felton Outcault, Rudolph Dirks ou Bud Fisher, entre outros. Como

1 – NOVELA GRÁFICA

[2] "Raskol", em *Drawn & Quarterly* 3 (2000), R. Sikoryak.

indica Ann Miller[28], esse debate envolve uma manobra estratégica entre aqueles que querem definir os quadrinhos como meio de comunicação de massas e aqueles que preferem vê-los como parte da tradição cultural artística. A busca das raízes *corretas* é uma forma habitual de legitimar o presente e, portanto, não é de estranhar que nos últimos anos se tenha reivindicado enfaticamente a figura de Töpffer, mais em sintonia com a imagem culta da novela gráfica atual. Entretanto, não se pode saltar sobre décadas de histórias em quadrinhos filhas do ruído e da fúria da urbe moderna de Outcault e dos demais pioneiros da imprensa americana do final do século XIX e início do XX. Foram eles, mais do que ninguém, que iniciaram a tradição que iriam seguir os quadrinhos americanos, europeus e japoneses durante o século passado, e os quadrinhos não podem renunciar tão rapidamente aos seus revoltosos antepassados. Ian Gordon distingue dois fatores que afastaram os comics americanos dos quadrinhos europeus anteriores: o uso de personagens com continuidade e sua aparição em jornais de circulação maciça, o que "os convertia em produtos do mercado de massas"[29]. Desde o princípio, essa dualidade dos quadrinhos teve consequências contraditórias para sua recepção por parte da sociedade. O sucesso das tiras do *Yellow Kid* [O Garoto Amarelo], de Outcault, foi tão fenomenal que chegou a definir tanto o jornal de Pulitzer como o de Hearst (durante um período, ambos foram publicados ao mesmo tempo), dando assim lugar à expressão "jornalismo amarelo".

> O fato de o primeiro personagem dos quadrinhos americanos ver como um movimento jornalístico se apropriava da sua assinatura cromática dá amplo testemunho do poder e da popularidade dos quadrinhos. Mas, como esse movimento era completamente comercial e encarnava uma ética censurável e sensacionalista dirigida às emoções mais baixas, a nova forma artística ficou associada unicamente às ordens inferiores do comportamento racional; uma circunstância que projetaria a sua sombra durante muito tempo sobre qualquer reivindicação de mérito artístico e conteúdo intelectual para os quadrinhos. Como algo que apareceu pela primeira vez nas escandalosas colunas da imprensa sensacionalista iria ter o menor interesse para um leitor inteligente e respeitável?[30]

Ana Merino indica que "os quadrinhos pertencem à cultura industrial e, como tal, constroem relatos modernos, embora a sua capacidade legitimadora esteja em tensão com o discurso letrado", e acrescenta que, com o repúdio da cultura letrada, os quadrinhos "se tornam marginais e, a partir dali, constroem seus próprios relatos"[31].

Durante anos, esse desterro dos arrabaldes da cultura implicou uma limitação para o seu desenvolvimento artístico como um meio para adultos, mas, a partir dos anos 1960, alguns dos mais importantes autores underground explorariam essa tensão para abrir uma via experimental que aproveitasse as vantagens de se situar na margem do mundo intelectual, como reclama Clowes. Bill Griffith, um dos pioneiros do comix, encontra, nessa ambiguidade, precisamente uma das virtudes da história em quadrinhos:

> Não sou capaz de decidir se sou um desenhista que escreve ou um escritor que desenha. Os quadrinhos resolvem de maneira adequada essa contradição de uma forma nova e muito satisfatória. Também encarna, para mim, a unificação das artes Alta e Baixa. Os quadrinhos são um meio originalmente Baixo que foi colocado a serviço da arte Alta através de uma dinastia que começa com *Krazy Kat*, continua com a *Mad*, de Kurtzman, passando por Crumb e os underground, chegando aos dias de hoje[32].

É por isso que, para Clowes, a graphic novel se converte em comic-strip novel, numa tentativa de reunir as novas ambições representadas pela novela ao afetuoso termo popular pelo qual sempre se conheceu as séries de quadrinhos da imprensa: strips. Os problemas que autores e teóricos encontram – os editores parecem já ter escolhido – para entrar em acordo sobre um nome que defina o que estão fazendo e lendo agora demonstram em parte a novidade desses quadrinhos, mas também a fragilidade da tradição intelectual da história em quadrinhos e como são insatisfatórios os termos utilizados anteriormente. Não podemos dizer alegremente que o nome não importa. Os nomes importam muito, visto que, ao mesmo tempo que falam de nossas origens, podem também determinar o nosso futuro, e os nomes que têm sido utilizados para designar a arte praticada pelos novelistas gráficos são habitualmente depreciativos.

Um mau nome

O "mau nome" dos quadrinhos começa com o próprio Töpffer, que costumava utilizar apelidos pouco sérios para se referir às suas próprias criações, desde "garatujas" até "bobagens gráficas". Na recopilação de seus ensaios sobre a arte, intitulada *Réflexions et menus-propos d'un peintre genevois* (1848), "Töpffer lança uma série de teorias que não podem ser levadas a sério. Sobretudo, não se pode imaginar que o leitor o leve a sério por muito tempo"[33]. O desejo de teorizar de Töpffer, contraposto pelo temor de parecer pomposo demais, tem um significativo eco no "manifesto da novela gráfica" de Eddie Campbell, que, em seu nono item, reza:

> Nunca ocorreria aos novelistas gráficos utilizar o termo "novela gráfica" quando falam com seus colegas. Normalmente se referirão simplesmente ao seu "último livro", ou ao seu "trabalho em andamento", ou até dirão "história em quadrinhos" etc. O termo tem de ser utilizado como emblema ou bandeira que será içada quando se for convocado para a batalha ou quando se perguntar entre dentes sobre a localização de determinada seção em uma livraria desconhecida. Os editores podem usar o termo repetidas vezes, até ele significar ainda menos do que já significa.
>
> Além disso, os novelistas gráficos são muito conscientes de que a próxima onda de escritores de quadrinhos optará por trabalhar nos menores formatos possíveis e ridicularizará todos nós por nossa pomposidade.

É evidente que, depois de mais de um século sem se levarem a sério, custa aos escritores de quadrinhos começar a fazê-lo agora. Na França, onde a indústria editorial mais poderosa da Europa tem se visto acompanhada do mais precoce reconhecimento cultural dos quadrinhos, estes são conhecidos pelo nome de *bande dessinée* (literalmente, "banda desenhada"), talvez um dos termos aparentemente mais assépticos e descritivos de todos os que têm sido aplicados ao meio em diversas línguas. Entretanto, Thierry Groensteen observa que esse termo só se estabeleceu na década de 1960, ou seja, quando os quadrinhos já tinham mais de cem anos, e que anteriormente eram conhecidos por nomes como *histoires en estampes* (expressão inventada por Töpffer, como já vimos), *histoires en images*, *récits illustrés*, *films dessinées* "e, certamente, comics"[34]. A demora em encontrar um nome nos faz pensar em uma arte órfã, uma arte que não consegue ser reconhecida pela sociedade.

Na Espanha, os dois nomes mais difundidos de origem própria fazem referência à natureza infantil ou ao escasso valor do meio. "Tebeo"[35] deriva da revista popular *TBO*, fundada em 1917 e destinada ao humor para crianças, enquanto "historieta", que em si significa "fábula, conto ou relato breve de aventura ou acontecimento de pouca importância" (dicionário da Real Academia Española), é um termo importado da América Espanhola, onde Ana Marino também indica que se utiliza o nome "muñequitos"[36] (em Cuba), o que não melhora muito a consideração social do meio.

O caso do Japão merece que nos detenhamos um instante. O Japão oferece para o mundo dos quadrinhos – e para o da cultura popular contemporânea, em sua expressão mais ampla – um conjunto de contrastes e semelhanças muito interessante. Por um lado, o Japão representa o exotismo incompreensível do Extremo Oriente; por outro, inclui-se na esfera da cultura de massas e do imaginário coletivo ocidental. Além disso, é o principal mercado de quadrinhos do mundo, e, desde os anos 1980, foi conquistando pouco a pouco os âmbitos europeu e norte-americano, revitalizando, em parte, seu corpo de leitores e também suas estratégias editoriais, de forma muito especial nos formatos mais semelhantes ao livro tradicional, que se distanciam da revista típica de nossas tradições quadrinísticas, e na utilização do branco e preto. Essas características formais, junto à abertura a temas e gêneros que vão bem além da aventura para crianças e dos super-heróis predominantes no Ocidente, têm tido uma influência marcante na configuração da novela gráfica atual, como veremos. O Japão é um país onde a presença esmagadora dos quadrinhos na sociedade alcança até as mais altas esferas sociais. Frederick Schodt indicava que, "em 1995, o antigo primeiro-ministro japonês Kiichi Miyazawa começou a serializar uma coluna com suas opiniões, não em um jornal ou em uma revista de notícias, mas na revista de mangá *Big Comic Spirits*"[37]. Schodt esclarece em seguida que o respeitado político de 75 anos talvez não fosse um leitor habitual de mangá, mas sabia que a revista que havia escolhido era lida por 1,4 milhão de jovens trabalhadores. Mesmo assim, as HQs continuaram mantendo uma sombra de suspeita com respeito à sua verdadeira estatura cultural no Japão, que, em alguns momentos, parece não saber se deve se orgulhar ou se envergonhar de sua gigantesca oferta de quadrinhos. Talvez essa posição conflitante remonte ao termo depreciativo e confuso pelo qual ele vem a ser conhecido, *mangá*, inventado por Hokusai em 1814 e que poderia ser traduzido como "desenhos irresponsáveis"[38].

Cada idioma desenvolveu sua própria expressão – "banda desenhada" em Portugal, "fumetti" na Itália, "Bildgeschichte" na Alemanha –, mas a palavra universal, utilizada por todas as línguas para identificar as HQs, é o termo inglês "comic"[39], que na Espanha é aceito e já está inserido no dicionário da Real Academia

Española. "Comic", que nos Estados Unidos acabou se impondo a expressões de mesmo significado, como "funnies", apresentou, no entanto, notáveis problemas no âmbito norte-americano, pois lançou uma sombra de dúvida sobre aqueles comics que não pretendiam ser cômicos. Já em 1935, nos primórdios do primeiro comic de aventuras e dramático, um jornalista escreveu que "alguns poderiam ser chamados mais apropriadamente de 'trágicos' ou 'patéticos' do que de 'cômicos' [comics], mas tecnicamente todos são chamados de 'comics'"[40]. A necessidade de buscar uma palavra que apresentasse, de forma mais neutra, o meio, livrando-o das conotações humorísticas e infantis, existiu sempre que se apresentou a possibilidade de ensaiar um comic que olhasse numa direção diferente daquela estabelecida pela corrente hegemônica. Assim, em 1950, os editores de It Rhymes With Lust – uma história em quadrinhos do gênero negro que preenchia mais de cem páginas e era vendida no formato típico dos livros policiais de bolso – apresentavam-na como "picture novel". Quando, em 1955, a Editora EC tentou superar as limitações do código de autocensura da indústria dos comics – que reconhecia expressamente que todo o seu mercado era *exclusivamente* infantil –, experimentou um novo formato de combinação de texto e ilustração e o batizou de "picto-fiction". Os exemplos são numerosos.

Um gibi com outro nome

As tentativas de localizar com precisão a primeira aparição da expressão "graphic novel" mencionam sua inclusão em fanzines norte-americanos dos anos 1960[41]. Na época, o termo aludia a um conceito hipotético, que ainda não existia: quadrinhos de maiores ambições artísticas do que os produtos padronizados que as grandes editoras levavam às bancas. Entretanto, como sabemos, nos anos 1960 os tempos estavam mudando, e foi precisamente na segunda metade da década que foram produzidas as rupturas dos quadrinhos underground, que teriam também um efeito libertador nos quadrinhos convencionais. Assim, desde o final da década começam a ficar mais frequentes as tentativas de produzir quadrinhos dirigidos a um público adulto, ou pelo menos *mais adulto* do que o que lia habitualmente *Batman*, *Archie* e *Pato Donald*. Todas essas tentativas, embora continuem fortemente ancoradas nos paradigmas do gênero (especialmente o *thriller* de ação ou policial, a ficção científica e a fantasia heroica), reclamam um novo nome que liberte os quadrinhos do estigma de "comic", e em vários deles, a partir de 1976[42], começa a aparecer o termo "graphic novel" com mais frequência. Certamente, ainda falta muito para a expressão se consolidar, e no momento ela convive com outras tentativas de nomenclatura, como "visual novel"[43], "graphic album", "comic novel"[44] ou "novel-in-pictures"[45]. Em 1978, a expressão "graphic novel" aparece na capa de *A contract with God* [*Um contrato com Deus*[46]], de Will Eisner, um livro que antecipa em grande medida o verdadeiro espírito do fenômeno que queremos examinar aqui. Entretanto, não se deve pensar que a implantação do termo se produz a partir desse momento. Quando, em 1989, Joseph Witek se propõe a realizar um estudo acadêmico do tipo de quadrinhos que tratamos aqui, ele não utiliza ainda o termo "novela gráfica", mas sim a expressão ainda mais discutível "arte sequencial", criada precisamente por Will Eisner pouco tempo antes[47].

Não obstante, durante os anos 1980 ocorre certa popularização do termo "novela gráfica", aplicado precisamente a produtos de gênero das grandes editoras, distinguidos dos modestos comic books de banca apenas por sua encadernação e qualidade de produção mais luxuosa. A Marvel Comics, por exemplo, publicará, a partir de 1982, uma coleção de "novelas gráficas" cuja maioria dos títulos é protagonizada pelos super-heróis da casa. Na verdade, essas supostas novelas gráficas eram apenas álbuns para a venda em livrarias especializadas. Ainda assim, é inegável que a mudança de nomenclatura denota um esforço para se diferenciar do que evoca a palavra "comic": um produto descartável, barato e infantil.

Na Espanha, o termo novela gráfica já havia aparecido nos anos 1940[48], e teve certa difusão até a década de 1960. Mas não tinha relação alguma com nenhum tipo de HQ com maiores aspirações artísticas, que na Espanha só começará a ser concebido nos últimos anos do franquismo. As "novelas gráficas" espanholas eram simplesmente HQs românticas (ou de outros gêneros populares consolidados) com uma aparente maior complexidade [3]. Juan Antonio Ramírez comenta:

> As histórias são mais longas e complexas, e o formato similar ao de qualquer novela de banca. As novelas gráficas, em teoria, não se dirigiam a um público infantil e juvenil, mas sim a pessoas "adultas"; mas é surpreendente comprovar a escassa capacidade de evolução demonstrada pelos roteiristas: os abraços talvez aparecessem com maior frequência, mas a ideologia e as situações permaneciam invariáveis. Salvo raras exceções, a novela gráfica foi um caderninho ampliado em que a etapa dos "conflitos intermediários" entre o namoro e o casamento ocupa um maior número de páginas[49].

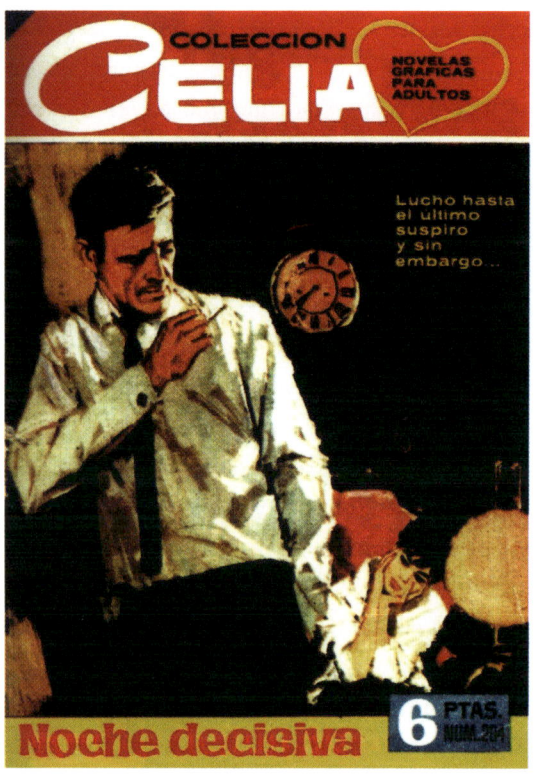

[3] "Noche decisiva", na *Colección Novelas Gráficas, serie Celia* 204 (1965), Enrique Badía. Reproduzido em Regueira (2005).

Na verdade, os comics americanos tradicionais também haviam invocado, desde meados do século XX, o rótulo de "novela" para distinguir aquelas histórias que, sem sair dos conteúdos habituais, tinham uma extensão superior à normal. Desde suas origens, no final dos anos 1930, a norma era que cada comic book de super-heróis incluísse várias histórias fechadas do personagem titular da revista, mas, quando em determinadas ocasiões eram empregadas todas as páginas para publicar uma única aventura de extensão superior – normalmente dividida em capítulos, talvez para lhe conferir um aspecto mais literário –, era habitual que tais histórias fossem identificadas na primeira página como "novelas". Esse é o caso de muitas das célebres "histórias imaginárias" do Superman, analisadas por Umberto Eco[50], e que se apresentam como *an imaginary novel*. As histórias "imaginárias" do Superman acrescentam outra característica à condição de novela: não estando inseridas na continuidade do personagem, se permitem contar histórias grandiosas com numerosos acontecimentos catastróficos e uma apresentação, complicação, clímax e desfecho definidos e sem possível reversão, rompendo o esquema narrativo iterativo e se aproximando mais dos elementos da verdadeira novela literária. Mas, em resumo, não deixavam de ser aventuras do Superman, publicadas no mesmo mercado e tendo em mente o mesmo público. Curiosamente, na Espanha seria aplicado muito antes o rótulo "novela gráfica" aos gibis do Superman, visto que a Editora Dólar os publicou a partir de 1958 com essa denominação. Também assim seriam definidos os comics Marvel que viriam a ser publicados pela barcelonesa Ediciones Vértice em coleções de bolso em preto e branco a partir de 1969, indicando também que as aventuras do Homem-Aranha e do Quarteto Fantástico estavam destinadas a "adultos".

O que há de novo?

Se o surgimento real do termo "novela gráfica" foi recebido com receio por parte de muitos autores que o consideram um pomposo eufemismo e, como já vimos antes, preferem não se expor diretamente à luz do escrutínio público junto a outros meios sérios, a complexa história da gênese e da utilização do termo ao longo das décadas, incluída a sua apropriação por parte dos editores para vender quadrinhos de consumo, provocou também reações que veem sua recente popularização como outro estratagema comercial dos empresários do ramo. É a posição do investigador Manuel Barrero em um artigo de título bem expressivo, "A novela gráfica. Perversão genérica de um rótulo editorial"[51], que repassa com precisão os diferentes valores que foram dados ao nome "novela gráfica", para concluir que "sempre existiram os livros de histórias em quadrinhos – é necessário complicar as coisas com novos rótulos?".

A questão não é tanto saber se em épocas passadas o termo novela gráfica foi utilizado também em relação aos quadrinhos; a questão é, antes, saber se existe atualmente um tipo de história em quadrinhos diferente daquele que foi feito no passado, ou seja, dos quadrinhos juvenis, massificados e regidos exclusivamente por critérios comerciais, e se esses quadrinhos exigem um novo nome para serem reconhecidos, não tanto como uma forma nova, mas como um espírito novo. Pepe Gálvez, por exemplo, enfatiza que as diferenças entre a novela gráfica atual e os quadrinhos tradicionais não têm de ser buscadas necessária ou principalmente nos aspectos formais: "O grande avanço, o grande salto que a história em quadrinhos como meio de expressão deu nestes últimos anos não foi produzido apenas no campo da linguagem, mas também no da ambição expressiva, na vontade de abarcar objetivos narrativos mais profundos e mais complexos"[52]. Na verdade, tanto as novelas gráficas como os comics tradicionais são histórias em quadrinhos, mas isso não significa que *Mortadelo y Filemón* [*Mortadelo e Salaminho*[53]] seja o mesmo que *Palomar* [*Crônicas de Palomar*[54]].

Em seu manifesto, Campbell explica que "'novela gráfica' significa um movimento, mais que uma forma". Barrero, no artigo anteriormente citado, critica essa afirmação, considerando que "essa postura elitista gera um gradiente valorativo que pode desembocar na diferenciação de categorias de destinatários (público culto *vs.* público inculto), no parcelamento das possibilidades do meio, na subordinação deste aos gêneros ou aos formatos, ou, finalmente, no prejuízo do próprio estudo da história em quadrinhos". A resposta de Barrero se baseia em um erro muito comum que também contribuiu para provocar a resistência ao termo, pois muitos acham que dizer que algo é uma "novela gráfica" é fazer uma avaliação apriorística da sua qualidade. Ao contrário, para Campbell, se a novela gráfica é um movimento, isso só significa que ela representa uma tradição distinta da do comic book, e não que cada novela gráfica seja melhor que cada comic book: "Creio que uma novela gráfica malfeita é muito menos interessante do que um bom comic book"[55], disse ele. E, de fato, Campbell produziu histórias em quadrinhos de super-heróis por encomenda, sem que isso lhe causasse algum problema de consciência como autor. Como indica Andrés Ibáñez, "uma história em quadrinhos não será melhor se apresentar uma forma que se aproxima mais à de uma novela, assim como um novelista não será melhor escritor se souber disparar um fuzil, nem um policial melhor policial se souber tocar violino", e acrescenta: "Cada forma artística possui seu próprio código"[56].

Portanto, as tradições dos quadrinhos, as formas que eles foram assumindo – em resumo, a história dos quadrinhos – são a única maneira de entendermos se essa novela gráfica atual é realmente uma nova arte. Seth, um dos pioneiros da novela gráfica contemporânea, escreveu:

> Lamentavelmente, não existe nenhum mapa evolutivo real dos quadrinhos. Ao olhar para trás, para as diferentes intenções da novela com imagens narrativas antes de 1975, rapidamente percebemos que uma história longa contada com imagens é simplesmente uma ideia natural. De poucos em poucos anos, ocorria a algum desenhista o conceito – de forma independente ou influenciado por obras similares –, mas cada nova intenção parecia desaparecer rapidamente da visão pública, e a ideia de uma novela com imagens narrativas desaparecia até que surgisse o próximo livro semelhante[57].

Sendo um meio de comunicação de massas, regido por uma lógica empresarial, não podemos nos esquecer de que por trás de cada desenvolvimento artístico dos quadrinhos há uma crise da indústria editorial. Em suas origens, os quadrinhos desempenharam um papel fundamental como repositório do imaginário da sociedade urbana no primeiro terço do século XX, a ponto de se poder dizer sem exagero que nesse período os quadrinhos "oferecem um elemento mais importante para entender a mentalidade americana do que qualquer outro das evidências mais bem estudadas da nossa cultura nacional"[58].

A situação de declive permanente dos quadrinhos populares em todo o Ocidente a partir dos anos 1950 fez com que, desde então, eles sejam uma arte mediante a qual se entoa um canto fúnebre por um falecimento sempre adiado. Ana Merino indicava que

> a perda de público leitor significou para os quadrinhos a perda da sua capacidade cívico-popular. Agora os quadrinhos [...] têm que competir com a televisão, os *videogames* ou a internet. Mas certamente grande parte da estética utilizada pelas novas tecnologias é um produto que se inspirou graficamente nos quadrinhos clássicos, underground ou de super-heróis[59].

A profundidade dos quadrinhos na estética mais ampla da sociedade já foi observada por Masotta em 1970, quando afirma que "todo desenho gráfico relacionado com a história em quadrinhos tem hoje assegurada uma imagem forte"[60]. Entretanto, sobreviver no palimpsesto da explosão iconográfica do mundo contemporâneo não é exatamente sobreviver. Para permanecer arte nessa situação de crise como produto – refletia Merino –, era necessário que os quadrinhos reconhecessem o seu espaço dentro da história cultural da modernidade:

> o reconhecimento do seu passado e da sua singularidade implica a construção de um cânone sobre o qual forjar o seu futuro. Os estudiosos dos quadrinhos vão enfrentar, nos próximos anos, as ruínas de um século de criação que necessita ser catalogado e reconstruído nas bibliotecas e hemerotecas. Essa apropriação canônica implica sua aceitação não apenas como objeto de consumo maciço, mas também como objeto de reflexão crítica minoritária.[61]

Essa aceitação dos quadrinhos como "objeto de reflexão crítica" (minoritária ou não) nos leva ao momento atual da novela gráfica, sem dúvida um dos "espaços" que os quadrinhos estão sabendo conquistar na modernidade atual.

Este estudo tentará entender como chegamos à novela gráfica atual, de onde ela procede e qual é a sua história, mas em parte também tentará compreender por que essa "ideia natural" da qual fala Seth demorou tanto a se materializar. Ou seja, este é um livro para entender por que a novela gráfica surgiu, mas também por que não surgiu antes. Para fazê-lo, teremos que praticar uma nova "apropriação canônica", ou seja, teremos que reescrever a história dos quadrinhos do ponto de vista da novela gráfica.

2 – OS QUADRINHOS ADULTOS ANTES DOS QUADRINHOS ADULTOS

DO SÉCULO XIX ATÉ 1960

*"Pertenço à baixa cultura. A isso me dedico.
Não apenas pertenço à baixa cultura, como não creio
que ela seja baixa cultura. É tudo cultura."*[1]

Bernard Krigstein

O que chamamos de quadrinhos?

Para reescrever a história do ponto de vista da novela gráfica, como sugerimos no capítulo anterior, precisaremos saber que história é essa que temos de examinar, qual é o seu princípio e qual é o seu objeto. Assim, antes de empreender a história, necessitamos saber qual é a definição de quadrinhos, e esta tem se mostrado tão esquiva e espinhosa que um número cada vez maior de livros especializados opta por evitar o tema, diante do temor de se afundar no lodo da verborreia teórica sem resolução possível. Groensteen, talvez em um momento de desespero, chamou-a de "a definição impossível"[2].

Existe atualmente uma tendência a abordar as considerações ontológicas em torno dos quadrinhos a partir do conceito de "arte sequencial", considerado como a essência mais indiscutível das HQs. Sem dúvida, a popularização dessa ideia tem muito a ver com as reações despertadas por *Understanding Comics* [*Desvendando os quadrinhos*[3]] (1993), livro teórico de Scott McCloud que causou grande surpresa na época por utilizar justamente os quadrinhos como veículo para expressar o seu discurso. Sem dúvida, o ponto de partida de McCloud foi muito influenciado por *Comics and Sequential Art* [*Quadrinhos e arte sequencial*[4]] (1985), de Will Eisner, livro que é uma mistura de receitas de truques profissionais e ensaio teórico, e que começava com a seguinte declaração:

> O objetivo desta obra é considerar e examinar a estética inimitável da Arte Sequencial como meio de expressão criativa, matéria de estudo diferente, forma artística e literária que trata da disposição de desenhos ou imagens e palavras para contar uma história ou representar uma ideia. Isto é estudado aqui no padrão da sua aplicação para os livros de quadrinhos ou as tiras de jornais que se servem da Arte Sequencial em todo o mundo[5].

Eisner parece fazer uma distinção, portanto, entre "Arte Sequencial" e quadrinhos, como se a primeira fosse uma ferramenta à disposição de diversos meios, entre eles o das HQs, mas não esclarece depois qual é a especificidade dos quadrinhos e o que os distingue de outros meios que utilizam a "Arte Sequencial" – que tampouco são mencionados, embora possamos supor que, entre eles, se encontrem, talvez, o cinema, a pintura, a publicidade ou o *design* gráfico, os quais se ajustariam à "forma artística e literária que trata da disposição de figuras ou imagens e palavras para contar uma história ou representar uma ideia". McCloud tentava ser mais preciso em sua definição e dotar de uma argumentação mais sólida a ideia da "Arte Sequencial" de Eisner, ensaiando esta definição: "Ilustrações justapostas e outras imagens em sequência deliberada, com o propósito de transmitir informações e obter uma resposta do leitor"[6] [4].

[4] *Entender el cómic* (1993), Scott McCloud.

2 – OS QUADRINHOS ADULTOS ANTES DOS QUADRINHOS ADULTOS

Os problemas dessa definição são muitos. Em primeiro lugar, assim como a de Eisner, ela poderia se aplicar a muitas coisas que não os quadrinhos e, portanto, carece de qualquer valor significativo. Mas também ignora alguns aspectos mais evidentes dos quadrinhos, como a relação entre a palavra e a imagem. McCloud não menciona em momento algum o texto, que, para outros estudiosos, como Harvey, é fundamental. Harvey considera que "o princípio da mescla visual-verbal é o primeiro princípio de uma teoria crítica dos quadrinhos"[7]. Se a formulação de Harvey encontra problemas ao enfrentar as HQs isentas de palavras, a de McCloud o faz ao ignorar por completo o papel delas. Além disso, McCloud exclui de sua definição qualquer história em quadrinhos formada por uma única imagem, julgando necessário, para que o comic exista, que haja o "espaço invisível" entre uma imagem e outra, desterrando para o impreciso limbo do "humor gráfico" ou da "ilustração" todas aquelas produções de tirinhas que se resolvem em um único quadro, apesar de uma simples caricatura poder ser também narrativa, já que exige, para se completar, que imaginemos um "momento posterior à ação"[8], como indica David Carrier, que ilustra a ideia com uma caricatura de Daumier [5]. Tem sentido a imagem do exemplo, se não imaginamos o momento posterior ao que ela nos mostra? Esse ato de completar a "história" é diferente da "clausura" que McCloud postula como sendo um elemento indispensável para o funcionamento singular dos quadrinhos? Para não exaurir mais a discussão, mencionaremos também que a definição de McCloud inclui a fotonovela[9] como se fosse uma história em quadrinhos. A hierarquia outorgada ao sequencial faz com que o seu valor prime sobre a natureza específica do desenho, cujo traço, em especial o caricaturesco, esteve sempre ligado, de maneira completamente orgânica, ao sentido do que são os quadrinhos, desde suas origens até os nossos dias. A imagem fotográfica tem uma natureza completamente diferente da imagem desenhada[10]. Barthes já observou que a fotografia autentica a existência do ser retratado[11], enquanto o desenho inventa o que não existe.

Mas o que nos importa é, principalmente, que o sucesso do livro de McCloud, que se ampara em uma espécie de idealismo teórico, difundiu, na história, a ideia de um conceito dos quadrinhos ampliado até o extremo de abarcar quase qualquer imagem a que se possa dar um sentido narrativo. McCloud é fiel à sua lógica quando diz que seu conceito lhe permite "lançar uma nova luz sobre a história dos quadrinhos"[12]. Essa nova luz converte, pois, em quadrinhos, as pinturas egípcias, a Coluna de Trajano ou o tapete de Bayeux[13]. E estamos falando de quadrinhos, não de protoquadrinhos ou de exemplos de "Arte Sequencial" aplicada a outros meios. Depois de examinar os manuscritos pré-colombianos ilustrados, McCloud declara: "Isto é uma história em quadrinhos? Eu acredito que seja!"[14].

[5] *Le dernier bain* (1840), Honoré Daumier. Reproduzido em Carrier (2009).

Essa "ampliação ao nível do absurdo" da história dos quadrinhos encontrou pouca resistência devido, em parte, à debilidade da tradição de estudos teóricos nos Estados Unidos a esse respeito até muito recentemente. Os livros americanos sobre quadrinhos existem pelo menos desde os anos 1940, quando o desenhista Coulton Waugh escreveu *The Comics* (1947), marcando assim uma linha de investigação definida por estudiosos dos quadrinhos e por revisões históricas escoradas até o anedótico, o nostálgico ou as memórias profissionais. É o caso de *History of Comics*, de Jim Steranko (1970-1972), de *The Comics* (1974), de Jerry Robinson, ou de *From Aargh! To Zap!* (1991), a "história visual dos comics" de Harvey Kurtzman, três desenhistas com inquietações, como Waugh (e como os próprios Eisner e McCloud). Enquanto na França, em 1971, Francis Lacassin já dava aulas de história e estética da *bande dessinée* na Sorbonne, o livro de referência mais popular durante duas décadas nos Estados Unidos foi a *World Encyclopedia of Comics* (1976), editada por Maurice Horn, que era um dicionário de autores e personagens.

Não obstante, um dos trabalhos de maior envergadura teórica até o momento também foi publicado nos Estados Unidos nos anos 1970, e fixava a história dos quadrinhos **dentro de limites mais manejáveis** do que os propostos por McCloud. Trata-se **da monumental história dos quadrinhos em dois volumes** (*History of the Comic Strip **Volume I: The Early Comic Strip** e The History of the Comic Strip. The Nineteenth Century*) **de** David Kunzle, um discípulo de Gombrich que se animou a mergulhar no **tema seguindo uma sugestão de seu mestre**: "Seria tentador acompanhar o desenvolvimento desde as histórias em imagens de Hogarth até as de Töpffer"[15].

A definição de **quadrinhos dada** por Kunzle se baseia em quatro condições que servem **para definir uma HQ** "de qualquer período, em qualquer país"[16]: 1) Deve haver **uma sequência de imagens separadas;** 2) Deve haver uma preponderância **da imagem sobre o texto;** 3) O meio em que a história em quadrinhos aparece **e para o qual está originalmente destinada tem que ser** reprodutivo, ou seja, **em forma impressa, um meio de comunicação de massas;** 4) A sequência deve **contar uma história que seja tanto moral quanto tópica**[17]. Essa definição foi bastante **criticada**, sobretudo por Thierry Groensteen, que a considera inaceitável **por ser normativa e interessada**, já que "a terceira condição de Kunzle só serve **para justificar o fato de ele ter escolhido a invenção da** imprensa como ponto **de partida para** *The Early Comic Strip*"[18]. Certamente é possível compreender **a postura de Groensteen** se a inserimos em uma tradição de estudos franceses **muito mais robusta e acadêmica** do que a americana, principalmente no **plano teórico**, em que a semiótica, o estruturalismo e a psicanálise estão **presentes nos textos sobre os quadrinhos desde o final** dos anos 1960. Assim, **o próprio Groensteen** busca uma definição baseada na "solidariedade icônica"[19] dos elementos que compõem os quadrinhos, prescindindo de questões **históricas ou materiais**.

A nós, no entanto, **é essa terceira condição de Kunzle que parece particu**larmente interessante, **já que todas as definições formalistas acabam sendo res**tritivas. A que se baseia **na sequência ignora a imagem singular;** a que se baseia na imagem ignora o **desenho;** e inclusive a de Groensteen acaba eliminando da lista histórias em quadrinhos que reconhecemos como histórias em quadrinhos. É muito mais produtivo **para nossa investigação considerar os quadrinhos como** *objeto social* e, portanto, "**definidos mais por seu uso comum do que por critérios** formais *a priori*"[20]. E em **seu uso social comum**, identificamos os quadrinhos como um objeto impresso. Um livro, um folheto, uma revista, um caderninho ou uma seção de um jornal ou de outra publicação, porém reproduzido para o consumo massivo. Em parte, podemos parafrasear a famosa definição de arte de Dino Formaggio e dizer que, assim como "a arte é tudo aquilo a que os homens chamam de arte"[21], "os quadrinhos são aquilo a que os homens chamam de quadrinhos" – o que se encaixa bem para recordar que uma história em quadrinhos não é um quadro de Lichtenstein que copia um desenho de uma HQ, assim como não o são a Coluna de Trajano ou o teto da Capela Sistina, de Michelangelo, que também nos contam uma história com imagens sequenciais. Diz McCloud que, "quando nos concentramos no mundo dos quadrinhos, não podemos nos esquecer em momento algum que esse mundo é apenas um... entre muitos mundos possíveis!"[22]. Tendo isso em mente, não nos esqueceremos de examinar os quadrinhos que existiram e existem nesse único mundo, e não aqueles que poderiam existir em outros mundos possíveis. Podemos começar, portanto, nossa história dos quadrinhos com a imprensa.

A pré-história dos quadrinhos

Como dizíamos, a imprensa é o ponto de partida do primeiro volume da *History of the Comic Strip* de Kunzle. Nesse volume, o autor americano relaciona os antecedentes dos quadrinhos com as numerosas publicações em folhas soltas (*broadsheets*) que, lançando mão de uma combinação de imagens e texto, são utilizadas desde o século XV na França, nos Países Baixos, na Grã-Bretanha e na Itália, habitualmente com finalidade de propaganda política e religiosa ou intenção moral. Kunzle rastreou todas as coleções possíveis de narrativa gráfica, impressa ou em estampa, que apareceram na Europa durante os séculos XVI e XVII, incluindo o trabalho de artistas como Callot, com sua série sobre a guerra, ou até mesmo Rubens, com sua série sobre a vida de Maria de Médicis, até chegar ao século XVIII e William Hogarth.

Hogarth era o ponto ideal para pôr fim ao primeiro volume de sua história, uma vez que Kunzle o considera "o avô dos quadrinhos" devido à sua influência – a única reconhecida por ele mesmo – sobre Töpffer, "o pai dos quadrinhos". As séries de imagens narrativas de Hogarth – *A Harlot's Progress* (1732), *A Rake's Progress* (1735), *Marriage A-la-mode* (1745) [6] – não só antecipam alguns elementos da linguagem visual dos quadrinhos como também

2 – OS QUADRINHOS ADULTOS ANTES DOS QUADRINHOS ADULTOS

contam com certa difusão popular e estabelecem protagonistas com o estilo daqueles que, mais tarde, seriam comuns nos gibis. Apesar de suas imagens se reproduzirem, Hogarth não trabalha na indústria cultural de massas, nas margens da respeitabilidade, e sim é um grande artista inserido na dinâmica da "idade da sátira" como único representante das artes figurativas, porém ao lado de escritores da categoria de Pope, Swift ou, especialmente, Henry Fielding[23].

[6] *A Rake's Progress*, ilustração III (1735), William Hogarth.
Reproduzido em Smolderen (2009).

Hogarth, no entanto, ainda se situava cem anos antes do verdadeiro surgimento dos quadrinhos, aos quais Kunzle dedicava o segundo volume, ocupado pelo século XIX. Embora os trabalhos de alguns caricaturistas vitorianos herdeiros de Hogarth – Cruikshank, Rowlandson e Gillray sendo os de maior destaque –

também elaborem muitos dos elementos que hoje reconhecemos como próprios dos quadrinhos, antecipando-se às vezes a Töpffer, é este professor suíço que Kunzle elege como verdadeiro inventor da nova arte. Töpffer, escritor e educador que mal saiu de Genebra ao longo da sua vida, realiza alguns relatos em estampas acompanhados de texto nos quais a maioria dos especialistas distinguiu uma variação qualitativa com relação ao mundo da mera ilustração humorística e da caricatura, que tão fértil será ao longo do século.

Em 1857, Baudelaire disse que Daumier era "um dos homens mais importantes, eu diria que não só da caricatura, mas também da arte moderna"[24]. O século XIX vê como se difundem internacionalmente as condições necessárias para o triunfo da caricatura, que até então havia existido apenas como divertimento privado dos artistas ou como ferramenta na investigação para se chegar a outros fins: um regime político parlamentar – com sua consequente liberdade de expressão, por mais limitada e discutida que seja em diversas ocasiões –, uma tecnologia capaz de produzir publicações impressas em série – a litografia, inventada em 1798 por Alois Senefelder, facilitará a explosão da gráfica popular ao longo do século – e uma burguesia próspera e dominante, que dote a caricatura de conteúdo e público. Em outras palavras, frente ao regozijo privado proporcionado pela posse das obras de arte da tradição nobre, a caricatura encontra seu sentido como uma arte pública.

Na França, essas condições se dão especialmente a partir da Monarquia de Julho de Luis Felipe de Orleans, em 1830. Três meses depois da instauração do regime, Charles Philipon funda *La Caricature*, à qual seguiria, em 1832, *Le Charivari*, do mesmo Philipon. É nessas publicações e em outras parecidas que não só Daumier, mas também Cham, Gavarni, Nadar e outros, popularizam uma nova estética que, mais que romper com o academicismo, se situa à margem dele, com as consequências libertadoras que isso tem. Gombrich assinala que "a licença permitida à arte humorística, sua ausência de travas, permitiu aos mestres da sátira grotesca experimentar a fisionomia até um ponto vedado ao artista sério"[25]. Certamente, a caricatura nos revela a vanguarda antes da vanguarda, ou talvez, como a tradição hegemônica da arte desde o Renascimento, sirva menos de estímulo do que de lastro para os *grandes artistas*. Um exemplo interessante da liberdade desfrutada pelos caricaturistas pode ser encontrado nos bustos de parlamentares que Daumier

2 – OS QUADRINHOS ADULTOS ANTES DOS QUADRINHOS ADULTOS

modela entre 1832 e 1834. Feitos em barro cozido e pintados, revelam uma visão *desidealizada* da obra de arte e de seus temas que não apenas se choca frontalmente contra as normas da escultura séria de sua época, mas se adianta em sessenta anos à escultura de vanguarda de Medardo Rosso, Edgar Degas ou do próprio Rodin. A pobreza dos materiais ou o uso da pintura teriam sido gestos radicais para qualquer escultor profissional da primeira metade do século XIX. Talvez por isso Daumier tenha se beneficiado da sua falta de formação acadêmica, à qual não pôde ter acesso por ser filho de um vidraceiro marselhês sem recursos econômicos.

Essa divisão entre o caminho da arte séria e da arte popular – ou de massas – será uma das vias mais interessantes para se estudar o desenvolvimento da imagem a partir desse momento, e por isso a história em quadrinhos desempenhará um papel fundamental nos primórdios da modernidade, como veremos.

Assim, se, na França, Robert Macaire – o vigarista extraído da Paris de Balzac e Zola do qual Daumier produziu mais de cem litografias entre 1836 e 1842 – representa "a inauguração decisiva da caricatura de costumes"[26], fato que terá uma fértil continuação nos comics norte-americanos do final do século, no resto da Europa também proliferam as revistas ilustradas e cômicas, e nelas começam a aparecer quadrinhos e protoquadrinhos. Fundamental é a figura do alemão Wilhelm Busch, autor das aventuras dos gêmeos *Max und Moritz* (1865); também se destaca a *Histoire pittoresque, dramatique et caricaturale de la Sainte Russie* (1854) [7], de Gustave Doré, onde texto e imagem se contrastam com intenção irônica, assim como a obra dos primeiros grandes chargistas franceses, Caran d'Ache (1858-1909) e Christophe (1865-1945).

Na Inglaterra, a revista mais importante – e de influência internacional – será *Punch* (fundada em 1841), que "geralmente se considerava digna demais para publicar quadrinhos"[27]. É precisamente na Inglaterra que aparece aquele que é considerado o primeiro personagem recorrente da história dos quadrinhos, o pícaro Ally Sloper, que debutou nas páginas da revista *Judy* em 1867, mas em seguida começaria a ver como suas aventuras eram recolhidas em livros recopilatórios. Além disso, foi protagonista de alguns dos primeiros filmes do novo meio cinematográfico, que hoje não se conservam, embora haja dados indicando que dois deles estrearam em 1898 e outros dois em 1900[28].

A NOVELA GRÁFICA

[7] *Histoire de la Sainte Russie* (1854), Gustave Doré. Reproduzido em Kunzle (1990).

2 – OS QUADRINHOS ADULTOS ANTES DOS QUADRINHOS ADULTOS

[8] "Por un coracero", em *El Mundo Cómico* 22 (1873), José Luis Pellicer. Reproduzido em Martín (2000b).

No Japão existia uma longa tradição da arte narrativa, e hoje em dia querem nos fazer ver que o mangá atual é a continuação dessa tradição local. Entretanto, as verdadeiras origens do mangá estão também no século XIX, e na assimilação cultural por parte, primeiro, dos artistas japoneses da era Meiji da influência das revistas estrangeiras – em 1862 o oficial britânico Charles Wirgman fundou *The Japan Punch*, baseado no *Punch* britânico – e, mais tarde, das HQs norte-americanas – *Bringing Up Father* [*Pafúncio e Marocas*[29]], de George McManus, será muito imitada nos anos 1920. "Na verdade, o mangá – ou seja, os quadrinhos – poderia não ter chegado a existir se a extensa herança japonesa não tivesse sido profundamente alterada pela influência dos chistes, das caricaturas, das tiras de jornal e dos quadrinhos ocidentais"[30], como observa Gravett.

Na Espanha, os estudos mais importantes sobre as origens dos quadrinhos foram desenvolvidos por Antonio Martín, diretor da revista pioneira de informação e estudos sobre quadrinhos *Bang!* (iniciada em 1968 como fanzine). Nesse país, a imprensa – e muito mais a satírica – sofreu o mesmo atraso endêmico que outros meios culturais (em 1860 a taxa de analfabetismo é de 80%), o que explica por que a primeira verdadeira tirinha localizada por Martín corresponde a uma data tão tardia como 1873[31] [8]. Mais recentemente, Barrero[32] identificou como tira pioneira uma página publicada na revista cubana *Don Junípero* em 1864 pelo militar bilbaíno Víctor Patricio de Landaluze. Embora a espanholidade do autor seja indiscutível, a obra por sua vez se insere em um ambiente social e político específico da colônia, o que faz com que a sua integração no discurso histórico dos quadrinhos espanhóis apresente algumas dificuldades. Em todo caso, não é fundamental escolher um vencedor nesta corrida para ser "a primeira história em quadrinhos espanhola". Novas investigações poderiam propor novas candidaturas, e afinal de contas as diferenças que se estabelecem entre estas primeiras tiras e os protoquadrinhos que convivem com elas só se referem a matizes de linguagem, ou seja, ao grau em que se produz uma relação narrativa entre os quadros e a relação coordenada dos desenhos com respeito ao texto. Além disso, o fundamental é que, com a Restauração – sobretudo a partir do momento em que se apazigua o clima revolucionário, o que dará lugar a uma liberalização da legislação e um relaxamento da censura –, na Espanha já se pode falar de uma imprensa humorística e gráfica, e já aparecem os primeiros mestres dos quadrinhos locais, como o madrilense Mecáchis (Eduardo Sáenz Hermúa, 1859-1898) ou o barcelonês Apeles Mestres (1854-1936).

Significativamente, a *History of the Comic Strip* de Kunzle não incluía em suas páginas as origens das tiras norte-americanas na imprensa dominical nova-iorquina de finais do século XIX, como se isso já pertencesse a uma segunda etapa ou tradição da história em quadrinhos. Como veremos, isso será decisivo no desenvolvimento do meio durante o século XX e até nossos dias.

Os quadrinhos como invenção europeia: Rodolphe Töpffer, autor

Foi Gombrich quem atraiu a atenção sobre Töpffer em seu ensaio "O experimento da caricatura" de *Art and Illusion* [*Arte e Ilusão*[33]] (1959), e seu discípulo Kunzle que, como vimos, desenvolveu mais minuciosamente essa

2 – OS QUADRINHOS ADULTOS ANTES DOS QUADRINHOS ADULTOS

investigação. Além de escrever os dois volumes da *History of the Comic Strip* que já mencionamos, Kunzle se responsabilizou em 2007 pela monumental edição completa e crítica das tiras cômicas de Töpffer, assim como por outro volume de estudos sobre o autor genebrense que o acompanhava.

Töpffer nasceu em Genebra em 1799, filho de um pintor aficionado por quadros de gênero e paisagens que, com seu entusiasmo pelas artes, trouxe gravuras de Hogarth da Inglaterra. Töpffer, limitado por sua miopia em suas ambições pictóricas, encontrou em Hogarth – segundo ele mesmo confessou – a inspiração para desenvolver sua própria forma narrativa mediante algumas imagens mais simples e espontâneas do que exigia a tela. Depois de trabalhar alguns anos como professor, Töpffer montou seu próprio internato em 1824, e nele acolheu jovens estudantes de toda a Europa, os quais levava a frequentes excursões pelos Alpes, narradas pelo próprio autor em *Voyages en Zigzag*, um livro que fez sucesso em sua época. Ao longo de toda a sua vida, Töpffer manteve aspirações literárias e acadêmicas e chegou a ser uma personalidade intelectual de certo renome em Genebra graças aos seus romances, seus poemas e sua posição como docente. Entretanto, hoje recordamo-nos dele como figura capital precisamente por aquilo que ele fez como divertimento privado, sem maiores aspirações que não fossem as de se entreter e entreter seus alunos, e também porque sempre teve reservas em tornar o material público, temendo que isso prejudicasse sua carreira profissional e literária. Na verdade, suas tiras cômicas nasceram com o objetivo de divertir seus alunos, diante dos quais criou as primeiras como um espetáculo ao vivo, irreflexivo. *Les Amours de Mr. Vieux Bois* [Os amores do Sr. Jacarandá] foi a primeira tira, em 1827, mas permaneceria inédita até dez anos mais tarde. Em 1832 recebeu a aprovação de um Goethe ancião, divertido em suas horas finais e mais dolorosas pelo rascunho de *Le Docteur Festus*, que Soret lhe mostrou em 27 de dezembro, e cujo elogio apareceu publicado em *Kunst und Alterthum*, quando o escritor já havia morrido e a obra em questão ainda permanecia inédita. Com o passar dos anos, as palavras de Goethe foram adquirindo um valor quase de profecia sagrada para as sucessivas gerações daqueles que acreditavam no poder expressivo dos quadrinhos.

> São muito absurdas [as aventuras do doutor Festus], mas seu talento e sua criatividade refulgem; em grande parte é completamente perfeito; demonstra o quanto o artista poderia conseguir caso se ocupasse de temas

menos frívolos e trabalhasse com menor precipitação e mais reflexão. Se Töpffer não tivesse diante de si um texto tão insignificante, inventaria coisas que superariam todas as nossas expectativas[34].

Töpffer, na verdade, jamais se atreveu a superar esses "textos insignificantes", mantendo-se no reino do "absurdo" durante toda a sua carreira como cartunista, e há quem possa argumentar que todos os desenhistas que lhe sucederam se viram diante da mesma limitação até tempos muito recentes. Os temas de Töpffer eram leves e frívolos, viagens satíricas nas quais o protagonista salta de peripécia rocambolesca em peripécia rocambolesca impulsionado por casualidades exageradas. De ritmo vivo e até frenético, hoje em dia conservam uma frescura surpreendente. Inscrevem-se numa tradição satírica europeia mais ampla; por momentos recordam as aventuras do Barão de Münchausen, enquanto Pierre Assouline[35] observa que O burguês fidalgo de Molière empresta seu argumento para a Histoire de Mr. Jabot. Töpffer utiliza um curioso formato oblongo que faz com que, sem obrigação alguma, o primeiro quadrinho nasça como "tira" [9], um formato de publicação que no futuro ficaria reservado aos periódicos, nos quais se imporia por motivos práticos para aproveitar o espaço. Töpffer não faz uso de pequenos diálogos – embora em seus esboços se observe que ele brincou com a ideia –, mas coloca textos sob o quadrinho, escritos de próprio punho. Os quadrinistas que o seguem recorrerão à tipografia, abandonando esse caminho, do mesmo modo que ninguém – exceto aqueles que imitam deliberadamente Töpffer em seu momento de maior sucesso na França – continuará o seu estilo de desenho esboçado e espontâneo. Por sua extensão e seu sentido de obras completas, as tiras de Töpffer se parecem mais com as novelas gráficas atuais do que com os quadrinhos que prosperariam durante o século XX, episódicos e protagonizados por heróis recorrentes.

Em anos sucessivos, apesar do beneplácito de Goethe, Töpffer continuou perseguindo o sucesso no reino da prosa e do verso. Em 1833, autopublicou pelo método litográfico a mencionada *Histoire de Mr. Jabot*, que distribuiu entre seus amigos, e só em 1835 colocou essa obra à venda nas livrarias. Nos anos seguintes imprimiu outros títulos: *Mr. Crépin* e a antiga *Les Amours de Mr. Vieux Bois*, em 1837. Esta última, que foi plagiada em Paris, teve uma segunda edição em 1839. Em 1840, *Monsieur Pencil*; em 1844, *L'Histoire d'Albert*.

2 – OS QUADRINHOS ADULTOS ANTES DOS QUADRINHOS ADULTOS

Em 1845, publicou a *Histoire de Monsieur Cryptogame* em onze capítulos em *L'Illustration*, um semanário ilustrado parisiense de seu primo, Jacques-Julien Dubochet, convertendo-se na primeira tira serializada em revista e posteriormente recopilada como álbum, um processo que seria o habitual nos quadrinhos franco-belgas durante quase todo o século XX, com *Tintim* e *Asterix* na liderança. Como a vista de Töpffer já não lhe permitia trabalhar em gravuras na madeira com suficiente velocidade, os desenhos foram feitos por Cham, que havia demonstrado ser o melhor imitador de Töpffer até o momento. Nesse mesmo ano, Töpffer publicou seu *Essai de Physiognomonie* [Ensaio de fisionomia], compêndio do seu pensamento artístico e de suas opiniões sobre a caricatura, e primeiro texto teórico sobre quadrinhos da história. Morreu em 1846, provavelmente vítima de leucemia.

As dificuldades que Töpffer enfrentou no momento da aprovação de suas obras gráficas não foram de todo injustificadas. Apesar da primeira opinião benevolente de Goethe, as críticas sobre suas tiras foram constantes até o final de seus dias. Em 1846, nas vésperas da morte do autor, a *Revue de Genéve* condenava seus quadrinhos "como uma corrupção do gosto, pois eram pueris, não exigiam nenhum trabalho, fatigavam com a constante repetição das mesmas figuras, e constituíam, em resumo, uma prostituição de um talento literário indiscutível"[36]. É normal que o professor se sentisse mais tranquilizado pelas opiniões que sua produção literária recebia do que pelas virulentas reações que suas "garatujas" provocavam.

Apesar de suas dificuldades iniciais, Töpffer buscou um público adulto para suas histórias ilustradas, ou no mínimo um público geral, de todas as idades, e parece que em parte pelo menos o conseguiu, embora sem dúvida a ausência de temas escandalosos e a inocência inata das peripécias que narram tenham feito com que parecessem uma leitura familiar excelente. A edição dos "Álbumes Töpffer" [Álbuns de Töpffer] da Garnier em 1860 era vendida como "adequada para todas as saletas, não escandalizará ninguém, divertirá todas as idades e constituirá um presente aceitável para damas, jovens, adolescentes e até mesmo crianças"[37]. Wilhelm Busch, o mestre alemão, também buscava um público adulto, mas é preciso levar em conta que é no século XIX que surge o conceito da literatura infantil, representada de forma eloquente pela expressão "para crianças de todas as idades", que Kunzle adverte que "indica um novo público de gerações e classes sociais que se entrecruzam: as crianças maiores (de dez a dezesseis anos) e educadas, e a criança que existe dentro do adulto. A estes devemos acrescentar as classes sociais mais baixas, que lutavam, como as crianças, para atingir a maturidade"[38]. Na Espanha, Antonio Martín indica que, "significativamente, os periódicos espanhóis para a infância não publicarão tiras de quadrinhos, nem sequer quando esse meio assegura o seu lugar nas revistas espanholas a partir de 1880"[39]. É muito difícil relacionar Töpffer com quadrinhos para adultos ou infantis, já que, como pioneiro que é, tanto sua arte como seu público estão por ser descobertos, e a comercialização de sua obra tampouco foi o aspecto decisivo na orientação que o meio seguiria com o trabalho de seus sucessores. Mas parece claro que, em meados do século XIX, os quadrinhos – assim como a caricatura – não são considerados um meio especialmente infantil.

[9] *Histoire d'Albert* (1844), Rodolphe Töpffer.

2 — OS QUADRINHOS ADULTOS ANTES DOS QUADRINHOS ADULTOS

[10] *Histoire de Mr. Vieux Bois* (manuscrito original, 1827), Rodolphe Töpffer. Reproduzido em Smolderen (2006).

O fato mais decisivo em torno da obra de Töpffer, o que a distingue claramente do que a precede, encontra-se na sua descoberta da capacidade narrativa inata do desenho. Thierry Smolderen[40] explica como Töpffer era consciente da diferença entre as variações temáticas e as sequências narrativas. O que praticavam os caricaturistas anteriores, como George Cruikshank, eram contraposições de diferentes aspectos de um tema. Como o próprio Töpffer explicava em uma carta ao crítico francês Sainte-Beuve: "Fazem *suites*, ou seja, aspectos diferentes da mesma ideia; e as colocam uma diante da outra, mas elas não estão enlaçadas por um pensamento"[41]. Smolderen observa o manuscrito da primeira página da *Histoire de Mr. Vieux Bois* [10]. Na parte superior da folha aparecem dois quadros que mostram uma dessas contraposições temáticas, enquanto na parte inferior, e aparentemente sem nenhuma relação com esses dois quadros, outros três compõem o que o estudioso chama de um "sintagma narrativo" completo e que dão início à *Histoire de Mr. Vieux Bois*. É uma mera casualidade, produto de reaproveitamento de um papel para diversos fins, ou é uma demonstração – talvez realizada diretamente, perante seus alunos – da diferença que há entre os dois processos? Para Smolderen, esse descobrimento de Töpffer é fundamental, pois conduz a algo mais. O gabarito improvisado como exemplo acaba se desenvolvendo como uma história completa. Ou seja:

> O surpreendente descobrimento que Töpffer fez nessa ocasião foi realmente que tal ideia narrativa podia se autoimpulsionar pela dinâmica autônoma do mundo visual, o fato de que uma vez que alguém iniciava uma enunciação gráfica desse tipo, conduzia de forma natural a outra enunciação, e depois a outra, até o extremo de gerar toda uma aventura picaresca a partir do nada. Isto acontece assim essencialmente porque as imagens narrativas – ao contrário das alegorias, dos hieróglifos, das séries temáticas, da ilustração etc. – estão repletas de desenvolvimentos espaciais e temporais. Seus componentes não são símbolos, mas atores que transbordam de intenções espontâneas e acessórios que pedem um uso oportunista ou calamidades inventivas[42].

Estamos falando simplesmente de um tipo de narrativa em imagens que não existia até o momento. Um tipo de narrativa em que, pela primeira vez, "os desenhos impulsionam a narração"[43]. Um tipo de narrativa em imagens que era inconcebível sob as regras estritas das artes acadêmicas. Comparando-o com seu mestre declarado, Lanier observa:

> [...] em Hogarth, o resultado está determinado desde o princípio. Em Töpffer, você olha uma cena e a seguinte e pensa: se ele estivesse com um humor ligeiramente diferente... se um ramo tivesse roçado a janela e o houvesse distraído por alguns segundos, sua pena suspensa sobre a página... lhe poderia ter ocorrido algo completamente diferente, e a história teria tomado outra direção[44].

É provável que considerar Töpffer o "inventor" dos quadrinhos seja um exagero, ou pelo menos irrelevante. Dado o desenvolvimento da ilustração e da caricatura no século XIX, parece inevitável que as histórias em quadrinhos cedo ou tarde acabassem surgindo, e afinal os quadrinhos não são apenas uma linguagem, mas toda uma tradição que deve mais ao que acontece na imprensa

2 – OS QUADRINHOS ADULTOS ANTES DOS QUADRINHOS ADULTOS

norte-americana do final do século do que aos álbuns desse professor suíço, cuja influência nos Estados Unidos foi muito menor que a de Busch. Mas o seu descobrimento da capacidade narrativa e expressiva inata da *garatuja* o situa, ao olhá-lo da perspectiva dos nossos dias, numa posição privilegiada como arauto da modernidade. Gombrich o resume assim: "O método de Töpffer, o 'garatujar e ver o que acontece', foi implantado efetivamente como um dos meios reconhecidos para ampliar a linguagem da arte"[45].

Além disso, se a garatuja libera Töpffer para construir um discurso baseado no desenho, e não no texto, Töpffer é, por sua vez, capaz de chegar à garatuja precisamente porque, em primeiro lugar, ele é de antemão livre. Ou seja, livre de toda exigência que não seja a sua própria inspiração. O primeiro autor de quadrinhos da história é um autor vocacional, não profissional. Como já vimos, ele cria suas tiras para uso privado e só de forma tardia e reticente lhes dá uma saída pública. Depois de Töpffer, todos os quadrinistas atenderão a diretrizes editoriais, considerações comerciais e limitações técnicas na hora de empreender seus projetos. A escravidão da *profissão* só começará a se agitar com a rebeldia do "movimento" atual da novela gráfica, em que o primeiro critério na hora de determinar o conteúdo e a forma de uma HQ é a vontade do seu autor. É esta qualidade singular de Töpffer que o tornou tão atrativo nos últimos anos, e por isso uma parte das raízes dos quadrinhos contemporâneos sem dúvida lhe pertence.

Os quadrinhos como invenção americana: Yellow Kid, o produto

A influência de Rodolphe Töpffer estendeu-se pela Europa em meados do século, com grande sucesso na França, onde foi publicado, reeditado e copiado. Em 1841, foi publicada na Inglaterra uma tradução de *Les amours de Mr. Vieux Bois*, com o título *The Adventures of Obadiah Oldbuck*. Esta edição chegou aos Estados Unidos, mas não teve muita repercussão. A figura decisiva para o desenvolvimento dos quadrinhos americanos será a do alemão Wilhelm Busch (1832-1908).

Pintor, poeta e caricaturista, Busch colaborava com o semanário humorístico *Fliegende Blätter* – o mesmo onde havia aparecido o famoso desenho do pato-coelho que serviria como introdução para a *Arte e Ilusão* de Gombrich – a partir do final da década de 1850. Em 1865 ele publicou uma história em quadrinhos intitulada *Max und Moritz* [11], protagonizada por dois garotos travessos. Embora Busch se utilizasse de uma narração ágil própria dos quadrinhos modernos e de um estilo caricatural muito simples, acompanhava cada quadrinho de um par de versos que acrescentavam um ritmo musical ao relato. Max e Moritz cometiam uma trapalhada atrás da outra, até encontrarem o seu final nas mãos de um camponês que os colocava dentro de um saco e os entregava a um moleiro. Esmagados, os pequenos acabavam convertidos em grãos, que eram finalmente engolidos pelos patos do moleiro. Esse relato sem lição de moral – os meninos não aprendem nada, são apenas brutalmente castigados no final –, repleto de humor negro e de violência, situava-se na extremidade oposta das aloucadas mas inocentes odisseias pedagógicas de Töpffer. Seu sucesso internacional foi imenso, e se difundiu por toda a Europa – sendo inclusive o primeiro livro infantil estrangeiro publicado no Japão, em 1887 –, convertendo-se em modelo para muitas tradições locais dos quadrinhos. Nos Estados Unidos também seria uma referência fundamental.

[11] *Max und Moritz* (1865), Wilhelm Busch.

Schnupdiwup! da wird nach oben
Schon ein Huhn heraufgehoben.

2 – OS QUADRINHOS ADULTOS ANTES DOS QUADRINHOS ADULTOS

Os quadrinhos americanos da segunda metade do século XIX têm como principal suporte o mesmo que os quadrinhos europeus: as revistas satíricas, a maioria delas estruturada imitando as europeias, das quais a britânica *Punch* ("O *Charivari* de Londres") era a principal. Entre as norte-americanas, a primeira foi *Puck*, fundada em Saint Louis em 1871 pelo vienense Joseph Keppler, com edições em inglês e em alemão. Em 1876 transferiu a edição alemã para Nova York, e em 1877, por fim, também levou a esta cidade a edição inglesa da revista, que utilizava as mesmas ilustrações que a alemã[46]. Logo surgiram outras publicações concorrentes, como *Judge* (1881), realizada por desenhistas saídos da *Puck*, ou a primeira revista com o nome *Life* (1883). Estas revistas humorísticas incluíam textos, ilustrações, caricaturas, chistes gráficos e também algumas das primeiras experiências dos autênticos quadrinhos norte-americanos, que foram revisadas com grande entusiasmo nos últimos anos, redescobrindo um tesouro desconhecido de pioneiros dos quadrinhos norte-americanos. A ênfase na importância de Outcault e dos demais desenhistas da imprensa dominical dos anos 1890 havia feito com que se negligenciassem as contribuições de nomes como A. B. Frost ou F. M. Howarth, que fizeram sua carreira nessas revistas a partir da década de 1880. Na extensa *Encyclopedia of American Comics* de Ron Goulart de 1990, por exemplo, esses dois desenhistas sequer desfrutam de créditos. Agora, no entanto, são considerados figuras fundamentais para se entender o desenvolvimento da arte das histórias em quadrinhos nos Estados Unidos.

A. B. Frost (1851-1928), nascido na Filadélfia, foi pintor e ilustrador (colaborou em dois livros com Lewis Carroll), e até pouco tempo seu trabalho como desenhista de quadrinhos havia passado despercebido. Em 1876 ingressou no departamento artístico da Harper & Brothers (hoje continuam publicando a revista *Harper's Bazaar*) para colaborar com as diversas publicações da empresa. Em dezembro de 1879 publicou (sem assinar) o que já se considera claramente uma HQ no *Harper's New Monthly* e, a partir desse momento, continuou praticando e aprimorando sua arte em outras publicações durante a década seguinte. Thierry Smolderen[47] observa um ponto de continuidade entre Frost e Töpffer: ambos estão viciados na "grafomania", um "priapismo da pena" necessário para que o desenho flua por seu próprio impulso para a narrativa gráfica das histórias em quadrinhos. Entretanto, há uma diferença importante com respeito a Töpffer que situa Frost no umbral de uma nova época, a de finais do século, em que o conceito da imagem, e da imagem repetida em série, vai mudar radicalmente no que diz respeito ao conceito de imagem imperante na primeira metade do século. Recordemos que quando Töpffer desenhou sua primeira tira cômica, em 1827, ainda faltavam doze anos para o surgimento do daguerreótipo. Frost, no entanto, estudou na Academia de Belas Artes da Filadélfia com Thomas Eakins, o pintor norte-americano que havia se formado no realismo com Gérôme, em Paris. Os estudos de Frost (1878-1883) na Academia da Filadélfia coincidiram com o momento em que Eakins investigava com maior atenção as relações entre a fotografia e a pintura. O pintor comprou sua primeira câmera em 1880, e era fascinado pelo trabalho do fotógrafo inglês Eadweard Muybridge, estabelecido na Califórnia. Eakins transferiu para seus quadros a obsessão por captar o movimento que refletiam as fotografias com câmera múltipla de Muybridge, a ponto de utilizar uma lanterna mágica para projetar as imagens sobre a tela em que pintava. Entusiasmado, escreveu a Muybridge sugerindo-lhe que aplicasse suas técnicas fotográficas ao movimento humano, ao mesmo tempo que pintava uma carruagem em ação, seguindo os caminhos abertos pelo fotógrafo e seus estudos de cavalos. Em 1883, Muybridge fez uma apresentação do seu trabalho para os estudantes da Academia de Belas Artes da Filadélfia utilizando projeções de seu zoopraxiscópio, que produzia um efeito de animação.

É precisamente nesses momentos que Frost realiza essa primeira história em quadrinhos (pelo menos ainda não se encontrou nenhuma mais antiga) de 1879 [12], que se assemelha em grande medida aos estudos do movimento passo a passo das fotografias de Muybridge (e, além disso, parece se antecipar ao interesse pela observação da mudança na expressão humana que será revelada no famoso filme *Fred Ott's sneeze* [O espirro de Fred Ott] do cinetoscópio de Edison em 1894) [13]. Smolderen assinala que Frost introduz a repetição no plano e no cenário de uma maneira que só havia estado presente antes na obra de Töpffer. O motivo pelo qual a repetição de planos e fundos foi evitada nas narrativas com imagens era muito simples: nas gravuras tradicionais, o uso de placas de metal exigia a produção de imagens com uma alta densidade de informações gráficas que justificasse seu alto preço. Não se comprava uma estampa com seis imagens para que as seis imagens só oferecessem variações passo a passo do movimento dos personagens principais: a rentabilidade estava em se poder desfrutar de seis cenas diferentes – embora relacionadas – que pudessem ser contempladas com deleite estético, e não tanto em lê-las rapidamente, como é inevitável se fazer com os quadrinhos de Töpffer e Frost. Enquanto as séries de Hogarth apresentam uma seleção de *cenas* que podem ser *interpretadas* como uma continuidade narrativa, os quadrinhos de Töpffer e Frost apresentam uma seleção de *momentos* que inevitavelmente se *leem* como contínuos.

2 – OS QUADRINHOS ADULTOS ANTES DOS QUADRINHOS ADULTOS

[12] Quadrinhos na *Harper's New Monthly* (1879), A. B. Frost. Reproduzidos em Smolderen (2009).

Por outro lado, a qualidade das impressões utilizadas nas revistas humorísticas não era a mais adequada para reproduzir as complexas gravuras em metal, e por isso eram utilizadas em seu lugar gravuras em madeira, mais toscas, porém mais legíveis e baratas, cuja rentabilidade está na quantidade de leitura que proporcionam ao se multiplicarem como parte da experiência global da leitura da revista. Foi assim que artistas como Frost – que era excepcionalmente dotado pela natureza para trabalhar explorando todos os matizes sutis do branco e preto, já que ele era daltônico – recuperaram a via da garatuja de Töpffer (que também fora seguida ao seu próprio estilo por Busch), levando-o à sua explosão como forma triunfante. Como diz Smolderen: "A batalha entre o estilo de 'esboço livre' e o sofisticado 'estilo da placa de cobre' será fundamental para o surgimento dos quadrinhos modernos".

A NOVELA GRÁFICA

[13] *Fred Ott's sneeze* (1894), gravação cinetoscópica de Edison. Reproduzida em Smolderen (2009).

Mas Frost vai um passo além de Töpffer porque em seu horizonte se abre o mundo da imagem em movimento, para o qual também se dirigem pintores como Eakins, fotógrafos como Muybridge e, muito rapidamente, inventores como Edison. Isso faz com que a sua preocupação em refletir a passagem do tempo através da imagem o leve a indagar de forma muito especial, como já dissemos, na repetição de planos e fundos, como em uma de suas mais famosas tiras, "Our Cat Eats Rat Poison", publicada na *Harper's New Monthly* em julho de 1881 [14]. Smolderen observa que esse tipo de desenho reiterativo será muito importante no futuro para os desenhistas dos suplementos da imprensa, já que a redundância

2 — OS QUADRINHOS ADULTOS ANTES DOS QUADRINHOS ADULTOS

de padrões gráficos — reforçada com o uso da cor de que dispunham — ajudará a distinguir a tira do marasmo de texto e imagem que é a imensa página do periódico, e além disso produzirá efeitos estéticos especiais.

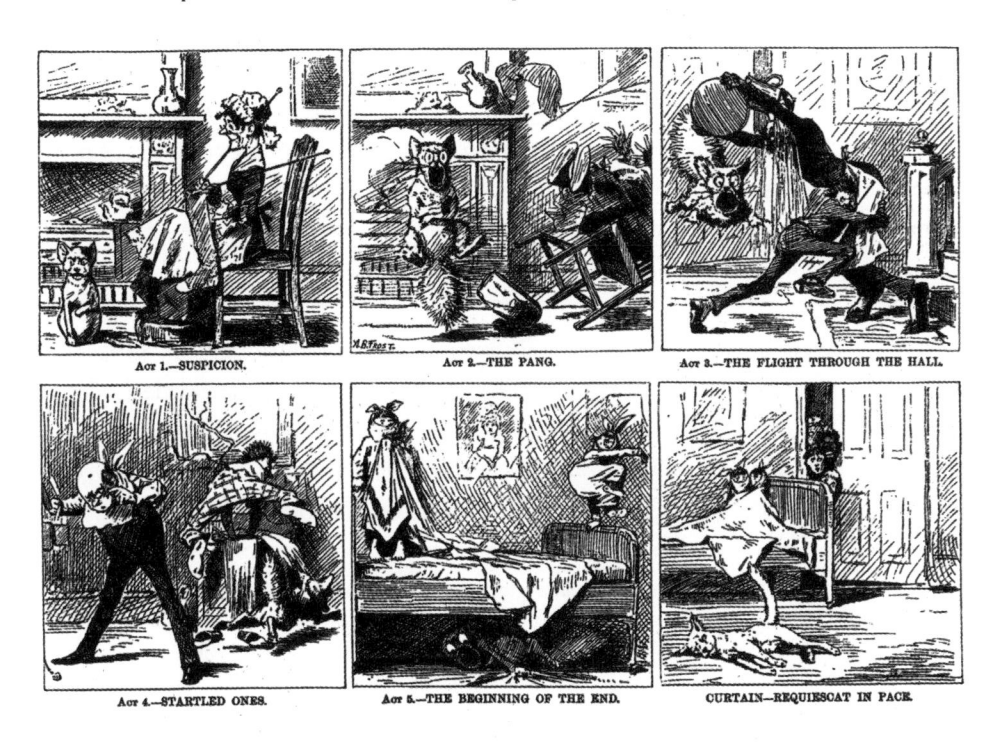

[14] "Our Cat Eats Rat Poison", na *Harper's New Monthly* (1881), A. B. Frost.

Entretanto, Frost não parece apreciar especialmente o efeito dessa reiteração no desenho da página, pois, quando recopila suas tiras em forma de livro (publicou três volumes com elas, *Stuff and Nonsense*, 1884, *The Bull Calf and Other Tales*, 1882, e *Carlo*, 1913), prefere separar os quadros, publicando um em cada página. Isso parece a clara demonstração de que, a Frost, o desenho da página — algo próprio dos quadrinhos modernos — não interessa tanto quanto o desenvolvimento do movimento quadro a quadro, plano a plano. Ou seja, a arte que Frost pratica é hoje reconhecida como quadrinhos, mas na sua época ainda não tinha esse nome, tampouco regras definidas, situando-se na encruzilhada da imagem múltipla e sequencial da qual sairão também o cinema e a animação.

F. M. Howarth (1864-1908), outro nativo da Filadélfia, também é um dos pioneiros dos quadrinhos americanos recuperados recentemente que trabalhou nas revistas humorísticas. Igualmente influenciado por Busch – na Filadélfia havia uma extensa população que falava alemão –, Howarth desenvolveu sua carreira a partir dos anos 1880 nas revistas *Life*, *Judge* e *Truth*. Seus quadrinhos [15], normalmente mudos, têm um estilo caricaturesco muito característico e situam as tiras cômicas americanas diretamente no ambiente de onde extrairá seus principais temas e tipos durante os anos 1890: o novo e pujante ambiente urbano, com suas novas relações entre vizinhos e seus novos habitantes marginais, como os mendigos. Jared Gardner observa que:

> Há uma estreita correlação entre o auge das histórias em quadrinhos sequenciais nos Estados Unidos e a Europa, e o auge da cidade moderna, especialmente seu traço arquitetônico mais distintivo: o edifício de apartamentos. Embora os andares fizessem parte da vida da classe operária desde a década de 1840, a urbanização dos anos 1880 trouxe consigo para a classe média a extensão da vida nos apartamentos. No final da década de 1890, mais da metade da população das cidades vivia em edifícios de apartamentos[48].

[15] "The Fifth Floor Lodger and His Elevator. A Lesson in Subtraction", F. M. Howarth. Reproduzido em Gardner (2008).

2 — OS QUADRINHOS ADULTOS ANTES DOS QUADRINHOS ADULTOS

[16] *Hogan's Alley* (1896), Richard F. Outcault.
Reproduzido em Smolderen (2009).

Essa relação que Howarth estabelece entre a narrativa sequencial – ou seja, o requadro – e a arquitetura – o andar do edifício – servirá de metáfora central mais de um século depois para *Building Stories*, a última novela gráfica de Chris Ware – ainda em desenvolvimento quando foi escrito este livro –, que joga com o duplo sentido da palavra "story": história e andar de edifício residencial.

As revistas cômicas seriam "os comics" até o final do século, quando se desencadeia a guerra pelo mercado da imprensa diária em Nova York entre dois gigantes do jornalismo, Joseph Pulitzer e William Randolph Hearst. Em 1883, Pulitzer, que enriqueceu com o *Post-Dispatch* de Saint Louis, adquire o *New York World*, ao qual começa a implementar de imediato uma série de mudanças que o converterão rapidamente em um dos meios impressos mais lidos da história. Diante da mais sóbria imprensa nova-iorquina, o novo *World* se mostra como uma força envolvente e exuberante. Um jornalista da época assim se expressou referindo-se a Pulitzer: "Ele chegou aqui como um tornado vindo do Oeste, deixou tudo de pernas para o ar e pôs em fuga o conservadorismo que estava em moda na época, como um ciclone que devasta tudo em sua passagem"[49].

Em 1889, Pulitzer introduziu uma seção cômica – ainda em branco e preto – na edição dominical do *World*, mas a verdadeira revolução chegou em 1894, quando o *World* começou a utilizar uma prensa colorida. No ano seguinte, no mesmo suplemento cômico dominical, começa a ser publicado *Hogan's Alley* [16], uma série de ilustrações protagonizadas pelos pitorescos habitantes de um bairro popular de Nova York desenhada por Richard Felton Outcault. Praticamente ao mesmo tempo, William Randolph Hearst adquire o diário *New York Journal*. Começa a guerra entre os dois gigantes da imprensa popular americana, que dará origem ao sensacionalismo e ao problema da influência dos meios de comunicação no desenvolvimento dos acontecimentos que noticiam. A capa da seção cômica semanal do *World* de 24 de julho de 1898 é um exemplo da utilização que Pulitzer e Hearst fizeram da guerra contra a Espanha, estimulada ferozmente para vender jornais [17].

2 – OS QUADRINHOS ADULTOS ANTES DOS QUADRINHOS ADULTOS

[17] "All Is Lost Save Honor", capa do *Sunday Comic Weekly* do *World* (1898), George Benjamin Luks.

Os comics desempenharam um papel fundamental na concorrência entre os dois jornais. *Hogan's Alley* não demorou a alcançar grande popularidade, e especialmente um de seus personagens mais característicos, o peralta Mickey Dugan, que logo seria conhecido como *The Yellow Kid* devido à cor da blusa com que sempre aparecia vestido. Em 1896, Hearst decidiu que a melhor maneira de publicar um suplemento dominical à altura daquele apresentado por Pulitzer era, simplesmente, contratar todo o seu pessoal, e assim o fez. Entre os que mudaram de lado estava Outcault, que foi para o *New York Journal* com seu Yellow Kid debaixo do braço. A disputa legal subsequente foi resolvida nos tribunais: Pulitzer conservou os direitos sobre o título da seção, *Hogan's Alley*, e a imagem do personagem, enquanto Outcault tinha permissão para continuar desenhando o menino amarelo, mas com outro título. Assim, durante algum tempo, no *New York World*, o Yellow Kid aparecia desenhado no *Hogan's Alley* por outro autor e, no *New York Journal*, por Outcault sob o título de *McFadden's Flats*. Os caminhões de entrega dos dois jornais utilizavam o personagem como anúncio publicitário – tal era a sua popularidade –, o que levou o público a chamá-los de "jornais amarelos" e, por extensão, que essa cor ficasse associada à imprensa sensacionalista.

A situação não se prolongou, pois Outcault foi recuperado por Pulitzer no início de 1898 e Hearst desistiu de continuar publicando as aventuras do Yellow Kid. Na verdade, a *Hogan's Alley* desapareceria pouco depois. O incidente, no entanto, marcará de forma crucial toda a história posterior dos quadrinhos, tanto nos Estados Unidos como na Europa. Como produção industrial que é, e controlada pela imprensa, a propriedade dos personagens e das séries será habitualmente das editoras, convertendo os autores das histórias em meros assalariados de suas próprias criações, uma situação diametralmente oposta à habitual na arte e na literatura, e que no entanto relaciona os quadrinhos diretamente com outros meios de comunicação de massas, como o cinema, a animação e a televisão. Outcault, por sua vez, aprenderá a lição e, ao criar seu próximo personagem, Buster Brown, em 1902 para o *New York Herald*, se certificará de conservar o *copyright*, o que lhe produzirá imensos benefícios na exploração comercial do personagem, um dos primeiros marcos da publicidade moderna.

Os comics que aparecem no *New York World*, no *New York Journal*, no *Herald* e em outros jornais de todo o país a partir de 1895 são completamente decisivos para dar sua forma definitiva ao que será o meio a partir desse momento, não apenas nos Estados Unidos, mas também na Europa e no Japão, onde sua influência é importantíssima. Para entender em que sentido os suplementos dominicais em cores representam uma nova experiência para os leitores, é preciso compreender que até esse momento não se havia visto nada parecido: a difusão da imagem impressa e em cores, em um mundo onde não existia a televisão nem o cinema, e a fotografia ainda não estava implantada de modo maciço, mudou a imaginação do público. John Carlin indica que os periódicos da época tiveram uma presença mais dominante do que jamais teve nenhum dos meios de comunicação atuais, e que "não só eram a única fonte de notícias, mas também o lugar onde o estilo de vida da América moderna era representado e compartilhado por milhões de pessoas. Nesse contexto, os enormes quadrinhos, maravilhosamente impressos em cores, saltavam sobre os leitores do jornal de uma forma verdadeiramente revolucionária"[50].

Os suplementos cômicos são também um cenário para a experimentação, e não pelas inquietações vanguardistas dos diários, mas porque, como dissemos antes ao falar de Frost, estamos em um momento de confusão gráfica, em que ainda não foram fixadas normas nem tradições, e onde a reflexão sobre o que está acontecendo ainda não teve tempo de ser produzida. Sirva de exemplo a primeira página da seção *The Funny Side* do *World* de 26 de agosto de 1900 [18], em que se apresenta *"an absolute novelty in comics"*, o "mutoscópio", um aparelho (cujo funcionamento ilustra uma caricatura na parte superior esquerda) que permite ver "quadrinhos" em "movimento". A página apresenta duas piadas simples narradas em sequências de seis requadros ocupados por fotografias.

[18] *The Funny Side of the World* (1900).

2 – OS QUADRINHOS ADULTOS ANTES DOS QUADRINHOS ADULTOS

Na verdade, entre 1896 e 1900 ainda não está muito claro o que são os comics nem qual vai ser sua função, mas antes de 1910 estarão fixadas muitas das características temáticas e formais que o distinguirão até hoje. Em primeiro lugar, consolida-se o personagem recorrente como protagonista das séries, frente aos comics autoconclusivos e sem personagem fixo que haviam sido mais comuns anteriormente[51]. E os dois personagens privilegiados do primeiro comic americano serão extraídos da ruidosa vida das ruas da grande cidade: os vagabundos e as crianças. De certa maneira, os dois tipos estão condensados no Yellow Kid de Outcault, e ambos refletem a herança de humor cruel e implacável que chega desde Busch e mediante as revistas de humor da década de 1880.

Happy Hooligan (1900) [19], criado por Frederick B. Opper para o *Journal* e que durou três décadas, é o exemplo principal dos personagens marginais como protagonistas dos comics, e talvez o herdeiro no Novo Mundo do Macaire de Daumier. Mas serão especialmente as crianças protagonistas que proliferarão e terão um efeito mais duradouro para o desenvolvimento do meio. Depois de Yellow Kid, como já adiantamos, Outcault obterá um enorme sucesso em 1902 com Buster Brown, um menino perpetrador de terríveis travessuras que popularizará sua imagem e a de seu cão Tige, e venderá milhões de produtos durante as primeiras décadas do século XX[52]. Outro dos pioneiros mais destacados, James Swinnerton, empreendeu em 1904 sua série *Little Jimmy*, protagonizada por um menino ingênuo que provocava o desastre ao se desviar do seu caminho por qualquer bobagem durante o cumprimento dos recados de que era encarregado. Uma das séries fundamentais para o desenvolvimento do meio, *The Katzenjammer Kids* [*Os sobrinhos do capitão*[53]], iniciada em 1897 por Rudolph Dirks no *Journal*, e que continua sendo publicada hoje em dia, é uma versão dos *Max und Moritz* de Busch. *The Katzenjammer Kids* obteve um sucesso fantástico e foi outro dos peões na guerra entre Hearst e Pulitzer, provocando um novo caso de duplicidade. Depois de um enfrentamento entre o primeiro e Dirks, este foi substituído pelo desenhista Harold Knerr. Em resposta, Dirks continuou publicando seus personagens no *New York World* de Pulitzer a partir de 1914, embora esta versão acabasse sendo conhecida como *The Captain and the Kids*.

[19] *Happy Hooligan* (1905), Frederick Burr Opper.

Certamente, as grandes séries de quadrinhos "artísticos" da geração seguinte tiveram protagonistas crianças: *Little Sammy Sneeze* (1904), *Hungry Henrietta* (1905) e *Little Nemo in Slumberland* (1905), de Winsor McCay; *The Kin-der-Kids* (1906) [20] e *Wee Willie Winkie's World* (1906), de Lyonel Feininger. Mas nas mãos de McCay e de Feininger, a crueldade das ruas de Yellow Kid, dos Katzenjammer Kids ou de Buster Brown se suavizou notavelmente, deslocando-se do cenário brutal dos cortiços para os ambientes embelezados da classe média e para o mundo de fantasia inocente que a burguesia começa a desenhar para seus filhos. Insistindo nos elementos gráficos e de desenho, McCay e Feininger (aos quais se juntarão outros, entre os mais destacados está certamente George Herriman e seu *Krazy Kat*) afastam os comics de suas raízes nos bairros pobres. Embora sem dúvida os suplementos de quadrinhos fossem lidos por toda a família e dirigidos à totalidade de seus membros, a incidência nas crianças protagonistas irá inclinando o meio de forma decisiva para o público infantil. Enquanto o mendigo desaparecerá quando o estereótipo em que se fundamentava deixar de ser socialmente aceitável, as crianças continuarão como figura central das tiras de jornal nas duas séries mais importantes da segunda metade do século XX: *Peanuts* [Minduim], de Charles Schulz, e *Calvin and Hobbes* [Calvin e Haroldo], de Bill Watterson.

[20] *The Kin-der-kids* (1906), Lyonel Feininger.

As arestas irão sendo ainda mais polidas a partir da generalização do sistema de sindicalização como meio de distribuição predileto para os quadrinhos. Os *syndicates* ("agências") distribuem seus conteúdos aos periódicos assinantes de toda a nação, e assim muitos jornais locais que não têm capacidade para produzir seus próprios quadrinhos podem desfrutar das mesmas tirinhas que os grandes jornais nova-iorquinos. Hearst vendeu seus comics junto com outros conteúdos desde o princípio, e Pulitzer o fez a partir de 1898, mas a partir de 1905 estabeleceu sua própria agência exclusiva para os quadrinhos, e em 1906 eles já eram distribuídos em todo o país[54]. A sindicalização, como explicava um artigo de 1935, trouxe consigo uma padronização.

> A padronização teve um efeito muito marcante sobre a unificação da cultura americana, pois os interesses dos leitores de Miami, Seattle, Los Angeles e Boston foram igualados em um padrão comum. O representante de vendas que realiza uma viagem transcontinental pode acompanhar os infortúnios de *Little Orphan Annie*, *Bringing Up Father* ou *Tarzan* todos os dias, esteja em Nova York, Illinois, Nebraska ou na Califórnia[55].

Tão importante como a definição de tipos e temas será a definição dos traços formais dos quadrinhos americanos deste momento. No início do século XX já estão concretizadas as características principais que ainda hoje reconhecemos como próprias das histórias em quadrinhos. O uso dos quadros sequenciais, ou seja, da narrativa de momentos consecutivos e, portanto, da ação, se consolida com *The Katzenjammer Kids*. Embora já houvesse acontecido antes, foi esta série que o normalizou. A outra grande característica distintiva – junto com a narrativa sequencial, é o cavalo de batalha de todas as tentativas de definição dos quadrinhos – é o balão de diálogo. Apesar da insistência no valor visual dos quadrinhos, o balão (ou seja, o uso da palavra integrada no requadro) se identificou tanto com os quadrinhos que durante muitos anos sua aparição foi escolhida como o momento de fundação das histórias em quadrinhos, concretamente em uma tira do *Yellow Kid* de R. F. Outcault publicada em 25 de outubro de 1896 no *New York Journal* [21].

2 — OS QUADRINHOS ADULTOS ANTES DOS QUADRINHOS ADULTOS

[21] "The Yellow Kid and His New Phonograph", no *New York Journal* (1896), Richard F. Outcault. Reproduzido em Smolderen (2006).

A tira, em cores e composta de cinco desenhos sem os requadros demarcados, todos com o mesmo plano fixo, que incluem Yellow Kid e um fonógrafo, sem nenhum fundo, revela um surpreendente humor metalinguístico, quase pós-moderno. Yellow Kid conversa com o fonógrafo; os diálogos do menino aparecem escritos em sua blusa; os do fonógrafo, em balões que saem do alto-falante. O aparelho exalta as virtudes do suplemento dominical colorido do jornal ("é um arco-íris de cor, um sonho de beleza, uma explosão de risos") e as do próprio Yellow Kid ("mais gracioso do que nunca"), ao que a blusa do menino responde "muitíssimo obrigado". No último desenho abre-se a caixa do fonógrafo e dela surge um papagaio, verdadeira voz da máquina, revelando o truque do travesso menino, que tentava nos enganar e que, surpreendido, interrompe a metade da frase de seu último anúncio publicitário: "O fonógrafo é uma grande invenção... Não!...". A exclamação final do Yellow Kid aparece também em um balão, enquanto sua blusa se mostra sem texto no último desenho.

Esta tira de *Yellow Kid* reúne os dois traços que mencionamos: narrativa sequencial e balão de diálogo. Entretanto, apesar da sua importância para identificar a personalidade própria dos quadrinhos, o texto enquadrado em combinação com uma imagem não aparece pela primeira vez nessa tira de Outcault. Sem necessidade de nos remontarmos às vírgulas pré-colombianas, o imaginário medieval é rico em cartazes, rótulos e faixas, e, mais recentemente, as piadas, as caricaturas e as ilustrações, que são o antecedente direto dos quadrinhos no século XIX, também fazem uso daqueles elementos, como no exemplo que reproduzimos de Cruikshank [22]. Entretanto, há algo distinto e novo no sentido que o balão de diálogo de *Yellow Kid* terá em comparação com os usos que lhe foram dados anteriormente?

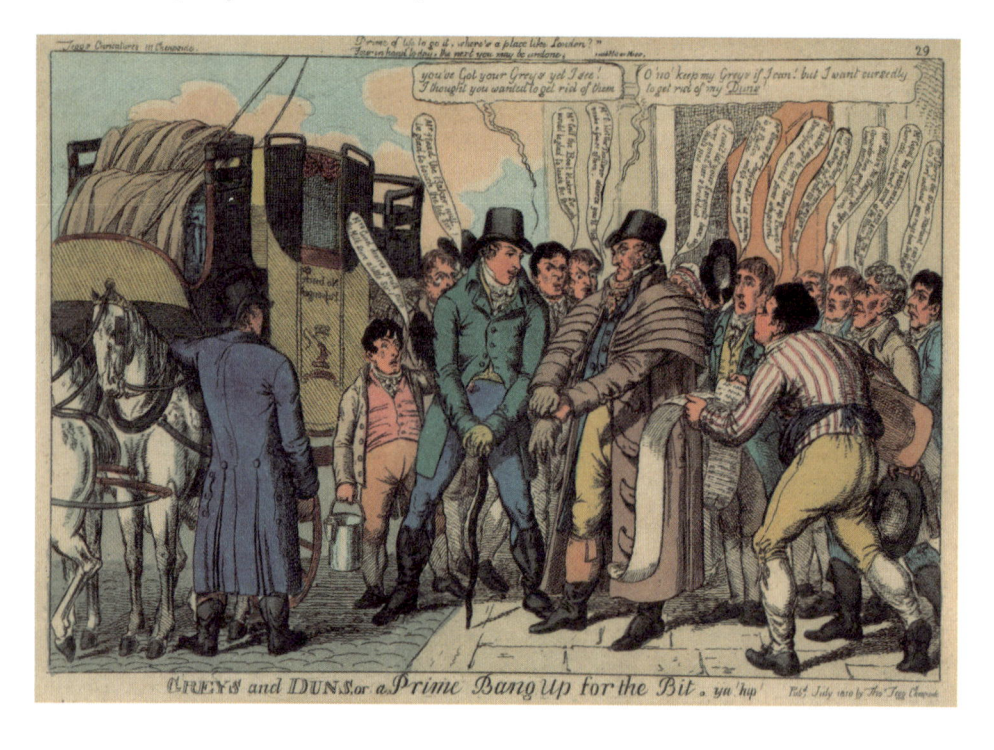

[22] *Greys and Duns* (1810), George Cruikshank (atribuído). Reproduzido em Smolderen (2006).

Thierry Smolderen[56] considera as faixas medievais e demais artefatos primitivos indicações que carecem de sentido narrativo e que só funcionam em espaços alegóricos que pararam no tempo, sem relação com a realidade, enquanto a partir de Outcault o balão se integra no espaço do desenho, criando uma nova realidade, a do ar, e adquirindo uma entidade física própria, a do som. Não é por acaso que a primeira tira em que Outcault faz uso desse "novo balão" seja protagonizada por um fonógrafo, ou seja, que toda a tira gire em torno da propagação do som no espaço. O ruído – o ruído das ruas, o som da urbe moderna – havia sido um dos principais protagonistas das grandes cenas multitudinárias [23] realizadas pelos caricaturistas das revistas cômicas do final do século XIX, assim como pelo próprio Outcault e outros. E o próprio Oucault havia trabalhado como desenhista técnico para Edison, no momento em que este estava desenvolvendo o fonógrafo (em 1890 foi iniciada a fabricação em série do aparelho). Se a leitura do texto *junto* com a imagem reduz o ritmo de leitura de uma tira (algo demonstrado por Busch, que acrescentou versos ao seu *Max und Moritz* justamente para prolongar sua leitura e assim acrescentar valor a esta), os desenhistas americanos da imprensa se veem com o problema de acrescentar o "som" às suas pantomimas sequenciais sem fazer com que a narrativa visual perca a velocidade. A solução estava no "novo balão", que se integrava no espaço como o som no ar, algo provavelmente inconcebível antes do surgimento do som gravado. Som e imagem se distribuem em massa ao mesmo tempo, e ambos são entendidos então como pertencentes à mesma cultura nova da "reprodutibilidade técnica", como diria Benjamin. Dessa forma, o balão será um elemento crucial para o futuro dos quadrinhos, pois afetará de forma decisiva a sua percepção por parte da sociedade e, portanto, o seu desenvolvimento. Como observa muito bem Smoleren: "Pode-se dizer que até o último quarto do século XX, os quadrinhos fizeram parte, em geral, da cultura audiovisual, a qual havia ajudado a definir trinta anos antes do que o fizeram os filmes sonoros, e, por isso, estiveram muito distanciados das preocupações literárias"[57].

Se os quadrinhos tivessem seguido o caminho aberto por Töpffer, um professor cujo primeiro admirador é ninguém mais ninguém menos do que Goethe, o pai das letras alemãs, é muito possível que houvesse se desenvolvido como uma forma literária, enfatizando a sua qualidade de meio impresso, e que a novela gráfica tivesse surgido antes. Mas o seu desenvolvimento a partir dos suplementos dominicais da imprensa americana do final do século XIX o situa na encruzilhada da cultura audiovisual. Impresso, sim, mas não pertencente ao mundo da palavra escrita. Nos mesmos periódicos em que apareciam *Yellow Kid* e *Happy Hooligan* apareciam textos de Dorothy Parker ou Scott Fitzgerald, *verdadeira literatura*; mas

[23] "When We All Get Wise", na revista *Life* (1911), Harry Grant Dart. Reproduzido em Smolderen (2006).

O fato de uns e outros compartilharem o papel não os irmanava, mas antes os separava pelo contraste, já que o periódico era concebido como uma síntese de elementos heterogêneos. Por sua própria natureza, as páginas de quadrinhos se opunham às páginas de literatura. Por sua própria natureza, as páginas de quadrinhos passam a fazer parte do conglomerado midiático do que hoje chamamos de *infotainment*, a imprensa de lazer e entretenimento, como um ensaio sobre papel das experiências que trará a tela nos anos futuros, especialmente a partir da introdução do som no cinema, nos anos 1930, quando, como veremos, se produz uma mudança crucial nos quadrinhos da imprensa. As histórias em quadrinhos pertencem à paisagem da imagem móvel, sonora e mecanizada que nasce no final do século XIX, e ficarão marcadas, portanto, durante todo o século XX não como uma subliteratura ou uma literatura menor, mas como *antiliteratura*.

Ou seja, as origens dos quadrinhos mostram duas características que definem inequivocamente a modernidade: com Töpffer é o surgimento da ideia da garatuja e do espontâneo como fim em si mesmo, como sistema criativo, quase o "gosto pelo primitivo" de que falava Gombrich; com Outcault e seus contemporâneos, é a

2 – OS QUADRINHOS ADULTOS ANTES DOS QUADRINHOS ADULTOS

produção em massa e a criação de imagens em série que rapidamente substituirão o que até o século XX havia sido conhecido como "cultura popular".

Durante décadas, o principal obstáculo para se conceber o tipo e obra que hoje chamamos de novela gráfica será a incapacidade para superar essa definição original, ainda hoje vigente, dos quadrinhos como antiliteratura.

Rumo ao relato de longa duração

Uma das características que costumam ser mencionadas como necessárias para se reconhecer uma novela gráfica é a maior extensão da história. Embora isso não seja realmente necessário, como veremos adiante, tendemos a associar a extensão de um relato à sua complexidade e, portanto, à sua capacidade para expressar temas e argumentos mais sofisticados e profundos e, para resumir, mais *nobres*. Entretanto, os quadrinhos americanos da imprensa dominical do final do século se expressam em unidades muito breves: uma única página, ou até mesmo uma porção dela. Cada história é autoconclusiva e conduz a uma piada ou a uma sucessão delas, sendo uma experiência estética que pode ser percebida com um olhar rápido. Poderíamos dizer que as páginas dominicais são extensões das piadas de uma só imagem, recipientes válidos para uma anedota simples em que a caracterização se baseia no estereótipo imediatamente reconhecível e na reiteração.

No início do século, contudo, o comic da imprensa produz a tira diária: uma fileira horizontal de requadros – em geral três ou quatro –, todos do mesmo tamanho, impressos em branco e preto no jornal de segunda a sábado. Embora a tira de quadrinhos já houvesse aparecido de forma descontínua em muitos periódicos, e inclusive como série continuada de um dia para o seguinte[58], foi Bud Fisher, com sua série *A. Mutt*, publicada no *San Francisco Chronicle* a partir de 15 de novembro de 1907, que consagraria o novo formato. Fisher procedia das páginas de esportes do periódico, dirigidas aos adultos, que habitualmente eram ilustradas com caricaturas, cartuns e tiras referentes à atualidade desportiva do momento: corridas de cavalo, boxe etc. No caso de Fischer, o gênio criativo se une à iniciativa comercial e ao caráter empreendedor, e a ideia de criar uma tira com continuidade nasce do desejo do autor de adquirir maior notoriedade: "Ao selecionar a forma da tira para a imagem, achei que conseguiria uma posição de destaque na parte superior da página de esportes, o que consegui, e isso fez bem à minha vaidade. Também achei que seria fácil ler a piada desta maneira. E foi"[59].

A. Mutt era protagonizada por um apostador compulsivo, mas alcançaria seu esplendor máximo quando Fisher acrescentou um segundo personagem com o qual Mutt formaria uma das duplas cômicas mais populares da cultura americana contemporânea. *Mutt and Jeff* [Mutt e Jeff] [24] obteve um sucesso fantástico que reverteu completamente para o seu criador, que havia tido o bom senso de registrar todos os direitos sobre os personagens e a série em seu próprio nome. Harvey informa que em 1916 as revistas rendiam cerca de 150 mil dólares anuais ao desenhista, e que cinco anos depois, com o acréscimo dos desenhos animados e do *merchandising* baseados em sua criação, além da distribuição cada vez maior da série, a quantidade se elevava a 250 mil, convertendo-o no "praticante mais rico da profissão"[60]. As tiras diárias trariam um novo tipo de notoriedade aos quadrinhos, já que, embora as páginas dominicais se dirigissem a toda a família e tivessem um atrativo muito especial para as crianças, as tiras se dirigiriam de forma especial aos adultos que compravam o jornal todos os dias e que tinham essas séries de quadrinhos entre suas seções de notícias habituais.

[24] *Mutt and Jeff*, Bud Fisher.

Mas, mais importante ainda: as tiras diárias trouxeram consigo a *continuidade*. Embora cada tira tivesse de ser uma unidade de leitura completamente autônoma, também podia servir de gancho para atrair a leitura do dia seguinte e assim elaborar um relato fragmentado, porém mantido. Com a continuidade da tira diária, chega ao seu apogeu um gênero que triunfará durante a segunda década do século: a série familiar.

2 – OS QUADRINHOS ADULTOS ANTES DOS QUADRINHOS ADULTOS

Dirigida a um público mais adulto do que a página dominical, a série familiar cresce à medida que a cultura de consumo capitalista vai se estendendo por todos os Estados Unidos, já que muitas vezes os quadrinhos e a publicidade seguem intimamente ligados. Uma pesquisa do Gallup realizada em 1930[61] lança os seguintes resultados: os quadrinhos são mais populares entre as mulheres do que entre os homens, embora sejam lidos pela maioria de ambos os sexos; as novas séries atraem seus seguidores lentamente; as séries de continuidade têm mais seguidores do que as tiras autoconclusivas; e o público é tão heterogêneo que se pode dizer que ele abarca toda a sociedade, desde os professores até os agricultores, de advogados a caminhoneiros.

Bringing Up Father [*Pafúncio e Marocas*, 1913] [25] é provavelmente a mais importante série de família. Criada por Georges McManus (1884-1954), relata as situações humorísticas derivadas das tentativas de integração na alta sociedade de uma família de novos ricos. O contraste entre a naturalidade do pai, Jiggs, que deseja permanecer fiel aos hábitos de suas origens humildes, e a ambição de sua esposa, Maggie, dá lugar a uma crítica social de costumes que fará parte desse reflexo humorístico que as tiras de jornal oferecem aos seus leitores. Além disso, *Bringing Up Father* é uma das séries que terão uma influência decisiva na expansão internacional dos quadrinhos americanos, tanto na Europa como no Japão. No país do sol nascente, passa a ser publicado a partir de 1923 no semanário *Asahi Graph*, liderando a chegada de alguns dos maiores sucessos dos quadrinhos americanos. Muito rapidamente, em janeiro de 1924, será iniciada a publicação de uma cópia autóctone das aventuras de Jiggs e Maggie: *Nonki na Tosan*, que aparecerá no periódico *Hochi* com um sucesso fenomenal que a levou a ser objeto de diversas peças de *merchandising* e a protagonizar séries radiofônicas e finalmente filmes[62]. Na Europa, *Bringing Up Father* deixará uma marca indelével nos fundadores dos quadrinhos franceses, Alain Saint-Ogan – considerado o primeiro desenhista a utilizar habitualmente balões de diálogo nas HQs de língua francesa – e, muito especialmente, o belga Hergé[63]. Apesar de *Bringing Up Father* vir a ser publicada na França com o nome de *La famille Illico*, Hergé o descobriria em edições em espanhol que Leon Degrelle lhe enviava do México quando ambos colaboravam com o semanário católico *Le Vingtième Siècle*[64]. Talvez por isso a influência de McManus seja muito depurada: mais que as histórias, que o jovem Hergé não podia ler, trata-se do traço e da organização da imagem, de uma clareza na sequência de quadros elaborada como sistema de leitura que Hergé trasladará para *Tintim*, formulando o paradigma hegemônico dos quadrinhos europeus durante as décadas centrais do século XX: a linha clara.

[25] *Bringing Up Father* (1940), George McManus.

Junto com *Bringing Up Father*, surgem muitas outras séries familiares, cada qual com seu estilo característico. *Polly and Her Pals* (1912) [26], de Cliff Sterret, começa com uma *flapper*, uma jovem moderna como protagonista, mas logo a distribuição de papéis secundários, entre os quais se destaca um padre tão carismático como o Jiggs de McManus, acaba convertendo-a em uma série de protagonismo coletivo. A explosão gráfica de Sterret nos anos 1920, sobretudo nas páginas dominicais, a coloca ao lado da HQ artística por excelência, *Krazy Kat*, e a converte em motivo de veneração durante décadas para desenhistas de vanguarda como Art Spiegelman, que a definiria em seu aspecto visual como "uma feliz síntese pop de *art decó*, futurismo, surrealismo, dadá e caricatura pura"[65]. Algumas

2 – OS QUADRINHOS ADULTOS ANTES DOS QUADRINHOS ADULTOS

dessas séries se converterão em instituições da imprensa americana, como *Blondie* [*Belinda*], de Chic Young, que, iniciada em 1930, continua sendo publicada hoje em dia, depois de seu criador tê-la desenhado por 43 anos, até sua morte.

[26] *Polly and Her Pals*, Cliff Sterrett.

É nas séries familiares que começa a se desenvolver um novo tipo de narrativa que já não se baseia unicamente na piada do dia, mas explora de forma muito mais consistente a continuidade. *The Gumps* (1917) de Sidney Smith é uma das primeiras a abrir esse caminho a partir do início dos anos 1920. *Gasoline Alley* (1918) [27], de Frank King, sofre uma transformação ainda mais profunda. Iniciada como série baseada em um tema atual, que no seu caso era a recente febre pelo automóvel, deu uma virada em 14 de fevereiro de 1921. Nesse dia, Walt, o roliço solteirão protagonista, encontra um bebê abandonado na porta de sua casa. Walt adota o bebê, a quem batizará como Skeezix, e a partir desse momento a série passa para o terreno do familiar, ou, mais ainda, do simples transcorrer da existência. Não é que *Gasoline Alley* só explore a via da continuidade, do relato do transcurso do cotidiano, mas poderíamos dizer que faz dele seu próprio tema central. Em *Gasoline Alley* não há grandes aventuras nem emoções extraordinárias, não há intrigas nem mistérios, e o humor é aquele que deriva de uma visão astuta, porém digna, da vida cotidiana. Poderíamos dizer que nasce uma nova espécie de relato que não tem princípio nem fim. King parece estar retratando o passar do tempo, e é exatamente isso que distingue *Gasoline Alley*. Os personagens envelhecem, como seres humanos de carne e osso. Skeezix acaba crescendo, indo para a guerra, se casando, tendo seus próprios filhos, enquanto o próprio Walt também se casa e tem filhos biológicos com sua esposa. Atualmente Walt é um octogenário viúvo, pois a série continua sendo publicada. *Gasoline Alley*, "o tapete sempre inacabado de uma pequena cidade"[66] cuja vida gira em torno do escritório, da família, das pequenas empresas e das festas nacionais, tem sido objeto de um interesse novo segundo a perspectiva dos novelistas gráficos contemporâneos. Em 2007 foi publicada uma gigantesca e respeitada seleção de suas melhores páginas dominicais[67], que sempre se caracterizaram pela criatividade gráfica de King. Dois anos antes havia sido iniciada a reedição completa da tira diária desde 1921 (quando aparece Skeezix), pela primeira vez nas oito décadas de sua existência. Sob o título de *Walt and Skeezix*[68] (devido a problemas de *copyright* que impedem a utilização do nome *Gasoline Alley*), esta coleção, assim como o volume das páginas dominicais, é desenhada por Chris Ware, que tem mostrado a influência de King em muitos de seus quadrinhos[69]. Ware explicou a respeito que, ao ler *Gasoline Alley*, "senti que, por fim, havia encontrado o 'exemplo' do que estivera buscando nos quadrinhos: algo que tentasse captar a textura e os sentimentos da vida à medida que ela passava lenta, intrincada e desesperadamente"[70].

2 – OS QUADRINHOS ADULTOS ANTES DOS QUADRINHOS ADULTOS

[27] *Gasoline Alley* (1922), Frank King.

Evidentemente, seria um desatino dizer que isso converte *Gasoline Alley* em uma novela gráfica, mas igualmente seria precipitado subestimar a relação da série de King com o movimento moderno. Como assinala Campbell, a reedição de *Gasoline Alley* a cargo de Chris Ware "foi recopilada e produzida com a sensibilidade da novela gráfica. Tomá-la e dizer 'sim, mas são tiras de jornal', e arquivá-la na seção de humor da biblioteca junto com *Garfield* não é algo produtivo. *Walt and Skeezix* deve ser arquivado ao lado das novelas gráficas porque pertence a essa sensibilidade"[71].

Ware também foi encarregado da recente reedição de *Krazy Kat*[72] de George Herriman a cargo da Fantagraphics, e Seth do *Complete Peanuts*[73] de Charles Schulz na mesma editora. Art Spiegelman assinou – junto com o desenhista Chip Kidd – um livro que recuperava o *Plastic Man* [*Homem-Borracha*][74] de Jack Cole, um super-herói publicado em revistas em quadrinhos durante os anos 1940. Isso não converte esses quadrinhos em novelas gráficas, mas mostra como os novelistas gráficos buscam suas raízes nas tradições da história em quadrinhos e como, em grande medida, estão reescrevendo a partir de uma perspectiva atual esse cânone do qual falamos na introdução.

Novelas em imagens

Ao longo dos anos 1920, as séries continuadas vão se impondo como modelo triunfante nas tiras de jornal. Impulsionado pelo capitão Patterson, que gerenciou e

editou muitas das séries mais importantes da época, e pela chamada "escola do Meio-
-Oeste"[75], integrada por nomes como os já mencionados Sidney Smith, Frank King e
alguns dos que serão os mais destacados autores de história em quadrinhos da década
de 1930, como Chester Gould (*Dick Tracy*) e Milton Caniff (*Terry and the Pirates*), esse
modelo ganhará a fidelidade do público de todas as idades com sua mistura de situações
folhetinescas e argumentos extraídos das manchetes dos jornais. É precisamente um dos
assistentes de Smith, o autor de *The Gumps*, que, como já dissemos, foi a primeira série
a introduzir aqueles elementos, que criará uma das séries mais populares da década:
Harold Gray, que inicia *Little Orphan Annie* [*Aninha, a Pequena órfã*] [76] em 1924 e que
continuará a desenhá-la durante os 44 anos seguintes. *Annie* se inspira diretamente na
atualidade para criar situações de melodrama vitoriano cujo tom patético se vê acentua-
do pela fragilidade de sua protagonista, uma menina órfã que parece se antecipar às des-
venturas econômicas e sociais que logo sofrerá a maioria da população norte-americana.

Entretanto, e ainda com continuidade, as tiras diárias (e as páginas coloridas nas quais habitualmente são publicadas aos domingos) seguem como microu-
nidades de leitura que atendem à lógica narrativa da série, ou seja, à manutenção
perpétua de uma tensão dramática que nunca se resolve e que avança indefinida-
mente sem um rumo definido. A experiência de ler um relato longo em quadrinhos, uma narração que abrange várias páginas sem ser uma coleção de páginas
soltas ou tiras individuais, ainda não existia. Os quadrinhos continuavam sendo
algo que o leitor abarcava em sua totalidade com único olhar e ao qual dedica
escassos segundos de atenção, até voltar sua atenção ao próximo trecho narrativo.

As primeiras experiências de relato longo – na verdade, de autênticas novelas – em imagens impressas surgiram também durante os anos 1920, porém muito
afastadas do âmbito que os quadrinhos haviam assumido perante os olhos da sociedade, o da imprensa. Trata-se das chamadas novelas sem palavras, um conjunto
de livros que contavam histórias completas por meio de imagens, sem a ajuda de
nenhum texto. Os mais famosos utilizaram diferentes técnicas de gravura: enta-
lhe, xilogravura, linogravura ou gravura em chumbo, embora também várias obras
tenham sido produzidas utilizando-se o desenho à tinta convencional.

David A. Beronä[77] acha que foram três os fatores que influenciaram o surgimento dessas novelas sem palavras. Em primeiro lugar, a revitalização da gravura em
madeira trazida pelos expressionistas alemães (pensemos, por exemplo, em Kirchner e

2 – OS QUADRINHOS ADULTOS ANTES DOS QUADRINHOS ADULTOS

no grupo *Die Brücke*); em segundo lugar, a influência do cinema mudo sobre o público; em terceiro lugar, o assentamento dos quadrinhos em jornais e revistas como meio válido para apresentar críticas políticas e sociais mediante imagens narrativas.

As primeiras novelas sem palavras são obra de Frans Masereel (1889-1972), filho de uma família abastada de Gante. Depois de se formar na Academia de Belas Artes de sua cidade natal e viajar para Paris, afiliou-se à Cruz Vermelha Internacional e ao Movimento Pacifista Internacional durante a Primeira Guerra Mundial. Foi caricaturista político na Suíça e ilustrou diversos livros, entre eles os do francês Romain Rolland, prêmio Nobel de Literatura em 1915. Masereel pertence a um mundo intelectual de artistas e literatos, muito distanciado do ambiente popular associado aos quadrinhos. Amigo de George Grosz e de Stephen Zweig – que falou sobre ele: "se tudo desaparecesse, todos os livros, as fotografias e os documentos, e só nos restassem as gravuras que Masereel criou, através delas poderíamos reconstruir nosso mundo contemporâneo"[78] –, as edições dos seus livros publicadas na Alemanha por Kurt Wolff contaram com prólogos de Thomas Mann e Hermann Hesse.

Sua primeira novela sem palavras – na verdade, um relato curto – foi *25 Images de la Passion d'un Homme* (1918). Mediante 25 entalhes, mostrava o destino de um homem nascido em um bairro operário, sem pai e sem sorte. Obrigado a trabalhar desde menino, é preso por roubar um pão. Quando sai da prisão, já homem, enfrenta as tentações da vida dissipada que embrutecem a classe operária – mulheres, música e vinho –, mas as repudia em favor dos estudos e da vida familiar. Logo seus companheiros de classe o escutam, e ele os conduz à rebelião contra as forças repressoras a serviço das classes dominantes. Preso novamente por suas atividades revolucionárias, a última imagem o mostra diante do paredão, com o corpo de outro executado a seus pés. O paralelismo entre a "paixão" do "homem" anônimo e a paixão de Cristo é evidente e enfatizado pela penúltima imagem, que o mostra perante o tribunal que o julga, presidido por um enorme crucifixo. A preocupação com os temas sociais de uma perspectiva esquerdista que dominará esse gênero de obras fica fixada já nesse primeiro título.

Thomas Mann, que escreveria o prólogo para *Mon livre d'heures* (1919), sua próxima obra, contava que quando lhe perguntaram que filme, de todos os que havia visto, mais o comoveu, respondeu precisamente *Mon livre d'heures*[79]. A resposta pode nos parecer chocante, pois afinal é óbvio que *Mon livre d'heures* não é um filme, e sim um livro, mas revela até que ponto a narração em imagens relaciona o meio gráfico impresso com o relato audiovisual, principalmente naquela época em que o cinema era mudo e em preto e branco. O fato de só aparecer uma gravura em cada página reforça ainda mais o parentesco com o cinema. Como observou Seth[80], as novelas sem palavras se esforçam para evitar os dois elementos mais básicos dos quadrinhos, os múltiplos quadros e os balões de diálogo, e optam, em vez disso, por se aproximar mais do modelo do cinema mudo, num momento em que o seu desenvolvimento expressivo – e o seu sucesso entre o público, que já havia assimilado uma linguagem visual padronizada – estava em seu apogeu máximo.

Se há um gênero do cinema mudo do qual as novelas sem palavras estão mais próximas é, sem dúvida, a sinfonia urbana, um tipo de construção cinematográfica em que o protagonismo passa do personagem individualizado à entidade coletiva da cidade moderna, e ao qual se dedicaram alguns dos maiores talentos da época, como Dziga Vertov (*Um homem com uma câmera*, 1929) ou Jean Vigo (*À propos de Nice*, 1930). A segunda novela de Masereel, a já mencionada *Mon livre d'heures* [28], de uma complexidade muito superior à primeira – neste caso são 167 gravuras –, utiliza seu anônimo protagonista como uma desculpa para percorrer, em uma *viagem apaixonada* (esse é, de fato, seu título em inglês, *Passionate Journey*), os altos e baixos da vida moderna, o amor, o sexo, a família, as injustiças sociais e a morte. A intenção é captar um momento da vida coletiva da sociedade, mais do que nos contar a peripécia verossímil de um indivíduo com personalidade própria. Significativamente, o livro se inicia citando Walt Whitman, da mesma maneira que o poeta americano enquadrava, com seus versos sobreimpressos, *Manhatta* (1921), de Paul Strand e Charles Sheeler, um dos primeiros filmes do gênero de sinfonias urbanas. *Manhatta* se iniciava com a chegada das massas à cidade por um meio de transporte moderno, o *ferry*. *Mon livre d'heures* se inicia com o herói chegando à cidade no meio de transporte emblemático da modernidade, o trem. O trem também está nas primeiras gravuras de *La Ville* (1925), outra obra posterior de Masereel que abandona qualquer desculpa argumental para nos oferecer diretamente uma panorâmica da grandeza e da miséria da grande cidade e de seus heterogêneos habitantes. Uma das sinfonias urbanas mais emblemáticas da época, *Berlin. Die Symphonie einer Grosstadt* (1927), de Walther Ruttmann, parecerá recolher pouco depois as ideias de Masereel, incluindo o início com o trem chegando à estação central. Sem dúvida, a ausência de textos impulsiona de uma forma natural os relatos de Masereel rumo a esse plano abstrato, afastando-o da concreção dos personagens novelescos individualizados. A fascinação e o pavor ante a velocidade e a violência da vida contemporânea são compartilhados pelos cineastas do momento.

2 – OS QUADRINHOS ADULTOS ANTES DOS QUADRINHOS ADULTOS

[28] *Mon livre d'heures* (1919), Frans Masereel.

[29] *God's Man* (1929), Lynd Ward.

Masereel realizou várias novelas puramente simbólicas, nas quais as ideias se materializam em imagens formando alegorias narrativas: *Le Soleil* (1919), *Histoire sans paroles* (1920), *Idée, sa naissance, sa vie, sa mort* (1920). Esta última, uma fábula sobre a corrupção das ideias artísticas nas mãos dos empresários, deu lugar a um filme animado de Berthold Bartosch em 1932. *Das Werk* (1928) incidia nessa linha, utilizando uma linguagem metafórica para contar a odisseia criativa de um escultor.

A obra de Frans Masereel foi a inspiração para Lynd Ward, que popularizou o formato nos Estados Unidos, onde Masereel era pouco conhecido. Ward (1905-1995), nascido em Chicago, filho de um pastor metodista, escritor e ativista social, estudou na Universidade de Columbia e, posteriormente, na Academia de Artes Gráficas de Leipzig, onde descobriu as obras de Masereel. Em seu regresso aos Estados Unidos, Ward começou a trabalhar como ilustrador enquanto realizava sua primeira novela sem palavras, ao estilo das do belga, mas utilizando a xilogravura, o que lhe permitia uma maior delicadeza de traço e uma infinidade de matizes na linha. *God's Man* [29] chegou às livrarias na mesma semana que se produzia a quebra da Bolsa de 1929. Apesar de tão funesto presságio, e de ser uma obra singular, impossível de ser comparada com nenhuma outra existente naquele momento, alcançou um sucesso surpreendente, tendo vendido 20 mil exemplares ao longo de seis edições em quatro anos[81].

God's Man, com suas 139 gravuras, é uma longa alegoria sobre a entrega do artista à sua vocação acima de todas as paixões humanas, e a luta para se manter fiel à sua arte diante da corrupção do dinheiro e das tentações da vida moderna. O relato está impregnado de um idealismo arquetípico não muito distinto daquele mostrado por *Amanecer* (1927), de Murnau, um dos filmes que mais havia impressionado os espectadores naquele momento. No início da obra, o protagonista recebe um pincel que o situa na dinastia eterna dos artistas de todos os tempos – desde os pintores egípcios até os modernos, passando pela Grécia clássica, a Idade Média e o Renascimento –, mediante o qual conseguirá o êxito, mas pelo qual terá de pagar um preço com seu próprio sangue. Sem dúvida, Ward se via vinculado com essa estirpe imortal de artistas, e não com os caricaturistas e quadrinistas.

Ward realizará outras cinco *pictorial narratives* – como ele as chamava[82] – durante sua época de maior atividade, até 1937. A seguinte, *Madman's Drum* (1930), incidirá nos elementos de drama com matizes sobrenaturais que já apareciam em *God's Man*, embora baixando o tom alegórico. Na maioria das seguintes, a Grande Depressão e suas consequências sobre as classes desfavorecidas terão um protagonismo claro. É o caso de *Wild Pilgrimage* (1932), outra história montada sobre o pretexto da viagem (como *Mon livre d'heures*, de Masereel), que, neste caso, em vez de levar o protagonista a percorrer os caminhos sinuosos da cidade, se lança em um assustador descobrimento da miséria nacional, começando pelo linchamento de um negro no bosque e terminando na morte do protagonista em um confronto entre operários e policiais. Nesse título, Ward utiliza uma bitonalidade avermelhada em algumas sequências para diferenciá-las da narrativa convencional, indicando com esse recurso que o que vemos acontece na imaginação ou nos sonhos do protagonista.

Seus dois títulos seguintes são de extensão mais moderada. *Prelude to a Million Years* (1933), com apenas trinta gravuras, retorna ao tema do ideal artístico, mas incorpora em seu pano de fundo o ambiente da Grande Depressão e a crítica ao nacionalismo militarista, enquanto *Song Without Words* (1936, no que parece um eco da *Histoire sans paroles* de Masereel), um de seus trabalhos mais simbólicos, é como um breve poema de protesto contra a Depressão e a ameaça do fascismo que apresenta o dilema de se o mundo é um lugar adequado para se criar um filho.

A obra-prima de Ward foi *Vertigo* (1937) [30], um volume impressionante constituído por nada menos que 230 gravuras, realizadas ao longo de inúmeras horas de minucioso trabalho. *Vertigo* é a denúncia final dos estragos causados pela Grande Depressão na sociedade. O simbolismo, embora ainda muito intenso, põe um pouco os pés no chão e permite uma maior personalização dos três protagonistas, que, embora anônimos, se individualizam e se diferenciam em três tipos: o velho, a jovem e o menino. Suas andanças entrecruzadas desde 1929 até 1934 proporcionam um argumento a um relato de muito maior complexidade que os anteriores. Ward utiliza textos integrados no espaço diegético do relato, chegando quase à fronteira dos quadrinhos convencionais. Profundamente sombrio e desesperançado, *Vertigo* se encerra com uma imagem perturbadora e aberta, a única que ocupa o capítulo intitulado "Domingo", e que representa uma cena de festa popular noturna, em que toda a alegria e a jovialidade sugerida pelo dia festivo e pela montanha-russa se convertem no pânico irracional provocado pela velocidade *vertiginosa* do carrinho. Um final aberto e dinâmico, que contribui para romper com o estereótipo de fábula com moral das histórias anteriores e que quase recorda outras cenas finais de novelas gráficas contemporâneas em que o corte final se produz na metade de um movimento incontrolável por parte dos protagonistas: ver *Fun Home* de Alison Bechdel ou *Metralla* de Rutu Modan.

2 — OS QUADRINHOS ADULTOS ANTES DOS QUADRINHOS ADULTOS

[30] *Vertigo* (1937), de Lynd Ward.

Otto Nückel, nascido em Colônia e trasladado para Munique, foi outro dos artistas que lançaram as bases das novelas sem palavras com seu ambicioso *Das Schicksal. Eine Geschichte in Bildern* (Munique, 1928), publicado como *Destiny. A Novel in Pictures* em Nova York, em 1930. Nückel, ilustrador de livros de autores como Thomas Mann, Alexander Moritz Frey e E. T. A. Hoffman, e também caricaturista político, introduziu a gravura em chumbo nos livros impressos. O resultado gráfico de sua inovação técnica está num ponto intermediário entre a absoluta simplicidade de Masereel e o traço sofisticado de Ward. *Das Schicksal. Eine Geschichte in Bildern* é outro empenho monumental, com mais de duzentas gravuras que relatam a vida desgraçada de uma mulher pobre, oprimida pelas condições às quais a sociedade a submete. Órfã desde criança e obrigada a trabalhar ainda muito jovem, é seduzida por um viajante que pouco depois a abandona. Entrega seu filho ilegítimo às águas do rio – uma cena resolvida por Nückel com uma elegante elipse – e é presa por esse crime. Quando sai da prisão, trabalha como prostituta, assassina um homem e acaba morta a tiros nas mãos da polícia. O componente de crítica social parecia ser parte essencial das novelas sem palavras.

Essas obras de Masereel, Ward e Nückel provocaram uma pequena explosão de novelas sem palavras, tanto na Europa quanto nos Estados Unidos. Algumas foram de cunho religioso, como *The Life of Christ* (1930), de James Reid, ou *Die Passion* (1936), de Otto Pankok. Charles Turzak fez duas biografias: *Abraham Lincoln* (1933) e *Benjamin Franklin* (1935). A checa Helena Bochoráková-Dittrichová, formada em Praga, descobriu Masereel enquanto aprimorava seus estudos em Paris. A obra do belga lhe serviu de inspiração para realizar um trabalho que, embora formalmente se assemelhasse ao dele, apresentava uma importante novidade temática. *Enfance* (Paris, 1930) é uma coleção de gravuras que rememoram momentos da infância da autora e de sua vida familiar. Sem o dramatismo de Nückel, sem o simbolismo de Masereel, sem a épica de Ward, Bochoráková-Dittrichová opta pela via da memória e do "costumismo", tingido pela nostalgia de um passado feliz. É um caminho que durante décadas apenas foi transitado pelos quadrinhos. Olaf Gulbransson[83], cartunista norueguês radicado na Alemanha, também realizou duas histórias em quadrinhos de memórias, sobre sua infância (1934) e sobre suas experiências profissionais como desenhista (1954). Mas, em geral, o tema permanecerá quase inédito até a chegada da novela gráfica atual, na qual cobra uma importância fundamental para definir o movimento contemporâneo, e em que existe uma abundância de memórias familiares de autoria de mulheres, desde

Marjane Satrapi até Zeina Abirached, das quais Helena Bochoráková-Dimittrová é de certa maneira uma precursora. A ilustradora checa também tocaria o gênero religioso com sua segunda novela sem palavras, *Kristus* (1944).

Embora as novelas feitas com gravuras tenham seu esplendor nos anos 1930, alguns dos melhores exemplos do formato chegarão nas décadas posteriores. *White Collar* (1940), publicada pelo imigrante italiano Giacomo Patri em São Francisco, é constituída por mais de 120 linogravuras e volta ao tema dos estragos causados pela Grande Depressão. Patri, comprometido com os movimentos operários de esquerda, conta a história de um jovem empregado de uma agência de publicidade – um trabalhador "white collar", em oposição aos operários "blue collar" – diante do qual se abre um futuro profissional – e familiar – esplendoroso. Quando os primeiros ferrões da Depressão aparecem diante dos seus olhos, ele os ignora, achando que não o afetarão. Mas pouco depois perde o emprego e tem início sua desoladora queda: contas não pagas, despejo, até mesmo um aborto que não pode custear. O protagonista por fim se conscientiza de que os profissionais das artes liberais também são trabalhadores, e que só unidos, como os operários, podem enfrentar o acosso que sofrem como classe. Patri também faz uso dos textos incluídos na narração, como Ward em *Vertigo*, e inclusive os integra com maior delicadeza do que este.

Um dos últimos representantes das novelas sem palavras surgiria em 1951, quando o inglês radicado no Canadá, Laurence Hyde, publicou em Los Angeles *Southern Cross. A Novel of the South Seas Told in Wood Engravings*. Constituída de 118 gravuras, essa novela denuncia os testes atômicos realizados pelos Estados Unidos nos mares do sul depois da Segunda Guerra Mundial. Uma família nativa que não é evacuada de uma ilha afetada por uma detonação sofre as consequências da radioatividade, o que dá lugar a algumas imagens de uma terrível e eletrizante beleza, quase abstrata. É como uma sombra em preto e branco dos temores do holocausto nuclear que refletem seus contemporâneos Jackson Pollock e os expressionistas abstratos.

Como um eco das novelas sem palavras, apareceram também ao mesmo tempo alguns livros desenhados que apresentavam narrativas em imagens, em uma espécie de translação para o mundo da caricatura e do desenho dos achados de Masereel e Ward. É o caso de *Alay-oop* (1930), de William Gropper, desenhista e ilustrador, autor de uma famosa caricatura de Hirohito que provocou um processo instaurado pelo governo japonês contra a *Vanity Fair* em 1935[84]; ou de *Eve* (1943), de Myron Waldman, animador dos estudos Fleischer, onde participou de desenhos animados de *Betty Boop*, *Popeye* e *Superman*. *Skitzy* (1955), de Don Freeman, antecipa de forma singular temas e atitudes que serão cruciais para os novelistas gráficos contemporâneos. Músico, humorista, ilustrador de contos infantis, Freeman desenhou *Skitzy* como forma íntima e artística de desafogar a sua frustração como criador submetido à exploração dos empresários. Dave Kiersh declara que ele "apresenta, de forma humorística, as perspectivas das fantasias de um homem da classe operária" e que é um esforço insólito para "oferecer temas adultos em forma de caricatura para um público adulto"[85]. O caráter autobiográfico (velado) e a proposta final da autoedição como saída para o artista conferem um raro valor profético a *Skitzy*, que não obteve nenhum eco em sua época.

Provavelmente, o mais importante desses livros foi *He Done Her Wrong* (1930) [31], de Milt Gross. Planejado explicitamente como uma paródia das novelas de Lynd Ward, *He Done Her Wrong* é um trepidante melodrama humorístico que serve de ponte para estabelecer essa comunicação impossível entre o reino dos *quadrinhos autênticos* e o das novelas sem palavras. Hoje um tanto esquecido, Gross foi, na verdade, um dos mais brilhantes quadrinistas de sua época, criador de numerosas séries de sucesso e forjador de expressões deformadas da língua iídiche[86] que se integraram na fala popular. Em *He Done Her Wrong* ele tomava os elementos típicos de qualquer folhetim de Hollywood e os convertia em uma odisseia do mundo moderno que funcionava como espelho deformante das nobres e patéticas visões de Ward, cujo *God's Man* ele parodiou explicitamente em alguns momentos. Um inocente caçador é enganado por seu astuto sócio, que lhe rouba sua namorada. O caçador viajará até a cidade grande para recuperá-la, envolvendo-se assim em uma série de peripécias resolvidas em frenéticas piadas visuais que, devido à acelerada inércia narrativa do desenho, recordam as aventuras dos personagens de Töpffer. Todos os clichês do azar inverossímil próprios do melodrama de Hollywood são explorados pelo humor perverso de Gross. *He Done Her Wrong* tinha um subtítulo articulado em dois níveis que parecia condensar muitas das questões que vimos tratando nestas páginas: *The Great American Novel... Not a Word in It; No Music, Too*. Por um lado, proclama – humoristicamente, claro, mas *ainda assim...* – sua condição de aspirante a "Grande Novela Americana". Por que o título não ia recair em uma revista em quadrinhos? Afinal de contas, os quadrinhos haviam sido adotados como uma criação artística genuinamente americana, junto com o jazz, a animação e o cinema, todas elas formas artísticas sequenciais, e consagrados por ensaístas como Gilbert Seldes em *The Seven Lively Arts* (1924). Mas o subtítulo anunciava que essa "grande novela" carecia do componente mais básico das novelas, as palavras, e nos advertia de que ela tampouco tinha som, o que de novo vinculava o livro com o mundo do cinema. Na verdade, a relação entre o gênero pastelão de Gross e o humor de Keaton e Chaplin é muito estreita ao longo de toda a novela. O ambiente das montanhas, onde se inicia a história, remete imediatamente a *The Gold Rush* [*Em busca do ouro*, 1925], do gênio inglês.

[31] *He Done Her Wrong* (1930), Milt Gross.

Talvez não haja melhor prova da extraordinária difusão da ideia da novela sem palavras durante essas décadas do que o singular corolário que tiveram esses livros na esfera da *grande arte*. Max Ernst, pintor dadaísta, também amigo de George Grosz, como Masereel, realizou entre 1929 e 1935 três novelas sem palavras utilizando a técnica da colagem, que havia definido como "a exploração sistemática da coincidência casual, ou artificialmente provocada, de duas ou mais realidades de diferente natureza sobre um plano aparentemente inapropriado [...] e a centelha de poesia, que salta ao se produzir a aproximação dessas realidades"[87]. *La Femme 100 têtes* [*A mulher de 100 cabeças*, 1929] e *Rêve d'une petite fille qui voulut entrer au Carmel* (1930) combinam de forma chocante recortes de imagens populares (manuais, catálogos, folhetins antiquados) para criar imagens fantásticas, cuja heterodoxia se vê reforçada pelos textos que as acompanham. A última e mais famosa dessas novelas, *Une semaine de bonté* [*Uma semana de bondade*, 1935] [32], elimina completamente os textos e se torna, no entanto, mais aparentemente acessível em sua narrativa do que nas demais. Juan Antonio Ramírez não descarta a influência tanto do cinema quanto dos quadrinhos (entre eles as *narrativas pictóricas* dos novelistas gravuristas) sobre Ernst, em quem distingue uma diferença entre a sua visão da colagem nesses livros e a sua visão da colagem em trabalhos anteriores não destinados à reprodução em série: enquanto em 1922 Ernst praticava a *colagem emblemática*, a partir de 1929 se dedica à *colagem narrativa*[88]. Esta significativa diferença nos põe a pensar em por que as novelas pictóricas de Ernst têm um interesse mais que anedótico. Por um lado, revelam que no ambiente de finais dos anos 1920 havia amadurecido a ideia de que as imagens tinham sua própria linguagem narrativa, e que essa ideia estava presente tanto entre o público de massas que lia o jornal quanto entre os artistas e escritores de vanguarda. Além disso, precisamente as novelas de Ernst, com sua reutilização de materiais procedentes das imagens de consumo mais anônimas para reconvertê-los em obras de arte, estabelecem de forma singular esse vínculo entre a alta e a baixa cultura que deu lugar, como já vimos, a uma das tensões mais características da novela gráfica contemporâneo.

2 — OS QUADRINHOS ADULTOS ANTES DOS QUADRINHOS ADULTOS

[32] *Une semaine de bonté* (1935), Max Ernst.

Durante muito tempo, as novelas sem palavras se mantiveram à margem da história dos quadrinhos, como um elemento estranho que tinha certo parentesco com os quadrinhos, mas não se encaixava em seu discurso histórico. Nos últimos anos, no entanto, o interesse por recuperá-las e revisá-las tem sido crescente, e esse interesse está ligado ao auge da novela gráfica contemporânea. As reedições têm sido numerosas, têm aparecido alguns estudos a respeito, e vários autores de quadrinhos têm se sentido atraídos por eles. Em seu prólogo para uma das últimas reedições de *Um contrato com Deus*, Will Eisner situava esses livros na própria origem da novela gráfica contemporânea: "Em 1978, animado pela obra dos artistas gráficos experimentais Otto Nückel, Frans Masereel e Lynd Ward, que nos anos 1930 publicaram novelas sérias contadas com desenhos sem texto, tentei uma obra importante de forma similar"[89]. E é possível que muitos dos traços formais que distinguem *Um contrato com Deus*, assim como boa parte das novelas gráficas posteriores de Eisner, sejam inspirados por eles: o uso frequente de uma única gravura por página, o abandono das molduras dos requadros ou o tom sépia que invoca os livros antigos, assim como o tratamento um tanto teatral da gestualidade e dos cenários, e a caracterização estereotipada aos quais esse autor com frequência recorre. Seth, por sua vez, escreveu o epílogo de *Graphic Witness*, que reeditava quatro novelas de Masereel, Ward, Patri e Hyde, além de um estudo de George A. Walker, e Peter Kuper se encarregou do prólogo de *Wordless Books. The Original Graphic Novels*, de David A. Beronä.

Kuper é, juntamente com Eric Drooker, o mais direto herdeiro atual dos novelistas gravuristas. Kuper e Drooker, que colaboraram na revista de quadrinhos de crítica política *World War 3 Illustrated* durante os anos 1980, recolheram dos novelistas gravuristas não apenas uma inspiração formal, mas também o compromisso com a denúncia das injustiças sociais a partir de uma posição de esquerda. Drooker trabalhou com escritores da geração *beat*, como William Burroughs ou Lawrence Ferlinghetti, e assinou *Flood!* (1992), um "*novel in pictures*" [33]. Composto na verdade de três peças distintas unidas tematicamente, *Flood!* é uma autêntica novela sem palavras contemporânea, que remete àquelas dos anos 1930 tanto em sua aparência visual como em seu conteúdo. O autor utiliza a raspagem para conseguir um efeito muito parecido com o da gravura, embora não renuncie à combinação dos elementos proporcionada pelos múltiplos requadros por página, e de fato às vezes os utiliza com uma ênfase expressiva. Drooker, que havia conhecido as obras de Masereel desde criança graças a seu avô, encontrou em suas novelas e nas de Ward a inspiração para abordar a própria experiência de viver numa sociedade em crise, conforme explicaria:

2 – OS QUADRINHOS ADULTOS ANTES DOS QUADRINHOS ADULTOS

[33] *Flood!* (1992), Eric Drooker.

[34] *The System* (1996), Peter Kuper.

2 – OS QUADRINHOS ADULTOS ANTES DOS QUADRINHOS ADULTOS

> O tema trágico procedia de minhas experiências no Lower East Side. Literalmente, eu tinha que passar sobre as pessoas para entrar no meu apartamento todas as noites. Quando Ronald Reagan foi eleito presidente em 1980, uma onda de mendigos se derramou sobre as ruas da cidade, em uma escala jamais vista desde a Grande Depressão dos anos 1930, que foi quando Lynd Ward esteve ativo[90].

Kuper, por sua vez, tem uma carreira mais ampla como quadrinista, na qual se incluem numerosos quadrinhos convencionais, mas se celebrizou com obras como *The System* [*O sistema*[91]] (1996) [34], uma atualização do retrato social coletivo ao estilo de *Vertigo* de Ward ou *The city* de Masereel, contado sem palavras, mas usando páginas divididas em requadros e coloridas.

O fascínio pelos quadrinhos sem palavras é universal, não unicamente norte-americano, e com frequência é possível perceber neles a marca das novelas sem palavras, talvez porque a perda da palavra reforça o valor simbólico das imagens e as torna apropriadas para trabalhos idealistas e críticos que tratam com mais facilidade o coletivo do que o individual. Assim, embora se situe num universo estético e formal muito afastado daquele das gravuras, *No Comment* (2009), do francês Ivan Brun, também encontra sua razão de ser em nos mostrar o funcionamento diabólico da máquina política e social para a qual os indivíduos são simples peças intercambiáveis. Sua estirpe artística é a do underground e do mangá, mas seu espírito é o dos novelistas gravuristas. O uso de ideogramas complexos os aproxima também de *Space Dog* (1993), do alemão Hendrik Dorgathen, que, embora recorra à fantasia para sua fábula protagonizada por um cão que viaja para o espaço e volta à Terra dotado de inteligência graças à intervenção dos extraterrestres, também tem uma mensagem crítica a transmitir. Os mesmos elementos – a renúncia (quase total) às palavras, o uso de ideogramas e a crítica social – encontramos em *Nazareto* (2009), do maiorquino Álex Fito, que faz uso do humor negro. Inclusive de um âmbito cultural tão distanciado como o australiano, os quadrinhos sem palavras seguem uma inércia social, como demonstra a grandiosa *The Arrival* [*A chegada*[92]] (2006) [35], de Shaun Tan, uma fábula universal sobre a emigração cuja estética fantástica tem suas raízes precisamente no estilo e na moda dos anos 1920 e 1930.

A NOVELA GRÁFICA

[35] *The Arrival* (2006), Shaun Tan.

É muito possível que, se não fosse pelos quadrinhos, as novelas sem palavras dos anos 1930 estivessem hoje completamente esquecidas. Não foi o mundo da literatura nem o da arte que conservou sua memória, mas o dos quadrinhos. Em 1999, *The Comics Journal* incluiu *Madman's Drum*, de Lynd Ward, entre as cem melhores HQs do século XX. Era quase uma forma de dar as boas-vindas de volta à casa a esta curiosa família de obras órfãs. Sua estatura moral e seu posicionamento político perante uma atualidade ameaçadora são, mais que seus achados formais, a qualidade que faz com que sejam revisitadas pelos quadrinistas atuais, talvez sabedores de que, assim como aqueles trabalhos estiveram em grande medida marcados pelas consequências da Grande Depressão, a nova novela gráfica talvez tenha de enfrentar uma depressão econômica de proporções ainda maiores e mais urgentes.

O realismo exótico

Se ao longo dos anos 1920 as tiras de jornal vão adotando a continuidade como modelo predominante, no final da década a continuidade se cristaliza em um novo gênero, os quadrinhos de aventuras, que serão decisivos na hora de criar o comic book, um formato que surgirá muito pouco depois e que se converterá no suporte predileto para os quadrinhos durante as sete décadas seguintes.

O giro para a aventura deriva naturalmente da própria mecânica da continuidade. Para deixar o leitor pendente da resolução do conflito apresentado em uma tira, nada melhor do que tornar esse conflito dramático. Como diria Al Capp, desenhista da série satírica *Li'l Abner*: "Os editores dos periódicos descobriram que as pessoas compravam mais periódicos, com maior regularidade, caso se sentissem *preocupadas* por uma série que simplesmente as divertia"[93]. Não nos esqueçamos também de que os anos 1920 são a era dourada dos seriados cinematográficos, que eram emitidos por capítulos aos sábados pela manhã e que temática e iconograficamente estarão muito relacionados com os quadrinhos de aventuras, aos quais inclusive adaptarão com frequência a partir da década de 1930.

As séries de humor são as primeiras que se inclinam para a aventura. Se obras importantes como *The Gumps* ou *Little Orphan Annie* já haviam prognosticado esse caminho, outras como *Wash Tubbs*, de Roy Crane, se verão arrastadas irremediavelmente pela força da gravidade do novo gênero. *Wash Tubbs*, que se iniciou como *Washington Tubbs II* em 1924, protagonizada por um hilário herdeiro rico, muda de tom e estilo com a introdução, em 1929, do Capitão Easy, um aventureiro bronco de nariz achatado que, a partir de 1933, terá sua própria série, *Captain Easy, Soldier of Fortune*. Algo semelhante ocorre com *Thimble Theatre*, a série humorística de protagonismo coletivo criada por E. C. Segar em 1919, e que será invadida por um marinheiro brigão destinado ao estrelato, também em 1929: Popeye. A partir desse momento, Segar irá se confirmar como um dos grandes narradores dos quadrinhos americanos, deixando o humor em segundo plano. Em 1929 também se iniciam (na verdade, no mesmo dia, 7 de janeiro) duas séries que terminarão de revolucionar o panorama das tiras de jornais: *Buck Rogers* e *Tarzan*.

Buck Rogers, criação de Philip Nowlan e Dick Calkins, era inspirada em um relato do primeiro aparecido em uma revista *pulp*, as publicações de literatura popular à venda nas bancas que triunfavam naqueles anos e sobre as quais falaremos mais adiante. Foi a primeira série de ficção científica, e, apesar de ter uma qualidade inferior à das melhores séries do momento, dela parte uma das correntes mais importantes dos quadrinhos durante as décadas seguintes, a da fantasia. *Tarzan*, por sua vez, adaptava outra criação da literatura *pulp*, neste caso de Edgar Rice Burroughs – que também havia se tornado famoso por seus títulos de ficção científica, como *John Carter of Mars*. *Tarzan* trazia aos quadrinhos o mito do homem selvagem e da África desconhecida e inexplorada, mas nesse caso o seu impacto foi mais além do gênero que tratava e alcançou também a estética geral do meio. *Tarzan* foi encomendada a um ilustrador publicitário, Harold Foster, que a desenhou com um estilo de realismo romântico tomado do mundo da ilustração comercial e afastado – oposto, inclusive – da caricatura mais ou menos estilizada, própria dos quadrinhos até aquele momento. Waugh diria que

> o surgimento da obra de Foster, ao mesmo tempo que iniciou um novo período nos quadrinhos, quase acabou com eles; o seu trabalho era tão bom que deixou pouco a ser melhorado pelos praticantes posteriores, e muito poucos tiveram competência para se aproximar dele. Pela primeira vez, Foster introduziu nos quadrinhos um domínio absoluto do desenho das figuras. Tarzan, apesar do seu peito e braços gigantescos, era ágil, solto e se movia livremente no espaço[94].

2 — OS QUADRINHOS ADULTOS ANTES DOS QUADRINHOS ADULTOS

É claro que esse salto para o desenho acadêmico teve um preço: podia-se discutir que semelhante estilo fosse apropriado para a linguagem dos quadrinhos, e o primeiro que o discutiu foi o próprio Foster, que se considerava ilustrador de uma história literária e não um desenhista de gibis. É significativo que ele tenha renunciado a utilizar os balões de diálogo que, como vimos anteriormente, são próprios do espaço das histórias em quadrinhos, mas não encontram seu lugar na topografia da ilustração.

Com estilo mais ou menos caricaturesco, a partir daquele momento proliferaram os "comics sérios". Em 12 de outubro de 1931 começava *Dick Tracy*, de Chester Gould, um prodígio de contrastes em preto e branco que aplicava a estilização radical da caricatura a uma série policial, inspirada pelo auge das histórias de gângsteres durante os anos da Lei Seca. *Dick Tracy* iniciou o gênero policial nos quadrinhos e causou pavor pela desenvoltura com que apresentava as cenas de violência. *Scorchy Smith*, criada pelo muito limitado John Terry em 1930, era ambientada no então exótico mundo da aviação. Em 1933, a enfermidade de Terry fez com que ele a passasse para as mãos do brilhante Noel Sickles, que firmou com ela os alicerces da nova escola que pouco depois Milton Caniff consolidaria. Os aventureiros disfarçados ou sobrenaturais também começaram a proliferar, antecipando-se aos super-heróis, que estavam começando a aparecer. Podemos contar, entre eles, o próprio Popeye, que não só exibe uma superforça desproporcional, mas que pela primeira vez, como indica Carlin, emerge vitorioso de suas brigas[95], enquanto até aquele momento os personagens dos quadrinhos haviam sido as vítimas das brincadeiras e das trapaças de seus antagonistas. Esse traço vai aparentá-lo com Superman e seus epígonos, sempre triunfantes perante o mal. O roteirista Lee Falk escreve dois proto-super-heróis: o mágico *Mandrake* (1934), desenhado por Phil Davis, e o justiceiro da selva *The Phantom* [*O Fantasma*, 1936], uma espécie de Tarzan com máscara, desenhado por Ray Moore.

Em 1934 surgem as duas séries que terminarão de confirmar a virada plástica que o *Tarzan* de Foster havia iniciado. A primeira foi *Flash Gordon*, publicada como página dominical colorida com roteiros de Don Moore e desenhos de Alex Raymond; a segunda foi *Terry and the Pirates*, escrita e desenhada por Milton Caniff como tira diária com página dominical.

Raymond, Caniff e Foster serão os três grandes referentes dos quadrinhos de aventuras a partir desse momento, os três modelos que todos os profissionais tentarão seguir. *Flash Gordon* [36] foi a resposta do poderosíssimo King Features Syndicate ao sucesso de *Buck Rogers*, mas sua influência sobre a ficção científica e a fantasia foi muito superior à deste. Raymond seguiu a linha de Foster, com um estilo elegante de tom ilustrativo, mas mais romântico e dinâmico. Sua grande imaginação visual e a liberdade que lhe davam os mundos inventados onde se desenvolviam as aventuras de Flash Gordon lhe permitiram criar uma fascinante fantasia *art decó*, que em seu momento de máximo refinamento o levou a eliminar os balões de diálogo, assim como Foster. Embora a influência de Raymond tenha sido – e ainda hoje continue sendo – incalculável, sua carreira foi muito breve, pois ele morreu em um acidente de automóvel em 1956, com 46 anos de idade.

[36] *Flash Gordon* (1940), Alex Raymond e Don Moore.

Foster, por sua vez, criou sua própria série em 1937, *Prince Valiant* [O Príncipe Valente] [37], na qual aplicou seu estilo classicista à recriação de ambientes medievais, que o protagonista percorria vivendo majestáticas aventuras saídas de um romance de Walter Scott. Em *Prince Valiant*, Foster renunciou de novo aos balões de diálogo, embora nem sempre à narração em sequência, criando um estranho híbrido entre ilustração e quadrinhos. Em todo caso, não foi o seu modelo narrativo, mas o seu desenho que foi idealizado como padrão de perfeição por gerações de desenhistas posteriores.

[37] *Prince Valiant* (1938), Hal Foster.

Dos três, Milton Caniff foi o que teria uma influência mais decisiva sobre a linguagem dos quadrinhos. Sua série *Terry and the Pirates* [38] era protagonizada por um jovenzinho que vivia aventuras na China e nos mares do Sul, acompanhado do aventureiro Pat Ryan, criado segundo o molde do Capitão Easy de Roy Crane. Durante os doze anos que Caniff permaneceu na série, até 1946, os conflitos se tornaram cada vez mais sofisticados, as relações entre os personagens mais verdadeiras, e o próprio Terry se tornou um homem e participou da Segunda Guerra Mundial. Mais importante ainda foi o desenvolvimento das ferramentas narrativas de Caniff. Sua utilização do claro-escuro se mostrava prática no espaço confinado da tira diária para produzir notáveis efeitos de realismo com um mínimo de traços, e a alternância de planos e contraplanos, próximos e distanciados, aproximou os quadrinhos da linguagem do cinema e os converteu em uma leitura extremamente fácil e dinâmica. Caniff trasladou para as HQs a essência do chamado *modelo narrativo de continuidade* de Hollywood, cuja finalidade "era a transparência, ou seja, que a técnica ficasse oculta por trás da representação"[96]. Foster e Raymond representavam um ideal; Caniff representou algo mais importante, um mestre com quem aprender. Winsor McCay ou George Herriman, observa Carlin, haviam criado obras-primas singulares e invejadas por todos os desenhistas, porém inimitáveis, enquanto "Caniff criou um estilo que era tanto magistral como eminentemente imitável"[97].

[38] *Terry and the Pirates* (1943), Milton Caniff.

2 – OS QUADRINHOS ADULTOS ANTES DOS QUADRINHOS ADULTOS

Em *Terry and the Pirates*, o requadro é uma janela impermeável que define os limites da cena desenhada, e o que acontece nele, como o que acontece na tela, é uma simulação da realidade que concentra exclusivamente toda a nossa atenção. Acabaram-se as quebras de requadros por um espirro de *Little Sammy Sneeze* de McCay [39]. Ou seja, acabaram-se todas aquelas incursões na metalinguagem dos requadros que brincavam com as convenções do meio. Agora só importava sermos testemunhas de uma peripécia que se desenvolve diante de nossos olhos sem que nenhum elemento formal nos distraia. Caniff criou, na verdade, a *fórmula* para os comics americanos – e, por extensão, para os quadrinhos ocidentais de aventuras – durante a maior parte do século XX. Ainda hoje o estilo criado por Caniff continua sendo considerado o estilo padrão, e está tão assimilado pelos autores e pelo público que, apesar da sua grande sofisticação, tende a ser considerado um estilo natural e antiformalista.

[39] *Little Sammy Sneeze* (1905), Winsor McCay.

O fato de o estilo de Caniff seguir os padrões do modelo de narrativa cinematográfica de Hollywood contribuiria ainda mais para reforçar o distanciamento dos quadrinhos em relação ao mundo literário e sua inserção dentro da tradição de entretenimento audiovisual, embora seja um meio impresso. O modelo de Caniff seria o modelo adotado pelo comic book que estava prestes a chegar, e, portanto, podemos dizer que o comic book herdou de Caniff a condição de *antiliteratura* que as tiras de jornais haviam tido desde *Yellow Kid*.

Com as séries de aventuras, os quadrinhos se homogeneizaram com o cinema e perderam sua singularidade. *Little Nemo* e *Krazy Kat* ofereciam um tipo de experiência – um *espetáculo*, se preferir – que só os quadrinhos podiam oferecer, mas as séries de aventura vão ser, no melhor dos casos, parentes do cinema, e, no pior, seus sucedâneos. O efeito mais imediato será o da sua popularização como "cinema dos pobres", mas a longo prazo os quadrinhos sairão prejudicados por essa relação, quando tiverem que competir com a televisão em seus próprios termos.

Por último, as séries de aventuras afastaram os quadrinhos da realidade cotidiana, da atualidade política e social, do costumismo e da família como tema e como público, e os orientaram para o consumo juvenil. Paradoxalmente, a mudança formal para um estilo representativo considerado de maior *realismo* implicará um maior grau de irrealidade do que aquele que podia ser encontrado nos quadrinhos quando a caricatura era o paradigma da representação hegemônica. É a partir desse momento, mais do que nunca, que os quadrinhos começaram a ser dirigidos realmente para as crianças, e mais ainda a partir do surgimento do comic book.

O comic book que chegou de outro mundo

Com o nome de comic book se conhece não um *livro de comics*, mas o que na Espanha se chama habitualmente de *tebeos*: um caderninho grampeado, em geral em cores, com um número de páginas entre 32 e 64, que se vende nas bancas por um preço acessível para os bolsinhos das crianças e que são colecionados em séries. O comic book será um passo decisivo na evolução dos quadrinhos, pois permitirá que se desliguem da imprensa geral ou humorística e alcancem uma autonomia como meio, além de ser um suporte onde terão espaço, finalmente, as histórias de *longa extensão*, ou pelo menos de extensão superior a uma página. Gordon, que estudou o papel dos quadrinhos como produto de consumo na sociedade capitalista, indica que, na imprensa, as HQs haviam servido como ferramenta para

2 – OS QUADRINHOS ADULTOS ANTES DOS QUADRINHOS ADULTOS

anunciar toda uma diversidade de produtos, mas, "com o comic book, a forma artística se converteu em um produto de entretenimento por direito próprio"[98].

O comic book nasce, na verdade, como suporte publicitário. Com diversos formatos, os livros recopilatórios de HQs haviam existido desde a segunda metade do século XIX, e nos primeiros trinta anos do século XX apareceram diversos proto-comic books que normalmente reeditavam tiras de jornais.

Mas o comic book tal como o conhecemos hoje em dia começa a ser gestado em 1933. Foi quando alguém da gráfica Eastern Color Printing Company (provavelmente dois empregados da seção de vendas, Harry Wildenberg e Max Gaines) percebeu que com as pranchas com as quais eram impressas as páginas dominicais podiam ser impressas duas páginas de quadrinhos de tamanho reduzido. Conseguiram vender a ideia de utilizar o novo formato para imprimir caderninhos que outras empresas comerciais puderam presentear aos seus clientes, e foi assim que realizaram 10 mil exemplares de *Funnies on Parade* para a Procter and Gamble, um fabricante de sabonetes que, por seu costume de patrocinar seriados radiofônicos, deu origem à expressão *"soap opera"*. A nova revista incluía reimpressões de séries dos jornais, por cujos direitos se pagava muito pouco, e esse foi também o conteúdo dos próximos comic books que publicaram durante os meses posteriores, para serem presenteados por fabricantes de creme dental ou sapatos. Gaines achou que existia um mercado para esses novos comic books, mais além do seu valor como incentivos comerciais. Com o

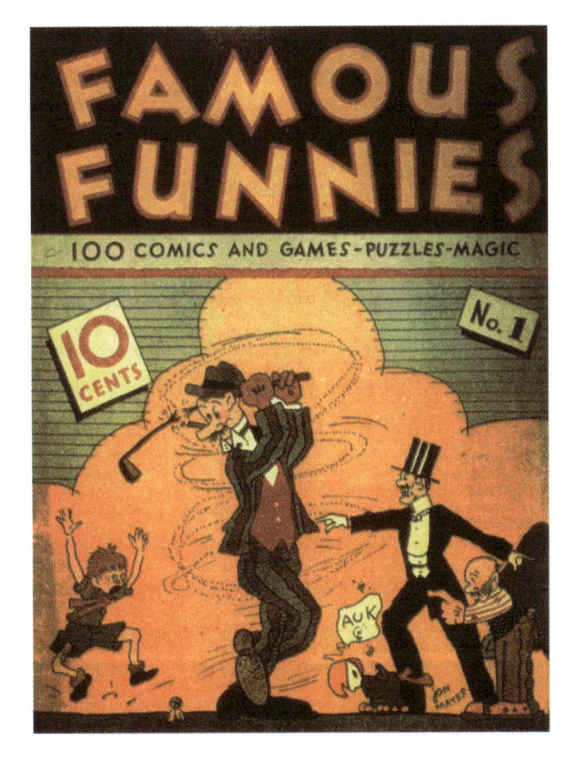

[40] *Famous Funnies* 1 (1934).

apoio da editora Dell, a Eastern Color imprimiu 35 mil exemplares de *Famous Funnies* [40], o primeiro comic book que era vendido em lojas por um preço de capa, o qual ficou estabelecido em 10 centavos. Embora a tiragem tenha se esgotado, a Dell se desvinculou da empresa, de modo que a Eastern continuou sozinha. Do *Famous Funnies* número 2 foram impressos 250 mil exemplares, que foram distribuídos nas bancas. Ao chegar ao sexto, a publicação já estava dando lucro[99].

Durante os anos seguintes foram aparecendo mais comic books, todos integrados por reedições de quadrinhos publicados anteriormente nos periódicos. Inclusive os *syndicates* se animaram a publicar diretamente seus principais títulos. Mas faltava algo para o formato acabar de deslanchar, algum valor agregado que lhe proporcionasse um atrativo próprio, além de ser um simples veículo para a reciclagem de HQs previamente utilizadas e que o leitor já conhecia. Esse componente essencial que daria vida própria ao comic book não chegaria do mundo das tiras de jornal, mas de um mundo completamente diverso, o dos *pulps*.

Os *pulps* eram novelas populares vendidas nas bancas. Jim Steranko assim as descrevia:

> Os *pulps* eram revistas sem corte que recebiam seu nome do papel mole salpicado de pedaços de fibra de madeira nos quais eram impressos. Os editores utilizavam a polpa de papel porque não havia nada mais barato. Os *pulps* tinham pouco a ver com a qualidade. A palavra-chave era quantidade! Os editores conseguiam o sucesso repetindo-se implacavelmente a pergunta: Como posso imprimir mais livros, com maior frequência, de forma mais barata?[100]

Com sua ênfase na ficção de gênero – aventura, western, crime, mistério, ficção científica e fantasia –, os *pulps* puseram a primeira pedra na construção da subcultura do lazer que seria tão importante para o desenvolvimento do comic book. Eram os primórdios do que Henry Jenkins denominou "cultura participativa"[101]. Em torno das revistas de Hugo Gernsback, que lançou a primeira coleção dedicada à ficção científica, *Amazing Stories* (1926), surgiu um movimento de aficionados (conhecido nos Estados Unidos como *fandom*) que organizou publicações (os *fanzines*), convenções (festivais) e redes de intercâmbio de correspondência e ideias, autêntico precedente das "redes sociais" atuais da internet. Alguns dos principais promotores desse *fandom* original dos *pulps* acabariam se convertendo em figuras importantes na edição de comic books, aos quais trasladaram essa cultura clandestina e sectária.

Além disso, os *pulps* deram lugar a um bom número de personagens coloridos que anteciparam aqueles que pouco depois chegariam às páginas dos comic books: o Sombra, Doc Savage, O Aranha, Black Bat... Muitos deles tinham dupla personalidade, usavam máscara ou desfrutavam de poderes sobre-humanos, e constituíram os ingredientes que dariam forma aos super-heróis.

Foi nos *pulps* que se fez conhecer um personagem próprio de uma novela picaresca, o comandante Malcolm Wheeler-Nicholson, que havia escrito alguns relatos para essas publicações durante os anos 1920 e 1930. Wheeler-Nicholson, que contava extraordinárias façanhas bélicas e eróticas a quem nele acreditasse, começou a editar quadrinhos em 1935, quando publicou uma revista intitulada *New Fun*, com as tiras em preto e branco. *New Fun* seria a primeira revista em quadrinhos a publicar material completamente novo, e não reimpressões de tiras de jornal. Os quadrinhos certamente não eram de grande qualidade, já que o comandante pagava atrasado e mal, mas oferecia como estímulo a possibilidade de utilizar a revista como gancho para interessar algum *syndicate*, o que propiciaria aos jovens – muitos quase adolescentes – desenhistas desconhecidos assinarem um verdadeiro contrato profissional. Wheeler-Nicholson chamou sua editora de National Allied Publishing e foi acrescentando alguns títulos à sua oferta, todos os quais se nutriam de qualquer coisa que lhe chegasse às mãos e pela qual tivesse que pagar pouco ou nada. Certamente, dever dinheiro a um inocente desenhista que vivia na outra ponta do continente não era o mesmo que dever à gráfica, ainda mais em uma época em que as gráficas e as distribuidoras tinham fortes vínculos com a máfia, depois da Lei Seca. Quando Wheeler-Nicholson teve problemas para enfrentar os pagamentos ao seu distribuidor, a Independent News, este, num primeiro momento, adquiriu parte da sua empresa, e finalmente ficou com toda a propriedade. Estávamos em 1938 e a National havia começado a publicar no ano anterior um comic book dedicado a histórias policiais, *Detective Comics*, cujas iniciais acabariam dando nome à editora: DC. Quando a empresa passou às mãos de Harry Donenfeld e Jack Liebowitz – o proprietário e o contador da Independent News –, um novo título estava na metade de sua produção: *Action Comics*. Faltava ainda a história principal, a que iria na capa. Vince Sullivan, o editor da nova coleção, decidiu incluir uma tira de jornal descartada por Max Gaines, que a liberou do seu cargo editorial no McClure Syndicate. A tira em questão estava há anos saltando de um *syndicate* a outro, mas ninguém havia mostrado interesse em adquiri-la. Sullivan decidiu que seria possível remontá-la para o formato de página de um comic book e colocá-la na capa. Seus autores, dois jovenzinhos de Cleveland aficionados dos *pulps* de Gernsback, Jerry Siegel e Joe Shuster, decidiram aproveitar a oportunidade de vê-la publicada e finalmente a venderam – junto com todos os direitos sobre seu protagonista – por apenas 130 dólares. O título da série era *Superman*.

O número 1 da *Action Comics* apareceu com data de capa de junho de 1938, e seus 200 mil exemplares se esgotaram. Apesar disso, Donenfeld se sentiu horrorizado pelo ridículo do personagem, que na capa desse número 1 aparecia levantando um automóvel sobre sua cabeça [41], e ordenou retirá-lo das capas dos números seguintes. Entretanto, em seu número 7, a *Action Comics* já estava vendendo 500 mil exemplares por mês, e uma pesquisa realizada nas bancas revelou o motivo: as crianças perguntavam pela revista em que saía o Superman. Este não só voltou imediatamente à capa, mas em 1939 estrearia sua própria coleção, *Superman*, o primeiro comic book dedicado a um único personagem, sem deixar de aparecer em cada número da *Action Comics*. O comic book havia encontrado aquilo que lhe ia ser próprio, e havia começado uma nova era para os quadrinhos.

O auge do comic book foi muito rápido e coincidiu com um declive constante das tiras de jornal, que, a partir dos anos 1940, perdem espaço e qualidade de reprodução nos periódicos. Dificilmente surgirão novas séries importantes até *Pogo* (1948), de Walt Kelly, e *Minduim* (1950), de Charles Schulz. Entretanto, os comic books e as editoras que os publicam se multiplicam com um ritmo desenfreado. Em 1942 são publicados 143 comic books diferentes por mês, que são lidos por mais de 50 milhões de pessoas. Muitas delas são os militares mobilizados pela entrada dos Estados Unidos na Segunda Guerra Mundial. Apesar das restrições do papel, os comic books não deixam de aumentar sua tiragem. O gênero imperante é o dos super-heróis. Trata-se de uma figura nova, que herda traços de tradições anteriores, mas em sua formulação exata, tal como aparece representado no Superman de Siegel e Shuster, é diferente de qualquer coisa que tenha existido antes. Gerald Jones assim o explicava:

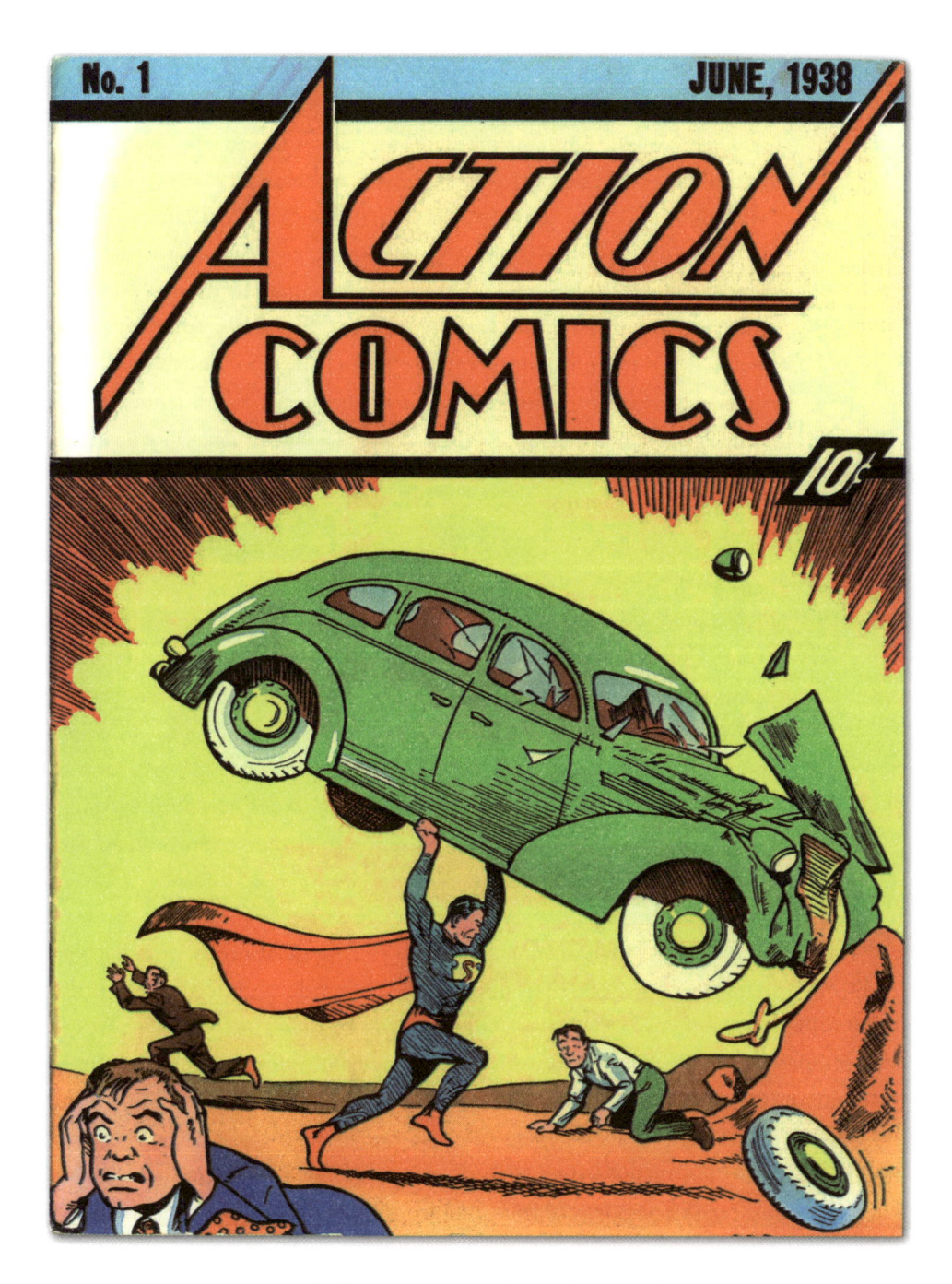

2 — OS QUADRINHOS ADULTOS ANTES DOS QUADRINHOS ADULTOS

[41] Superman em *Action Comics* 1 (1938), Jerry Siegel e Joe Shuster.

Quaisquer que fossem os antecedentes para os poderes, o disfarce ou a origem do Superman que possamos encontrar em Edgar Rice Burroughs ou Doc Savage, ou no Sombra, no Fantasma, no Zorro, em Philip Wylie ou no Popeye, nada jamais havia produzido uma leitura comparável. A vigorosa mistura de pastelão, caricatura e perigo já era familiar desde o *Wash Tubbs* de Roy Crane, mas Crane nunca deu o salto para uma fantasia tão pura. Hollywood havia criado momentos impressionantes a partir dos desastres naturais, e Douglas Fairbanks nos havia feito sentir o mesmo gozo de libertação física, mas não tinham nada que igualasse o prazer imediato destas cores planas e brilhantes e suas formas ferozmente simplificadas. Era a destilação das emoções mais potentes no mais puro lixo[102].

Para Amy Kiste Nyberg, o super-herói era um novo conceito:

Tão novo, na verdade, que o termo *super-herói* só foi cunhado vários anos depois do surgimento do Superman, o primeiro super-herói dos quadrinhos. Os personagens super-heroicos distinguiram os comic books de outros meios e contribuíram para o crescimento do comic book, de curiosidade das bancas a um meio de massa. Em retrospectiva, é fácil ver o impacto que esses super-heróis tiveram sobre a cultura popular americana, já que o super-herói é atualizado e reinventado para cada nova geração[103].

Certamente, a DC foi a primeira a imitar seu próprio sucesso, com Batman e com muitos outros personagens, mas não foi de modo algum a única. Entre 1939 e 1941 apareceram centenas de super-heróis de todas as formas e cores, e à frente deles está o Capitão Marvel, um singular êmulo do Superman (de fato, foi motivo de uma ação de plágio por parte da DC que se manteve durante uma década nos tribunais) publicado pela Fawcett, que se distinguia por seu caráter ingênuo e quase autoparódico em um momento em que a maioria dos super-heróis se caracterizava por sua brutalidade. Em 1944 se atinge o momento de apogeu máximo da indústria dos quadrinhos naquele período, que veio a ser conhecido como a *Era de Ouro* dos quadrinhos. *Captain Marvel Adventures* vendeu naquele ano 14.067.535 exemplares[104].

2 – OS QUADRINHOS ADULTOS ANTES DOS QUADRINHOS ADULTOS

O negócio das revistas em quadrinhos herdou muitos dos traços do negócio dos *pulps*: os editores eram estrangeiros e de origem suspeita, e seu único objetivo era produzir material rapidamente e recuperar o investimento o quanto antes. Surgiu um sistema de produção organizado em "shops", estúdios ou até "oficinas", que funcionavam como verdadeiras cadeias de montagem onde se produziam revistas completas para o editor que as encomendava. Will Eisner, um rapaz de vinte e poucos anos praticamente sem experiência profissional, criaria um dos mais famosos estúdios com o empresário Jerry Iger. Anos depois, em sua memória gráfica daqueles anos, The Dreamer [O sonhador[105], 1986] [42], ele recordaria como funcionava o sistema. Os desenhistas contratados pelo estúdio trabalhavam na mesma sala, em mesas contíguas. Eisner, que era o chefe do estúdio, se sentava no centro e planejava as histórias, passava as páginas arte-finalizadas para o lado esquerdo, e dali se mandavam as páginas pintadas para o lado direito para acrescentar os fundos e limpá-las. Como observa seu sócio, "parece mais uma galera egípcia de escravos que um estúdio de quadrinhos". Com mais razão se poderia dizer que parecia uma fábrica moderna, pois o comic book nada mais era do que uma produção industrial. Para Harvey Kurtzman, os comic books foram criação dos contadores, não dos autores das HQs:

> Foram os contadores que iniciaram o negócio das histórias em quadrinhos. E pensavam com a mentalidade de contadores. O artista não era nada. Era importante a gráfica, importante a distribuidora, importante o tio da banca e, certamente, importante o contador, e em algum lugar no nível mais baixo do totem estava o artista. O único que fazia falta era um tio com um pincel que enchesse as páginas. Funcionava com ou sem os artistas! Ou seja, daria no mesmo se houvessem enchido as páginas de merda...[106]

Ali acabavam aqueles que não tinham nível suficiente para ter acesso às tiras de jornais, profissionais da ilustração que haviam perdido o emprego com a Grande Depressão, e jovens que estavam verdes demais para aspirar a um cargo melhor. Nick Cardy, que faria carreira durante décadas como desenhista romântico e de super-heróis, explicou como renunciou à sua desejada carreira de pintor para se refugiar nos quadrinhos:

[42] *The Dreamer* (1986), Will Eisner.

2 – OS QUADRINHOS ADULTOS ANTES DOS QUADRINHOS ADULTOS

> Descobri, em primeiro lugar, que não podia me permitir as pinturas a óleo. As tintas a óleo eram muito caras e eu tampouco podia me permitir comprar as telas. Então pensei que poderia me dedicar à ilustração. Nos anos 1930 estavam sendo realizados trabalhos maravilhosos de ilustração: Harold von Schmidt, Dean Cornwell, Howard Pyle. Bons artistas. Não eram Degas, mas eram bons. Isso era baixar um escalão nas belas artes, mas tudo bem, embora eu tenha percebido que também não poderia fazer isso. Não sabia o que fazer ou aonde ir. Não tinha um terno para me apresentar, e creio que de todo modo esses estúdios eram muito fechados. Achei que não teria nenhuma possibilidade e precisava ganhar a vida. Precisava de dinheiro imediatamente, para sobreviver. Então me meti nos quadrinhos, e gostei deles[107].

Se até mesmo as tiras de jornal haviam tido dificuldades para ganhar o respeito da sociedade, as revistas em quadrinhos baixaram ainda mais a percepção que esta tinha das HQs. Esse era, claramente e sem nenhuma discussão desde o triunfo dos super-heróis, um meio direcionado para as crianças, e que tampouco lhes era especialmente benéfico nem oferecia nenhuma qualidade redentora aos olhos de pais e educadores. Se, para muitos, os quadrinhos em si já eram ruins, as revistas em quadrinhos eram *os quadrinhos ruins*. Embora elas fossem lidas por muitos adultos, isso não era algo que reconheciam sem sentir vergonha. Gerard Jones observa que, "quando a imprensa quis pintar o gângster assassino Dukey Maffetore como mentalmente subnormal, só teve que informar que ele lia gibis do *Superman*"[108]. Isso fazia parte do cenário daquele momento, apesar de uma pesquisa de 1950[109] mostrar alguns dados surpreendentes, entre eles que 54% de todas as revistas em quadrinhos eram lidas por adultos com mais de 20 anos, e que o adulto médio lia cerca de onze revistas por mês.

Os super-heróis atingiram seu auge durante a guerra, e ao fim do conflito entraram em rápido declive, o que talvez possa ser interpretado como a confirmação de que grande parte do seu público se encontrava entre os soldados convocados para as fileiras. Entre 1941 e 1944 as vendas das revistas em quadrinhos passaram de 10 para 20 milhões de cópias por mês[110] (para calcular sua verdadeira difusão é preciso levar em conta que cada cópia era lida por uma média de seis a sete pessoas), mas com a paz os super-heróis bateram em rápida retirada. Durante os quinze anos seguintes, sobreviveram apenas as "vacas sagradas" da DC: Superman, Batman e Mulher-Maravilha. O Capitão Marvel, símbolo da Era de Ouro, foi abandonado pela Fawcett em 1953. Quando suas vendas caíram, acharam que não era rentável manter o litígio aberto pelo processo da DC e interromperam sua publicação. Ironicamente, seria a própria DC que acabaria comprando os direitos do personagem, que hoje faz parte do seu repertório e compartilha aventuras com o Superman.

Amor, crime, horror: quadrinhos quase para adultos

Entretanto, se os super-heróis haviam sido fundamentais para lançar o formato da revista em quadrinhos, seu declive não diminuiu o auge do suporte. Outros gêneros começaram a proliferar, abrindo a oferta dos quadrinhos como nunca se havia visto nos Estados Unidos. HQs de adolescentes, de *funny animals* (animais antropomórficos, imitando os da Disney), western, policiais, românticas, de terror, de guerra... A era pós-super-heróis parecia ter algo a oferecer a cada setor da sociedade. Alguns desses gêneros levavam em si a semente de um verdadeiro quadrinho adulto que só necessitava de um pouco de tempo para amadurecer definitivamente.

Um desses gêneros foi o romântico. O título inaugural foi *Young Romance* [43], publicado pela Crestwood em 1947. Seus autores eram Joe Simon e Jack Kirby, uma equipe que havia obtido um grande sucesso com um dos maiores super-heróis da guerra, o Capitão América, e que assinou um acordo pouco comum com a editora para dividir os lucros nesta nova série de quadrinhos dedicada ao mundo do amor. Joe Simon explicaria: "há muito tempo me causava assombro que tantos adultos estivessem lendo revistas em quadrinhos concebidas para crianças, e agora me perguntava cada vez mais por que havia tal escassez de quadrinhos para o público feminino"[111]. Com isso em mente, podemos observar dois elementos de destaque na capa do número 1 de *Young Romance*. Primeiro que, apesar de o título da publicação incluir a palavra "jovem", uma faixa abaixo indica que ele era *"designed for the more ADULT readers of COMICS"*, ou seja, "concebido para os leitores mais ADULTOS de QUADRINHOS"; o segundo, um texto inserido no desenho que avisa sobre seu conteúdo *"All TRUE LOVE stories"*, ou seja, "todas histórias de AMOR VERDADEIRAS". A intenção de se dirigir a um público *adulto* e de contar histórias *verdadeiras* não só jamais havia sido reivindicada em uma HQ do Mickey Mouse, mas será um dos traços mais importantes da novela gráfica contemporânea, que derivou boa parte da sua personalidade da memória e do autobiográfico. No entanto, certamente não podemos exagerar o valor de ambas as declarações em *Young Romance*: por "adulto" devemos ler o que no mundo

2 – OS QUADRINHOS ADULTOS ANTES DOS QUADRINHOS ADULTOS

anglo-saxônico se conhece como "jovem adulto", ou seja, um adolescente à beira da maioridade, e por "verdadeiro" devemos entender o tom confessional das histórias. Evidentemente, não há em *Young Romance* nada autobiográfico, já que as histórias não são obra de jovenzinhas apaixonadas, mas de homens maduros. Mas desde a primeira história, "*I was a Pick-up!*", os textos estão escritos na primeira pessoa. Além disso, os quadrinhos românticos devolvem as HQs – poderíamos dizer que pela primeira vez nas revistas em quadrinhos – à sociedade contemporânea, ao mundo das relações laborais e sentimentais plausíveis e reconhecíveis por parte do leitor. Formalmente, os quadrinhos românticos não apresentam diferenças significativas dos quadrinhos de ação e de super-heróis. No fim, Jack Kirby e a maioria dos profissionais que se dedicaram a eles já estavam há alguns anos curtindo o seu estilo e refinando a sua própria linguagem. Mas na introdução de novos elementos temáticos e na captação de um público feminino mais velho, abriram o caminho para tirar a revista em quadrinhos do reino da infância. John Benson considera que o momento de esplendor dos quadrinhos românticos foi entre 1949 e 1955[112], período em que foram vendidos 1 bilhão de exemplares e chegaram a ser publicados até 150 títulos diferentes em um mesmo mês, o que equivalia a cerca de 25% do mercado total dos quadrinhos.

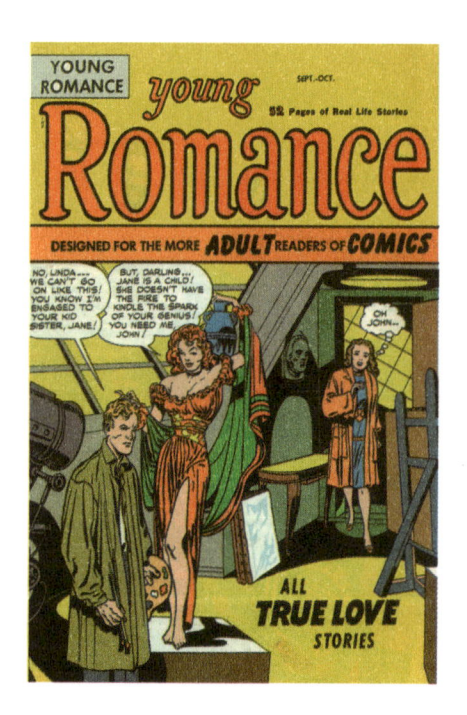

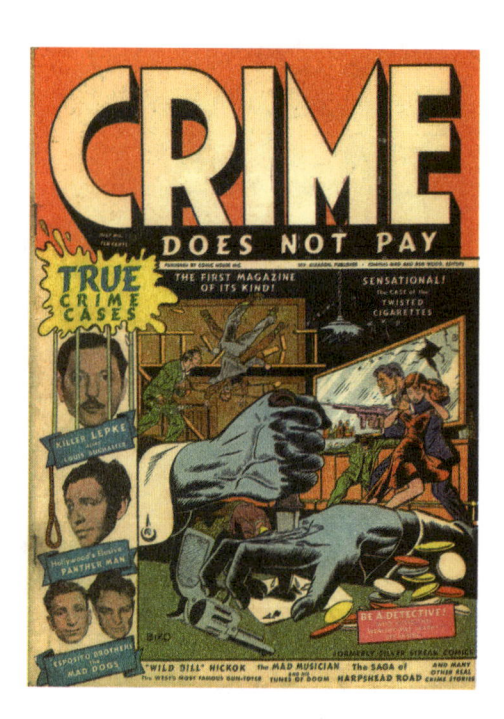

[43] *Young Romance* 1 (1948), Joe Simon e Jack Kirby.   [44] *Crime Does Not Pay* 22 (1942), Charles Biro.

Outro gênero importante foi o do crime. A revista em quadrinhos inaugural desta tendência foi *Crime Does Not Pay* (junho de 1942) [44], publicada pela Lev Gleason, cuja linha editorial era responsabilidade de Charles Biro. *Crime Does Not Pay* foi um título de vendas moderadas enquanto durou o auge dos super-heróis, mas, uma vez que estes perderam fôlego, suas cifras de circulação começaram a subir até chegar a um milhão de exemplares por mês em 1948. Certamente, isto provocou toda uma febre de imitadores que, como no caso dos quadrinhos românticos, asseguravam oferecer casos *verdadeiros* de crimes, algo que *Crime Does Not Pay* já asseverava desde o seu primeiro número. Nem sequer os atuais quadrinhos autobiográficos e documentais insistem tanto na veracidade de seus relatos. As histórias de crime eram, em geral, sem floreios e não só incluíam elevadas doses de violência, como não se recatavam na hora de mostrar os estragos das drogas e da vida do crime. Assim como no caso das HQs românticas, dirigiam-se a um público leitor que provavelmente havia se desmamado dos quadrinhos de super-heróis e agora havia entrado na idade adulta e mantinha um hábito de ler quadrinhos. Tendo em mente esse público, e com a intenção de aproveitar o apogeu do gênero de crimes, apareceu uma das obras que mais legitimamente pode reclamar o seu direito de ser reconhecida como "a primeira novela gráfica americana": *It Rhymes With Lust*.

It Rhymes with Lust [45] foi publicada em 1950 pela Archer St. John, uma das principais editoras de quadrinhos românticos. Tinha 128 páginas em preto e branco, e o formato pequeno típico dos livros de bolso, incluindo a lombada. Provavelmente foi a primeira vez que uma HQ original era apresentada como um livro nos Estados Unidos. Na capa, uma

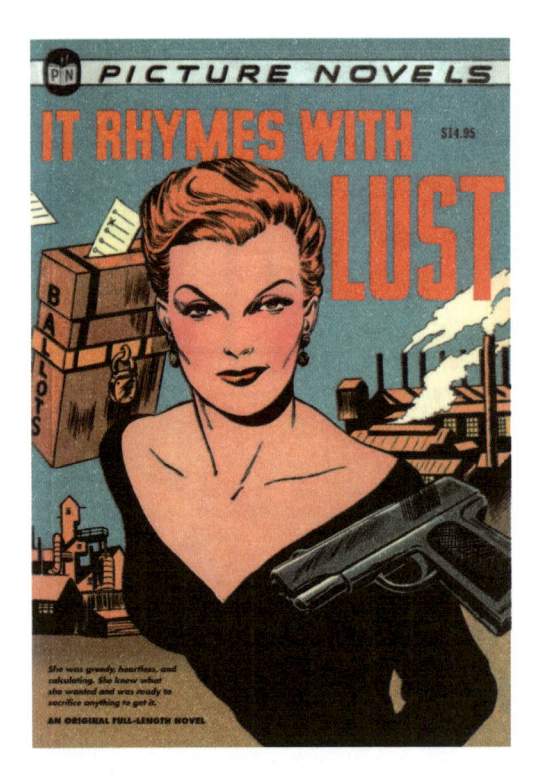

[45] *It Rhymes With Lust* (1950), Drake Waller e Matt Baker.

faixa a identificava como *"picture novel"* – um termo que recorda aquele utilizado por Lynd Ward para descrever suas próprias obras, *"picture narratives"* – e o uso da palavra *lust* (luxúria), a de maior tamanho na capa, junto com a tentadora imagem de uma mulher com um amplo decote, já avisava que não era dirigida ao mesmo público que seguia as façanhas do Pato Donald. *It Rhymes With Lust* era uma história de gênero *noir* que girava em torno da corrupção em uma pequena cidade minerária, Copper City. A ela chegava o protagonista, Hal Weber, um jornalista chamado pela viúva do dono da cidade, que acabara de morrer. Ela, chamada Rust (por isso rimava com *lust*), era um antigo amor de Hal, que se veria capturado entre o compromisso com a verdade, em função de sua vocação jornalística, e sua sujeição às manipulações de Rust, da mesma maneira que tinha que decidir entre se deixar seduzir por ela ou se entregar ao amor puro de Audrey, a inocente filha do falecido. A história, em que ocorrem fraudes eleitorais, assassinatos e greves de mineiros, tinha mais ou menos o mesmo tom adulto que qualquer filme *noir* daqueles anos. Na verdade, Arnold Drake, um de seus autores, declararia que as *picture novels* eram pensadas para ser "filmes de ação, mistério, western e romance *em papel*", e que "*Lust* teria sido um bom filme para Joan Crawford ou Barbara Stanwyck"[113]. O roteiro era atribuído a Drake Waller, pseudônimo sob o qual se ocultava Drake, que teria uma longa carreira posterior como roteirista de quadrinhos, e Leslie Waller, que desenvolveria sua atividade em Hollywood. O desenho correspondia à equipe formada por Matt Baker e seu colorista favorito, Ray Osrin. Baker, um dos primeiros afro--americanos a conquistar um nome na indústria dos quadrinhos, era o principal desenhista dos quadrinhos românticos da St. John. Em testemunhos posteriores, Drake não hesitou em se atribuir a invenção consciente e deliberada da novela gráfica, ao explicar que o raciocínio que o levou à criação de *It Rhymes With Lust* foi a ideia de que, "para os ex-combatentes que haviam lido quadrinhos enquanto estavam no exército e gostavam do estilo gráfico de narração, havia espaço para um comic book mais desenvolvido, uma ponte deliberada entre os comic books e os livros de verdade"[114].

Apesar dessa afirmação, era o modelo cinematográfico, mais ainda que o da ficção literária de gênero, que *It Rhymes With Lust* imitava. Gilbert observa até que ponto era a grande tela a referência ao assinalar a maneira em que foram utilizadas as retículas mecânicas, o chamado Zipatone, um papel transparente com pontos impressos que com frequência se aplicava sobre o desenho para conseguir efeitos de sombras e matizes acrescentados ao preto e branco puro. Em *It Rhymes With Lust* [46], explica Gilbert,

> utiliza-se a retícula branca de forma exaustiva para fazer com que certos planos visuais selecionados retrocedam. Em consequência, o desenho restante salta para a frente, dirigindo sutilmente o leitor para zonas de importância especial para o relato, da mesma maneira que o faz a lente da câmera em um filme. Se uma câmera de cinema focalizar o primeiro plano, o fundo fica borrado. Por isso, o olho do leitor se dirige instintivamente para a imagem mais definida que está na frente. É uma técnica simples, mas surpreendentemente sofisticada, que Baker e Osrin poderiam ter usado para fazer com que o leitor sentisse que estava vendo um filme sobre papel. E certamente era essa a intenção[115].

It Rhymes With Lust só pretendia descobrir um novo formato que chegasse a um público potencial, o mesmo público adulto jovem que Joe Simon e Jack Kirby buscaram com *Young Romance*. Evidentemente, não compartilha nenhuma das aspirações literárias ou artísticas que são hoje comuns na novela gráfica contemporânea, embora a mudança de formato por si só produza transformações interessantes na narrativa. Sendo a página menor que a habitual no comic book, o número de requadros por página se reduz, normalmente não passando de três, havendo inclusive muitos requadros de página inteira. É um tipo de narrativa que só começará a ser praticado com certa frequência nos Estados Unidos quarenta anos depois, quando Frank Miller aplica a *Sin City*, sua revitalização do gênero *noir*, as lições aprendidas estudando os mestres dos quadrinhos japoneses. Em *It Rhymes With Lust*, no entanto, esse planejamento de página é só uma consequência inconsciente da adaptação ao formato reduzido. É evidente o peso do modelo cinematográfico que se havia imposto como um dogma invisível sobre a linguagem dos quadrinhos desde meados dos anos 1930, mas, apesar de tudo, é verdade que se reconhece uma vontade de oferecer um produto um pouco mais sofisticado a um público mais adulto. A suposta linha de *picture novels* fracassou quase antes de começar. Um segundo título morreu sem deixar marca, se é que chegou a ser publicado, e a lembrança de *It Rhymes With Lust* se perdeu até ser recuperada, significativamente, nestes últimos anos em que se estão esquadrinhando os rincões da história para descobrir antecedentes da novela gráfica.

[46] *It Rhymes With Lust* (1950), Drake Waller e Matt Baker.

O fenômeno da inclinação para um certo realismo e um público mais adulto a partir de gêneros como o romântico e o criminal nos anos 1950 tem uma difusão internacional. Na Espanha, já mencionamos, é durante essa época que se ensaia o formato denominado "novela gráfica", e nos quadrinhos femininos se pretende um maior realismo. Uma "falsa realidade de um mundo ideal, em que o amor e o sucesso sempre acabam se impondo"[116], como adverte Martín, mas em todo caso certo "realismo" que supõe "algo como a abertura da mulher espanhola para as 'novas profissões'" em virtude da qual as heroínas protagonistas passem do mundo das fadas ao das "secretárias executivas, aeromoças, modelos de alta costura, jornalistas, manicures e cabeleireiras, enfermeiras, estudantes universitárias, modelos, funcionárias de grandes lojas e até mesmo cantoras pop"[117].

O gênero *noir*, por sua vez, será a desculpa para algumas incursões em cenários e personagens mais adultos, como na série de livros *Dick Bos* de Alfred Mazure (Maz) na Holanda, iniciada em 1941, ou no *Diabolik* (1962) das irmãs milanesas Angela e Luciana Giussani que, apesar de ser um aventureiro disfarçado, tem um tom erótico e grave inadequado para o público infantil. *Vito Nervio*, o mais famoso dos detetives argentinos, surge também em 1945, nas páginas de *Patoruzito*.

No Japão, os anos 1950 verão o surgimento de um novo tipo de quadrinho de maior realismo, derivado das *kashibonya*, as livrarias de aluguel popularizadas durante o pós-guerra como meio de se conseguir entretenimento barato. É nesse circuito, e no do *kamishibai*, uma espécie de teatrinho ambulante em que se narravam histórias com a ajuda de desenhos, que são curtidos os que depois serão mestres deste mangá alternativo: Shigeru Mizuki, Sanpei Shirato, Tatsuo Nagatmatsu e Yoshihiro Tatsumi [47], que batizará em 1957 este novo gênero como *gekiga*[118]. Uma vez mais nos vemos com a necessidade de opor uma denominação nova à oficial dos quadrinhos para libertá-los das restrições infantilizantes que ela impõe: *gekiga* vem a significar "desenhos dramáticos" e foi adquirindo um matiz parecido com o que a "novela gráfica" representa para nós. O *gekiga* será o verdadeiro germe dos quadrinhos adultos no Japão, pois não só apresentará histórias e personagens mais realistas e ancorados no mundo contemporâneo, onde a representação do sórdido e do violento não escasseia, mas também, quando as livrarias de aluguel *kashibonya* desaparecerem nos anos 1960 devido à recuperação econômica do país e ao aumento do poder aquisitivo dos consumidores, fará com que os desenhistas se desloquem para as revistas de quadrinhos gerais, assinando os primeiros mangás autorais.

2 – OS QUADRINHOS ADULTOS ANTES DOS QUADRINHOS ADULTOS

[47] *Una vida errante*[119] (2006), Yoshihiro Tatsumi.

Hoje em dia, muitos desses quadrinhos estão sendo descobertos no Ocidente, patrocinados por selos de prestígio relacionados com a novela gráfica contemporânea. Assim, com o apoio entusiasta do desenhista Adrian Tomine (de ascendência japonesa), a editora canadense Drawn & Quarterly está publicando não só Tatsumi, mas Susumu Katsumata ou Seiichi Hayashi, enquanto na França Shigeru Mizuki coleciona galardões.

O caso japonês é talvez o exemplo mais claro de como esse tipo de relato possuía o potencial para abrir os quadrinhos para toda a sociedade e todas as idades. Outra coisa é que esse potencial se cumpra. Nos Estados Unidos, *It Rhymes With Lust* ficou como exemplo raro. Mas talvez fosse unicamente um problema de oportunidade, talvez o formato fosse prematuro, já que o sucesso dos quadrinhos românticos e de crime entre um público adulto parecia pressagiar a consolidação dos quadrinhos como um meio que podia aspirar à integração na respeitabilidade, ou pelo menos na razoável respeitabilidade que haviam conseguido os irmãos mais velhos das tiras de jornal. Muitos dos profissionais que trabalhavam nas revistas em quadrinhos amadureceram depois de dez ou doze anos de atividade contínua, e o meio começava a dar frutos artísticos dignos de apreço.

Foi então que ocorreu a ascensão da EC Comics aos ombros dos quadrinhos de terror, o terceiro e definitivo gênero triunfal dos anos 1950. A EC Comics havia sido fundada por Max Gaines (que, como vimos, foi fundamental para a criação do comic book e posteriormente levou *Superman* para a *Action Comics*) com o nome de "Educational Comics", selo sob o qual publicou coleções tão edificantes como *Picture Stories from the Bible* (observe-se como, mais uma vez, se evitava o nome "comic", que talvez se considerasse indigno das Sagradas Escrituras), divididas em "Edição Antigo Testamento" e "Edição Novo Testamento", *Picture Stories from American History*, *Picture Stories from Science* ou *Picture Stories from World History*, além de títulos infantis de *funny animals*. Gaines morreu num acidente náutico em 1947, e a editora passou para as mãos de seu filho Bill, um jovem de 25 anos que de início não mostrou um interesse excessivo pelo negócio herdado. Gaines contratou Al Feldstein, roteirista e desenhista, para que fosse seu braço direito na reestruturação da editora, que, sem mudar suas siglas, passou a se chamar Entertaining Comics. Feldstein despertou em Gaines a paixão pelos quadrinhos. Seus títulos educativos de *funny animals* foram rapidamente transformados em coleções mais de acordo com as tendências do mercado: western, fantasia, aventura. Finalmente, em 1950, lançaram o que acabou se chamando *New Trend* ou *Nova Tendência* da EC, em que estavam incluídas coleções de crime ao estilo daquelas de Lev Gleason/Charles Biro – *Crime SuspenStories* –, títulos de ação e aventura – *Two Fisted Tales*, que mais tarde passaria a publicar histórias de guerra –, ficção científica – *Weird Fantasy* e *Weird Science* – e, sobretudo, as coleções de terror que desencadeariam um novo furor entre o público: *The Vault of Horror*, *The Crypt of Terror* e *The Haunt of Fear*[120].

A EC funcionava sob as mesmas severas condições de produção que a maioria das editoras do momento: era preciso produzir o maior número de páginas no menor tempo possível. Al Feldstein estava encarregado de roteirizar e dirigir todas as revistas, o que lhe impunha um ritmo de trabalho que às vezes o obrigava a escrever uma história por dia. Para facilitar o seu trabalho, escrevia os roteiros diretamente sobre as páginas, que já eram entregues arte-finalizadas aos desenhistas. Esse método, obviamente, limitava muito a capacidade dos desenhistas para combinar o desenho da página com o ritmo narrativo, e produzia histórias que muitas vezes caíam no relato ilustrado e na redundância texto-imagem [48]. Mas os finais surpreendentes e a truculência de algumas situações – um bom exemplo dos extremos alcançados é a história em que um time de beisebol joga uma partida noturna utilizando como acessórios os órgãos de um de seus companheiros esquartejado[121] – engancharam os leitores, e os desenhistas se sentiam estimulados a dar o melhor de si. Jovens, cheios de ilusões e mais bem pagos que na concorrência, os desenhistas da EC ofereceram os mais belos desenhos que as revistas em quadrinhos já haviam conhecido até aquele momento. Em sua variedade de registros, abarcavam desde a caricatura até o realismo romântico: Johnny Craig, Graham Ingels, Wally Wood, Jack Davis, Al Williamson, Jack Kamen, Bill Elder, George Evans hoje são lendas. Embora oficialmente a EC continuasse produzindo material descartável, gibis baratos de consumo rápido, a sensação de que se podia aspirar a algo mais impregnava o ambiente da redação. As histórias de conteúdo político – denúncias de racismo ou de falso patriotismo, por exemplo – não eram raras, e nas coleções de ficção científica começaram a adaptar relatos de escritores como Ray Bradbury. Todos os desenhistas da EC assinavam seus trabalhos, coisa que não era uma prática habitual no resto da profissão, mas que resultava num incentivo para se esmerarem mais. Dois deles foram alçados diretamente ao conceito de *artistas* ou *autores*, forçando os limites das revistas em quadrinhos naquele momento: Bernard Krigstein e Harvey Kurtzman.

[48] "Forever Ambergris", em *Tales From the Crypt* 44 (1954), Carl Wessler e Jack Davis.

2 – OS QUADRINHOS ADULTOS ANTES DOS QUADRINHOS ADULTOS

Bernard Krigstein, o primeiro artista

Bernard Krigstein (1919-1990) descobriu Cézanne muito jovem e, desde esse momento, quis ser pintor. Depois de cursar seus estudos de Belas Artes na Brooklyn College, viu-se obrigado a buscar trabalho na indústria dos quadrinhos, já que nem as vendas em galerias nem as encomendas de ilustração bastavam para o seu sustento. Krigstein tinha "o preconceito de que os quadrinhos, como forma artística, não mereciam que eu os levasse a sério"[122]. Embora quando menino ele tivesse lido as tiras cômicas dos jornais com muito prazer, desprezava os quadrinhos de aventuras que enchiam as páginas das revistas em quadrinhos. Krigstein se encaixava, portanto, no perfil que já conhecemos de profissionais do desenho que se viam forçados pelas circunstâncias a trabalhar em uma indústria que não lhes oferecia nenhum estímulo artístico e que viam, em princípio, como um rebaixamento da sua categoria. O ambiente de produção padronizada próprio da *shop* onde se iniciou – comandada por Bernard Baily – tampouco ajudava alguém que havia sonhado em seguir os passos dos impressionistas. Entretanto, depois da guerra sua atitude para com os quadrinhos mudou e ele começou a considerá-los uma forma artística válida por si mesma. "Descobri que os quadrinhos eram *desenhos*, e se tornaram o único campo sério para mim naquele momento"[123], diria daquela época. A paixão que Krigstein aplicou ao seu trabalho a partir daí foi tão intensa e sincera que provocou a incompreensão de seus próprios colegas de profissão. Para todos eles, desenhar quadrinhos era só um trabalho normal, em que a recompensa econômica era mais apetecível quanto antes se chegasse a ela. Para Krigstein os quadrinhos já eram uma forma de expressão pessoal. Instruiu seus desenhistas admirados (alguns tão díspares como Jack Kirby e Alex Raymond), tomou consciência da história do meio e se esforçou em vão para fundar um sindicato de quadrinistas, achando que com isso não somente conseguiria melhorar as condições de trabalho da classe, mas também se elevaria o nível da produção artística. No final dos anos 1940, seus trabalhos – inseridos nas mesmas revistas em que seus companheiros trabalhavam, e atendendo aos mesmos roteiros toscos – o faziam se destacar como um dos desenhistas mais singulares. Alguém tão dotado tecnicamente como Krigstein parecia destinado a dar o salto para as tiras de jornais, criar uma série sindicalizada e ganhar o prestígio e o dinheiro que o seu talento merecia. Mas Krigstein já estava tão comprometido com o meio que preferia continuar nas revistas em quadrinhos, pois ele se sentia mais satisfeito artisticamente desenvolvendo histórias de seis a nove páginas do que tendo de trabalhar nas limitações de uma simples tira. Bernard Krigstein mostrava, portanto, diversos traços de um comportamento contrário ao habitual em seus colegas de profissão.

Depois de passar por várias editoras, Krigstein desembarcou na EC Comics tardiamente, em 1953, quando o grupo de desenhistas que caracterizaria a editora já estava praticamente fechado. A insistência de Harvey Kurtzman, admirador declarado de Krigstein, a quem já havia tentado atrair anteriormente, convenceu Gaines a aceitá-lo no grupo. Krigstein se encontrou pela primeira vez em um cenário receptivo às suas inquietações. Os roteiros de Feldstein, Craig e demais colaboradores mostravam-se habitualmente mais estimulantes do que a porcaria que se havia visto obrigado a colocar em imagens durante os dez anos anteriores. Mas, mais importante ainda, na EC eram estimulados os estilos individuais, a personalidade de cada desenhista, e isso resultou no estímulo definitivo para que Krigstein desse rédea solta à toda a sua criatividade.

Logo começou a mostrar sua preocupação pelo planejamento da página e pelo ritmo narrativo, alterando as rígidas planificações que lhe propunham os comprimidos roteiros de Al Feldstein. Em "Monotony" (*Crime SuspenStories* 22, abril de 1954) [49], começa a romper com as convenções da narrativa da revista em quadrinhos, apresentando uma primeira página tão monótona como sugere o título da história. Krigstein explicava que esse método era a mais clara demonstração de como se opunha à perspectiva clichê, que era "anátema" para ele:

> Em vez de utilizar esses seis requadros para planos "emocionantes" e "variados" com a intenção de "criar interesse", ou de fazer com que a "câmera" se aproxime cada vez mais do personagem para "criar movimento" (o estilo primitivo de Eisner-Kurtzman), manteve *deliberadamente* o mesmo cenário exato, *sem* mudar o ângulo, *sem* mudar a distância, cuja consequência foi *multiplicar* e *intensificar* a menor mudança de atitude e expressão do personagem; *concentrar a atenção* sobre o aspecto fundamental da narração e do *verdadeiro* movimento, o movimento do personagem[124].

2 – OS QUADRINHOS ADULTOS ANTES DOS QUADRINHOS ADULTOS

MONOTONY

Exactly as he had done every morning for the past fourteen years, Milton Gans sighed, pushed open the door to the bank employees entrance, noted that, as always, it was precisely two minutes to nine on the cold-face wall-clock...

...strode to his little cubicle behind the railing, hung up his hat, coat, and umbrella on the rack beside his desk...

...tore off the previous day's page from his desk calendar...

...dusted off the well-worn swivel chair with his immaculate handkerchief...

...sharpened his tray full of pencils to needle points...

...and sat down...

[49] "Monotony", em *Crime SuspenStories* 22 (1954), Bill Gaines, Al Feldstein e Bernard Krigstein.

Em "More Blessed do Give" (*Crime SuspenStories* 24, agosto-setembro de 1954) [50], uma história sobre a duplicidade de dois personagens com duas narrativas em paralelo, desdobra requadros que no roteiro original eram um só, e até os triplica.

[50] "More Blessed to Give", em *Crime SuspenStories* 24 (1954), Jack Oleck e Bernard Krigstein.

Krigstein não só experimentava a sequência, mas também o desenho. Seu virtuosismo lhe permitia mudar de estilo, experimentar diferentes acabamentos, utilizar negros potentes ou retículas, ou deixar sem massas negras histórias inteiras, para que elas se apoiassem só na linha e na cor. Suas influências iam mais além do mundo endogâmico dos quadrinhos, e às vezes se mostravam ideais para o trabalho que tinha de fazer: a "Pipe Dream" (*Shock SuspenStories* 14, abril de 1954), uma história protagonizada por um fumante de ópio, pôde dar um toque oriental graças ao seu interesse pela pintura chinesa e japonesa.

Embora Krigstein não perdesse a paixão por experimentar os limites do meio, todos os seus esforços estavam moderados pelas limitações inerentes ao negócio em que trabalhava. O número de páginas das quais dispunha era escasso – sempre sonhou em dispor de um "livro" inteiro para desenvolver uma narrativa convenientemente complexa –, e os roteiros, por mais avançada que fosse a EC, não deixavam de ser elementares e de atender aos gostos de um público leitor adolescente ou muito jovem. Por isso, quando se apresentou a oportunidade, em março de 1954, de fazer algo que transcendesse, Krigstein a reconheceu e saltou sobre ela. O roteiro que Al Feldstein havia lhe entregue tratava de um tema verdadeiramente insólito: o reencontro no metrô de um sobrevivente de um campo de extermínio nazista e do comandante que estava no comando. A história, que se intitulava "Master Race" [51], era um prodígio de sutileza: não acontecia praticamente nada, pelo menos fora da cabeça do protagonista. Nas duas primeiras páginas vemos como desce pelas escadas que levam ao metrô o ex-comandante nazista Reissman – um plano para o qual Krigstein se documentou fotografando sua esposa – e como toma assento no vagão. A entrada do sobrevivente no vagão dispara as recordações de Reissman, que ocupam quase por completo as quatro páginas seguintes, um resumo da barbárie que varreu a Europa apenas dez anos antes. Finalmente, o sobrevivente o reconhece, e Reissman foge pela plataforma, mas cai no espaço entre os trilhos diante da chegada de um novo trem, que o esmaga. No último requadro da história, o sobrevivente afirma enigmaticamente não saber quem é o homem esmagado pelo trem, "um total desconhecido".

A NOVELA GRÁFICA

MASTER RACE

You can *NEVER FORGET*, can you, Carl Reissman? Even *HERE*... in *AMERICA*... ten years and thousands of miles away from your native Germany... You can never forget those *BLOODY WAR YEARS*. Those memories will haunt you forever... as even now they haunt you while you descend the subway stairs into the quiet semi-darkness...

Your accent is still thick although you have mastered the language of your new country that took you in with open arms when you finally escaped from Belsen concentration camp. You slide the bill under the barred change-booth window...

"TWO TOKENS, PLEASE."

You move to the busy clicking turnstiles... slip the shiny token into the thin slot... and push through...

The train roars out of the black cavern, shattering the silence of the almost deserted station...

You stare at the onrushing steel monster...

You blink as the first car rushes by and illuminated windows flash in an ever-slowing rhythm...

[51] "Master Race", em *Impact* 1 (1955), Bill Gaines, Al Fedstein e Bernard Krigstein.

2 – Os quadrinhos adultos antes dos quadrinhos adultos

O Holocausto era um tema insólito para uma revista em quadrinhos – na verdade, era um tema quase inédito nos meios de massa ocidentais; *Nuit et Brouillard* [*Noite e neblina*], o documentário de Resnais, só se produziria até o ano seguinte –, e o judeu Krigstein o recebeu como o assunto sério que poderia pôr à prova o verdadeiro valor de toda a experimentação gráfica que vinha realizando durante os últimos anos. "Master Race" devia ser a demonstração do poder artístico dos quadrinhos.

A primeira coisa que Krigstein fez foi pedir mais páginas a Feldstein. A história estava pensada para ocupar seis páginas na *Crime SuspenStories* 26. Krigstein pediu o dobro, que obviamente lhe foi negado; finalmente, conseguiu oito páginas, apesar das reticências de seu editor. Dedicou-lhe um mês de trabalho (o dobro do normal), e a entregou tarde demais para chegar à gráfica. Gaines e Feldstein ficaram impressionados com o resultado, mas deixaram a história na geladeira até terem uma acomodação para ela.

Em sua célebre análise de "Master Race", Benson, Kasakove e Spiegelman observaram que, apesar de ter sido o roteiro que inspirou Krigstein, foi a contribuição deste que elevou a história "acima do contexto da típica história com final surpreendente dos quadrinhos e a converteu em uma experiência artística memorável", utilizando precisamente um "estilo que é a antítese da narrativa padrão em quadrinhos"[125]. Esse estilo podia ser resumido na utilização de planos "antiespetaculares" e na decomposição da sequência em um número superior de requadros. Se Feldstein "comprimia" seus roteiros com sua abundante verborreia, Krigstein descomprimia-os, realizando às vezes três requadros do que era apenas um no roteiro. A resolução da história, narrada em uma sucessão de 11 requadros sem texto, era inédita na época, e mais ainda em uma HQ da EC, sempre sobrecarregada de verborreia. A multiplicação de imagens – como no último requadro da primeira página – parece em parte a translação das experiências futuristas na representação do movimento, mas por outro lado tem um valor icônico que anuncia a reiteração da imagem da arte pop.

O que Krigstein fez em "Master Race" foi, na verdade, romper com o modelo de narrativa cinematográfica, o modelo Caniff ("Para mim, *Terry and The Pirates* era uma abominação"[126], ele chegou a dizer), para recuperar os valores inerentes à narrativa em quadrinhos, fazendo experimentações com a forma de uma maneira não vista desde os tempos de Winsor McCay e George Herriman. Mas Krigstein fez algo mais que McCay e Herriman: aplicou esse trabalho em narrativas *longas*, de várias páginas, em relatos mais complexos que uma simples piada autoconclusiva, ou seja, a sistemas solidários, como diria Groensteen, nos quais se podiam estabelecer relações que iam além do desenho da página e que comunicavam elementos de páginas separadas, como os rostos repetidos que pontuam "Master Race". Krigstein entendeu os quadrinhos como *forma* de uma maneira que eles não voltaram a ser entendidos até hoje, graças ao trabalho de autores como Chris Ware, cujas palavras sobre *Gasoline Alley* poderíamos aplicar perfeitamente à obra de Krigstein: "Me fez perceber que o tom de uma história em quadrinhos não tinha que proceder dos desenhos nem das palavras. O tom se percebe, não olhando a história nem lendo as palavras, mas no ato de lê-la. A emoção procedia do modo como a própria história estava estruturada"[127].

Lamentavelmente, o atraso na entrega de "Master Race" fez com que ela só fosse publicada em março de 1955, quase um ano depois de chegar à editora, no número 1 de uma nova coleção, *Impact*. Nesse meio tempo, os quadrinhos americanos se viram abalados pela mais importante campanha de culpabilização que jamais haviam sofrido, uma campanha que, como veremos, alterou de forma dramática o curso de sua história e praticamente acabou com a EC. Quando *Impact* chegou às bancas, ironicamente, não produziu nenhum impacto.

"Master Race", no entanto, não deixou de ser redescoberta nas décadas seguintes por gerações de quadrinistas com vocação autoral que buscavam um modelo histórico ao qual se aferrar. Não é por acaso que Spiegelman, como já mencionamos, tenha coescrito um dos primeiros e mais importantes artigos sobre "Master Race", vinte anos depois da publicação da história, e que justamente Spiegelman tenha colocado a pedra fundamental da novela gráfica contemporânea com uma HQ sobre o Holocausto. Um fino fio une "Master Race" a *Maus*.

No entanto, a carreira de Krigstein acabou frustrada, como a de tantos de seus contemporâneos, pelas intransponíveis condições da indústria em que se viu obrigado a trabalhar. Se pensarmos que ele talvez tenha se dedicado com tanta paixão aos quadrinhos para compensar o seu fracasso em fazer carreira como pintor e assim reconduzir suas aspirações artísticas, finalmente não conseguiu chegar ao destino que buscava.

> Mas oxalá me tivessem deixado – confessaria ele –, e isto foi algo que lamentei durante anos posteriormente, oxalá me tivessem deixado continuar por esse caminho, no qual poderia ampliar o material [como em "Master Race"]. Eu tinha a sensação de que poderia ter feito muitas coisas novas e boas. E, sinceramente, durante todos estes anos estive alimentando essa frustração; o sentimento de que teria podido fazer algo fantástico se me houvessem permitido[128].

Depois da caça às bruxas contra os quadrinhos de 1954, as condições de trabalho nas poucas editoras que permaneceram ativas se tornaram ainda mais restritivas e Krigstein abandonou a profissão para se dedicar por completo à pintura, à ilustração e à docência. O primeiro artista das revistas em quadrinhos havia se visto obrigado a se aposentar com apenas 36 anos. Restava um longo caminho até o amadurecimento do meio.

A verdade de Harvey Kurtzman

Harvey Kurtzman (1924-1993) chegou à EC em 1950. Ele havia passado por várias das editoras do pós-guerra, entre as quais a futura Marvel, onde realizou uma série de HQs cômicas de uma página intitulada *Hey Look!* entre 1946 e 1949, que ainda hoje surpreendem por sua modernidade, frescor e inteligência. Na EC não demorou a se tornar editor de uma coleção, *Two Fisted Tales*. Criada originalmente como uma líder de aventuras e ação, logo passou a se dedicar às histórias de guerra. Kurtzman representava um modelo de editor completamente oposto a Feldstein. Enquanto este escrevia com a palavra, e não considerava inconveniente dar liberdade de interpretação gráfica aos desenhistas que a buscassem (como Krigstein), Kurtzman escrevia com o desenho, e esperava que os desenhistas seguissem fielmente seus esboços. Kurtzman controlava rigorosamente não só o texto e o argumento das histórias que escrevia, mas também o planejamento da página e os planos de cada requadro. Seus esboços eram, na verdade, histórias completas em estado bruto, às quais o desenhista só tinha que acrescentar o verniz do seu próprio estilo pessoal de desenho [52]. Esse método fazia com que cada HQ de Kurtzman fosse perfeitamente reconhecível, sem importar sua aparência gráfica, mas também resultava em muita restrição para os desenhistas com mais ambições criativas. É significativo que a única vez em que Kurtzman tenha colaborado com Krigstein[129] tenham saltado faíscas entre os dois, apesar da admiração que sentiam um pelo outro.

[52] "Lost Batallion!", em *Two-Fisted Tales* 32 (1953), Harvey Kurtzman e Johnny Craig. Comparação entre os esboços de Kurtzman e a página desenhada e pintada por Craig, sem cor. Reproduzido em Kitchen e Buhle (2009).

Em 1951, Kurtzman acrescentou um segundo título de guerra à sua carga de trabalho: *Frontline Combat*. Se o gênero de guerra, em seu sentido mais amplo, podia ser confundido com o histórico e abarcar todo tipo de períodos, desde a Roma clássica até Napoleão, passando pela Guerra de Secessão ou pela Segunda Guerra Mundial, *Frontline Combat* enfatizou um conflito aberto e atual: a guerra da Coreia, à qual dedicou vários números monográficos. Rocco Versaci comparou as HQs de guerra da época com os filmes do mesmo gênero[130], e observou que os quadrinhos eram mais duros em sua representação do conflito e seguiam em menor medida a linha oficial a que se rendiam as produções de Hollywood. Foi atribuída a Kurtzman inclusive uma mensagem pacifista e antibélica em seus quadrinhos, que entraria em choque com a exaltação do militarismo própria do momento. Esse extremo, no entanto, é um tanto excessivo. Kurtzman introduziu em suas histórias de guerra o fator humano, apresentando inclusive o inimigo

2 – OS QUADRINHOS ADULTOS ANTES DOS QUADRINHOS ADULTOS

com rosto próprio, como vítima da guerra. Nesse sentido, suas HQs, que além de tudo conservavam o final com uma virada ao estilo de O. Henry, que era a fórmula estabelecida por Feldstein para a EC, eram inquietantes e convidavam à reflexão. Mas Kurtzman nunca propôs que a guerra não fosse necessária ou justa, apenas que tinha consequências desagradáveis, das quais não podíamos esquecer. Ele explicaria:

> O que aconteceu foi que eu tinha de decidir certa atitude com a qual abordar as histórias de guerra, e decidi que elas tinham que descrevê-la tão bem quanto fosse possível dentro dos limites de... o quê?... da responsabilidade, do bom gosto, de o que dizer às crianças sobre a guerra, se é que eu ia dizer algo às crianças sobre a guerra, e a lógica mais elementar me levou a me documentar sobre a guerra autêntica e contar aos infantes como era a guerra de verdade[131].

A palavra-chave é *verdade*, o elemento que Kurtzman introduziu nos quadrinhos – não só no comic book – como elemento crítico do espetáculo de massas próprio do século XX. Diante da visão adocicada que os quadrinhos ofereciam – e certamente também o cinema e a televisão – de todos os seus conteúdos, foram das relações de casal ou da guerra que Kurtzman explorou o lado que ficava à sombra, e a partir daí algo começou a rachar. Quando ele posteriormente criou a satírica *Mad*, abriu os olhos de gerações de norte-americanos, muitos dos quais, como Paul Auster, leitor ávido da revista, cresceriam com o consolo de encontrar em suas páginas espíritos afins que zombavam dos ícones da cultura americana.

Mad, "a revista mais influente na história dos quadrinhos"[132], surgiu da necessidade econômica de Kurtzman. A obsessão pela *verdade* – ou pelo menos a verossimilhança factual – levou Kurtzman a cada vez mais se prover de documentos. As sessões de investigação nas bibliotecas se tornaram intermináveis, e lançar a tempo *Two Fisted Tales* e *Frontline Combat* ficava cada vez mais difícil. Como os editores pagavam por trabalho entregue, Kurtzman sempre ganhava menos que Feldstein, que produzia seus roteiros – muitos deles diretamente plagiados da literatura, alta ou baixa – com a velocidade de um relâmpago. Gaines não podia aumentar os ganhos de Kurtzman, porque isso o teria obrigado a pagar mais também a Feldstein, o que poria em risco seu orçamento. A solução que lhes ocorreu foi criar uma nova coleção para Kurtzman editar e aumentar seus ganhos. E, para que essa coleção não absorvesse tantas energias nem exigisse as intermináveis horas de documentação, melhor seria que fosse de humor. Em teoria, Kurtzman aumentaria um terço de seus ganhos, e preparar uma revista em quadrinhos de humor – gênero para o qual havia demonstrado estar dotado em *Hey Look!* e outros trabalhos anteriores – não deveria lhe tomar mais que uma semana, o que significaria quase um descanso entre um número de *Two Fisted Tales* e outro de *Frontline Combat*.

Assim nasceu *Mad*, cujo número um foi publicado com data de capa de outubro-novembro de 1952. Era uma revista em quadrinhos em cores, com o mesmo formato que as demais coleções da EC, que apresentava quatro histórias diferentes. Todas elas eram paródias de gêneros dos quadrinhos, desenhadas pelos quadrinistas habituais da casa. O número 1 incluía sátiras dos quadrinhos de terror, de ficção científica, de crime e de western. Era como se a EC zombasse de si mesma. Mas o número 2 foi mais além, abandonando o genérico para entrar no concreto. "Melvin!" (com desenho de John Severin) era uma paródia de Tarzan. O caminho estava aberto para visar diretamente personagens dos quadrinhos ou séries de televisão e filmes do momento, como Dragnet ("Dragged Net", desenhada por Will Elder) no número 3. Quando apareceu o "Superduperman" (desenhado por Wally Wood) na *Mad* n. 4 (maio de 1953) [53], uma sátira feroz do Superman que *desconstruía* todos os clichês do personagem, ficou confirmado que Kurtzman havia encontrado a fórmula genial para pôr a nu os mitos da *aldeia global*. Observa Carlin:

2 – OS QUADRINHOS ADULTOS ANTES DOS QUADRINHOS ADULTOS

o entendimento de Kurtzman de como os meios de massa estavam chegando para dominar a realidade norte-americana do pós-guerra fez com que suas paródias fossem mais profundas e perturbadoras do que seus mais implacáveis críticos afirmavam que eram. Nesse sentido, Kurtzman se antecipou ao que críticos como Marshall McLuhan descreveram como o impacto dos meios sobre a percepção da existência das pessoas na experiência cotidiana[133].

[53] "Superduperman", em *Mad* 4 (1953), Harvey Kurtzman e Wally Wood.

Com Kurtzman, realmente, o meio era a mensagem. A capa do número 12 (junho de 1954) [54] não incluía nenhum desenho, apenas o título da revista e o sumário. E, na parte inferior, um texto que dizia: "Esse número especial foi concebido para pessoas que têm vergonha de ler esse gibi no metrô e em lugares desse tipo! Simplesmente segurem a capa diante do rosto, assegurando-se de que não esteja de cabeça para baixo. O desenho da capa de Mad fará com que as pessoas achem que estão lendo coisas intelectuais de elevada categoria em vez de lixo descartável". A capa do número 14 (agosto de 1954) reinterpretava a Mona Lisa segundo Duchamp, a do número 19 (janeiro de 1955) oferecia uma lista de resultados esportivos, a do número 20 (fevereiro de 1955) era uma capa de um caderno de redação e a do número 21 (março de 1955), uma página de anúncios, estas duas últimas brincadeiras que lembram muito a Acme Novelty Library, de Chris Ware. A capa da última edição em formato de comic book, a de número 23 (maio de 1955), só incluía o título, um fundo branco e um rótulo: "THINK" ("pense") [55].

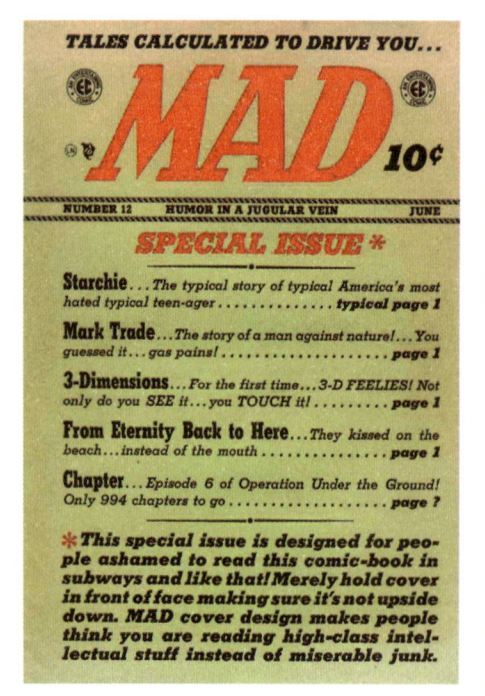

[54] *Mad* 12 (1954).   [55] *Mad* 23 (1955).

Certamente, o plano original saiu mal. *Mad* não só não serviu para que Kurtzman aumentasse tranquilamente seus ganhos, como esgotava de tal maneira suas forças que ele se sentiu completamente incapaz de ficar à frente ao mesmo tempo das três coleções. Em 1953 abandonou *Two Fisted Tales* e no ano seguinte se encerrava *Frontline Combat*. Em 1955, convenceu Gaines a mudar o formato da *Mad*. O comic book não representava o que Kurtzman queria, e o atava a uma tradição e a um público que o limitavam. Ele queria se ver nas bancas, entre as revistas de informação geral, numa publicação com valores de produção dignos do público adulto e não do acrítico setor infantil. Gaines, diante da ameaça de Kurtzman de ir embora, aceitou converter *Mad* em uma revista de formato tradicional, o que fez a partir do seu número 24 (julho de 1955). Entretanto, a convivência entre o proprietário e o editor continuou sendo difícil, e Kurtzman abandonou a EC e a *Mad* em seu número 28. A revista continuaria, editada por Feldstein, consolidando-se como um marco da cultura americana com sua presença continuada nas bancas durante os últimos cinquenta anos. Quando Gaines decidiu encerrar todas as coleções de quadrinhos da EC, só a *Mad* sobreviveu, em parte porque o seu formato de revista a colocava a salvo das terríveis restrições que o *Comics Code* (o código de censura) havia imposto aos comic books na segunda metade dos anos 1950.

Kurtzman continuou em busca do seu ideal de revista satírica e deixou um rastro de excelentes publicações que nunca conseguiram se consolidar. Primeiro foi *Trump* (1957), da qual publicou dois números financiados por Hugh Hefner. Depois, com alguns de seus companheiros desenhistas, autoeditou *Humbug* (1957-1958), curiosamente ao mesmo tempo que na Espanha vários desenhistas da Bruguera criavam uma cooperativa com a qual publicariam a revista de humor *Tío Vivo*. Nem *Humbug* nem *Tío Vivo* prosperariam (embora esta última acabasse sendo adquirida pela Bruguera). A terceira tentativa de Kurtzman seria *Help!* (1960-1965), publicada pela Warren. Em *Help!* deu a primeira oportunidade a alguns dos que seriam pouco depois os desenhistas mais destacados dos quadrinhos underground, entre eles Robert Crumb. Foi também ali que criou o personagem Goodman Beaver, um jovem ingênuo contemporâneo que Kurtzman utilizou para contrastar a idealizada visão da sociedade que os meios de comunicação nos vendem com a negra realidade que se esconde por trás das coisas – sempre alegremente ignorada por Goodman Beaver. Quando Hefner lhe pediu uma série para a *Playboy*, Kurtzman converteu Goodman Beaver em uma coelhinha desconcertante, e com o paródico nome de *Little Annie Fanny* [56] continuou sua exploração da ingenuidade midiática, agora com forte dose picante. *Little Annie Fanny*, realizada em colaboração com seu desenhista predileto e amigo de infância Will Elder, foi publicada entre 1962 e 1988.

[56] Little Annie Fanny em "The Artist" (1963), Harvey Kurtzman e Will Elder.

2 – OS QUADRINHOS ADULTOS ANTES DOS QUADRINHOS ADULTOS

[57] *Jungle Book* (1959), Harvey Kurtzman.

Entre os projetos que Kurtzman realizou depois de abandonar *Mad*, antecipa-se de forma especial o que seria a novela gráfica. A Ballantine Books estava publicando reedições de *Mad* em volume. Quando perderam os direitos, buscaram algo que pudesse ocupar a sua lacuna, e pediram a Kurtzman um livro de material original. Este respondeu com *Harvey Kurtzman's Jungle Book* (1959) [57], um curioso volume de formato alongado e 140 páginas em preto e branco, completamente escrito e desenhado por ele mesmo. Incluía quatro histórias que, novamente, parodiavam séries televisivas do momento (a cuja recordação, paradoxalmente, sobreviveu). *Jungle Book* é um precedente muito mais claro da novela gráfica do que *It Rhymes With Lust*, pois não só se apresenta como livro, mas também é publicado por uma editora de livros (não de quadrinhos), que o distribui por canais generalistas e, sobretudo, é uma obra autoral, em que Kurtzman não apenas escreve e desenha com completa liberdade criativa, como também tem seu nome fazendo parte do título. Como diria Eddie Campbell sobre a sua descoberta de *Jungle Book* em 1970: "Lembro-me de que foi a primeira vez que pensei que uma HQ podia ter uma voz autoral, a voz de um autor"[134].

Kurtzman pertence a uma geração de cômicos judeus que mudaram o humor nos Estados Unidos na segunda metade do século. Talvez o mais lembrado hoje seja Lenny Bruce, mas a influência de Kurtzman tem sido a mais duradoura, embora seu nome não seja muito conhecido fora da indústria dos quadrinhos, onde ele é venerado dos dois lados do Atlântico; nos Estados Unidos, com os prêmios anuais "Harvey", e na França com a recordação de sua influência sobre René Goscinny, o pai dos quadrinhos adultos franceses, que trabalhou com ele em Nova York. Kurtzman desenvolveu uma linguagem crítica e satírica para o tema de nossos dias, os meios de comunicação, e questionou a veracidade de sua representação da realidade, criou a imagem do quadrinista como autor e abriu as portas para talentos como Terry Gilliam, Woody Allen, Gilbert Shelton ou Robert Crumb, todos os quais publicariam em *Help!*. Seu papel como elo entre a tradição do comic book e os novos quadrinhos renovadores e, por fim, verdadeiramente adultos, o converte em uma figura fundamental na história da novela gráfica.

A repressão aos quadrinhos

Em meados dos anos 1950 a indústria dos quadrinhos vendia centenas de milhões de revistas ao ano, experimentava novos gêneros, como o romântico e o

2 – OS QUADRINHOS ADULTOS ANTES DOS QUADRINHOS ADULTOS

criminal, com o potencial para se desenvolver para horizontes adultos, e tinha de fato um elevado número de leitores maiores de idade, aficionados pela leitura de quadrinhos desde a infância. Os profissionais que começaram como adolescentes em finais dos anos 1930 haviam se consolidado e começavam a aparecer como desenhistas com personalidade própria de um verdadeiro autor, como Harvey Kurtzman ou Bernard Krigstein. Foi quando tudo isso veio abaixo, devido em grande medida a uma campanha contra os quadrinhos em escala nacional.

A perseguição contra os quadrinhos existia desde o seu início no século XIX, e herdou os traços e denúncias de outras perseguições anteriores contra novos meios de massa. Como indicou Amy Kiste Nyberg, as acusações vertidas contra os comic books parafraseavam as críticas que receberam as *dime novels* ou romancetes populares desde meados do século XIX, as tiras de jornal desde o seu surgimento, e também o cinema nos primeiros momentos de sua popularização. E poderíamos acrescentar que muitas das acusações lançadas contra as revistas em quadrinhos foram reproduzidas posteriormente diante da difusão da televisão, dos *videogames* ou da internet. As tiras dos jornais foram objeto de campanhas de crítica muito intensas entre 1906 e 1911, e os comic books receberam seu primeiro ataque em escala nacional[135] por parte de Sterling North, crítico literário do *Chicago Daily News*, que publicou uma coluna em 8 de maio de 1940 intitulada "Uma vergonha nacional". A crítica de North, baseada na visão elitista da decadência cultural provocada pela difusão da arte de massas, teve um eco considerável, mas não causou maiores efeitos, provavelmente porque a entrada dos Estados Unidos na Segunda Guerra Mundial distraiu a atenção do público. Os profissionais dos quadrinhos trabalhavam, na verdade, com uma liberdade que não tinha comparação com nenhum outro meio de massa americano. O cinema e o rádio atendiam a regulamentações oficiais, mas o comic book estava demasiado por baixo da atenção dos adultos para merecer alguma normativa ou controle. A situação começou a mudar no pós-guerra, quando a cultura juvenil começou a se tornar mais visível. Os adultos, surpreendidos pela presença nas ruas de jovens que aderiam a novas modas incompreensíveis, começaram a se alarmar. Produziu-se um pânico pela delinquência juvenil e se procurou culpados naqueles elementos distintivos dos jovens, como as revistas em quadrinhos. Nyberg considera que no medo em relação aos comic books existe um componente de conflito de gerações, assim como existe em relação ao rock 'n' roll. Talvez não haja uma imagem que evoque melhor a união desses dois fetiches juvenis para invocar o medo nos adultos do que aquela que constitui uma das cenas de *Scorpio Rising* (1964), de

Kenneth Anger, em que um dos jovens motoristas se entretém lendo quadrinhos enquanto espera a hora de ir para a festa.

Embora algumas editoras, como a DC ou a Fawcett, tenham aprovado códigos de controle internos desde o início dos anos 1940, e contassem com juntas de assessores repletas de educadores e psicólogos, a indústria não conseguiu se organizar para estabelecer uma autorregulação efetiva, apesar da pressão social e legislativa para que isso ocorresse. Próximo ao final dos anos 1940, houve tentativas de aprovar leis restritivas para os comic books no estado de Nova York (não conseguiram prosperar) e foram organizados grupos de cidadãos – muitas vezes em torno da igreja paroquial – que, por todo o país, exerceram a supervisão dos quadrinhos lidos por seus filhos e que tentaram tirar de circulação aqueles títulos que não consideravam saudáveis. Às vezes chegaram a produzir queimas públicas de revistas em quadrinhos. A ascensão dos quadrinhos de crime e o surgimento esplendoroso das HQs de terror na esteira da EC não ajudariam a tranquilizar os pais, preocupados pelas vozes de alarme lançadas por educadores e bibliotecários.

Em 1948 ingressou no debate o doutor Fredric Wertham, psiquiatra de renome que foi quem pela primeira vez apresentou a possibilidade de existir um vínculo entre os quadrinhos e a delinquência juvenil. Wertham, que havia trabalhado com crianças conflitivas e havia descoberto que todas elas tinham em comum sua afeição pelos quadrinhos – certamente naquela época praticamente todas as crianças, conflitivas ou não, liam quadrinhos –, lançou uma intensa campanha através da imprensa popular e de seminários profissionais exigindo a proibição da venda de produtos tão nocivos. Embora a maioria dos temores se centrasse nos quadrinhos de terror e de crime, Wertham culpava todos, inclusive os de super-heróis, nos quais descobria também a tendência para deformar o desenvolvimento psicológico correto das crianças e diminuir a sua capacidade para enfrentar a realidade. Por fim, em abril de 1954 publicou uma recopilação de seus ensaios e conferências, intitulada *Seduction of the Innocent*, que causou um impacto imediato entre o público. Justamente também na primavera de 1954 foi celebrada a investigação sobre a indústria dos quadrinhos pelo Subcomitê do Senado para a Delinquência Juvenil.

O Subcomitê, que havia sido formado no início do ano anterior, era presidido pelo senador Robert Hendrickson, embora a sua personalidade de maior destaque fosse Estes Kefauver, que aspirava à indicação presidencial pelo Partido

Democrático e desejava melhorar sua imagem pública com um assunto de pouco risco político. O Subcomitê realizou sessões em Nova York durante três dias, nas quais escutou dezenas de testemunhas e examinou provas com o objetivo de determinar se os quadrinhos de terror e de crime (todos os demais foram considerados de antemão inofensivos) tinham realmente um vínculo direto e demonstrável com a delinquência juvenil. Entre as testemunhas que foram ouvidas se encontravam editores de quadrinhos e especialistas em delinquência juvenil, mas os testemunhos que mais chamaram a atenção foram os dos dois homens que representavam de maneira mais extremada as duas posturas enfrentadas: Fredric Wertham e Bill Gaines, o editor da EC Comics.

Ambos foram ouvidos no primeiro dia, depois do almoço. Primeiro apresentou-se Wertham, a quem o comitê tratou com grande respeito e ao qual fizeram perguntas "destinadas a esclarecer, mais que a questionar, seu testemunho"[136]. Em seguida foi interrogado Gaines, que se viu numa situação muito mais comprometida. Um diálogo que este manteve com Kefauver chegou às manchetes dos jornais no dia seguinte e passou para a história dos quadrinhos. Diante da pergunta "Existe algum limite que se poderia colocar em uma revista por acreditar que uma criança não deva vê-la ou lê-la?", Gaines respondeu que seus únicos limites eram os limites do bom gosto. Foi então que Kefauver exibiu a capa de *Crime SuspenStories* n. 22 (maio de 1954) [58], que mostrava um homem com um machado ensanguentado em uma das mãos e uma cabeça de mulher na outra, e o corpo da mulher estirado no chão, e lhe perguntou se aquilo era de bom gosto. Gaines não conseguiu responder outra coisa senão "Sim, senhor, para a capa de um gibi de terror"[137]. O dano que isso causou à imagem pública da indústria dos quadrinhos foi irreparável. A comissão do Senado apresentou outras provas da perversidade das HQs da EC, algumas delas completamente adulteradas. Por exemplo, Wertham apresentou a história "The Whipping" (*Shock SuspenStories* n. 14, abril-maio de 1954) como um exemplo de racismo – "Creio que Hitler era um principiante comparado com a indústria dos quadrinhos... Ensinam o ódio racial aos quatro anos, antes que as crianças saibam ler", proclamou o psiquiatra – devido à utilização de termos pejorativos contra os hispânicos, quando a intenção da história era precisamente mostrar os horrores do racismo. Apesar da má imagem que ficou da indústria dos quadrinhos após a investigação do Subcomitê, o resultado final foi o de absolver os gibis. Os senadores recomendaram aos editores que pusessem ordem no seu negócio, mas, resumindo, não encontraram nenhuma prova que vinculasse os gibis à delinquência juvenil nem razão que justificasse nenhuma legislação repressiva. Isso devia ficar a cargo dos próprios interessados.

[58] *Crime SuspenStories* 22 (1954), Johnny Craig. Reedição de 1998.

2 — OS QUADRINHOS ADULTOS ANTES DOS QUADRINHOS ADULTOS

Certamente, a perseguição contra os quadrinhos não foi um fenômeno exclusivo dos Estados Unidos, embora este país fosse em grande medida o epicentro a partir do qual ele se estendeu para outras regiões. Na Grã-Bretanha, as importações dos gibis da EC, que haviam sido reeditados em preto e branco, fizeram com que o Parlamento aprovasse uma lei que proibia a entrada no país de quadrinhos nocivos. A proibição se manteve de 1955 até 1959. No Canadá também se legislou a proibição dos quadrinhos de terror e crime, mas isso só provocou o surgimento de um tipo de quadrinhos que foi considerado ainda mais pernicioso para os jovens. Na Holanda, os *beeldromans* — quadrinhos de pequeno tamanho com frequência com tema criminal, entre os quais se encontrava *Dick Bos*, que mencionamos anteriormente — provocaram uma onda de protestos em 1948 e inclusive fogueiras de gibis. Na França, o ressurgimento dos quadrinhos americanos no pós-guerra provocou os temores de sua influência corruptora e a conseguinte aprovação da lei de 16 de julho de 1949 sobre as publicações destinadas à juventude, que continua vigente até hoje. No Japão, talvez devido à influência americana, já que a Ocupação durou até 1951, em meados dos anos 1950 se produziria uma onda de protestos contra as revistas eróticas e as "más leituras", que incluiu também os quadrinhos. Kosei Ono chega a afirmar o seguinte:

> [...] pude comprovar documentalmente que o levantamento contra os quadrinhos violentos se transmitiu desde a América do Norte até o Japão. Havia uma revista para crianças chamada *Shukan Manga Shinbun*, que eu lia toda semana durante o primário. Em um de seus editoriais, manifesta que "devemos aprender com o movimento americano contra os quadrinhos violentos e ir eliminando aqui também os mangás com conteúdo daninho"[138].

Na Espanha não é preciso dizer que com o regime franquista a pressão da censura foi sempre constante, mas é curioso assinalar como Antonio Martín indica que 1952 é também um momento decisivo para a regulamentação dos quadrinhos, com a criação da Junta Assessora da Imprensa Infantil e algumas primeiras Normas sobre a Imprensa Infantil. Certamente a censura na Espanha não diminuirá até o fim do regime, e inclusive nos anos 1960 foram proibidos os quadrinhos americanos — entre eles títulos aparentemente inócuos como *Batman* ou *Superman* — importados pela editora mexicana Novaro, embora nesse caso pudesse existir como motivação oculta o protecionismo às editoras nacionais.

Nos Estados Unidos, o resultado líquido das campanhas contra os quadrinhos dos anos 1940, das denúncias públicas de Wertham e da investigação do Subcomitê do Senado foi a autorregulação da indústria. No outono de 1954 foi formada a Comics Magazine Association of America, que tinha como um dos seus principais objetivos redigir um código de autocensura, que seria seguido estritamente por todos os seus membros. Entretanto, nem todas as editoras se submeteram à disciplina. A Dell, a maior editora do momento graças aos personagens da Disney, quis se afastar do resto da indústria, pois acreditava que seus gibis eram intocavelmente saudáveis e que os editores sob suspeita só queriam se refugiar sob o manto do seu prestígio. Gilbertson, o editor da *Classics Illustrated*, também se recusou porque continuava afirmando que suas adaptações dos clássicos não eram HQs. A terceira e mais significativa ausência foi a do rebelde Bill Gaines e sua EC Comics. Gaines renunciou às suas supervendas de terror e fechou também as coleções de crime. Em seu lugar, lançou uma bateria de títulos sob o selo de uma "Nova Direção", baseados em temas contemporâneos, como o jornalismo e a psicanálise. Entretanto, ao se negar a aceitar o novo *Comics Code* de autocensura e, portanto, ao não levar o selo de aprovação na capa, muitos pacotes de suas novas coleções foram devolvidos sem ao menos serem abertos. Entre eles se encontra o número 1 da *Impact*, que incluía o "Master Race" de Al Feldstein e Bernard Krigstein. Gaines não teve outro remédio senão ceder, integrar-se à Associação e aceitar a censura do *Comics Code*.

O *Comics Code*, código de ética dos quadrinhos inspirado no Código Hays que velava pela limpeza das produções de Hollywood, impunha restrições não somente à representação de crimes e atos de violência, mas também ao tom com que estes podiam ser mostrados. Assim, o parágrafo três dos critérios gerais da parte A para o conteúdo editorial rezava que "os policiais, juízes, autoridades do Governo e instituições respeitadas nunca devem ser apresentados de maneira que indique falta de respeito pela autoridade estabelecida", enquanto o parágrafo seis ordenava que "em todos os casos o bem triunfará sobre o mal e o criminoso será castigado por seus delitos". Do mesmo modo, limitava-se o uso da palavra "crime" nas capas e eram proibidas diretamente as palavras "horror" ou "terror" nos títulos, entre muitas outras diretrizes.

A proibição das palavras "horror" e "terror" parecia atentar diretamente contra as coleções da EC Comics – afinal, muitos consideravam Bill Gaines o principal culpado de todo o alvoroço –, e há uma corrente de opinião que acredita ser o *Comics Code* somente a desculpa que os principais editores utilizaram – com a DC na liderança – para purgar um mercado sobrecarregado e, especialmente, para eliminar Bill Gaines, um indivíduo que subiu muito alto, muito depressa. Frank Miller, em certa medida um dos herdeiros da EC na atualidade, e, sobretudo, das histórias de crimes de Johnny Craig, é um dos defensores dessa teoria:

> No meu modo de ver, o *Comics Code* foi proposto pelos editores. Ironicamente, criaram-no quando Bill Gaines convocou uma reunião de editores para combater a censura. Os outros editores o escreveram e o fizeram cumprir junto com os distribuidores. Queriam acabar com Gaines. [...] Não foi por acaso que escolheram o melhor editor que a indústria jamais viu. Quando se aceita qualquer tipo de censura, o que perde é sempre o trabalho de qualidade superior[139].

Entretanto, Nyberg acredita que outros motivos concorreram com a autocensura para provocar a derrubada dos quadrinhos americanos na segunda metade dos anos 1950. Também foram fatores de peso a saturação de títulos e editoras, a concorrência crescente da televisão e a perda do principal distribuidor nacional, a American News Company, que foi objeto de um processo antimonopólio do Departamento de Justiça em 1952, o que deixou sem distribuição um bom número das editoras pequenas.

Seja como for, as consequências para a indústria foram devastadoras. Se em 1954 haviam sido publicados 650 títulos, em 1955 a cifra caiu para pouco mais de 300[140]. No final do seu livro sobre o pânico dos comics durante os anos 1950, *The Ten-Cent Plague*, David Hajdu inclui um apêndice com os nomes de roteiristas e desenhistas que nunca voltaram a trabalhar com quadrinhos depois da purgação. A lista de "vítimas" atinge quinze páginas e supera 450 nomes.

Sem dúvida, a perda mais recordada foi a da EC Comics. Depois da tentativa fracassada de lançar sua "Nova Direção", Gaines fez outro esforço passando ao formato de revista tradicional, que lhe permitia escapar do Código, já que este era aplicado apenas aos comic books. Nesse novo formato experimentou uma fórmula que misturava o texto com a ilustração, mas foi uma última e desesperada cartada. A EC encerrou todas as suas publicações menos *Mad*, que, transformada em revista desde 1954, continuou sua jornada à margem do mundo do comic book, que a havia repudiado.

Com o *Comics Code*, a indústria dos comic books foi reconhecida expressamente como manufaturadora de produtos infantis. Já não haveria mais veleidades com temas ou apresentações que pudessem interessar a um público adulto. É significativo nesse sentido o regresso dos super-heróis, que se produziu lentamente desde a segunda metade da década e acabou por se confirmar no início dos anos 1960, com a revitalização de alguns personagens antigos da DC e, sobretudo, com a nova fórmula de "super-heróis humanos" que trouxeram o Quarteto Fantástico, o Homem-Aranha e demais personagens da Marvel. A indústria dos comics havia decidido o seu destino, havia expulsado aqueles que não se conformavam com isso e não havia deixado nenhuma porta aberta para a renovação. Se esta chegasse, teria que ser de outro local completamente diferente. E assim ocorreria, mediante o comix, que se manteria unido à tradição dos comic books por meio de um único elo: Harvey Kurtzman.

3 – COMIX, OS QUADRINHOS UNDERGROUND, 1968-1975

> *Os quadrinhos underground estão mais próximos da arte do que dos quadrinhos.*[1]
>
> Gilbert Shelton

Comix: gibis para adultos

No início dos anos 1960, o comic book estava em ruínas. Depois do desaparecimento de muitas das editoras que competiam em meados da década anterior e do êxodo maciço de profissionais para outros campos, as poucas empresas sobreviventes se conformaram em continuar a se expressar para o público infantil com produtos inócuos que não voltassem a atrair a atenção de censores e sentinelas da moral. Mas já não era necessário fazer nenhum esforço para passar despercebido: o número de lares que possuíam um televisor nos Estados Unidos passou de 0,5% em 1946 para 90% em 1962. Se os quadrinhos sempre foram considerados um produto infantil descartável, agora começava a ser considerado irrelevante. Na verdade, a mentalidade predominante entre os profissionais dos quadrinhos da época era a necessidade de fugir para outros campos antes que o meio deixasse de existir por completo em um prazo relativamente curto. Jack Kirby assim recordava a sua chegada à redação da Marvel no final dos anos 1950:

> Eu entrei e estavam tirando os móveis, levando as mesas... E eu precisava daquele trabalho! Tinha uma família e uma casa, e de repente a Marvel estava desmoronando. Stan Lee estava sentado em uma cadeira, chorando. Não sabia o que fazer. Ficara sentado em uma cadeira chorando[2].

A cena provavelmente é mais mítica do que real, mas reflete muito bem o clima do momento. Certamente, Kirby e Stan Lee, editor e roteirista da Marvel, logo lançariam uma onda de novos super-heróis que revitalizariam a indústria e atrairiam as gerações mais recentes. Mas o mercado continuaria sendo juvenil. Quando os autores modernos de novela gráfica voltam o olhar para a segunda metade dos anos 1950, encontram pouca coisa inspiradora, e tudo publicado na imprensa geral: o *Pogo* de Walt Kelly, uma série de *funny animals* em que o senador McCarthy apareceu caricaturizado como um gato montês, o humor modernista do *Minduim* de Charles Schulz e a sátira neurótica do *Sick, Sick, Sick* de Jules Feiffer em *The Village Voice*. Os autores jovens que queriam iniciar sua carreira não tinham onde fazê-lo, porque a indústria dos quadrinhos havia fechado suas portas e se entrincheirado numa economia de crise.

Mas havia autores jovens, e eles começaram a publicar, ainda que em canais heterodoxos. O barateamento dos processos de impressão facilitou o surgimento da chamada imprensa underground a partir de 1965, com títulos de tendência esquerdista, como o *Los Angeles Free Press*, o *Berkeley Barb* ou o *East Village Other*, que continuam a tradição iniciada pelo periódico marginal satírico *The Realist*, de Paul Krassner, que havia começado a ser publicado em 1958 em Nova York. Krassner, um colaborador da *Mad*, havia se proposto a trasladar a sátira típica da revista criada por Kurtzman para um público adulto, e atraiu alguns daqueles que posteriormente se converteriam em desenhistas dos comix, como Jay Lynch. Outra via de publicação para futuros desenhistas underground foram as revistas de humor universitárias. Durante a primeira metade da década elas estiveram muito ativas e algumas inclusive pagavam o suficiente para que seus diretores pudessem viver delas. Na Universidade do Texas, em Austin, Gilbert Shelton esteve encarregado do *Texas Ranger* em 1962, ano em que aparece pela primeira vez *Wonder Wart-Hog*, seu porco que parodiava os super-heróis. Também no Texas, Jack Jackson – com o pseudônimo de Jaxon – autoedita *God Nose* (1964) [59], em cuja capa aparece o rótulo "*Adult Comix*", e Frank Stack publica *The Adventures of Jesus* (1964). Esses gibis, como as HQs de surfistas de Rick Griffin da mesma época, são quase artesanais e produto da iniciativa pessoal de seus autores, que ocasionalmente encontram um público reduzido, porém fiel. São produzidos e distribuídos à margem da indústria, sem expectativas comerciais, o que implica uma lógica liberdade criativa. Entretanto, o verdadeiro quadrinho underground só irá se consagrar na segunda metade da década, quando Robert Crumb lança em São Francisco *Zap Comix*, o gibi que se tornará o símbolo da geração hippie pós-ácido.

3 — COMIX, OS QUADRINHOS UNDERGROUND, 1968-1975

[59] *God Nose* (1964), Jack Jackson. Reproduzido em Rosenkranz (2002).

Robert Crumb (1943), nascido na Filadélfia, passou a infância desenhando quadrinhos junto com seu irmão Charles, com quem criou em 1958 *Spoof*, uma paródia do *Humbug* de Harvey Kurtzman. Em meados dos anos 1960, instalou-se em Cleveland, onde trabalhava para a American Greetings Company desenhando cartões de felicitações. Foi nessa época que criou um de seus personagens mais famosos, o gato Fritz[3]; também começou a colaborar com algumas publicações da imprensa underground, como *Yarrowstalks*, e o próprio Kurtzman publica alguns de seus desenhos na *Help!*, que para muitos foi "a primeira revista em quadrinhos underground"[4], porque não apenas Crumb, mas também Gilbert Shelton, Joel Beck, Skip Williamson e Jay Lynch publicaram em suas páginas. Em 1965, Crumb começou a consumir LSD, e a experiência o alterou profundamente:

> Isso mudou minha cabeça. Fez com que eu deixasse de levar os quadrinhos tão a sério e me mostrou outro lado de mim mesmo. Eu estava casado, tinha um trabalho entediante e me embriagava todas as noites. Tomava ácido nos fins de semana e voltava a trabalhar na segunda-feira e me perguntavam: "Pode-se saber o que há com você?"... A diferença entre as primeiras histórias de *Fritz the cat* e as que fiz em 1967 deve-se ao ácido[5].

Enquanto o primeiro Fritz era simplesmente uma sátira do típico universitário ávido por sexo, depois de consumir LSD as criaturas que Crumb desenha "são mais irracionais, maníacas e inclusive perigosas"[6]. Em 1967, Crumb dá um passo decisivo para o nascimento dos quadrinhos underground: muda-se para São Francisco, aparentemente seguindo um impulso espontâneo e irresistível: "Em um dia de janeiro de 1967, depois do trabalho, fui ao bar que frequentava. Ali estavam dois amigos que me disseram estar a caminho de São Francisco. Começamos a conversar e, quase sem pensar, fui com eles. Não voltei para casa. Abandonei minha esposa, meu trabalho, não disse nada a ninguém"[7].

No fim do ano, Crumb já tinha preparado uma nova revista em quadrinhos, a *Zap* n. 0, desenhada em São Francisco. Lamentavelmente, o editor desapareceu com as páginas originais e não houve publicação. Em novembro, Crumb já havia terminado a *Zap* n. 1 [60], que finalmente foi impressa por Charles Plymell, um poeta beat que havia compartilhado uma casa com Allen Ginsberg e Neal Cassady. A contracultura dos anos 1950 ajudava a dar os primeiros passos para seu destaque geracional. No início de 1968, Crumb, junto com sua mulher grávida (que o havia seguido desde Cleveland) e alguns amigos, vendia a *Zap* n. 1 em Haight-Ashbury, em pleno coração da revolução hippie, utilizando um carrinho de bebê para transportar os exemplares. O quadro pitoresco representa a Belém do nascimento dos quadrinhos underground.

O sucesso da *Zap* serviu de inspiração para desenhistas como Shelton, Jackson ou Lynch, que vinham há anos ruminando uma fórmula para desenvolver seu próprio material completamente à margem da indústria. O ímã de São Francisco do *flower power* atraiu quadrinistas e músicos de todo o país. Crumb abriu os números seguintes da *Zap* a outros quadrinistas, convertendo a revista em uma antologia, e logo começaram a proliferar numerosos comix dos mais diferentes tipos.

Para Don Donahue, que publicou os primeiros números da *Zap*, o atrativo da revista estava

> em sua curiosa mistura do velho e do novo. O diferencial da *Zap*, e dos quadrinhos underground em geral, é que aqui havia todo um meio de expressão que esteve abandonado durante muito tempo, ou relegado a uma posição muito inferior, e ninguém havia feito grande coisa com ele. E, de repente, alguém começou a fazer algo, e se produziu uma explosão[8].

3 – COMIX, OS QUADRINHOS UNDERGROUND, 1968-1975

[60] *Zap Comix* 1 (1967), Robert Crumb.

A novidade que Crumb trazia eram os temas da geração hippie, o espírito do momento encarnado por seu personagem Mr. Natural, um sarcástico guru que se converteria rapidamente em ícone. Além disso, havia uma liberdade criativa que surpreendia ao contrastar com a velha tradição do desenho e com a narrativa dos quadrinhos de toda a vida, que corria pelas veias de Crumb de forma natural desde a infância. A grande escola de Crumb foi *Mad*, com Harvey Kurtzman e seu sócio Will Elder na liderança, mas também os *funny animals* infantis, entre eles as histórias do Pato Donald de Carl Barks ou o Popeye de E. C. Segar, do qual tomou seu popular estilo de "pés grandes". Como figura icônica do underground, Crumb era chocante. Nunca deixou o cabelo comprido e, com seu fino bigode, óculos de massa e chapéu, parecia ter saído de um filme de Buster Keaton. Comportava-se mais como uma testemunha do que como um partícipe da revolução, um passageiro inesperado no trem do underground. Crumb era um colecionador obsessivo – principalmente de discos de jazz e blues dos anos 1920 –, quase um arquivo vivo da história dos quadrinhos, que reciclava e punha a serviço de uma nova sensibilidade com seu prodigioso talento para o desenho. Crumb não desenhava por dedicação profissional, mas por prazer pessoal, e poderíamos dizer que se relacionava com o "priapismo da pena" da tradição de Töpffer e Frost. O que Kurtzman havia feito com a *Mad*, Crumb ampliou com a *Zap*, um "comentário em quadrinhos sobre os quadrinhos"[9], mas sem sujeições comerciais nem limitações editoriais.

Esse último dado é fundamental para se entender a verdadeira revolução causada pelos comix. Em primeiro lugar, eram comic books publicados sem o selo de aplicação do *Comics Code*, ou seja, completamente alheios a qualquer censura (o que teve como inevitável consequência frequentes choques com a lei e denúncias por obscenidade). Em segundo lugar, muitos comix eram autoeditados, e com isso os autores não tinham que responder a nenhuma diretriz editorial nem se amoldar a linhas homogêneas ou interesses comerciais alheios. Logo surgiram "editoras" underground, algumas importantes (Last Gap, Rip-Off Press, Print Mint, Kitchen Sink), mas todas geridas por companheiros de geração dos autores, com os quais compartilhavam ideias, princípios e objetivos. Quer em regime de autoedição, quer sob algum dos selos editoriais underground, os quadrinistas conservavam os direitos sobre suas histórias e cobravam royalties por elas, em vez da tarifa fixa por página que haviam cobrado e continuavam cobrando os profissionais dos quadrinhos comerciais. Quando uma editora convencional pagava a um quadrinista pelo trabalho que lhe havia encomendado, passava a ser a proprietária eterna dos materiais, tanto das

3 – COMIX, OS QUADRINHOS UNDERGROUND, 1968-1975

páginas originais como dos direitos de reprodução e exploração dos personagens. Mas os jovens underground haviam aprendido a lição de Jerry Siegel e Joe Shuster, afundados na miséria depois de vender o Superman por pouco mais de cem dólares. Como indicaria Denis Kitchen, "os royalties tratavam os quadrinistas como autores literários"[10]. Isso, por si só, estimulou o traslado da *teoria do autor* para os quadrinhos underground em que, certamente, a figura do artista que realizava sozinho a sua obra – roteiro, desenho e arte-final como arte integrada – substituía a da cadeia de profissionais que trabalhavam em equipe nos quadrinhos convencionais – roteiro, desenho, arte-final e colorização como ofícios separados. Quando os quadrinistas underground colaboravam, faziam-no em *jams*, um termo inspirado pelas *jam sessions* do jazz e do rock psicodélico: cada desenhista improvisava seu próprio requadro ou personagem em um conjunto no qual se podia reconhecer perfeitamente cada traço individual. Esse sistema criativo, unido à remuneração por royalties, teve outras duas consequências sobre os comix books. A primeira era a impossibilidade de cumprir com prazos de entrega regulares por parte dos desenhistas. Devemos levar em conta não apenas a enorme carga de trabalho que implica para uma só pessoa se ocupar de todos os aspectos da criação de uma história em quadrinhos, mas também o ambiente relaxado das comunas psicodélicas em que vivia a maioria, se não todos esses quadrinistas. Isso fez com que se rompesse pela primeira vez a escravidão da serialização periódica nos quadrinhos americanos, e assim foi dado o primeiro passo para se considerar um comic book uma obra completa. Muitos títulos não passavam do número um, e os que passavam tinham saída irregular. Isso não trouxe nenhum problema para a economia underground, já que ela não se baseava em manter em movimento um enorme maquinário industrial de produção e distribuição de papel impresso que se renovava todas as semanas, mas obtinha seus lucros de maneira mais moderada e a longo prazo. Os títulos underground de maior sucesso eram reeditados e se mantinham à venda durante anos, o que nunca havia ocorrido com os quadrinhos convencionais. Os quadrinistas underground mais afortunados chegavam a acumular ingressos avultados graças aos royalties que lhes proporcionavam as reedições contínuas, embora os que tinham vendas inferiores ganhassem muito menos. Em 1971, quando os quadrinhos underground já haviam se consolidado, as tiragens médias dos títulos mais populares podiam chegar aos 20 mil exemplares[11]. Em 1973, *Freak Brothers* n. 1, de Shelton, acumulou 200 mil exemplares vendidos, e a série completa chegava a superar um milhão[12]. São cifras muito importantes, embora quando as colocamos em relação às cifras que eram manejadas na indústria do comic book – recordemos, em plena fase de decadência –, compreendemos que o underground continuava sendo um circuito marginal: em 1970, o gibi mais vendido foi *Archie Comics*, que chegava aos 515.356 exemplares por número, seguido muito de perto por *Superman* (511.984). *Amazing Spider-Man*, o título mais vendido da Marvel, alcançava os 373.303[13] exemplares.

Essa marginalidade não afetava apenas os processos de produção e edição dos comix, mas também o de distribuição. Não carecendo do selo de aprovação do *Comics Code*, esses títulos não eram vendidos em bancas, supermercados, lojas de guloseimas e demais pontos de venda habituais do comic book para crianças. Tampouco existiam livrarias especializadas em revistas em quadrinhos. Sua via de distribuição principal eram as *head shops*, lojas de venda de parafernália hippie, onde tanto se podia comprar um cachimbo como bongôs, papel para enrolar fumo ou a última edição da *Zap*. Enquanto os comic books eram distribuídos para as bancas em consignação, ou seja, o vendedor não pagava nada ao recebê-los, devolvia os exemplares não vendidos (com a capa arrancada) e pagava apenas a porcentagem correspondente aos exemplares vendidos, como se fossem periódicos, os comix eram pagos ao serem recebidos na distribuição, não tinham direito a devolução e, além disso, o seu preço era muito mais elevado. Esse seria o sistema de venda adotado pouco depois pelas editoras de comic books, quando se consolidou uma rede de livrarias especializadas nos Estados Unidos, e esse sistema acabaria sendo fundamental para a sobrevivência da indústria dos quadrinhos comerciais e para a manutenção da tradição dos quadrinhos alternativos, como veremos.

Os comix se distinguiram rapidamente por sua enfurecida rebelião contra a moral vigente. O sexo foi o atalho mais curto para articular essa rebelião e para que eles se distinguissem dos comic books infantis tradicionais. Não eram os primeiros quadrinhos que beiravam a pornografia. Entre os anos 1930 e 1950, foram muito populares as chamadas "Bíblias de Tijuana", gibis clandestinos e anônimos nos quais se representavam atos sexuais e, inclusive, em que apareciam pela primeira vez gays e lésbicas, embora de forma estereotipada. As Bíblias de Tijuana logo incluíram entre seus temas as caricaturas de personagens conhecidos e a utilização de personagens famosos das tiras de jornal, desde *Bringing Up Father* até *Little Orphan Annie* ou *Popeye*. Havia quem considerasse as Bíblias de Tijuana "o elo perdido dos quadrinhos satíricos americanos"[14]. Art Spiegelman escreveu sobre elas: "Sem as Bíblias de Tijuana jamais teria existido a *Mad*, e sem a *Mad* nunca teriam existido os quadrinhos underground iconoclastas dos anos 1960"[15]. O comix reconheceu seu débito para

3 — COMIX, OS QUADRINHOS UNDERGROUND, 1968-1975

com seus irreverentes antepassados, em alguns casos de forma bastante direta, como em *Air Pirates Funnies* (1971) [61], uma HQ coletiva protagonizada por personagens da Disney que foi condenada após um processo movido pela empresa proprietária do Mickey Mouse, que chegou até o Supremo Tribunal.

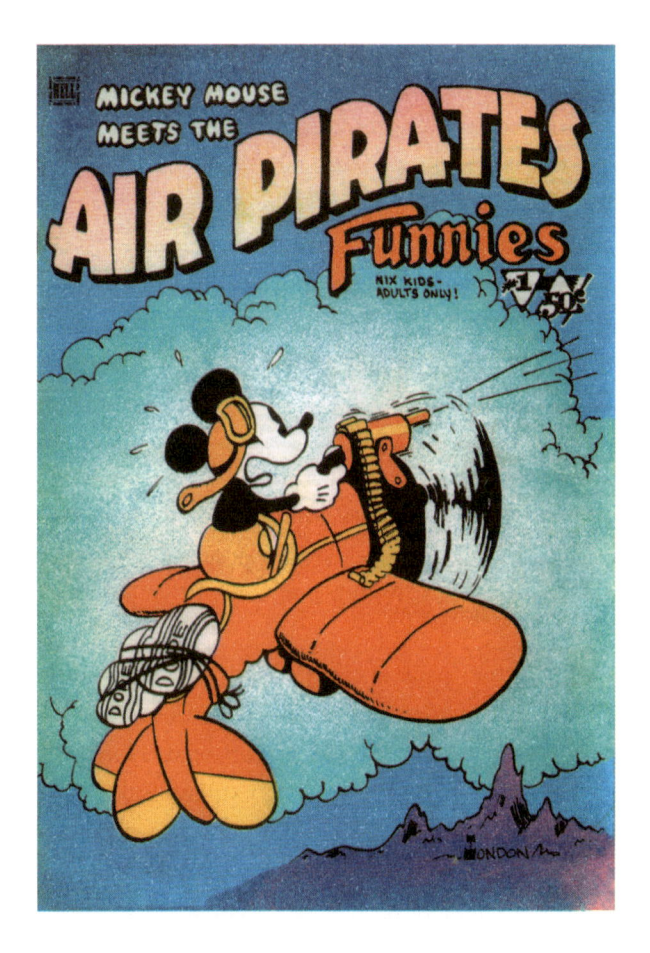

[61] *Air Pirates Funnies* 1 (1971), Bobby London. Reproduzido em Danky e Kitchen (2009).

Juntamente com o sexo, outro tema que os quadrinhos underground percorrem como uma corrente comum é o da droga, o grande aglutinador da contracultura da época. Mas os comix não tardariam a dotar esses temas básicos de diferentes coloridos genéricos. Se Robert Crumb havia aplicado as lições do retrato social das tiras de jornal do início do século à geração do ácido, e havia liberado o subconsciente em HQs nas quais as fantasias sexuais do autor se materializavam com uma falta de pudor insólita, outros desenhistas foram acrescentando matizes a esse modelo. Gilbert Shelton, por exemplo, seguiu o caminho do costume vigente com seu trio de hippies "drogadictos" (toxicodependentes), os *Fabulous Furry Freak Brothers* [62], e se converteu no grande humorista de sua geração, enquanto S. Clay Wilson [63] incorporou uma visão paranoica e sombria às explorações no subconsciente de Crumb, a quem influenciou diretamente, mais por seu trato pessoal do que por sua obra.

> Aprendi muito com Wilson. Em certos aspectos, ele era mais sofisticado do que eu. Ele desenvolveu e articulou em muito alto grau o papel do artista-rebelde. Ele o vivia. Em comparação, o meu conceito do que eu pretendia como artista era difuso, amorfo. Conhecer Robert Williams também foi muito revelador. Eu me sentia um pouco como um sábio idiota com esses tios. Em parte porque haviam passado pela faculdade de Belas Artes e haviam absorvido e regurgitado todos os elementos das belas artes. Tinham uma imagem de si mesmos muito clara como proscritos da arte, que iam além das bobagens, da grande mentira, do engano coletivo da cultura geral, tanto a alta como a baixa. Eu vinha de uma formação mais convencional do quadrinista como profissional do entretenimento[16].

Os referenciais mais diretos para Crumb haviam sido *Mad* e as demais publicações de Kurtzman, mas a EC Comics, em geral, converteu-se no grande modelo da maioria dos quadrinistas underground, que expressaram sua oposição ao sistema através da rebeldia contra as imposições do *Comics Code*. Para alguns dos desenhistas, os quadrinhos underground cumpriam inclusive uma função de *vingança* pela destruição da EC pela censura institucionalizada. Assim o interpretava Spain Rodriguez: "Eu me sinto bem porque conseguimos dar alguns golpes na guerra cultural. Conseguimos dar um pontapé na boca do desprezível *Comics Code*. Conseguimos ganhar a vida. Conseguimos refletir a nossa época"[17].

A EC fez algo mais que dar o padrão para as capas, títulos e lemas que os underground utilizaram; também lhes deu os gêneros de terror e ficção científica. O primeiro, mesclado com erotismo, logo tendeu a uma espécie de pornografia sangrenta, ao mesmo tempo que deu lugar a alguns dos quadrinhos mais extremos que já haviam sido publicados, como os de Rory Hayes [64], "o James Ensor dos quadrinhos", como o chamou Crumb[18]. As HQs de ficção científica – também, certamente, com sua carga erótica – desviaram para a ecologia. Esse gênero se abriu para desenhistas como Richard Corben [65], afastado do cenário underground fisicamente (ele morava em Kansas), ideologicamente (não tinha nenhum interesse pela contracultura) e esteticamente (suas detalhadas texturas próprias da ilustração profissional eram o mais opostas possível da ingenuidade brutal de Hayes). Corben não demoraria a se converter em um dos mais cotados desenhistas dos quadrinhos convencionais. A EC oferecia também outro exemplo para os underground: havia reunido desenhistas de estilos e personalidades muito distintos sem tentar homogeneizá-los plasticamente, e a expressão individual, mesmo dentro do coletivo (muitos dos títulos underground eram antologias de diversos autores), era um dos princípios irrenunciáveis do comix.

3 – COMIX, OS QUADRINHOS UNDERGROUND, 1968-1975

[62] "Fabulous Furry Freak Brothers", em *Obras completas 4. Vida campestre* (1984), Gilbert Shelton[19].

[63] "Vampire Lust", em *El Víbora Especial USA* (1981), S. Clay Wilson.

3 – COMIX, OS QUADRINHOS UNDERGROUND, 1968-1975

[64] "Bits of Flesh", em *Bogeyman Comics* 1 (1969), Rory Hayes.

[65] *Rowlf* (1971), Richard Corben.

3 – COMIX, OS QUADRINHOS UNDERGROUND, 1968-1975

Apesar de sua preeminência, a EC não foi o único modelo resgatado pelos underground, aos quais interessavam todos os comics pré-*Code*. Bill Griffith e Jay Kinney criaram em 1970 uma das séries mais duradouras e mais vendidas, *Young Lust*, que adaptava a linguagem padronizada e os temas dos quadrinhos românticos dos anos 1950 às relações sexuais liberadas da época. Em grande medida, desenhistas como Crumb ou Griffith aplicavam aos quadrinhos os mesmos mecanismos que Lichtenstein ou Warhol haviam aplicado às artes plásticas, mas sem sair do meio para fazê-lo. Os quadrinhos refletiam sobre os quadrinhos a partir de si mesmos.

Os quadrinhos underground também viram chegar a consciência de gênero às HQs. As mulheres desenhistas haviam sido exceções na história dos quadrinhos. Houve casos isolados, como Kate Carew, que desenhava no início do século nos jornais dominicais nova-iorquinos, ou Tarpé Mills, que criou a primeira super-heroína em 1941, mas eram exceções em um mundo predominantemente masculino. Os desenhistas underground, com sua ênfase no sexo e na violência, frequentemente unidos e decididos a retratar fantasias que vitimizavam a mulher – na verdade, uma das especialidades que tornaram Crumb mais reconhecido –, não trataram as mulheres de forma diferente, mas elas conseguiram abrir um espaço no novo panorama. Trina Robbins publicou o primeiro comix de mulheres em 1970, *It Ain't Me, Babe* [66], e logo títulos como *Wimmen's Comix* ou *Tits & Clits* permitiram a Roberta Gregory, Aline Kominsky, Lee Marrs, Melinda Gebbie e muitas outras darem seus primeiros passos. Como explica Robbins, "nós abordávamos temas que os mais velhos não tocariam nem com pinças; temas

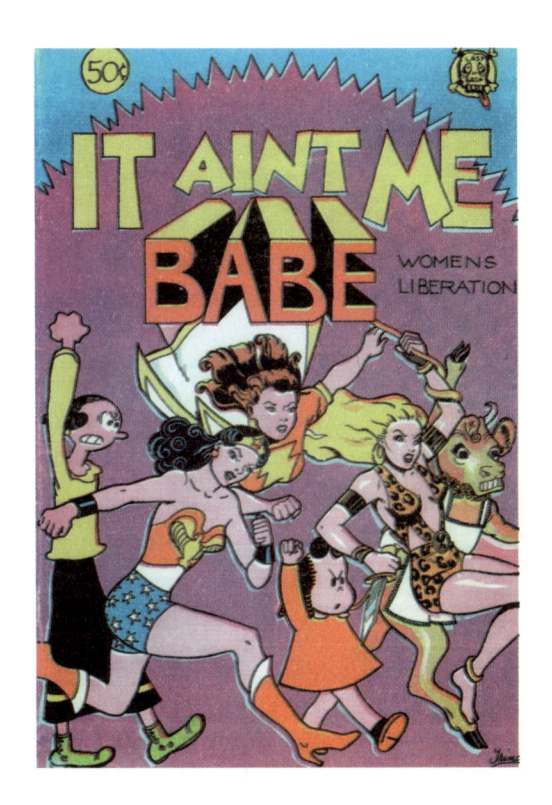

[66] *It Ain't Me, Babe* (1970), Trina Robbins. Reproduzido em Danky e Kitchen (2009).

como o aborto, o lesbianismo, a menstruação e os abusos sexuais infantis"[20]. O underground, com sua resistência feroz aos tabus do *Comics Code*, também seria o estímulo ideal para o surgimento das primeiras HQs de gays e lésbicas, já que a homossexualidade era proibida pelo código de censura. Se a rebeldia dos desenhistas underground masculinos com frequência parecia derivar em escandalosas travessuras de adolescentes, os comix gays e de mulheres introduziram uma consciência política mais rigorosa.

Mas, sem dúvida, o gênero mais importante que os quadrinistas underground introduziram, e que realmente serviria como base fundamental para a construção da novela gráfica contemporânea, será o da autobiografia. Em Crumb já havia uma mistura de ficção e confissão quando o autor se introduz como personagem e se dirige expressamente ao leitor em primeira pessoa, revelando suas verdadeiras obsessões, em especial as sexuais. Aline Kominsky – que com os anos acabaria se casando justamente com Crumb – também realizou aquelas que alguns consideram as primeiras HQs autobiográficas no início dos anos 1970[21]. Mas a própria Kominsky reconhecia *Binky Brown Meets the Holy Virgin Mary* (1972) [67], de Justin Green, como verdadeiro ponto de partida das histórias em quadrinhos autobiográficas:

> Mais ou menos nessa época, quando eu estava na escola de arte, vi a primeira *Zap* e não conseguia acreditar. Realmente não conseguia acreditar. E pouco depois vi *Binky Brown Meets the Holy Virgin Mary*, de Justin Green, e isso foi definitivo para mim. Quando vi o trabalho de Justin, soube como podia contar a minha história. Quando vi a *Zap Comix* fiquei impressionadíssima, mas esses mais velhos eram tão bons que eu não conseguia me imaginar fazendo o que eles faziam. Era muito bom; era tão difícil. Mas quando vi o trabalho de Justin pude ver como eu poderia fazê-lo. Ele me ajudou a encontrar a minha própria voz, porque me soava muito autêntico. O desenho era tão simples e tão pessoal, e me pareceu o mais incrível que eu já havia visto em minha vida. Compreendi que só queria fazer algo parecido. Não me importava, não pensei em quem o leria ou por que o leria, a única coisa que eu queria era fazer algo como o que ele havia feito para mim[22].

3 – COMIX, OS QUADRINHOS UNDERGROUND, 1968-1975

[67] *Binky Brown Meets the Holy Virgin Mary* (1972), Justin Green.

Se o sexo, a violência e a paródia ou a homenagem a gêneros do passado como o terror e a ficção científica, ou antes a mistura de todos esses elementos, haviam dominado a maioria dos quadrinhos underground, quase sempre com a justificativa do humor como último horizonte, *Binky Brown* apresentava um relato de outra ordem que escapava às definições genéricas e à citada referência irônica. Embora aparentemente humorístico, *Binky Brown* (um *alter ego* mal dissimulado do próprio Justin Green) era principalmente uma memória. A HQ, de quarenta páginas – uma extensão mais que considerável para os padrões da época –, narrava a luta do protagonista contra suas ansiedades sexuais durante a adolescência, afligido pelo que hoje se conhece como Transtorno Obsessivo Compulsivo. A sinceridade e a seriedade com que era contada abriam a possibilidade de se utilizar os quadrinhos como algo mais que uma ferramenta de provocação fácil contra o sistema "dos adultos" e para a derrubada da moral social caduca. *Binky Brown* construía mais do que destruía. Art Spiegelman encontrou em suas páginas as chaves para escapar dos tópicos que o próprio underground havia gerado em seu rápido desenvolvimento, e pôde utilizá-lo como guia para enfrentar suas próprias lembranças familiares. O próprio Spiegelman diria que "sem *Binky Brown* não haveria *Maus*"[23]. E sem *Maus*, poderíamos acrescentar, não existiria a novela gráfica como hoje a conhecemos.

O clima contracultural e a rebelião juvenil dos anos 1960 foram fundamentais para o surgimento do comix nos Estados Unidos, assim como o foi a falência da indústria dos quadrinhos comerciais e o vazio criativo provocado pelas imposições do *Comics Code*, que dirigiram os quadrinhos irremediavelmente para um público infantil e para uma possível extinção a médio prazo. Muitos dos quadrinistas underground tentaram em primeiro lugar ganhar a vida através dos canais que ficaram à disposição na primeira metade dos anos 1960, mas não conseguiram, o que os obrigou a inventar seus próprios suportes, gestados por eles mesmos. Talvez se a imposição do *Comics Code* não houvesse acabado com a EC Comics em 1954, esta poderia ter continuado a desenvolver seus gêneros para um mercado cada vez mais adulto, e em 1965 teria integrado os trabalhos de Crumb, Wilson, Rodriguez e outros em uma revista em quadrinhos comercial de horizontes mais amplos. Mas isso não aconteceu. Em seu lugar, a ruptura do modelo editorial provocada pela crise da indústria obrigou os quadrinistas novos a reinventar quase completamente os quadrinhos, conservando o suporte, mas refazendo seus orçamentos industriais, seus processos de produção e distribuição, e também seus conteúdos e formas de expressão. Podemos dizer que essa ruptura foi equivalente à ruptura do modelo acadêmico hegemônico por parte das vanguardas artísticas, ou seja, uma autêntica mudança de paradigma. A partir desse momento, podemos falar com rigor de um quadrinho verdadeiramente adulto. Pela primeira vez na história, existiam não só quadrinhos para adultos, mas revistas em quadrinhos para adultos, e *exclusivamente* para adultos. Como indica Hatfield, "o comix não converteu por si mesmo os quadrinhos em uma leitura apropriada para adultos – afinal, as tiras de jornal há muito tinham um público adulto –, mas converteu o *comic book* em um produto para adultos"[24].

A difusão internacional dos quadrinhos underground

O eco da revolução juvenil dos anos 1960 chegou a todo o mundo em maior ou menor grau e com distintos matizes de politização, e, com as ideias, o rock psicodélico e a moda, chegaram também os quadrinhos underground que, traduzidos diretamente em muitos países, rapidamente deram lugar a processos de imitação e adaptação dos quais surgiriam tradições locais de quadrinhos para adultos.

É preciso dizer que a primeira influência dos quadrinhos underground se produziu nos Estados Unidos. A indústria dos quadrinhos comerciais, cada vez mais polarizada em duas editoras de super-heróis – a enorme e veterana DC do Superman e a muito menor mas pujante Marvel do Homem-Aranha –, reagiu com extrema lentidão às mudanças que a sociedade estava vivendo, especialmente o setor juvenil, que constituía seu principal público. Além da anedótica presença de personagens que refletiam a estética e as gírias hippies – desde a óbvia falta de conhecimento em primeira mão que se poderia esperar de roteiristas e desenhistas mais velhos –, não houve nenhuma mostra de abertura nos processos criativos, produtivos e de distribuição das grandes editoras durante toda a década de 1960. Alguns profissionais, no entanto, começaram a sentir a necessidade de se expressar de forma mais pessoal e, notando a atividade dos autores underground, decidiram se lançar em iniciativas de autoedição fora das grandes editoras. Wally Wood, um desenhista veterano que havia sido um dos grandes nomes da EC, lembrado sobretudo por suas HQs de ficção científica, lançou no verão de 1966 a *witzend*[25], um *prozine*, ou seja, uma revista autoeditada por profissionais, não por fãs (o termo se contrapõe a *fanzine*). Wood, depois de uma longa carreira de escravidão artística e limitações editoriais, desejava publicar sem restrições externas, e conseguiu envolver outros profissionais, como Steve Ditko (o cocriador do Homem-Aranha), Gil Kane ou alguns antigos conhecidos da EC, como Frank Frazetta ou Angelo Torres. Na aventura da autoedição, a *witzend* se antecipou à explosão dos comix, e chegaria até mesmo a publicar alguns de seus quadrinistas – como Art Spiegelman. Entretanto, a liberdade criativa que Wood e seus colegas ansiavam se traduziu em pouco mais que a presença de nus, pois a maioria do material caía nas fórmulas da ficção científica e da fantasia. Não obstante, o exemplo da *witzend*, unido à confirmação por parte dos desenhistas underground pouco depois de que uma economia marginal era sustentável para revistas em quadrinhos autoeditadas e destinadas a adultos, fez com que, a partir do final da década, os esforços por parte dos profissionais mais inquietos por abrir novos caminhos se tornassem mais frequentes. O mencionado Gil Kane, com a ajuda do roteirista Archie Goodwin, experimentou em 1968 um antecedente da novela gráfica ao realizar uma história de quarenta páginas em preto e branco, publicada em formato de revista e intitulada *His Name Is... Savage!* [68], um thriller que tinha como protagonista um personagem inspirado no Lee Marvin de *Point Blank* [À Queima Roupa, 1967], em que a abundância de textos e a utilização de tipografia mecânica tentavam dar um ar mais literário ao produto. Kane voltou ao trabalho em 1971 com *Blackmark*, mais uma vez com a ajuda de Goodwin, e agora tocando o gênero da fantasia heroica no mesmo formato que os romances de bolso. *Blackmark*, que totalizava 119 páginas, era em preto e branco e combinava o texto com os requadros em maior medida do que *His Name Is... Savage!*. A fantasia e a ficção científica foram os gêneros favoritos desse tipo de experimento que, como vimos no primeiro capítulo, vai se dirigindo, até meados dos anos 1970, para uma definição da novela gráfica e dos quadrinhos comerciais para adultos: *The First Kingdom* (1974), de Jack Katz, *Star*Reach* (1974), de Mike Friedrich, entre outros títulos nessa mesma linha. O círculo que as iniciativas procedentes dos quadrinhos convencionais e dos quadrinhos underground foram traçando se fecha com o *Bloodstar* (1976) [69] de Richard Corben. O tema é a fantasia heroica de raiz *pulp*; o autor ficou conhecido nos quadrinhos underground, e o produto era comercial, mas ao mesmo tempo estava isento das limitações e da censura às quais eram submetidos os comic books regidos pelo *Comics Code*. E, como vimos, foi um dos primeiros títulos aos quais se aplica diretamente o termo *graphic novel*.

3 – COMIX, OS QUADRINHOS UNDERGROUND, 1968-1975

[68] *His Name Is... Savage!* (1968), Archie Goodwin e Gil Kane.

[69] *Bloodstar* (1976), Richard Corben.

Na França, a recepção do underground tem uma fase anterior diretamente relacionada com Harvey Kurtzman e a *Mad*, de modo que é possível estabelecer certo paralelismo entre os dois momentos do início dos quadrinhos adultos nos Estados Unidos e seu eco no país gaulês. A figura fundamental para a arrancada de um quadrinho que vai se distanciando dos quadrinhos puramente infantis no mercado francófono é a do roteirista René Goscinny, que no final dos anos 1940 havia trabalhado em Nova York com Harvey Kurtzman, cuja influência foi decisiva no momento de conceber uma revista que faria história nos quadrinhos europeus: *Pilote* (1959) [70]. Junto a talentos como os de Jean-Michel Charlier, Albert Uderzo ou Jean Giraud, Goscinny converteu a *Pilote* na plataforma de renovação dos quadrinhos juvenis franceses. "Conheci muito bem a equipe da *Mad* – recordaria Goscinny – dos primeiros números, na época de Harvey Kurtzman. A diferença efetiva [entre a *Mad* e a *Pilote*] é que a *Mad* era muito americana"[26]. Talvez a expressão mais clara da translação europeia da sátira de Kurtzman e Elder seja *Asterix*, convertido desde o início no símbolo da revista. Com os acontecimentos de maio de 1968 em Paris e o descobrimento dos quadrinhos underground americanos, que haviam sido traduzidos em revistas como *Actuel*, os autores da *Pilote* impulsionaram a revista para um público mais adulto e entraram em concorrência com títulos inspirados diretamente no underground americano, como as satíricas *Hara-Kiri* (1960) e *Charlie Mensuel* (1969). As tentativas de desenhistas como Wolinski com temas adultos provocaram os mesmos embates com a justiça que sofriam os comix americanos, e revistas como *Hara-Kiri* foram submetidas a apreensões legais.

[70] *Pilote mensuel* 49 (1978), F'Murr.

Foi também nessa época que surgiu uma onda de heroínas de ficção científica de caráter erótico, encabeçada por *Barbarella*[27] (1962), de Jean-Claude Forest, seguida por *Hypocrite* (1972), do próprio Forest, e pelas deslumbrantes *Les aventures de Jodelle* (1967), de Pierre Bartier e Guy Peellaert, além de *Pravda la Survireuse* (1968) [71], de Pascal Thomas e Guy Peelaert. As HQs de Peellaert, que alcançaria a fama, entre outras coisas, com capas de discos de rock, são fantasias warholianas regidas por um berrante colorido plano e rematadas com certo erotismo publicitário. Apesar de vendidas para um público adulto, não convertem realmente os

3 — COMIX, OS QUADRINHOS UNDERGROUND, 1968-1975

quadrinhos num meio respeitado em que se possam desenvolver obras adultas, mas simplesmente os inserem na cultura de consumo pós-juvenil surgida a partir dos anos 1960. Poderíamos dizer que comercializam a revolução. Mais sofisticada é *Valentina* [72], do italiano Guido Crepax, surgida pela primeira vez na revista milanesa *Linus* (1965). Crepax tem consciência do valor artístico inerente aos elementos próprios dos quadrinhos: o requadro e o planejamento da página estão acima do desenho. Explora o pastiche, tentando deliberadamente se converter em um objeto pop com citações de *Flash Gordon* ou *Little Nemo*, mas também discussões artísticas e políticas do momento. Em seus balões fala-se de Godard, Pasolini, música dodecafônica e epistemologia, em uma onda muito *nouvelle vague*. Entretanto, *Valentina*, por mais que se apresente como uma reinvenção intelectual dos temas dos quadrinhos, continua sendo uma fantasia. Como as demais heroínas pop, ela é irônica, adulta (ou pelo menos "não para crianças") e referencial, mas uma fantasia. Finalmente, há uma diferença entre esse primeiros quadrinhos adultos francês e italiano e o quadrinho underground americano: enquanto este último surge à margem da indústria, completamente independente dela, e se dirige a um público distinto do consumidor de quadrinhos comerciais, na França e na Itália esse movimento é um desenvolvimento da indústria, integra-se nela e tenta ampliar um público já existente, mas com o qual convive. O que nos Estados Unidos é uma ruptura revolucionária, na França e na Itália não passa de reforma conjuntural. Isso obrigará os autores europeus que se dirigem para os quadrinhos adultos durante os anos 1970 a adaptarem suas propostas para formatos, tradições e sistemas de venda impostos pela indústria, enquanto os americanos, sem vínculos comerciais, terão a possibilidade (e a necessidade) de se reinventarem e criarem seu próprio ecossistema de produção e público.

Assim, ainda que com os autores de finais dos anos 1960 e princípios dos 1970 como Bretécher, Mandryka, Gotlib, Druillet ou Moebius vejamos que "pela primeira vez, ao que parecia, havia quadrinistas que produziam obras com uma proposta culta que esperavam explicitamente que fossem reconhecidas como arte"[28], também é certo que seus esforços foram canalizados para o mercado convencional. As revistas de humor *L'Echo des savanes* (1969), *Fluide Glacial* (1975) e a de ficção científica para adultos *Métal Hurlant* (1975) [73] não ameaçarão tanto o sistema tradicional como o ajudarão a se renovar, da mesma maneira que os quadrinistas mais inovadores aparam suas arestas no enfrentamento com a concorrência em busca do grande público.

A NOVELA GRÁFICA

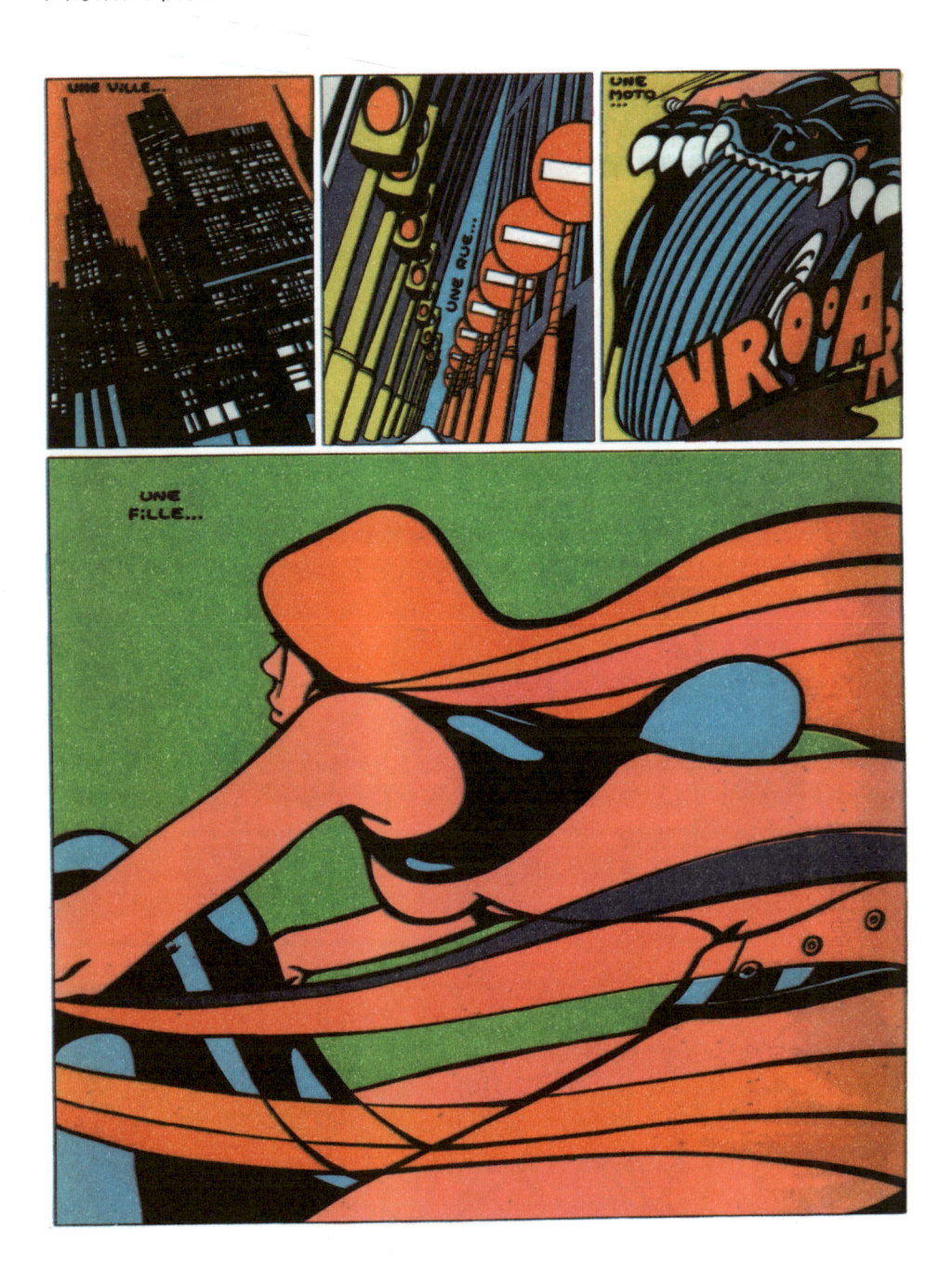

[71] *Pravda la Survireuse* (1968), Pascal Thomas e Guy Peellaert.

3 — COMIX, OS QUADRINHOS UNDERGROUND, 1968-1975

[72] *Hola, Valentina*[29] (1966), Guido Crepax.

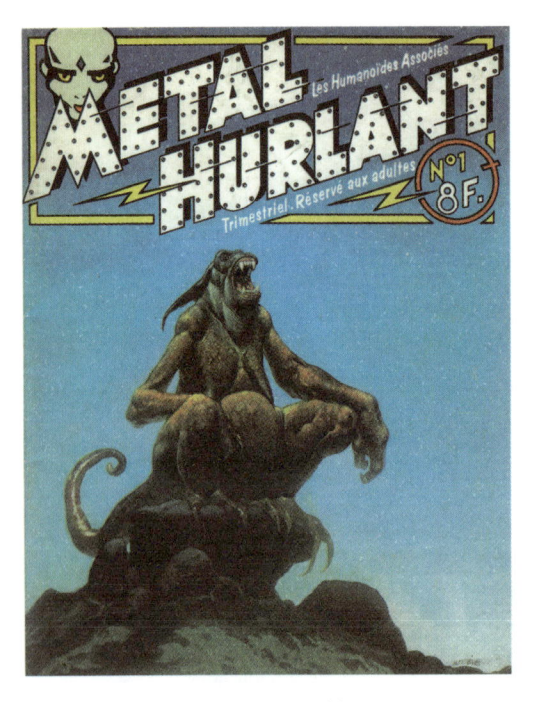

[73] *Métal Hurlant* 1 (1975), Moebius.

Talvez a mais fértil recepção dos comix tenha ocorrido na Holanda, graças à difusão obtida com revistas como *Tante Leny*. Os holandeses souberam absorver a influência americana e integrá-la à própria tradição franco-belga herdada de Hergé. Joost Swarte (1947), o principal representante dessa tendência, foi quem a batizou de *ligne claire* (linha clara), um dos movimentos estéticos fundamentais nos quadrinhos europeus dos anos 1980. Swarte acabaria sendo uma das figuras de referência para os quadrinhos independentes americanos devido à sua presença nas páginas e capas de *Raw*, a revista nova-iorquina dirigida por Art Spiegelman e Françoise Mouly.

No cenário definido pela reinvenção pop do cômico ao estilo de Forest, Peellaert e Crepax, situa-se uma obra excepcional que, se fosse publicada hoje em dia, seria etiquetada sem a menor sombra de dúvida como "novela gráfica"[30]. *Poema a Fumetti* [*Poema em quadrinhos*[31]] (1969), do escritor Dino Buzzati, é uma versão do mito órfico passada pelo filtro das cores berrantes, dos cartazes publicitários e do rock como prática moderna da rebeldia juvenil. Buzzati (que, curiosamente, tinha 63 anos quando publicou a obra) ensaia uma forma tão desconcertante e heterodoxa de utilizar a história em quadrinhos – nos limites da narrativa – que não gerou frutos em outros autores. Ao contrário, perdeu-se na memória do meio como tantos outros quadrinhos deslocados que foram recuperados graças ao interesse do presente por reconstruir a cadeia histórica da novela gráfica. Parece que só agora se pode entender essa obra.

Na Espanha[32] não se pode conceber nenhum quadrinho adulto até as últimas manifestações do franquismo, que havia mantido o gibi paralisado em uma infância eterna de HQs de humor, românticas e de aventuras presidida pela onipotente editora

Bruguera, o que provoca um desenvolvimento mais tardio. Três antologias traduzirão as páginas de Crumb, Shelton, Robert Williams, Victor Moscoso, S. Clay Wilson, Skip Williamson, Justin Green e demais luminares da Costa Oeste. A primeira delas, *Comix Underground USA* volume um (1972), publicada pela Editorial Fundamentos, foi editada por Chumy Chúmez e OPS, pseudônimo de Andrés Rábago (atualmente conhecido como El Roto), que também a traduziu. Os dois volumes seguintes seriam lançados em 1973 e 1976, e podem ser considerados a chispa que acende o fogo underground nos jovens desenhistas que marcarão esse movimento: os Nazario, Max, Mariscal ou os irmãos Farriol, que serão reunidos em 1973 no álbum *El Rrollo Enmascarado*. "Quando me encontrei com essa gente [o grupo que formaria *El Rrollo Enmascarado*] e descobri os quadrinhos de Robert Crumb publicados pela editora Fundamentos, sofri um impacto. Acho que eu não havia me proposto a fazer quadrinhos porque as histórias que lera até então não haviam me interessado muito. Mas ao ver o que Crumb fez, compreendi que se podia fazer de tudo", recordaria Max, que chamava a atenção para a influência dos temas dos autores americanos, assim como para o impacto gráfico do "conjunto dos underground americanos, a mescla em um só gibi de Crumb, Shelton e Spain Rodriguez"[33].

Uma segunda corrente de influência chega das revistas satíricas francesas como *L'Echo des Savanes* ou *Hara-Kiri*, e é percebida nos semanários humorísticos espanhóis como *Mata Ratos* (em sua última etapa, 1974) ou *El Papus* (1973). Os jovens underground espanhóis (aos já citados podem ser acrescentados nomes como Gallardo, Mediavilla, Martí, Montesol, Ceesepe, Pons, Azagra, Roger ou El Cubri) acabarão se aglutinando em revistas comerciais como a *Star* (1974) e, finalmente, naquela que se converterá na revista "oficial" do underground espanhol (por mais paradoxal que pareça): *El Víbora* (1979) [74]. Durante os anos 1980, ruirão as editoras que haviam mantido o gibi tradicional espanhol, com Bruguera à frente, e se viverá um *boom* dos quadrinhos espanhóis modernos em torno de uma série de novos títulos que dividem o mercado em tendências: *El Víbora* representa o espírito underground, *El Cairo* a corrente chamada de "linha clara", que pretende certa recuperação icônica da aventura desde a Europa francófona, enquanto revistas como *Cimoc*, *1984*, *Creepy* ou *Comix International* exploram os novos quadrinhos internacionais de gênero adulto (tendo à frente mais uma vez a ficção científica e o terror). Ou seja, o caso espanhol, embora com atraso, acaba por se parecer mais com o francês do que com o americano, já que os novos desenhistas só trabalham finalmente para dar nova vida a uma indústria moribunda.

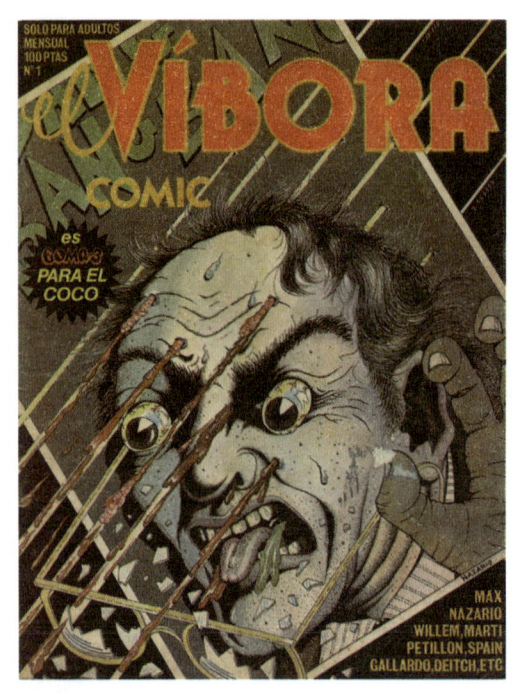

[74] El Víbora 1 (1979), Nazario.

O Japão, como já vimos, tem sua idiossincrasia particular. Os autores de *gekiga*, a corrente mais realista e áspera que durante os anos 1950 havia apresentado desde Osaka uma alternativa à poderosa indústria de Tóquio, foram absorvidos por esta durante os anos 1960. Alguns deles, inclusive, optaram por publicar em revistas experimentais, distanciadas dos grandes títulos comerciais. É o caso de Sanpei Shirato, que leva *Kamui Den* [A lenda de Kamui[34]] para a *Garo* em 1964, ano de início dessa revista. Shirato abandona a *Garo* em 1971, deixando-a com a maior circulação de sua história: 80 mil exemplares[35]. A *Garo*, uma revista de vendas minúsculas em um país onde os principais títulos têm tiragens milionárias, se converteria no centro dos quadrinhos de vanguarda japoneses, cujo marco fundamental é *Nejishiki*[36] (1968) [75], uma HQ de Yoshiharu Tsuge que definiu a tradição dos quadrinhos "para toda uma contracultura", de tal maneira que "a única figura comparável nos quadrinhos ocidentais seria Crumb"[37]. A HQ, uma fábula onírica sobre a desolação do pós-guerra no Japão, abriu as portas para a expressão pessoal no mangá sem as férreas imposições editoriais das grandes revistas. *Sekishoku Elegy* (1971), de Seiichi Hayashi, que também apareceu na *Garo*, é uma verdadeira novela gráfica sobre o amor e a arte protagonizada por um jovem casal e narrada de uma forma oblíqua que recorda os tratamentos experimentais da *nouvelle vague*. Até mesmo Osamu Tezuka, o pai do mangá comercial moderno e a figura mais influente dos quadrinhos no Japão, sentiu-se atraído por esse tipo de HQ artística, e em sua revista COM (1967) publicou a que seria a sua obra mais pessoal (e inacabada), a ambiciosa *Hi no Tori*.

[75] *Nejishiki* (1968), Yoshiharu Tsuge. Reproduzido em *The Comics Journal* 250.

Chikao Shikatori observa que, enquanto "a divisão entre as revistas importantes e as 'outras' revistas estava muito, muito clara nos anos 1980"[38], nos 1990, entretanto, as fronteiras se tornaram indistintas. A incrível capacidade da indústria do mangá para assimilar temas, formatos e linguagens fez com que os achados do comic de vanguarda fossem assumidos cada vez com mais facilidade pelo comic convencional, que foi ampliando seu público até alcançar praticamente a totalidade da população japonesa. Hoje em dia a indústria japonesa oferece tal diversidade de conteúdos e formas que a corrente underground se diluiu quase completamente dentro da corrente principal. Alguns dos autores que poderiam se juntar a essa corrente, como Kiriko Nananan, Kan Takahama ou Suehiro Maruo, imitam as propostas da novela gráfica ocidental.

A decadência dos quadrinhos underground

Os quadrinhos underground americanos não foram concebidos para durar. A necessidade havia impulsionado suas principais figuras para a autoedição ou para as editoras marginais, mas logo seu sucesso atraiu as grandes empresas: revistas de informação geral, editoras literárias e produtoras de Hollywood à frente. A Crumb bastaram duas experiências com editoras *sérias* como a Ballantine e a Viking para renunciar eternamente às tentações do sistema: "Quanto mais dinheiro está envolvido, maiores as possibilidades de corrupção"[39]. Crumb representava algo mais que uma estética alternativa, representava uma ética alternativa.

> As pessoas me diziam que eu estava "sabotando" minhas possibilidades de ter sucesso, riqueza etc. Eu não entendia. A mim parecia que eu já estava obtendo um sucesso fabuloso! O que mais podia querer? Estava obtendo o reconhecimento sob meus próprios termos – será que isso não era sucesso suficiente? Eu podia continuar desenhando quadrinhos underground, o que significava liberdade artística total, ganhar um dinheiro decente fazendo isso, e ter ainda tempo livre suficiente para manter contato com Spain [Rodriguez], Kim [Deitch] e [S. Clay] Wilson, e ocasionalmente brincar com as garotas bonitas que ficavam impressionadas com minha fama... Para mim isso continuava parecendo um bom negócio![40]

Mas o sucesso de Crumb – prolongado durante as quatro últimas décadas – não era reproduzível mediante uma fórmula. Seu sucesso era o sucesso de um artista individual, e embora outros também o tenham conhecido, especialmente Gilbert Shelton, a maioria dos desenhistas de quadrinhos underground só conseguiu sobreviver enquanto durou a inércia do movimento. Harvey Kurtzman observava que o underground estava condenado à autodestruição, e como prova disso citava uma frase de Shelton: "Se tivermos sucesso, fracassamos. Mas se fracassarmos, tivemos sucesso". Para Kurtzman, "os quadrinistas underground tinham uma filosofia suicida, e os que conheci eram tipos muito frustrados, desgarrados entre o desejo do sucesso material e o desprezo por ele"[41].

Não obstante, os fatores externos influíram de forma decisiva no declive dos quadrinhos underground. Em 1973 o movimento atinge seu apogeu, quando foi realizada a primeira convenção de comix em Berkeley. Mas nesse mesmo ano teve início a sua derrocada. Alguns dos fatores que contribuíram para isso surgiram da dinâmica interna do underground. Bill Griffith, um dos quadrinistas com maior consciência artística, fez uma crítica contra seus próprios companheiros, acomodados à repetição de clichês de terror, fantasia e pornografia, já sem nenhuma intenção irônica. Griffith entendia que o comix devia ser algo mais.

Mais importantes foram os fatores externos: por um lado, uma saturação de títulos não vendidos ameaçava a estabilidade das lojas que os ofereciam devido ao sistema de distribuição sem devoluções. Então ocorreu uma sentença histórica por parte do Supremo Tribunal dos Estados Unidos, declarando que a obscenidade estava submetida aos "critérios da comunidade", o que colocava nas mãos das autoridades locais a possibilidade de perseguir tudo aquilo que se alijasse dos padrões morais aceitos em seu âmbito de atuação. Isso fez com que as *head shops*, que haviam sido objeto frequente de denúncias, aumentassem sua cautela e se desligassem de muitos comix que, por seu elevado conteúdo erótico e por sua pertinaz associação ao público infantil, tornavam-nas especialmente vulneráveis à intervenção judicial[42].

O comix começou a enfraquecer e a perder vitalidade, como quase todos os movimentos contestatórios juvenis dos anos 1960. A crise energética de 1973 havia aplicado um duro golpe no idealismo do *flower power*, e a saída dos Estados Unidos do Vietnã em 1975 acabou por privar os movimentos revolucionários de um objetivo contra o qual se rebelar. Retirava-se o amor livre e retornavam a apatia, a conformidade e a rotina anódina.

Em meados da década, os quadrinhos underground já estavam assimilados e começavam a se transformar em um *gênero*. O filme de animação de *Fritz the Cat* (1972), dirigido por Ralph Bakshi – o qual Crumb renegaria por toda a sua vida –, havia obtido um enorme sucesso nos cinemas, o que era ainda mais surpreendente por ter sido classificado como X (para maiores de dezoito anos). O underground já não estava mais à sombra, à margem ou na clandestinidade; estava exposto aos olhos do público consumidor junto com todos os demais produtos. Pode ser que o sucesso mais significativo desse processo de assimilação tenha sido o lançamento da coleção *Comix Book* pela Marvel em 1974. Dirigida por Denis Kitchen, incluía HQs de Art Spiegelman, Skip Williamson e Howard Cruse, entre outros. Crumb se negou peremptoriamente a participar. Stan Lee, diretor editorial da Marvel, achava que nos anos 1970 sua empresa devia ampliar a oferta além dos super-heróis, e, da mesma maneira que experimentava quadrinhos de artes marciais, fantasia heroica ou terror, decidiu encobrir o fantasma do underground.

O canto do cisne do underground foi a *Arcade*, uma revista dirigida por Bill Griffith e Art Spiegelman – sem dúvida, os mais inquietos de todo o grupo –, que pretendia oferecer uma visão mais ampla dos quadrinhos artísticos gerados pelo underground e ao mesmo tempo recuperar o passado, "desde *Little Nemo* até as Bíblias de Tijuana"[43]. Em sua proposta, a *Arcade* antecipa em grande medida a *Raw*, dirigida novamente por Art Spiegelman, nessa ocasião de Nova York, que nos anos 1980 será um dos pilares sobre o qual se erguerão os quadrinhos alternativos. Entretanto, a proposta da *Arcade* foi equivocada. Enquanto a *Raw* só aspirava a ser uma revista minoritária e influente para uma elite, uma espécie de comando guerrilheiro de vanguarda, a *Arcade* quis abrir guerra nas bancas contra as revistas satíricas de distribuição nacional e fracassou. Seus sete números foram a última grande aventura do underground. Na segunda metade dos anos 1970, HQs como *Sabre* (1978), de Don McGregor e Paul Gulacy, um thriller de ficção científica com nus, anunciavam a chegada de um novo período em que um público não infantil tinha acesso a histórias em quadrinhos que transgrediam as limitações do *Comics Code*, mas não as dos gêneros tradicionais. O "underground" se tornou então um estilo que só sobrevivia nas páginas dos poucos veteranos da era dourada do comix que continuavam ativos individualmente. Mas das cinzas desses quadrinhos underground nasceriam os quadrinhos alternativos.

4 – OS QUADRINHOS ALTERNATIVOS: 1980-2000

> *Os quadrinhos alternativos oscilam entre duas posições: o punk e o comissário da exposição, por assim dizer*[1].
>
> Charles Hatfield

Um novo circuito

No final dos anos 1970, os quadrinhos underground corriam o risco de serem recordados apenas como o movimento de cujo seio saiu Robert Crumb, um chocante ambiente propício para explicar os primeiros passos de um gênio singular dos quadrinhos. De todos os desenhistas originais do underground, ele era o único que mantinha uma atividade visível e relevante. A primeira geração de desenhistas de comix não havia tido relevo. Como disse Spiegelman em 1979, "as pessoas que abriram o caminho em 1967, 1968, 1969, eu inclusive, ainda continuam aparecendo nos quadrinhos underground", o que fazia com que, infelizmente, não fossem "um lugar para sangue novo"[2]. A falta de relevo geracional, unida ao esgotamento do círculo de distribuição alternativo e ao próprio declínio do ecossistema contracultural, havia deixado os quadrinhos underground, se não mortos, à beira do coma.

Mas os quadrinhos comerciais também enfrentavam sérias dificuldades. O lento declive que tinham sofrido as vendas de quadrinhos de super-heróis desde o início da década havia se agravado na segunda metade dela. Em 1978 ocorreu a chamada "implosão" da DC, em que a principal empresa editorial encerrou de repente dezenas de coleções, limitando-se a uma oferta mínima. A revista em quadrinhos parecia incapaz de competir nas bancas, e a velha profecia do fim da indústria finalmente ameaçava se cumprir. O salva-vidas do negócio foi um novo circuito de vendas e distribuição, que viria a ser conhecido como o *direct market*[3].

As revistas em quadrinhos eram vendidas tradicionalmente da mesma maneira que a imprensa geral, sendo distribuídas em consignação às bancas, supermercados e lojas de guloseimas, de forma indiscriminada. O vendedor não podia pedir mais cópias das coleções que eram mais vendidas, nem menos daquelas menos vendidas. Isso fazia com que alguns títulos se esgotassem ao chegar a uma quantia que nunca podiam superar, enquanto outros tinham devoluções maciças. De todo modo, os gibis eram tão baratos que suas vendas pouco interessavam aos donos das bancas, já que a margem de lucro que proporcionavam era muito pequena. Eram simplesmente um complemento, e às vezes eram utilizados para forrar os fardos de revistas mais valiosas e assim protegê-las de danos durante o transporte. "Por que se fazia assim?", perguntava-se Phil Seuling, que seria uma figura-chave para a implantação do *direct market*. "Porque é assim que são vendidos os jornais, e as revistas em quadrinhos são um derivado dos jornais. Nunca foram consideradas nada mais além disso. Portanto, a forma como as revistas em quadrinhos eram vendidas era a forma como eram vendidos os jornais"[4].

Os quadrinhos underground já haviam demonstrado que era possível obter benefícios com um sistema alternativo, distribuindo os gibis por meio de livrarias especializadas, sob encomenda e sem devolução. Desde os anos 1960 produzia-se uma progressiva consolidação do *fandom*, que havia começado a se infiltrar nas editoras profissionais. Se o *fandom* original, o dos *pulps* de ficção científica e fantasia dos anos 1920 e 1930, havia proporcionado alguns dos profissionais que dariam forma ao comic book durante décadas, como Julius Schwartz ou Mort Weisinger, que seriam decisivos para moldar o destino de Batman e Superman, nos anos 1950 surgiu um segundo *fandom* em torno da EC, que estimulou a inter-relação entre seus leitores por meio das seções de cartas e de um fã-clube. Stan Lee retomou essa ideia na Marvel dos anos 1960, publicando os endereços dos leitores que escreviam cartas, o que permitia o contato direto entre eles e, ainda, que se gerasse uma "cultura Marvel". Foi também durante essa época que fãs dos quadrinhos começaram a ter acesso às editoras, como Roy Thomas, que seria o braço direito de Lee durante anos e que, desde o início da década de 1960, publicava seu próprio fanzine, *Alter Ego*[5], sobre a história dos super-heróis. Esse grupo de aficionados conscientes da história do meio criaria a base de colecionadores sérios de quadrinhos que já se faria notar nos anos 1970. Os colecionadores trocavam gibis antigos, que com frequência estavam à venda em lojas que comercializavam quadrinhos underground. Algumas dessas lojas foram deslocando seu interesse para os quadrinhos em geral, de maneira que nelas era possível encontrar os últimos títulos underground junto com comic books de segunda mão (na verdade, foi assim que os autores underground mais jovens, como Rory Hayes, puderam descobrir a EC que lhes serviria de inspiração). A coincidência dos colecionadores de comic books e do circuito de comix deu lugar ao crescimento e à difusão de uma rede de livrarias especializadas em quadrinhos por todos os Estados Unidos[6]. A mescla desses estranhos elementos traria consequências para cada um deles em separado.

Phil Seuling foi um dos primeiros que conseguiram convencer as grandes editoras – Marvel e DC, principalmente – de que o circuito de distribuição em lojas era uma via possível para salvar o negócio em declínio. Com o *direct market*, as editoras economizavam o gasto das devoluções: imprimiam apenas o que as lojas lhes pediam, e esses exemplares não tinham devolução. O risco passava do editor ao livreiro, liberando o editor para experimentar quadrinhos menos convencionais, mas ao mesmo tempo convertendo o livreiro no verdadeiro filtro do mercado e de suas tendências. A vantagem para o livreiro era a possibilidade de administrar o material segundo o seu critério – apenas recebia aquilo que pedia, e podia conseguir descontos maiores; o inconveniente era que os títulos não vendidos ficavam por sua conta e se acumulavam em suas estantes ocupando um espaço valioso.

O mercado direto se mostrou rentável e salvou o comic book, mas ao fazê-lo mudou definitivamente a sua fisionomia. Ao longo dos anos 1980, o novo circuito deixou de ser um complemento à distribuição tradicional para se converter no principal sustento das editoras. Isso fez com que o material fosse produzido cada vez mais deliberadamente para o público das livrarias especializadas, que era um público extremamente fiel – colecionadores –, mas ao mesmo tempo muito exigente. Os comic books se tornaram cada vez mais autorreferenciais, esotéricos e herméticos para o leitor ocasional, e começaram a se dirigir a um público cada vez mais velho. Não que os comics tenham se tornado mais adultos, mas se viram obrigados a crescer com seus compradores, que não abandonavam a "mania" de colecionar gibis, de maneira que um comprador do *Homem-Aranha* de 13 anos continuava comprando-o aos 35 e, embora esperasse que tudo continuasse igual, também esperava que o material variasse o suficiente para manter o seu interesse com o passar dos anos. Foram esses "fãs veteranos" que ditaram a evolução criativa dos comics e, cada vez mais, foram outros fãs veteranos que produziriam os comics que liam. Resumindo, para sobreviver no mercado direto, as editoras se viram obrigadas a atender às necessidades do seu grupo de seguidores mais entusiasta, isolando-se cada vez mais do mundo exterior. Conseguiram evitar a morte, mas ficaram restritas.

O redirecionamento para o núcleo de fãs teve uma consequência importante para o desenvolvimento da narrativa nos quadrinhos que ajudaria a preparar o terreno para a novela gráfica. Uma das fórmulas de publicação que os editores experimentaram para sobreviver à crise em uma economia defensiva foi a "série limitada" ou "minissérie". A primeira foi publicada pela DC em 1979 (*World of Krypton*[7]) e teve três números. A série limitada se diferencia das coleções normais de comic books por não nascer com duração indefinida, mas com um final fechado. Embora as histórias que abarcam diferentes números de uma coleção existissem desde os anos 1940, esse conceito era novo, porque a série limitada era concebida como uma história completa e terminada, independente de suas vendas. Ainda que uma série limitada tivesse sucesso, ela acabava no número previsto; caso fracassasse, de todo modo chegaria a se completar, sem ser cancelada antes do final. Cada série limitada costumava contar uma história completa dividida em capítulos (o padrão mínimo foi estabelecido em quatro, e o máximo, em doze), o que ajudou a consolidar o conceito de "relato longo" entre um público leitor acostumado à narrativa seriada sem princípio nem fim. Com a consolidação do *direct market*, as séries limitadas se converteram no material perfeito para ser recopilado em tomos, e constituíram um dos elementos fundamentais na primeira expansão da novela gráfica, com a chamada "geração de 1986". Como veremos mais adiante, junto com *Maus*, de Art Spiegelman, os dois títulos que monopolizaram o foco naquele momento foram *Watchmen*, de Alan Moore e Dave Gibbons, e *Batman. The Dark Knight Returns* [*Batman. O cavaleiro das trevas*], de Frank Miller e Klaus Janson. Ambos eram gibis de super-heróis que foram publicados pela DC como minisséries.

4 — Os quadrinhos alternativos: 1980-2000

A aproximação do comic book convencional do circuito de vendas dos quadrinhos underground também ajudou de certa maneira a alterar a consciência do primeiro. Alguns elementos da filosofia do underground, como o reconhecimento dos direitos autorais e o culto à figura do criador, começaram a ser introduzidos nas grandes editoras. Os escândalos devido ao tratamento dado às figuras do passado acabaram mudando o comportamento das editoras. Durante os anos 1970, uma campanha da imprensa por parte dos desenhistas do momento fez com que a DC finalmente reconhecesse alguns direitos de Jerry Siegel e Joe Shuster – que se encontravam em uma situação econômica e de saúde muito precária – como criadores do Superman, justamente quando o maquinário de Hollywood havia se articulado para promover a grande superprodução baseada no personagem que Christopher Reeve protagonizaria em 1978. Nos anos 1980, foi a revista de crítica *The Comics Journal* que liderou um protesto contra a Marvel para que devolvesse suas páginas originais a Jack Kirby, que havia sido o principal desenhista da editora quando lançou seus novos super-heróis no início da década de 1960. Como consequência de tudo isso, a partir dos anos 1970, a Marvel e a DC começam a pagar royalties aos roteiristas e desenhistas, e inclusive publicam coleções que se mantêm como propriedade de seus criadores, que podem, portanto, continuar publicando em outras editoras quando lhes for conveniente. O conceito de autoria, nascido com os quadrinhos underground, já estava sendo assimilado pelos quadrinhos comerciais, apesar da complicação de adaptá-lo para um entorno em que a maioria dos quadrinistas trabalhava com personagens de propriedade da editora, que haviam sido desenvolvidos coletivamente ao longo de décadas.

Mas se o *direct market* teve consequências significativas para o negócio dos quadrinhos comerciais, foi ainda mais importante para a continuação dos quadrinhos adultos além dos comix. O *direct market* abriu a possibilidade de se editar comic books que tivessem uma distribuição comercial fora das bancas e, mais que isso, que nem sequer tivessem de ser vendidos em bancas. Assim, enquanto as grandes editoras mantinham um circuito duplo – vigente até hoje – que incluía bancas e livrarias especializadas, ou seja, mercado maciço e *direct market*, um grupo de novas editoras pequenas pôde se introduzir na venda exclusiva a livrarias. Essas novas empresas tiveram seu apogeu a partir do início dos anos 1980, e foram conhecidas como "independentes" ou "alternativas". Os dois termos eram usados em oposição às grandes, Marvel e DC. "Independente" significava que não dependia economicamente das grandes, mas não implicava diferenças com elas quanto aos objetivos artísticos ou comerciais. "Alternativo" significava que ofereciam um material distinto daquele oferecido pelas grandes, mas às vezes as diferenças se limitavam a questões de censura (nos anos 1980 ainda continuava vigendo o *Comics Code*, reformado) ou de propriedade do copyright, pois as editoras independentes ou alternativas ofereciam um tipo de quadrinhos muito parecido com o das grandes, às vezes até realizado pelos mesmos autores. Talvez o exemplo mais significativo seja o da Pacific, que chegou a editar quadrinhos de Jack Kirby, o desenhista que havia engrandecido a Marvel e que era um mito dos quadrinhos de super-heróis.

Mas ao mesmo tempo que surgem essas editoras "alternativas" que poderiam melhor se chamar "sucedâneas", abriu-se a porta para que surgissem outras pequenas empresas que publicaram revistas em quadrinhos que apresentavam conteúdos e formas realmente "alternativas" aos hegemônicos. Essas editoras exibiam uma clara continuidade espiritual com os quadrinhos underground, embora muitos de seus autores pertencessem a gerações mais jovens e de estética distinta. Seus gibis eram vendidos em livrarias especializadas, com os da Marvel, da DC e das outras "independentes" que as imitavam, o que as obrigou a adotar muitas das formas e fórmulas do comic book comercial – começando, certamente, com o mesmo formato do comic book – e a se definirem como um gênero que, se não tinha algumas características homogêneas, pelo menos podia se distinguir como claramente *distinto* dos super-heróis dominantes. A mais importante dessas editoras seria a Fantagraphics, que publicava *The Comics Journal*, uma revista de crítica e informação de quadrinhos, e que começaria a publicar uma coleção intitulada *Love and Rockets* que, junto com as revistas *Raw*, de Art Spiegelman e Françoise Mouly, e *Weirdo*, de Robert Crumb, definiria o marco em que iria se produzir a transformação dos quadrinhos underground em quadrinhos alternativos, a antessala da novela gráfica.

Raw, Weirdo, "Love and Rockets: o cérebro, as vísceras e o coração dos quadrinhos alternativos

Depois da frustrante experiência da *Arcade* (1975-1976) junto com Bill Griffith, Art Spiegelman jurou nunca mais dirigir nenhuma revista. Com o declínio da cultura hippie da Costa Oeste, voltou para Nova York, onde conheceria Françoise Mouly, uma estudante francesa de arquitetura que havia tirado um ano sabático. Mouly, que acabaria se casando e formando uma família com Spiegelman, descobriu em Nova York sua paixão pelas artes gráficas, e convenceu o desenhista a fazerem uma nova tentativa de lançar uma revista de quadrinhos de vanguarda. Mas *Raw* [76], o nome escolhido para a revista, não seria uma continuação da *Arcade* nem dos comix. Ao contrário, *Raw* se apresentou como uma forma de fazer algo "que *não fossem* quadrinhos underground"[8], segundo as palavras do próprio Spiegelman. Ao contrário de *Arcade*, que aspirava a converter o underground em um produto para o grande público, a *Raw* teve vocação voluntariamente minoritária, e sua aspiração era a de ser uma revista de elite que atingisse um público reduzido, porém seleto, e que exercesse assim sua influência de cima para baixo, invertendo o sentido que os quadrinhos historicamente haviam seguido. "Não sei como funcionam as coisas na era eletrônica – diria Spiegelman –, mas é assim que eu gostaria de chegar a um público maciço. Se só tivéssemos 5 mil leitores, mas que fossem os 5 mil leitores certos, seria genial"[9]. Em seu afã para se diferenciar do underground – algo facilitado pelo afastamento da Costa Oeste –, *Raw* evitou os grandes nomes do comix e, em vez deles, escolheu jovens desconhecidos que mostrassem novas inquietações estéticas. Completamente distintos entre si, Charles Burns, Mark Newgarden, Ben Katchor, Mark Beyer, Kaz, Chris Ware ou Gary Panter só coincidiam em seu interesse pela experimentação gráfica e por seu repúdio – institucionalizado pela revista – aos gêneros que haviam associado os quadrinhos à cultura juvenil e de consumo: a fantasia, a ficção científica, os super-heróis... Talvez seja Gary Panter [77] a figura que melhor exemplificava essa nova estética. Iniciado nas revistas punk de Los Angeles, Panter era mais um ilustrador e um desenhista do que um quadrinista. Seu traço cru e antiprofissional era raivosamente atual. Apesar de suas citações de alguns personagens da tradição dos quadrinhos clássicos que venerava, cada requadro seu era um manifesto contra o conformismo endogâmico dos quadrinhos comerciais. Panter era, antes de tudo, o rosto de algo novo, e era um rosto agressivo e desconcertante.

[76] *Raw* 1 (1980), Art Spiegelman.

Na *Raw*, os quadrinhos eram uma das Belas Artes, e o eram não só pelos desenhos, mas pela maneira com que brincavam com a própria forma dos quadrinhos, como praticamente não se havia feito desde as páginas mais arriscadas dos pioneiros dos quadrinhos americanos, com McCay e Herriman à frente. Certamente, os desenhistas da *Raw* exerciam essa prática como uma ferramenta de reflexão sobre o meio de forma muito mais deliberada que seus antepassados. Poderíamos dizer que aplicavam um tratamento irônico e *pós-moderno* às histórias em quadrinhos. A própria revista adotou muitos subtítulos, mas na maioria deles estava incluída a fórmula "*Graphix Magazine*", que enfatizava mais os aspectos visuais do que os literários das histórias.

Junto à vocação para descobrir novos valores e ao olhar experimental, a *Raw* acrescentou dois elementos que seriam fundamentais para o futuro dos quadrinhos alternativos e que são ainda mais relevantes no panorama atual da novela gráfica: a vontade de internacionalização e o olhar para o passado.

Mouly e Spiegelman haviam viajado pela Europa (também iriam ao Japão) e entrado em contato com os quadrinistas mais vanguardistas da Holanda, Bélgica, França e Espanha. Assim, na *Raw* abriram-se as portas para autores internacionais, como os argentinos Muñoz e Sampayo, os espanhóis Mariscal e Martí, o congolês Cheri Samba, os franceses Tardi e Loustal, o italiano Mattoti, o holandês Joost Swarte ou o japonês Yoshiharu Tsuge. Era a primeira vez que uma revista americana

4 – Os quadrinhos alternativos: 1980-2000

mostrava um perfil tão internacional, e esses vínculos estabelecidos entre os autores, além das fronteiras, criariam um espaço compartilhado que alcançou sua plenitude nos últimos anos, com movimentos como a franco-japonesa *nouvelle manga*. Hoje em dia é mais apropriado relacionar os quadrinistas por afinidades estéticas ou temáticas do que por sua localização nacional.

[77] *Jimbo. Adventures in Paradise* (1988), Gary Panter.

A volta para o passado foi outro traço dos mais importantes para construir a identidade atual da novela gráfica. Como dizíamos, a redescoberta da tradição adulta, às vezes escondida embaixo de nosso nariz, às vezes resgatada dos escombros do lixo comercial, foi fundamental para dotar de ferramentas os autores que queriam contar coisas que escapavam aos recursos dos quadrinhos de ação juvenis. Isso permitiu o resgate em reedições cada vez melhores dos clássicos dos quadrinhos, mas ao mesmo tempo essas reedições foram impulsionadas pelo interesse das novas gerações de desenhistas em buscar exemplos válidos para suas próprias indagações. Spiegelman e Griffith já haviam dedicado um espaço ao passado em *Arcade*, mas a *Raw* não se limitou a recuperar páginas dos nomes consagrados – embora bastante esquecidos no início dos anos 1980 –, como Winsor McCay, George Herriman ou Gustave Doré, mas acrescentou a descoberta de desenhistas extravagantes e ignotos, como Fletcher Hanks ou Boody Rogers, os quais consagrou como "artistas marginais" da tradição do comic book. Não é de estranhar que também Henry Darger, um dos mais extraordinários desenhistas *outsider*, tivesse o seu espaço em *Raw*. A tentativa de sugerir um parentesco era deliberada.

Como último traço diferenciador dos "quadrinhos como cultura de massas", a *Raw* ofereceu em cada número algum elemento artesanal, feito à mão. O mais chamativo foi sem dúvida o canto da capa arrancado à mão no número 7 (1985), mas também incluiu etiquetas adesivas e outros objetos que revelavam uma manipulação individual da revista e, portanto, a redescobria como objeto material, e não como mero suporte invisível de uma simulação desenhada. Ou seja, o importante não eram apenas os desenhos, mas também as páginas nas quais estavam inscritos.

Quando a personalidade da *Raw* estava claramente estabelecida e diferenciada dos quadrinhos underground, chegou o momento de abrir suas páginas aos melhores sobreviventes dos anos 1960: Robert Crumb, certamente, mas também Kim Deitch ou Justin Green. Assim, finalmente, a *Raw* completava seu mapa dos quadrinhos adultos, juntando os pioneiros com a nova geração alternativa: todos tinham seu próprio estilo e, ao mesmo tempo, todos estavam inseridos num mesmo projeto que consistia em mudar o papel dos quadrinhos na sociedade, liberá-los da escravidão da produção industrial.

Raw teve duas etapas, e é significativa a mudança que se operou entre uma e outra, já que há uma correlação entre o formato e a responsabilidade editorial de cada uma delas. A primeira etapa (números 1-8, 1980-1986), publicada por Mouly e Spiegelman, foi a etapa de *"Graphix Magazine"*, com formato magazine, tamanho que favorecia os quadrinhos visualmente potentes. Ao mesmo tempo, foi nesses números que se publicou por capítulos – como um caderninho inserido – a primeira parte de *Maus*, a novela gráfica de Spiegelman. Embora *Maus*, com sua sobriedade gráfica e sua densidade literária, fosse uma raridade no conjunto da primeira etapa da *Raw*, ela causou tal efeito que acabaria sendo mais identificada com a revista do que qualquer outro material (salvo talvez as páginas de Gary Panter). Assim, quando a *Raw* iniciou seu segundo volume (números 1-3, 1989-1991), dessa vez publicada pela editora literária Penguin, o formato mudou para o de livro de bolso, de menor tamanho e maior número de páginas, mostrando o traslado da cultura visual para a cultura textual. Se a primeira *Raw* havia se apresentado como uma demonstração de que os quadrinhos são arte, *Maus* acabou demonstrando que eram literatura. O subtítulo do número três desse segundo volume seria significativo: *"High Culture for Lowbrows"* [Alta cultura para baixos intelectos].

Certamente, a posição vanguardista da *Raw* era demasiado fria e experimental para muitos, inclusive entre aqueles que acreditavam nos quadrinhos como meio de expressão adulto. É o caso de Robert Crumb, que diria que a *Raw* era "muito artística para mim"[10]. Crumb, que, como vimos, havia se sentido incomodado por seus companheiros underground que passaram pelas faculdades de Belas Artes, tinha em mente outro modelo de revista, e se lançaria como diretor da *Weirdo* [78] na primavera de 1981. Assim ele descrevia sua inspiração para esse título:

> Eu estava, certo dia, realizando meus exercícios diários de meditação quando explodiu diante de mim a visão dessa revista louca e absurda em toda a sua essência infame, vagabunda e burra, uma mescla estilística das antigas "revistas de piada" dos anos 1940 e 1950 que combinavam piadas e caricaturas, das primeiras *Mad* de Kurtzman e seu *Humbug*, e seus mais vis imitadores, e dos fanzines punk autoeditados da época[11].

Mais uma vez com suas citações diretas à escola de Kurtzman, Crumb criou uma revista que remetia mais obviamente à estética dos quadrinhos underground do que a *Raw*; mas a semelhança se devia, sobretudo, ao fato de Crumb ser a imagem mais reconhecível da *Weirdo*, e também a imagem mais reconhecível dos comix.

A NOVELA GRÁFICA

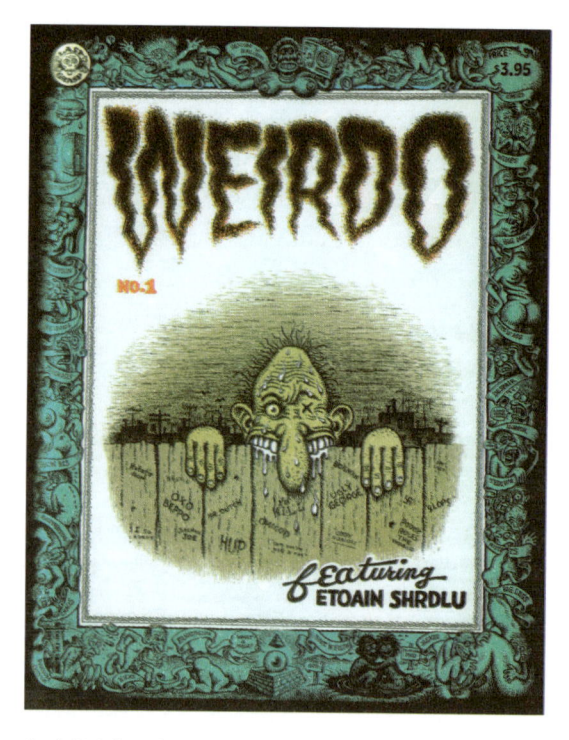

[78] *Weirdo* 1 (1981), Robert Crumb.

A *Weirdo* (publicada pela Last Gasp, um dos selos clássicos do underground) era mais um produto das obsessões do que das reflexões de Crumb, que, às portas da maturidade (tinha 38 anos ao iniciar a revista), já era aceito como um dos personagens mais idiossincráticos dos quadrinhos em todo o mundo. Só a ele seria admitido publicar fotonovelas sensuais, nas quais se apresentava como um bufão lúbrico junto com jovens modelos fiéis ao seu específico cânone de beleza. Essa extravagância desapareceu da *Weirdo* quando Crumb deixou de editar a revista, que a partir do número 10 (1983) passou às mãos de uma de suas maiores descobertas, Peter Bagge. Este havia começado na *Punk Magazine*, mas passou a ser conhecido com a *Weirdo*. Posteriormente, suas séries *Neat Stuff* (1985-1989) e *Hate* (1990-1998), ambas publicadas pela Fantagraphics, iriam convertê-lo em um dos grandes astros dos quadrinhos alternativos. Bagge era o elo perdido entre o underground e o punk: seu estilo de caricatura excessiva e sua crítica social contemporânea assemelhavam-no a Crumb, cujos ensinamentos aplicou à geração X. Como Crumb, ele se sentia mais um profissional do ramo do entretenimento do que um artista, e foi isso que distinguiu principalmente a *Weirdo* da *Raw*. Embora as duas revistas compartilhassem muitos autores, a perspectiva da *Weirdo* sempre esteve mais próxima de reconhecer de onde vinha a HQ do que a de *Raw*, que estava mais interessada em averiguar para onde ela ia. O enfrentamento de ambas resultava artificioso: mais do que competir, os dois títulos se complementavam.

A última etapa da *Weirdo* foi editada por Aline Kominsky-Crumb (números 18-28, 1993) e enfatizava as mulheres quadrinistas, retomando um pouco a linha reivindicativa dos *Wimmen's Comix* de Trina Robbins. Julie Doucet, Carol Lay, Mary Fleener ou Phoebe Gloeckner estavam acompanhadas de grandes figuras recuperadas do underground, como Spain Rodriguez. A ida dos Crumb (Robert, Aline e Sophie, sua filha, também desenhista) para a França, onde residem até hoje, acabou facilitando uma perspectiva internacional do último número da *Weirdo*, que por fim a aproximava ainda mais da *Raw*.

Embora a *Raw* e a *Weirdo* tenham definido em grande medida o horizonte estético dos anos 1980 e atualizado a herança underground, vinculando-a diretamente às novas gerações de desenhistas americanos e ao panorama internacional, foi outra publicação que serviu de primeiro modelo para os novos quadrinhos alternativos. A *Raw* e a *Weirdo* eram antologias de autores diversos em formato de revista, mas o suporte que permitiria prosperar a nova HQ alternativa seria o comic book em preto e branco de autor único. A *Love and Rockets* (Fantagraphics) abriria o caminho.

Publicado pela primeira vez como fanzine em 1981, a *Love and Rockets* [79] surgiria como série profissional no ano seguinte. Tratava-se de um comic book de lombada canoa, em preto e branco, com tamanho um pouco maior que o habitual, e seu conteúdo era escrito e desenhado na íntegra pelos irmãos Gilbert, Jaime e Mario Hernandez, este último com um papel secundário. Cada um dos irmãos criava suas próprias histórias, desenvolvendo seus personagens dentro de um universo particular, de tal maneira que, na verdade, a

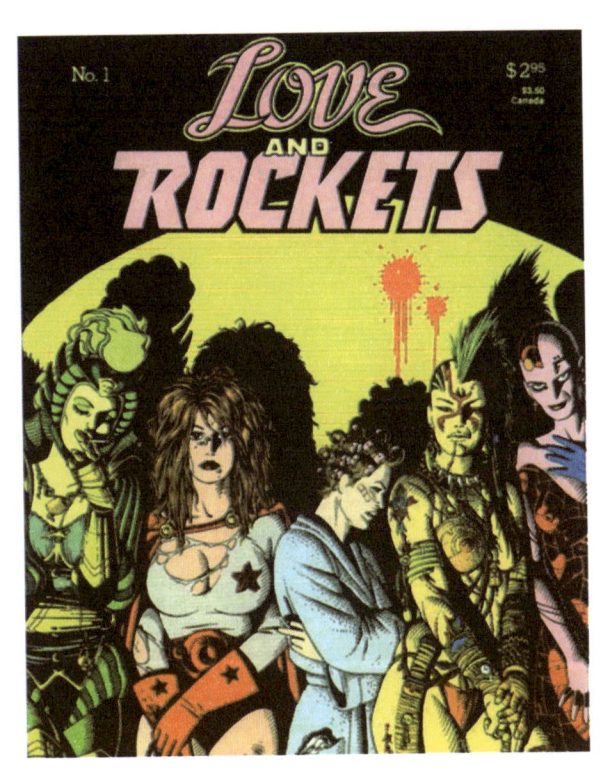

[79] *Love and Rockets* 1 (1982), Jaime Hernandez.

Love and Rockets funcionava como uma revista antológica, mas na qual a participação estava restrita ao trio familiar (e, ocasionalmente, a algum desenhista amigo convidado). Essa limitação fez com que, apesar do seu conteúdo heterogêneo e de seu formato heterodoxo, a *Love and Rockets* fosse vista como o primeiro comic book autoral dos novos quadrinhos alternativos.

A unificação da autoria sob o mote coletivo de "Los Bros" acabou sendo injusta para Gilbert e Jaime. Apesar de seus laços familiares e de alguns pontos em comum – esteticamente, o uso de um preto e branco muito contrastado e expressivo; tematicamente, o gosto pelas narrativas em coro protagonizadas por personagens femininos de forte personalidade –, Gilbert e Jaime desenvolveram dois dos universos imaginários mais ricos e profundos que os quadrinhos haviam apresentado até o momento, e muito distintos entre si.

Gilbert criou o povoado fictício de Palomar [80], "ao sul da fronteira", um vilarejo adormecido em um canto remoto da civilização "onde os homens são homens e as mulheres necessitam de senso de humor". Ali, em torno da potente figura maternal da banhadora de homens Luba, enfatizada por um fálico martelo, Gilbert entrecruzava as histórias de seus habitantes saltando no tempo, mostrando-os a nós como crianças e como adultos, encadeando relatos breves numa colcha de retalhos sem contorno definido. As histórias de Palomar, às vezes arrevesadas como as novelas da televisão, logo ganharam comparações com o realismo mágico de Gabriel García Márquez, uma comparação que foi criticada por Andrés Ibáñez:

> Eu não relacionaria o Beto com o "realismo mágico" de García Márquez, que é um estilo narrativo baseado na redundância e nos exageros da oralidade, mas sim com a arte dos novelistas pós-modernos norte-americanos, com sua elegante concentração, sua sintaxe elusiva e sua oblíqua e hermética fragmentação da informação[12].

4 – Os quadrinhos alternativos: 1980-2000

[80] "Chelo's Burden" (1996), Gilbert Hernandez.

Jaime, por sua vez, conta na saga que foi assumindo o nome geral de "Locas" [81] a história de Maggie e Hopey, duas adolescentes que vivem a vida dos clubes noturnos e dos concertos na época da explosão do punk em Los Angeles. Seu bairro, Hoppers 13, é a versão urbana da Palomar de Gilbert: um "buraco" às margens da sociedade que funciona como um microcosmo com sua própria história autônoma.

[81] "Locas 8:01 a.m." (1986), Jaime Hernandez.

4 – Os quadrinhos alternativos: 1980-2000

Gilbert e Jaime ampliaram seu catálogo de histórias ao longo dos anos – especialmente Gilbert, o mais dado à experimentação, embora esta o leve a incursões nos quadrinhos comerciais das grandes editoras ou ao gênero pornográfico –, mas não deixaram de continuar suas histórias de "Palomar" (ou dos personagens de Palomar, já fora do povoado) e de "Locas", convertidas em vastíssimos novelões que, em sua própria imensidade, parecem uma representação da própria vida em escala natural. Em 1996 fecharam o primeiro volume da *Love and Rockets* ao chegar ao número 50, mas posteriormente reabriram a série em duas ocasiões, sendo a última em 2008.

Os irmãos Hernandez trouxeram aos quadrinhos alternativos algo que nem a *Raw* nem a *Weirdo* podiam oferecer: a combinação genética de duas escolas de quadrinhos que pareciam irremediavelmente contraditórias, a dos quadrinhos convencionais e a dos underground. Para Gilbert e Jaime, Steve Ditko e Jack Kirby – os arquitetos da Marvel –, ou Hank Ketcham – criador de *Dennis, o pimentinha* – e Dan DeCarlo – um dos principais responsáveis por *Archie* – eram tão importantes quanto Robert Crumb ou Spain Rodriguez. Leram uns aos outros com a mesma paixão, e se assimilaram de forma natural e não contraditória. O resultado final foram histórias intensamente pessoais, verdadeiras obras *autorais* escritas com o mesmo léxico que os gibis tradicionais, mas com uma sintaxe nova. Com Gilbert e Jaime Hernandez, os quadrinhos alternativos se apresentavam de uma forma completamente distinta e nova: já não eram marginais como os underground, já não eram inacessíveis como os de vanguarda. Eram, ao contrário, um tipo de HQ livre, que havia assimilado todas as correntes anteriores, e que só pretendia *contar histórias*. Mas seriam os autores que decidiriam quais histórias seriam contadas, não os diretores das editoras. De Los Bros emana uma das mais caudalosas correntes da novela gráfica atual.

Com a *Raw*, os quadrinhos alternativos já tinham cérebro; com a *Weirdo*, conseguiram as entranhas; o coração acabava de ser colocado pela *Love and Rockets*.

O comic book alternativo: um corpo estranho

Ao longo dos anos 1980 e 1990, na esteira da *Love and Rockets*, os quadrinhos alternativos cresceram sobre o suporte do comic book em preto e branco. Os títulos dos novos autores fizeram seu nicho nas livrarias especializadas, entre a massa de lançamentos da Marvel, da DC e das novas "independentes", o que os limitou praticamente a um público marginal, formado por aficionados dos super-heróis e dos quadrinhos em geral que tiveram inquietações mais amplas. Mas a partir de uma comic shop era muito difícil ter acesso a um público adulto geral que não fosse previamente aficionado dos quadrinhos.

Depois da *Love and Rockets*, os primeiros comic books alternativos a fazerem sucesso foram os de Peter Bagge e Daniel Clowes (que, na verdade, havia estreado com uma história curta como convidado na *Love and Rockets*). Bagge, que tinha uma vocação satírica semelhante à de Crumb, mas também com o que seriam *Os Simpsons* de Matt Groening, com sua visão ácida das instituições familiares e sociais americanas, criou um nome na *Weirdo*, como vimos, mas depois lançou a *Neat Stuff* (1985-1989) e, posteriormente, *Hate* [Ódio[13]] (1990-1998), que alcançou os trinta números e se converteu em um dos sucessos de venda dos quadrinhos autorais dos anos 1990. Clowes, por sua vez, iniciaria a carreira que o levou a se converter na atualidade em um dos dois ou três novelistas gráficos mais respeitados com *Lloyd Llewellyn* (1986-1987), uma fantasia humorística pop baseada na estética decadente dos bares de coquetéis dos anos 1950 e 1960. Em 1989 lançou a *Eightball*, na qual publicaria histórias curtas de todo tipo e estilo, e também amadureceria o seu estilo e serializaria suas novelas gráficas mais importantes, desde *Like a Velvet Glove Cast in Iron* [Como uma luva de veludo moldada em ferro[14]] até *Ice Haven*. O último número de *Eightball* (23) foi publicado em 2004.

Com Bagge, Clowes e, certamente, Los Bros Hernandez como referência, autores de toda a América do Norte começaram a publicar seus próprios quadrinhos, muitos deles na seminal Fantagraphics, seguida de perto pela canadense Drawn & Quarterly. Embora também existissem as antologias, estas tiveram um papel secundário. Em geral, cada nome de autor se relacionava com o nome de uma série em quadrinhos: Chester Brown era *Yummy Fur*; Seth, *Palookaville*; Joe Matt, *Peepshow*; Julie Doucet, *Dirty Plotte*; Roberta Gregory, *Naughty Bits*; Charles Burns, *Black Hole*[15]; Eddie Campbell, *Bacchus*; David Mazzucchelli, *Rubber Blanket*; Chris Ware, *Acme Novelty Library*; Adrian Tomine, *Optic Nerve*, e até mesmo o veterano Robert Crumb se somou à onda com *Self-Loathing Comics* e *Mystic Funnies*.

Mas o comic book foi um formato de sobrevivência, inadequado, na verdade, para os objetivos que os desenhistas alternativos propunham. Embora muitos tenham iniciado com breves HQs satíricas, logo a ambição de desenvolver relatos

4 – Os quadrinhos alternativos: 1980-2000

mais complexos tropeçou nas limitações do suporte. Certamente nem todos encontraram os mesmos inconvenientes. Peter Bagge desenvolveu uma narração episódica em *Hate* que seguia os modelos do comic book seriado tradicional, de modo que o suporte se ajustava às suas intenções. Os Hernandez utilizavam uma fórmula narrativa elíptica que lhes permitia acumular relatos breves que se teciam em uma "novela da vida" ou "novelário" sem estrutura definida, de modo que o formato de comic book também não parecia contrário ao seu trabalho. Entretanto, quando Gilbert quis contar as origens de Luba em *Río Veneno*, um relato de mais de cem páginas que não era fragmentável e que saltava bruscamente entre o passado e o presente, os leitores que o encontravam fragmentado em cada número da *Love and Rockets* não conseguiram segui-lo. Gilbert foi acusado de ser excessivamente complexo e opaco, e na edição da obra em livro se viu obrigado a acrescentar páginas que esclareciam a história. Nem mesmo ele foi capaz de detectar as deficiências do relato ao publicá-lo à medida que o desenhava.

Daniel Clowes também sofreu com as deficiências do comic book seriado para enfrentar histórias de maior envergadura. Sua primeira história longa, *Como uma luva de veludo moldada em ferro*, era uma odisseia pseudossurrealista que começava onde acabava o *Blue Velvet* [*Veludo azul*] de David Lynch. Foi publicado em capítulos nos números um a dez da *Eightball* (1989-1993) e acabou provocando uma sensação de esgotamento tanto no autor como nos leitores. Para sua próxima história longa, *Mundo Fantasma* (*Eightball* números 11-18, 1993-1997) [82], Clowes optou por uma fórmula distinta, criando capítulos autoconclusivos. Ou seja, criar a aparência de uma série em vez de uma novela gráfica segmentada. Assim, cada número transmitiria a sensação de ser uma unidade narrativa completa. A fórmula funcionou – *Mundo fantasma* é um dos maiores sucessos da carreira de Clowes, somado à sua triunfal adaptação para o cinema, com roteiro coescrito pelo próprio desenhista –, mas à custa de claudicar diante das velhas fórmulas dos quadrinhos convencionais. Em seus esforços seguintes, Clowes tentou de todas as maneiras escapar dessas convenções, mas continuava atado ao comic book. Assim, *David Boring* ocupou apenas três números da *Eightball* (19-21, 1998-2000), mais extensos, sem o acréscimo de nenhuma outra história complementar. Logo a *Eightball* já não se apresentava como uma "revista autoral", mas como fascículos de um livro. Os dois últimos números da *Eightball* voltariam a ser destinados a uma única história: o número 22 (2001), dedicado a *Ice Haven*, e o 23 (2004), a *The Death-Ray*. Ou seja, desde finais dos anos 1990 (quando *Hate*, sua companheira de viagem, já estava concluída), a *Eightball*

A NOVELA GRÁFICA

manifesta a vontade de se desfazer de sua identidade de comic book miscelâneo e se situar como suporte para narrativas mais homogêneas e longas.

[82] *Ghost World* [*Mundo fantasma*] (1997), Daniel Clowes.

4 – OS QUADRINHOS ALTERNATIVOS: 1980-2000

Outros autores já haviam tentado antes utilizar o comic book para serializar exclusivamente uma história longa. Dois casos a se destacar foram os de Charles Burns e Chester Brown, distinguidos como figuras de referência no panorama alternativo. Burns, que procedia de *Raw*, empreendeu um relato de mais de duzentas páginas intitulado *Black Hole*, serializando-o em segmentos em um comic book do mesmo título. O empreendimento resultou em doze números e dez anos, com o que poderíamos dizer que quase perdeu o sentido. Quando Burns iniciou *Black Hole* em 1995, todos os seus contemporâneos publicavam em comic books de lombada canoa; quando o concluiu em 2005, o formato estava em declínio e triunfava a novela gráfica. Nesse meio-tempo, a própria editora original da série (Kitchen Sink) havia desaparecido, e ela teve de ser continuada pela Fantagraphics. O comic book permitiu que Burns realizasse *Black Hole* lentamente ao longo de uma década, mas esses comic books de *Black Hole* não eram na verdade *Black Hole*. A obra só alcançou seu verdadeiro sentido quando foi publicada em um só volume pela Pantheon em 2005. Era uma novela gráfica travestida de comic book.

O caso de Brown com sua ambiciosa *Underwater* foi ainda mais frustrante. Em *Underwater*, Brown se propôs a contar a história de um menino desde o seu nascimento até atingir a idade madura, do ponto de vista do menino. As primeiras páginas, portanto, mostrariam o estado de confusão, desorientação e ausência de articulação linguística próprias de um recém-nascido. O resultado foi um gibi confuso, desorientado e desarticulado que avançava em ritmo lentíssimo, para frustração dos leitores, que iam acumulando pequenos fascículos que não pareciam somar um relato significativo. O comic book, além disso, permitia aos autores improvisar em suas histórias longas à medida que as publicavam. Ao contrário de uma novela gráfica, que é produzida e publicada como uma unidade coerente, o relato longo no comic book nasce como um projeto, mas nunca está terminado antes que sejam publicados os sucessivos números. Esse foi um dos motivos de os planos de Brown terem sido frustrados, a ponto de ele abandonar *Underwater* depois de onze números e quatro anos de trabalho (1994-1997). A obra ficou inacabada.

Ao longo dos anos 1990, com o amadurecimento da primeira geração de alternativos e a tendência de muitos de seus mais destacados representantes de abordar histórias sérias de longa duração, tornava-se cada vez mais evidente que o comic book era inadequado. A novela gráfica era um formato que estava esperando para existir. Entretanto, até quase a virada do século, publicar uma história em quadrinhos séria diretamente como livro era praticamente inimaginável. Will Eisner já o havia tentado, e fracassado.

Will Eisner e Um contrato com Deus

Atualmente está muito ampliada a ideia de que "a primeira novela gráfica" foi A Contract with God [Um contrato com Deus[16]] (1978), de Will Eisner. Esse reconhecimento foi consequência de um processo de canonização de Eisner, que durante os últimos vinte anos foi escolhido para desempenhar o papel de patriarca dos quadrinhos norte-americanos. É significativo que atualmente os dois prêmios mais importantes que a indústria dos quadrinhos nos Estados Unidos concede sejam os prêmios Harvey (em homenagem a Kurtzman) e os prêmios Eisner, instituídos em 1988.

Will Eisner (1917-2005) pertence à geração dos pioneiros dos quadrinhos. Desde o início se caracterizou por unir uma acentuada perspicácia empresarial com uma extraordinária inventiva visual. Com apenas vinte e poucos anos se colocou à frente de uma das *shops* que forneciam material aos primeiros editores de comic books dos anos 1940, junto com Jerry Iger. Mas Eisner, sempre inquieto, logo abandonou o lucrativo negócio para se lançar numa aventura inédita: criar um suplemento inteiro em forma de comic book para vendê-lo aos jornais. Para esse suplemento semanal criou The Spirit, um justiceiro que, obrigado pelo auge dos super-heróis, adotou uma máscara. Eisner teve desde o princípio o controle de suas criações, e conservou sempre os direitos sobre o personagem. *The Spirit* (1940-1952) [83] se converteu em um campo de testes para brincar com as possibilidades expressivas do meio. Com um pé na tradição narrativa cinematográfica e no claro-escuro de Milton Caniff, e outro nos caprichados desenhos de página de Winsor McCay, Eisner e sua equipe (na qual se incluiriam quadrinistas tão brilhantes como Jules Feiffer) ensaiaram todo tipo de soluções insólitas que ainda hoje são modernas. Tem-se dito que *The Spirit* foi o *Cidadão Kane* dos quadrinhos, mas os achados de Eisner foram em muitas ocasiões autônomos, ou em sintonia com o ambiente de experimentação com a narrativa expressionista da sua época, e não meramente devedoras do cinema. Falando precisamente do filme de Orson Welles, Juan Antonio Ramírez indica que a obsessão do cineasta

4 – Os quadrinhos alternativos: 1980-2000

por mostrar os tetos dos cenários em seus filmes "é quase uma marca estilística dos anos 1940: talvez não seja casual a 'coincidência' estética entre esses procedimentos e os insólitos enquadramentos nas HQs de *The Spirit* que Will Eisner desenhou entre 1940 e 1950"[17].

Eisner abandonou o negócio do comic book antes do seu declínio após a implantação do *Comics Code* em 1954. Durante vinte anos, realizou um trabalho oculto – hoje começam a ser conhecidos muitos dos seus trabalhos desse período – produzindo quadrinhos educativos e instrutivos para o exército e para empresas privadas. A consequência foi que Eisner era praticamente um desconhecido quando Feiffer publicou, em 1965, *The Great Comic Book Heroes*, um livro em homenagem aos gibis de sua infância que incluía a reedição de uma história de *The Spirit*. Era a primeira vez que uma geração de quadrinistas podia ver aquelas páginas.

[83] The Spirit em "Beagle's Second Chance" (1946), Will Eisner e estúdio.

Em 1971, Eisner foi convidado para uma convenção de quadrinhos em Nova York, onde conheceu os jovens desenhistas underground. Uma das figuras mais ativas do movimento, Denis Kitchen, que justamente havia descoberto a existência de *The Spirit* graças a um artigo de Harvey Kurtzman na revista *Help!* no início dos anos 1960[18], propôs-lhe reeditar sua série para o novo público alternativo. Eisner aceitou, embora Kitchen só tenha chegado a publicar dois números de *The Spirit*, pois a direção da revista logo passaria às mãos de outro editor (Jim Warren, que havia sido o editor da *Help!*). O veterano desenhista cinquentão, que havia passado as últimas décadas recebendo dinheiro dos militares, era um estranho companheiro de viagem para os irreverentes quadrinistas underground, mas Eisner foi aceito por eles porque, entre outros motivos, era visto como um precursor do autor que mantém a propriedade da sua obra e controla o seu destino. Logo Eisner desenharia Spirit na capa da *Snarf* [84], um dos comix de maior sucesso.

[84] *Snarf* 3 (1972), Will Eisner.

A influência teve duplo sentido. Para Eisner, isolado do mundo dos comics durante tanto tempo, o descobrimento da ética e da estética underground foi uma revelação. Eisner declararia:

A primeira vez que conheci o pessoal do underground, compreendi que estava acontecendo algo revolucionário. Era algo muito parecido com a revolução que se produziu quando nós começamos, há muito, muito tempo, quando pegamos as tiras de jornal e as convertemos em histórias completas. Esse pessoal estava utilizando os gibis como uma autêntica forma literária. Abordavam problemas sociais. Sim, eram insolentes, eram

4 – Os quadrinhos alternativos: 1980-2000

grosseiros e eram sujos, mas utilizavam os quadrinhos como uma forma literária! Na verdade, reconheço que foram eles que me animaram a voltar com a novela gráfica[19].

Graças aos seus manuais ilustrados, Eisner levava anos comprovando em primeira mão a validade da linguagem dos quadrinhos como meio de comunicação para adultos. Por que não dar o salto para se dirigir diretamente a esse público com obras de ficção cujo conteúdo lhe interessasse? Não havia nada inerentemente infantil nos quadrinhos *como forma artística*. Eisner diria:

> E o que estava acontecendo era algo que compreendi quando comecei, em 1974 ou 1975, *Um contrato com Deus*, e racionalizei algo muito realista, que as pessoas que estavam lendo quadrinhos, o grosso do público leitor de quadrinhos dos primeiros tempos, tinham agora (em 1974-1975) em torno de 25 a trinta anos ou mais! À medida que se tornava mais velho, esse primeiro público leitor de quadrinhos havia ficado sem nada dirigido a ele. Não podia continuar lendo histórias sobre super-heróis aos 35 e quarenta anos de idade. Foi isso que me animou a ir em frente e fazer *Um contrato com Deus*. Senti que a direção era essa, e me senti bastante seguro para tentá-lo nesse momento[20].

Eisner, sempre metade empresário e metade artista, sabia que precisava da respeitabilidade literária para obter sucesso com seu empreendimento, que consistia não apenas em criar quadrinhos para adultos com temas adultos, mas também em conseguir que chegassem ao público que não era o dos comics. Por isso, empenhou-se, primeiramente, em fazer com que *Um contrato com Deus* fosse publicado por uma editora literária, não por uma editora de quadrinhos. Eisner sempre lembraria que lançou mão do termo "novela gráfica" como um recurso desesperado para vender sua obra a alguns editores de livros que jamais olhariam o que lhes oferecia se lhes dissesse que era *simplesmente* um gibi. Não sem dificuldades, Eisner conseguiu publicar *Um contrato com Deus* em 1978 pela Baronet, uma editora que não se dedicava aos quadrinhos. Entretanto, como indica Hatfield[21], ele fracassou em seu objetivo final. A Baronet fechou algum tempo depois, e *Um contrato com Deus* não conseguiu entrar no mercado das livrarias gerais – era uma obra singular, sem uma localização própria. A única coisa que Eisner conseguiu foi, paradoxalmente, criar um novo formato para os editores de quadrinhos. As próximas "novelas gráficas" de Eisner, na verdade, seriam publicadas por editores de HQs e em formato de comic book. Ainda faltavam dez anos para o primeiro *boom* da novela gráfica, e este chegaria pela coincidência de obras tão antitéticas como *Maus* de Art Spiegelman, por um lado, e *Watchmen*, de Alan Moore e Dave Gibbons, e *Batman. O cavaleiro das trevas*, de Frank Miller e Klaus Janson, por outro.

A autobiografia, o "gênero" alternativo

Embora a relação entre Will Eisner e o movimento alternativo dos anos 1980 e 1990 tenha sido mínima, está presente em *Um contrato com Deus* um dos traços que serão característicos dos quadrinhos alternativos e que se manterão como a artéria principal da novela gráfica atual: a introdução da autobiografia, ou pelo menos da memória e dos elementos autobiográficos. *Um contrato com Deus* era um volume formado por quatro histórias independentes; ou seja, mais do que uma "novela" gráfica, era uma coleção de contos. Embora nenhuma das histórias fosse explicitamente autobiográfica, havia uma motivação pessoal para a primeira delas, que dava título ao livro. O protagonista se rebelava contra Deus [85], com quem acreditava ter um contrato particular, quando sua afilhada morreu. A partir daí, passou de religioso e caridoso a egoísta e cruel, pois achava que o contrato havia sido rompido. Eisner declararia que a ideia surgiu como consequência do falecimento de sua filha Alice, acometida por uma doença. "*Um contrato com Deus* é basicamente o resultado da morte de Alice. Quando ela morreu fiquei muito irado. Estava furioso. Ela morreu na flor da idade, com dezesseis anos. Passamos momentos desoladores vendo morrer a pobre menina. O material que escolhi era muito emocional... procedia da minha vida"[22]. Eisner não só escolheu uma intensa experiência pessoal como tema de sua primeira novela gráfica como também buscou em sua memória os cenários e personagens de sua infância, na Nova York dos anos 1920. Ao longo de sua carreira, Eisner voltaria ocasionalmente à memória do que havia vivido, embora sempre a filtrando através de sósias literários.

4 – Os quadrinhos alternativos: 1980-2000

[85] *Um contrato com Deus* (1978), Will Eisner.

Em maior ou menor grau, o recurso à autobiografia foi fundamental para escapar dos gêneros convencionais, que os quadrinistas alternativos com aspirações identificavam com a velha tradição dos quadrinhos juvenis das grandes editoras. A autobiografia era o "antigênero", definia-se por oposição aos super-heróis como um relato sem fórmulas, absolutamente sincero e pessoal. Certamente, a realidade era mais problemática do que tudo isso.

Em alguns desenhistas, como Daniel Clowes ou Charles Burns, os elementos autobiográficos só podiam ser encontrados altamente codificados. Evocavam ambientes, épocas ou desejos pessoais que podiam ser decifrados se o leitor conhecesse a chave adequada. Clowes refletiu ocasionalmente sobre a sinceridade dos quadrinhos autobiográficos, como em "Just Another Day" (1991) [86], em que representa a si mesmo sucessivamente com diferentes rostos, todos eles fictícios. Por fim, os quadrinhos autobiográficos apresentam uma dificuldade a mais com relação à prosa autobiográfica, pois estabelecem uma representação visual do narrador na terceira pessoa, que se apresenta como "objetiva" quando na verdade já é uma invenção artística. Clowes, no entanto, só se aproximaria da autobiografia de forma tangencial.

Peter Bagge projetou em seu *alter ego* Buddy Bradley, o protagonista de *Ódio*, o retrato geracional de sua época, defasado em cinco anos. Buddy estava sempre cinco anos atrás de Bagge, o que permitia a este refletir sobre suas vivências e selecionar aquilo que era mais interessante como espetáculo. Seth criou uma das primeiras grandes novelas gráficas (serializada em formato de comic book, é claro) sobre a impostura da realidade, aproveitando a febre pela autobiografia: *It's a Good Life, If You Don't Weaken* mostrava a busca, por parte do autor, de Kalo, um velho e desconhecido cartunista do *The New Yorker*. Só depois que a obra estava terminada o público soube que Kalo havia sido uma invenção de Seth. O artifício havia funcionado porque o público havia se acostumado à desavergonhada sinceridade dos desenhistas autobiográficos, cuja principal premissa era a autenticidade. Joe Matt, amigo de Seth e de Chester Brown, os quais utilizava como personagens em suas próprias HQs, contava suas maiores infelicidades sentimentais e sexuais em *Peepshow* sem nenhuma censura aparente. Esse caminho da revelação abjeta foi seguido por muitas mulheres. Debbie Drechsler contou em *Daddy's Girl* [87] os abusos sexuais aos quais seu pai a havia submetido quando ela era menina, enquanto Julie Doucet se expôs através do relato de seus mais íntimos sonhos e também em um diário desenhado.

[86] "Just Another Day", em *Eightball* 5 (1991), Daniel Clowes.

[87] *Daddy's Girl* (1996), Debbie Drechsler.

Como já dissemos anteriormente, os quadrinhos autobiográficos já haviam começado a ser praticados com os autores underground. Robert Crumb, Aline Kominsky e sobretudo Justin Green haviam dado os primeiros passos nessa direção. A figura mais importante fora, no entanto, a de Harvey Pekar [88]. A rigor ele não poderia ser considerado underground, embora tivesse começado a publicar estimulado por Robert Crumb, que desenhou suas primeiras histórias. Ambos se conheceram quando Crumb morou em Cleveland, e compartilhavam a paixão pelo colecionismo de discos de jazz antigos. Pekar trabalhava como funcionário administrativo em um hospital, e tinha mais de trinta anos quando começou a fazer quadrinhos. Incapaz de desenhar, sempre dependeu de outros artistas para dar imagem às suas histórias. Em 1976 começou a autopublicar seu próprio comic book, *American Splendor*. O título irônico contrastava com o conteúdo, que era o mais distante possível de qualquer "esplendor nacional". Ao contrário, as histórias de Pekar se fixavam na rotina cotidiana, nos momentos em que nada acontece, desdramatizados e vulgares, no transcorrer de uma vida ordinária carente de qualquer fulgor especial. Hatfield indica que "a contribuição de Pekar é ter fundado um novo estilo nos quadrinhos: a série autobiográfica cotidiana, concentrada nos acontecimentos e texturas da vida cotidiana"[23]. Nesse sentido, a autobiografia de Pekar se afastava da de Justin Green, que contava fatos reais, mas "interessantes". Apesar da sua vinculação com Crumb e com outros desenhistas underground, como Frank Stack, Pekar carecia de relação com a vida e o pensamento contracultural. Seu projeto de desenvolver uma narrativa hiper-realista da vida cotidiana quase em tempo real não tinha comparação com nenhuma outra série de quadrinhos. Como diria Joseph Witek, "*American Splendor* se recusa a se encaixar em qualquer das categorias principais dos quadrinhos americanos"[24]. Pekar é Pekar. E, no entanto, essa afirmação é paradoxal, porque, se a autenticidade é o principal valor que governa *American Splendor*, essa mesma autenticidade é questionada quando levamos em conta que todas as HQs são desenhadas por outros desenhistas, com evidentes diferenças estilísticas. E, mais ainda, como pode ser autêntico tudo o que é contado, quando o que se conta é a própria vida, e o narrador sabe, no momento de viver os acontecimentos, que esses mesmos acontecimentos são a matéria que vai utilizar para escrever sua próxima HQ? Essa mesma dúvida levou a uma crise o escocês Eddie Campbell, autor de uma das mais extensas obras autobiográficas em quadrinhos do mundo, aquela protagonizada por seu sósia Alec, que vem aparecendo em numerosas histórias desde os anos 1980. Confrontado com a impostura de viver uma vida para ser contada numa revista em quadrinhos que só conta essa mesma vida, Campbell tenta se fazer desaparecer em *The Fate of the Artist* (2006), em que se apaga como personagem e, por fim, desaparece também de sua própria vida. Campbell resolveu (ou evitou) essa crise autobiográfica com um giro para a ficção, já que suas duas obras seguintes foram exercícios de gênero distanciados do intimista.

[88] "Hypothetical Quandary", em *American Splendor* 9 (1984), Harvey Pekar e Robert Crumb.

Esse seria um dos grandes problemas que os quadrinhos autobiográficos enfrentariam, em especial os de Pekar e seus seguidores, que começaram a escassear no final dos anos 1980. Como já dissemos, a sobrevivência dos quadrinhos autorais dependia da sua presença nas livrarias especializadas, que atendiam principalmente um público fã dos super-heróis. Para delimitar seu próprio terreno nessas livrarias e perante esse público, os quadrinhos alternativos tiveram que se redefinir como um gênero, assim como a autobiografia. Os quadrinhos autobiográficos, como indica Hartfield, foram uma forma de se rebelar contra os quadrinhos comerciais de gênero, mas ao mesmo tempo também atenderam aos hábitos de consumo dos leitores de quadrinhos, pois "as séries autobiográficas se adaptavam bem à ênfase do mercado nos personagens recorrentes, as histórias continuadas e a publicação periódica"[25]. Poderíamos dizer que os autores substituíram os super-heróis como personagens, e o individualismo como rebeldia frente à sociedade se convertia assim em simplesmente mais um produto de consumo para o público que reconhecia a si mesmo como "alternativo".

Portanto, podemos dizer que o poder do formato do comic book se impunha obstinadamente ao conteúdo. Por mais distinto que este fosse, os quadrinhos alternativos continuavam atados em muitos sentidos pelas fórmulas dos quadrinhos tradicionais. O suporte convencional, o circuito de distribuição especializado e o público aficionado os cercavam. A via de escape, que seria – visto com a perspectiva do tempo nos parece óbvia – a novela gráfica, seria formulada com *Maus*, de Art Spiegelman, uma HQ na qual a autobiografia é o alicerce que sustenta todo o edifício.

A geração de 1986 e o primeiro *boom* da novela gráfica

Em 1986, apareceu publicado o primeiro volume de *Maus*, com o subtítulo "Meu pai sangra história", sob o selo de uma editora literária, a Pantheon. *Maus* havia sido publicado em capítulos em caderninhos inseridos na *Raw*, mas desde o princípio fora concebido como uma obra fechada e com uma estrutura completa, uma verdadeira novela gráfica. Para Spiegelman, que tinha 38 anos quando da publicação do volume, *Maus* era a obra da maturidade. Sua produção anterior caracterizou-se pelas preocupações formalistas e experimentais. Spiegelman parecia interessado em pôr à prova todos os limites da narrativa e a representação em quadrinhos, e tentava questionar todas as convenções do meio. Em *Maus*, no entanto, colocava-se a serviço da narração de uma história da forma mais eficaz possível. Embora *Maus* seja uma HQ de enorme complexidade formal, esta não é aparente, como nas páginas de *Breakdowns*, mas se torna invisível.

Essa história foi aquela vivida por seus pais durante a Segunda Guerra Mundial, judeus que sobreviveram ao campo de extermínio de Auschwitz. Mas não era só isso: era também a história de como no presente seu pai contava a Spiegelman o que havia acontecido [89]. Ou seja, *Maus* não era tanto a história do Holocausto, mas a história do legado do Holocausto. O sobrevivente não era tanto Vladek, o pai, mas Art, o filho. Para Vladek, a vida tinha sido dividida no antes e no depois da guerra. Entretanto, Art, nascido em 1948, viveu sempre sob a sombra da guerra. A lembrança do irmão mais velho de Art, morto durante o conflito, sempre pesou sobre a família, e mais que ninguém sobre o próprio Spiegelman, a quem seu pai chama de "Richieu" – o nome do irmão – em seu último diálogo do livro. Um lapso que Huyssen explica como produto da "recordação profunda", mas que dota de todo o seu significado o equilíbrio de Spiegelman entre o passado e o presente. O pai, "ao confundir inconscientemente Art com Richieu, estabelece uma relação imaginária entre os que estão vivos e os mortos; isso permite ao autor Spiegelman dedicar *Maus II* tanto a seu irmão como a sua filha. O processo de elaborar o passado não foi totalmente em vão"[26].

A mãe de Spiegelman acabou se suicidando, acontecimento que o desenhista refletiu em uma HQ underground, "Prisoner on the Hell Planet" (1972), incluída posteriormente em *Maus*. Nesse mesmo ano, Spiegelman deu os primeiros passos para se aproximar do traumático passado de seus pais, em uma história de três páginas já intitulada "Maus" [90], na qual utilizava os ratos e gatos antropomórficos para representar algumas histórias que seu pai havia lhe contado, ao mesmo tempo que mostrava os momentos em que seu pai as havia contado, quando era menino. O primeiro "Maus", no entanto, era apenas um ensaio do que seria finalmente *Maus*. Witek observa que a principal diferença entre uma e outra HQ é que "a primeira versão é uma alegoria, no melhor dos casos debilmente disfarçada, enquanto a segunda é um comic book de animais"[27]. A representação dos personagens da história como animais antropomórficos – os judeus como ratos, os nazistas como gatos, os polacos como porcos etc. – foi desde o primeiro momento um dos elementos mais conflitivos e desconcertantes de *Maus*. Não bastava *trivializar* o Holocausto convertendo-o em um tema de um gibi, mas, além disso, tinha de ser protagonizado por animaizinhos?, clamaram os críticos. Ou, pior ainda: a alegoria dos animais não era uma justificativa velada do Holocausto? Afinal, é *natural* que os gatos exterminem os ratos, o que vinha a ser o que os nazistas

[89] *Maus*[28] (1992), Art Spiegelman.

A NOVELA GRÁFICA

acreditavam ser os judeus. O erro daqueles que pensavam assim se devia ao fato de não terem sabido distinguir a diferença crucial que Witek assinalou. O *Maus* definitivo já *não* era uma alegoria com animais, não era uma fábula, e sim, na verdade, uma história em quadrinhos de animais antropomórficos na tradição dos gibis do Pato Donald de Carl Barks, embora seu tema fosse muito mais sinistro. E em uma HQ de *funny animals*, os animais se comportam como pessoas, *são* pessoas, independentemente de a que espécie animal pertençam. No entanto, para boa parte dos críticos literários que se sentiram desconcertados diante da potência de *Maus*, a história em quadrinhos que se atrevia a contar o tema mais traumático de todo o século XX no Ocidente, era impossível compreendê-la, já que a primeira reação, quando por fim aceitaram a obra, foi dizer que "*Maus* não era uma HQ". Algo que, como indica Wolk, veio se repetindo com uma frequência alarmante cada vez que uma história em quadrinhos rompia com os esquemas infantis que a maioria dos críticos culturais manipulava. "Outro erro comum é afirmar que, por algum motivo, os quadrinhos intelectuais não são realmente quadrinhos, mas outra coisa [...], distinta não apenas em classe, mas em espécie, de seus homônimos da cultura de massas"[29]. Ao contrário, *Maus* não só era uma história em quadrinhos, mas funcionava *precisamente* por ser uma história em quadrinhos e porque tinha suas raízes firmemente consolidadas na tradição das HQs de massa. Um dos grandes problemas do Holocausto foi a impossibilidade de representá-lo adequadamente: as imagens, e especialmente as imagens fotográficas, destroem seu significado, e sua minuciosa brutalidade acaba por nos insensibilizar, trivializando-o. Como indica Hatfield[30], as representações indiretas foram com frequência a única maneira de mostrar o Holocausto, como em *Noite e neblina* (1955) de Resnais, em *Shoah* [*Shoah, vozes e faces do Holocausto*] (1985) de Lanzmann e, inclusive, em *Schindler's List* [*A lista de Schindler*] (1993) de Spielberg, em que o uso do preto e branco era quase uma necessidade para reconfigurar as imagens e dar-lhes um novo sentido e frescor perante os olhos do espectador, para estilizá-las e, assim, torná-las irreais e de novo compreensíveis. Spiegelman podia ter optado por contar sua história com *pessoas*, mas desde o início compreendeu que esse teria sido um caminho equivocado:

> Creio que isso teria colocado o livro em um caráter diferente, e esse caráter seria plano. Nesse momento, estava tentando realizar uma reconstrução histórica séria, e nunca poderia igualá-la à realidade. Ao colocar essas máscaras nos personagens, tudo se produz em um limbo em que as coisas existem como comentário. Permite que se avance pela HQ contemplando os acontecimentos, e não tentando substituir o acontecimento pela HQ[31].

4 – Os quadrinhos alternativos: 1980-2000

[90] *Maus* (1972), Art Spiegelman.

A questão da "realidade" que era tão crucial para os quadrinhos autobiográficos se tornava em *Maus* verdadeiramente urgente. Spiegelman incluía uma foto de seu pai com roupa de prisioneiro do campo de concentração no final de *Maus*, como uma prova da realidade do relato. Mas a foto era um retrato de estúdio, o que suscitava indagar até que ponto é real ou construído não apenas *Maus*, a HQ, mas o próprio relato original procedente da memória de Vladek. Versaci observa que "Spiegelman desafia constantemente o seu próprio projeto suscitando dúvidas sobre sua metáfora animal. Ao assim fazê-lo, Spiegelman mostra uma consciência de que o seu livro existe como representação, e que, espreitando por trás de suas imagens, há uma realidade maior e mais impressionante da qual só podemos nos aproximar de forma indireta"[32]. Como diria Didi-Huberman: "Para saber é preciso imaginar. Devemos tentar imaginar o que foi o inferno de Auschwitz no verão de 1944. Não invoquemos o inimaginável"[33]. Ao reconfigurar a memória como uma fantasia de ratos e gatos falantes, Spiegelman não só nos permitiu imaginar o que aconteceu ali, mas nos *obrigou* a fazê-lo, talvez pela primeira vez.

Maus chegou num momento oportuno, já que

> os discursos da memória se intensificaram na Europa e nos Estados Unidos no início da década de 1980, ativados em primeira instância pelo debate cada vez mais amplo sobre o Holocausto (que foi desencadeado pela série de televisão *Holocausto* e, um tempo depois, pelo auge dos testemunhos) e também por uma longa série de quadragésimos e quinquagésimos aniversários de forte carga política e vasta cobertura da mídia[34].

A edição em livro da primeira parte em 1986 atraiu uma enorme atenção que se transferiu para o panorama geral dos quadrinhos. De onde havia saído aquele surpreendente gibi? Era um fenômeno extraordinário ou fazia parte de uma nova onda de quadrinhos adultos? Spiegelman queria ter se apresentado como a vanguarda de uma nova era de autores de quadrinhos sérios, intelectuais, artísticos e literários que, com obras como *Maus*, se integrarem definitivamente na alta cultura. Mas quando olhou à sua volta, viu que na sua apresentação diante do grande público ele estava escoltado por dois gibis de super-heróis.

Esses dois gibis de super-heróis eram *Watchmen* e *Batman. O cavaleiro das trevas*, ambos publicados pela DC. *Watchmen* [91] havia aparecido como uma

4 – Os quadrinhos alternativos: 1980-2000

série limitada de doze comic books de lombada canoa entre setembro de 1986 e outubro de 1987. Seus autores eram dois britânicos, o roteirista Alan Moore e o desenhista Dave Gibbons, acompanhados do colorista John Higgins. Concebida como uma história completa e fechada, *Watchmen* pretendia oferecer um olhar realista e adulto sobre os super-heróis e sua influência sobre o nosso mundo se eles realmente existissem. *Watchmen* surpreendeu por seu tom político, seu contraste entre a psicologia dos personagens e sua função estereotipada, e pela densidade de leitura que oferecia, com constantes jogos entre a palavra e a imagem. Além disso, cada episódio incluía uma seção de texto procedente de algum canto do universo fictício de *Watchmen*, que complementava a narração principal. O remate da intertextualidade foi a inclusão de um gibi de piratas que um dos personagens lia dentro da história. Resumindo, *Watchmen* utilizava os super-heróis como desculpa para uma narrativa cínica, polissêmica e texturizada muito ao gosto dos anos 1980.

Watchmen representou a culminação do processo de apropriação do mercado especializado dos quadrinhos (já identificado com os quadrinhos de super-heróis) por parte dos aficionados veteranos. Em *Watchmen*, todos os adultos que tiveram de justificar sua fidelidade a *X-Men* e *Homem-Aranha* como

[91] *Watchmen* (1988), Alan Moore, Dave Gibbons e John Higgins.

uma simpática excentricidade encontraram a desculpa para defender a validez artística não só do meio dos quadrinhos, mas do gênero dos super-heróis. Assim, *Watchmen*, que havia se apresentado como uma desconstrução pós-moderna irônica dos super-heróis, converteu-se em sua justificação e sua revalidação para o futuro, e também na confirmação de que havia uma maneira de se continuar fazendo super-heróis aceitáveis para os adultos.

Batman. O cavaleiro das trevas [92] era quase exatamente o contrário de *Watchmen*, uma reconstrução do mito heroico atualizado para os novos tempos. Havia sido originalmente publicado como minissérie em quatro números, entre fevereiro e junho de 1986, utilizando um formato novo que teria grande sucesso a partir de então, chamado significativamente *prestige* ("prestígio"): 48 páginas em cores, em papel de qualidade superior, com capa cartão e lombada quadrada. Um projeto assim teria sido inimaginável antes da era do *direct market*. Seu autor, o roteirista e desenhista Frank Miller (acompanhado pelo arte-finalista Klaus Janson e pela colorista Lynn Varley), tomava o personagem de maior sucesso da editora, Batman, para imaginar sua última aventura, já cinquentão e aposentado, em um futuro distópico em que ele reinventava os ícones do Universo DC e lhes insuflava vida nova. Miller, ao contrário de Moore e Gibbons, acreditava no mito heroico, e o seu trabalho servia de forma mais evidente para reafirmá-lo do que para questioná-lo.

Assim como *Watchmen*, *O cavaleiro das trevas* era uma história completa e fechada. Embora fosse protagonizada por um personagem habitual da casa (ao contrário de *Watchmen*, cujos personagens eram versões de outros preexistentes, mas distintos e autônomos), situava-se fora da continuidade oficial dele, o que dava a Miller liberdade para fazer o que quisesse com a história. Se o Coringa tivesse que morrer, a nêmese histórica de Batman morreria. Finalmente, os acontecimentos ali descritos não teriam repercussão para o dia a dia das séries mensais de Batman na DC. Isso fez com que *Watchmen* e *Batman. O cavaleiro das trevas* tivessem um sucesso imediato quando foram recopilados em volumes. Os dois títulos, assim como *Maus*, tiveram uma grande repercussão midiática. Para *Watchmen* e *O cavaleiro das trevas*, a consequência de se apresentarem ao público acompanhados de *Maus* foi terem sido considerados de imediato "novelas gráficas" respeitáveis. Para *Maus*, a consequência de se apresentar ao público acompanhado de *Watchmen* e de *O cavaleiro das trevas* foi ele ser associado com tais comics e ter sua respeitabilidade diluída. Ao referir-se ao modo como a atenção do público e da mídia se concentrou em quadrinhos de super-heróis como *Watchmen* e *O cavaleiro das trevas*, o próprio Alan Moore diria: "Saquearam-nos na grande via da cultura usando as cuecas por cima do terno", em referência à clássica indumentária do Superman e de seus colegas.

Entretanto, se levarmos a reflexão um pouco mais além, compreenderemos que, por muito que pese a Spiegelman, e inclusive provavelmente a Moore, as três obras compartilhavam um traço essencial que influiu de maneira decisiva no seu sucesso imediato entre o público. Embora todas se apresentassem como algo novo, eram facilmente reconhecíveis como gibis não só por sua forma, mas pela utilização dos mais poderosos personagens tópicos do imaginário dos quadrinhos: os *funny animals* e os super-heróis. Essas foram as figuras que haviam lavrado a fama de infantil dos quadrinhos, e eram essas mesmas figuras que agora se alçavam para reclamar uma atenção diferente por parte de um leitor mais sofisticado.

[92] *Batman. O cavaleiro das trevas*[35] (1986), Frank Miller, Klaus Janson e Lynn Varley.

Fosse como fosse, *Maus*, acompanhado de *Watchmen* e *Batman. O cavaleiro das trevas*, provocou uma febre pela novela gráfica e pelos quadrinhos "adultos" no final dos anos 1980 e princípios dos anos 1990 nas grandes editoras de comics. A Marvel e a DC utilizaram subselos como Epic, Piranha ou Paradox para atender esse segmento. Assim, foram publicados títulos como *Brooklyn Dreams* (1994), do roteirista de super-heróis J. M. DeMatties, acompanhado de Glenn Barr, que era uma memória da infância; *Stuck Rubber Baby* (1995), de Howard Cruse, que contava a história do descobrimento de sua homossexualidade por parte do protagonista – um clássico dos quadrinhos underground gays – no contexto dos movimentos em defesa dos direitos civis nos Estados Unidos; ou *A History of Violence* (1997), um relato de gênero *noir* de John Wagner e Vince Locke adaptado posteriormente para o cinema por David Cronenberg[36]. Quadrinistas inquietos que colaboravam habitualmente com as grandes editoras de comics encontraram a oportunidade de realizar novelas gráficas nessas mesmas ou em outras editoras. Foi o caso de Kyle Baker (*Cowboy Wally Show*, 1988; *Why I Hate Saturn*, 1990) ou Bill Sienkiewicz (*Stray Toasters*, 1988). Dave McKean, um artista versátil que havia se tornado famoso ilustrando as capas da série de "super-heróis sofisticados" *Sandman* (1989-1996), escrita por Neil Gaiman, publicaria em fascículos a ambiciosa *Cages* [93], recopilada em 1998 num volume de mais de seiscentas páginas. Os projetos de aparência artística e adulta protagonizados por super-heróis de toda a vida escassearam, com frequência assinados pelos próprios Miller e Moore, e por imitadores seus, uma boa parte dos quais chegou aos Estados Unidos por meio dos quadrinhos britânicos. Os grandes editores tentaram capitalizar o prestígio que magicamente outorgava o termo novela gráfica com livros de produção luxuosa, inclusive pintados, como a adaptação do filme M, de Fritz Lang, a cargo de Jon J. Muth, que conviviam com histórias suntuosas de Batman como *Arkham Asylum*, escrita pelo roteirista escocês Grant Morrison e desenhada pelo próprio McKean. Parecia que a interpretação que a Marvel e a DC fizeram do termo "novela gráfica" foi "gibi ostentoso".

O movimento foi, portanto, liderado e absorvido pelas grandes editoras dos comics convencionais, que mesclaram trabalhos mais pessoais de seus profissionais habituais com meras adaptações de seus produtos de sempre. Do grupo alternativo, ou seja, do terreno do qual havia surgido *Maus*, a atividade não foi comparável. Editoras como a Fantagraphics e a Drawn & Quarterly não estavam consolidadas o bastante para empreender a inversão que implicava a publicação direta de novelas

4 – Os quadrinhos alternativos: 1980-2000

[93] *Cages* (1998), Dave McKean.

[94] *Cidade de vidro* (1994), Paul Karasik e David Mazzucchelli.

4 – Os quadrinhos alternativos: 1980-2000

gráficas. Além disso, os melhores autores alternativos ainda não haviam amadurecido o suficiente para realizar suas obras mais ambiciosas. Em 1986, Daniel Clowes (25 anos) e Chris Ware (dezenove anos) nem sequer haviam começado a publicar a *Eightball* ou a *Acme Novelty Library*. Spiegelman, que fora aceito pelas livrarias gerais, nas quais se sentia só, assim como ocorreu com Will Eisner na época de *Um contrato com Deus*, tentou gerar novelas gráficas para se cercar de um conjunto de materiais suficientemente numeroso para delimitar seu próprio território nas estantes. Conseguiu promover a publicação de *City of Glass* [*Cidade de vidro*[37]] (1994) [94], uma excelente adaptação da novela de Paul Auster a cargo de Paul Karasik e David Mazzucchelli, mas a tentativa não teve continuidade. O universo da novela gráfica ruiu, afogado por um material pseudo-super-heroico e nas mãos de editoras de comics convencionais, que continuavam vendendo principalmente nas livrarias especializadas e ganhando mais com *X-Men* do que com *Stuck Rubber Baby*[38]. Quando foi publicado o segundo e último volume de *Maus* em 1991, e Spiegelman recebeu um prêmio Pulitzer especial em 1992, parecia que a obra de Spiegelman ficaria como um fenômeno insólito e único, o gibi que se atreveu a ser maior.

Os quadrinhos alternativos na França

Como vimos no capítulo anterior, a influência dos quadrinhos underground americanos na França produziu fenômenos editoriais muito diferentes daqueles que haviam ocorrido nos Estados Unidos. Enquanto os comix da Costa Oeste haviam gerado um mercado alternativo que se desenvolveu completamente à margem das editoras, das distribuidoras e do público estabelecido, na França as novas formas e conteúdos foram assimilados em projetos que competiam pelo mesmo público que os quadrinhos convencionais. Autores plenamente maduros como Lauzier ou Bretécher estavam integrados nas estruturas comerciais. A via "alternativa" nunca chegou a ser gerada porque a indústria soube absorver as novas propostas como parte da sua oferta.

É verdade que a tradição dos quadrinhos franco-belgas sempre esteve mais próxima do reconhecimento do autor e do formato de livro do que a americana. A forma habitual de vender quadrinhos na França tinha sido através da serialização prévia em revistas e posterior recopilação nos chamados álbuns, livros grandes com capa dura em cores e número padrão de páginas (48 ou 64, geralmente). Enquanto nos Estados Unidos, dos anos 1940 até os 1960, o Superman havia sido uma propriedade de sua editora, a DC, e foi publicado de forma anônima, nesse mesmo período na Europa o nome de Hergé estava fortemente ligado a Tintim. Tanto que, com a morte do desenhista, as aventuras do célebre repórter chegariam ao seu fim, embora pudessem ter sido muito bem continuadas por sua equipe. Reconhecia-se, assim, que, embora fosse uma produção industrial, *Tintim* também era uma *obra autoral*.

A indústria francesa foi capaz de assimilar as tendências renovadoras em um modelo evolutivo, e não revolucionário como o americano. Os quadrinhos de aventuras juvenis, que haviam girado em torno do eixo belga-francês, com a rivalidade entre a *École de Bruxelles* de *Tintim* e o estilo Atome da *École de Charleroi* de *Spirou*, foram se transformando em quadrinhos de aventuras para adultos. Talvez um dos melhores exemplos desse percurso seja o périplo de Corto Maltese, o personagem de Hugo Pratt que estreou em *Una ballata del mare salato* [A balada do mar salgado[39]] (1967), relato que começou a ser serializado na revista italiana de aventuras *Sgt. Kirk*. A partir de 1970, as andanças de Corto, um aventureiro romântico das primeiras décadas do século XX, apareceriam na revista juvenil francesa *Pif Gadget*. *A balada do mar salgado* é, para muitos, um antecedente da novela gráfica por suas dimensões (mais de 160 páginas), seu tom sério e a sutileza psicológica de seus personagens, mas a realidade é que se trata claramente de um produto da tradição dos quadrinhos de aventuras comerciais, por mais que em suas páginas se perceba a marca pessoal de um grande autor de quadrinhos.

Inclusive as tentativas de autoafirmação dos autores franceses acabaram se somando à indústria, e não rompendo com ela. Em 1975, um grupo de desenhistas, entre os quais se encontravam Druillet, Moebius e Dionnet, fundou Les Humanoïdes Associés e lançou a revista *Métal Hurlant*, que por meio da sua versão em inglês, *Heavy Metal*, se converteria no principal foco de difusão dos quadrinhos europeus nos Estados Unidos durante essa década. Mas *Métal Hurlant* não deixava de ser uma revista de ficção científica e fantasia que acrescentava mais produto ao já existente. A figura de Jean Giraud/Moebius exemplifica como nenhuma outra a dicotomia dos quadrinhos adultos franceses: como Giraud ou Gir, é o bem-sucedido desenhista da série do oeste *Blueberry*[40] (desde 1965) [95]; como Moebius, é o autor de fantasias pessoais como *Le Garage Hermétique* [Garagem hermética[41]] (1979) [96], *Arzach* (1976) ou *L'Incal* [Incal[42]] (1981-1988), esta última com Jodorowsky. Por contraste, Robert Crumb oferece uma única cara, e todos os seus trabalhos são inteiramente pessoais; seu contato com a indústria e com os gêneros convencionais é nulo.

4 – Os quadrinhos alternativos: 1980-2000

O desenvolvimento dos gêneros tradicionais juvenis nos quadrinhos para adultos ao longo dos anos 1970 acabará desembocando na ideia das "novelas gráficas" publicadas em revista, cujo melhor exemplo será (*à suivre*) uma ferramenta de Casterman (o editor de *Tintim*) para produzir histórias que excedessem as 48 páginas padrão. "São chamadas de 'novelas em *bande dessinée*' e se dividem em capítulos, enfatizando suas qualidades literárias"[43]. Evidentemente, essa proposta é completamente antitética à proposta dos desenhistas alternativos e à proposta que deu lugar ao *Maus* de Art Spiegelman, mas muito similar ao que a Marvel e a DC fizeram quando viram o sucesso de *Watchmen* e *Batman. O cavaleiro das trevas*. As *novelas gráficas* francesas foram produzidas seguindo uma lógica de mercado de massas, com a intenção de conseguir o equivalente aos best-sellers literários. Na verdade, durante os anos 1980, essa padronização conduzirá a certa saturação do mercado, que começa a dar sinais de fadiga ao não ser capaz de suportar o número de superproduções cada vez maiores, de aparência luxuosa, mas na verdade formulaicas e repetitivas. É a época em que triunfam as grandes sagas históricas ou fantásticas e se consagram autores como Bourgeon (*Les Passagers du vent* [Os passageiros do vento], 1979-1984; *Les Compagnons du crépuscule* [Os companheiros do crepúsculo[44]], 1984-1990), Juillard (*Les Sept vies de l'Epervier* [As sete vidas do gavião[45]] 1982-1991), Yslaire (*Sambre*, 1986-1996, 2003),

[95] Blueberry em *A mina do alemão perdido* (1972), Jean-Michel Charlier e Jean Giraud.

A NOVELA GRÁFICA

Rosinksi e Van Hamme (*Thorgal*[46], 1980 até agora), Bilal (*A feira dos imortais*[47], 1980) [97]. A queda das vendas no final dos anos 1980 (encerrando revistas míticas como *Pilote* ou *Tintim*) fará com que as grandes editoras adotem estratégias mais conservadoras. Mais uma vez, a crise da indústria, como aconteceu nos Estados Unidos nos anos 1960, dificultará o acesso às gerações mais jovens. Isso fará com que, no início dos anos 1990, os novos autores se vejam obrigados a criar seu próprio modelo, pela primeira vez verdadeiramente alternativo, que será articulado em torno de L'Association.

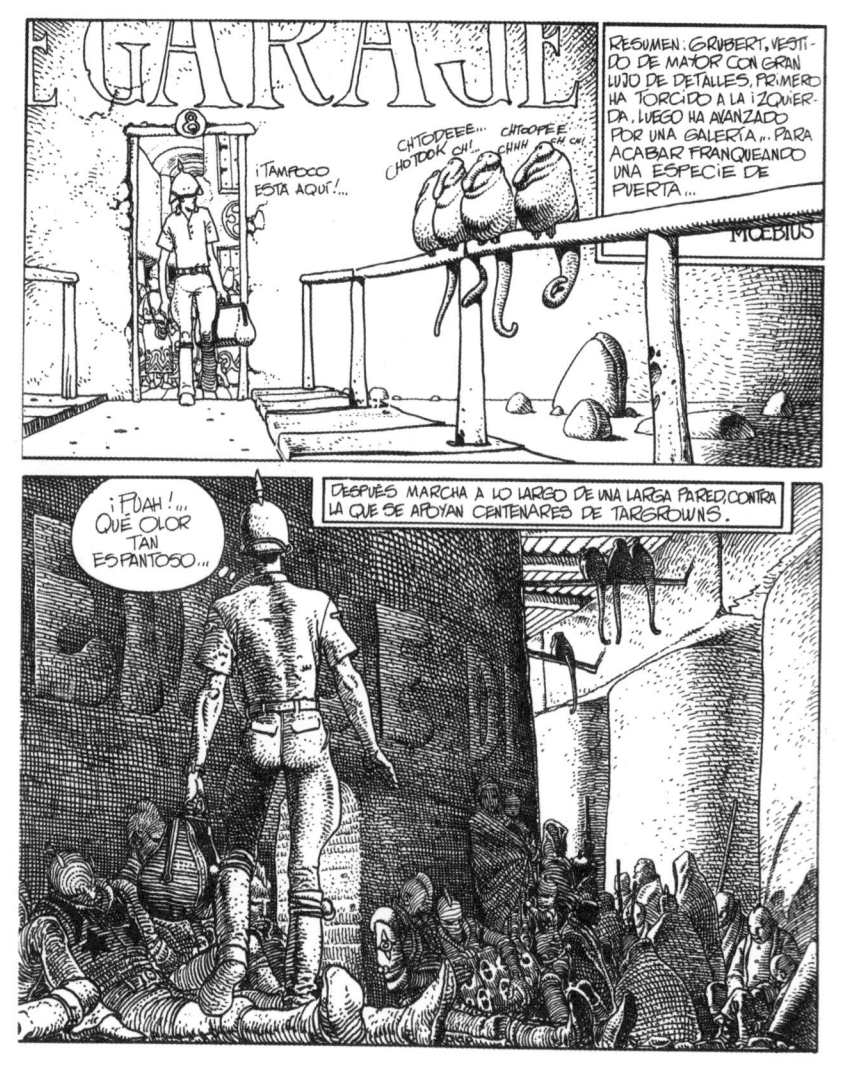

[96] *A garagem hermética* (1979), Moebius.

4 – Os quadrinhos alternativos: 1980-2000

[97] *A feira dos imortais* (1980), Enki Bilal.

As origens de L'Association têm de ser buscadas em Futuropolis, uma das primeiras livrarias especializadas em quadrinhos da França e que também foi editora, fundada em 1972 por Étienne Robial. A Futuropolis foi, segundo Jean--Christophe Menu, ideólogo de L'Association, "a primeira editora 'adulta' de quadrinhos que também teve um conceito 'adulto' dos livros"[48]. Robial adotou uma postura radical em sua defesa dos quadrinhos como arte, a ponto de se negar a vender *Asterix* em sua loja. Ele distinguia entre "BD", termo que definia a produção comercial, e *"bande dessinée"*, que eram os quadrinhos artísticos. A Futuropolis adotou todas as estratégias que hoje reconhecemos como parte do movimento dos quadrinhos adultos: publicou quadrinistas "sérios" dos anos 1970, como Crumb, Tardi ou Swarte; enfatizou a figura do autor, fazendo com que seu nome chegasse a ser o único elemento distintivo da capa; publicou autores jovens e pouco convencionais (entre eles Baudoin, que seria o pioneiro dos quadrinhos autobiográficos francófonos); e também reeditou clássicos dos quadrinhos, tanto europeus quanto americanos, os quais tratou com a dignidade merecida para ressituá-los como elementos-chave na definição dos quadrinhos como arte: *Krazy Kat*, *Bringing Up Father*, Alain Saint-Ogan, Calvo...

A Futuropolis acabaria sendo absorvida pela Gallimard, e hoje seu nome define uma linha de uma editora comercial (Soleil), sem nenhuma relação com Robial. Mas nos últimos anos em que este ainda conservava o controle da editora, deu andamento ao projeto de lançar uma revista que servisse de suporte para os jovens desenhistas que haviam se autopublicado em fanzines e minigibis fotocopiados durante os anos 1980. O projeto, dirigido por um desses jovens desenhistas, Jean-Christophe Menu (1964), acabaria frutificando na *LABO* (1990), da qual apenas um número seria publicado. Entretanto, da *LABO* acabaria saindo o grupo que criaria pouco depois L'Association, uma empresa de quadrinistas independentes cujos fundadores seriam o próprio Menu junto com Stanilas, Mattt Konture, David B., Killoffer, Lewis Trondheim e Mokeït. Em novembro de 1990, L'Association lançaria sua primeira publicação, *Logique de Guerre Comix*.

L'Association se situou diretamente em oposição a tudo o que representava a indústria francesa dos quadrinhos, percebida pelos membros do grupo como decadente em finais dos anos 1980. O formato hegemônico do álbum foi o alvo principal: "A única coisa da qual estávamos seguros a princípio era que queríamos produzir livros que não se parecessem em nada com o 'álbum' clássico

4 – Os quadrinhos alternativos: 1980-2000

de quadrinhos, com suas 48 páginas em cores e capa dura, que eu chamaria mais tarde de '48CC', CC indicando 'Cor' e 'Cartoné', que significa capa dura", diria Menu[49]. David B. se reafirmaria nessas mesmas intenções: "Sempre haverá uma demanda de imagens, e nos anos 1980 os parâmetros dos quadrinhos que estavam sendo publicados eram muito limitantes. Por isso criamos L'Association; para nos rebelarmos contra isso, para fazer algo diferente"[50].

Depois da ideia da oposição à indústria como primeiro recurso, os dois princípios declarados de L'Association foram "integridade e longo prazo", este último em sintonia com as expectativas de Eddie Campbell para a novela gráfica: "Pode ser que não o venda agora, pode ser que o venda dentro de trinta anos, mas nessa nova era dos quadrinhos não existe o 'agora'; o 'agora' é indefinido e aberto"[51]. A integridade era, certamente, a coerência com a visão do quadrinista concebido como artista.

L'Association se converteu em um fervedouro de ideias, muitas delas já propostas desde as reuniões da *LABO*, como reconheceria Menu:

> As ideias eram, por exemplo, criar quadrinhos com uma base literária e não voltar nunca mais a fazê-los dentro dos moldes da HQ adolescente comercial. Falar da *realidade*, utilizar os quadrinhos para falar do mundo real, aquele em que vivíamos, e não voltar a fazer fantasia ou uma enxurrada de "gênero". Fazer experiências com a estrutura dos quadrinhos. Proporcionar um lugar para a crítica em uma revista que apresentasse desenhos[52].

A utilização do preto e branco e a imersão na autobiografia relacionam L'Association aos alternativos americanos dos anos 1980 e 1990, mas outros elementos os diferenciam. Por exemplo, enquanto os americanos aderiram ao formato da indústria – o comic book – para sobreviver camuflados entre os gibis de super-heróis das grandes editoras, L'Association, como vimos, repudia deliberadamente o formato hegemônico do álbum em cores e apresenta em seu lugar uma enorme variedade de tamanhos e formatos, entre os quais talvez se possa estabelecer uma única relação: têm um ar mais literário graças às capas sóbrias e frequentemente monocromáticas. Esse ar familiar dos lançamentos de L'Association também revela um sentimento de comunidade muito superior ao dos desenhistas americanos, de individualismo mais marcado. Os quadrinistas de L'Association – que imediatamente receberam de braços abertos muitos outros espíritos afins, inclusive quando procediam de gerações anteriores, como Baudoin, ou do estrangeiro – mantêm certo espírito coletivo, certos princípios e manifestações comuns em torno dos quais se articulam, em grande medida devido ao incansável trabalho teorizador de Menu. Esse trabalho teorizador tem uma vertente política – de análise do mercado e de suas tendências – e uma vertente experimental, que levaram os membros de L'Association a se envolverem em projetos como o OuBaPo, baseado no sistema de restrições formais aplicado pelo grupo OuLiPo à literatura, mas transferindo-o para os quadrinhos. Por exemplo: a imposição de fazer uma HQ sem um personagem humano. Por último, e como já é comum no cenário franco-belga, em oposição ao americano, a maioria de suas principais figuras se move entre as produções alternativas para L'Association e os trabalhos claramente comerciais para as grandes editoras. Menu será justamente quem com mais força irá se aferrar às suas raízes independentes – o que acabará por lhe granjear muitas antipatias, inclusive entre seus companheiros –, mas David B., Lewis Trondheim ou Stanislas, entre os fundadores, e Joann Sfar ou Emmanuel Guibert, entre os colaboradores posteriores mais importantes, têm uma ampla carreira nas editoras convencionais, onde produziram numerosas séries de "48CC"[53].

Certamente, essa dupla carreira floresceu porque o talento e a fecundidade dos autores de L'Association fez com que o grupo não demorasse muito a chamar a atenção das grandes editoras, desejosas de descobrir novas fórmulas que tirassem a indústria da crise dos anos 1980. L'Association teve que contratar seu primeiro funcionário em tempo integral em 1994, e no ano seguinte duplicaram seus lucros, que continuaram aumentando durante toda a década até chegar à sua expressão máxima com o inesperado best-seller que David B. lhes proporcionou: *Persépolis*[54], de sua amiga Marjane Satrapi, um livro que em 2002 já havia vendido mais de 100 mil exemplares[55]. A inércia da editora já estava levando-a a se converter naquilo que quisera evitar: uma empresa profissional, quase uma grande editora. O surgimento de outras editoras ao estilo de L'Association era inevitável. Algumas, como a Seuil, a Cornélius ou a Amok, foram recebidas por L'Association como camaradas, não como competidoras. Uma distribuidora, Le Comptoir des Indépendants, propriedade de L'Association em sua maioria, acabaria se encarregando da difusão do material dessas pequenas editoras, em um movimento que recorda as origens do *direct market* nos Estados Unidos a partir das redes paralelas de distribuição dos comix.

Mas também as grandes empreendedoras realizaram seus próprios projetos de aparência "independente" para pegar sua fatia do mercado descoberto por L'Association, provocando uma resposta muito menos complacente por parte de Menu:

4 – Os quadrinhos alternativos: 1980-2000

> Sim, é a mesma coisa, mas desprovida de substância. [...] Em que cada ideia se converte em mercadoria. Com essa maneira de pensar, você pode fazer qualquer tipo de livro, de tamanho pequeno, em preto e branco, com uma autobiografia excessivamente simples ou um ponto de partida vendável, e chamá-lo de *"bande dessinée Indépendante"*. Você já os vê nas lojas: esses produtos falsos ou de terceira categoria ocupam as mesmas estantes que os nossos, e às vezes substituem os nossos[56].

Em 1999, L'Association publicou um projeto de extremo valor simbólico, que economicamente poderia muito bem ter afundado a editora caso tivesse sido deficitário: o *Comix 2000*. O livro, que acolheu uma seleção do material recebido depois de realizar uma convocação pública internacional, continha 2 mil páginas de histórias em quadrinhos sem palavras, e sua intenção era apresentar um panorama dos quadrinhos alternativos no mundo todo. O produto final, que efetivamente incluiu mostras de quadrinistas de todo o planeta, desde os Estados Unidos até o Japão, passando pela Europa, pode ser considerado uma extravagância editorial, mas vinha representar materialmente uma evidência: o triunfo internacional dos quadrinhos alternativos. Consolidados dos dois lados do Atlântico, esses quadrinhos com vocação para atingir o público adulto haviam se alimentado mutuamente, atendendo mais às irmandades que excediam as fronteiras do que às tradições locais. Os americanos influenciaram os franceses, mas estes também influenciaram os americanos, e finalmente todos haviam encontrado um frutífero território comum de colaboração. A dinamização internacional que a atividade de L'Association provocou teve o seu efeito em muitas tradições periféricas. Na Espanha, dois desenhistas estabelecidos em Mallorca que haviam iniciado sua carreira nas revistas dos anos 1980, Max e Pere Joan, ajudados pelo mais jovem Alex Fito, publicaram uma revista de quadrinhos de vanguarda intitulada *Nosotros somos los muertos* (1995), em sua primeira etapa, e *NSLM* (2003) [98] na posterior[57]. O projeto, iniciado em um fanzine como forma de expressar um protesto individual contra a passividade dos governos europeus diante da guerra dos Bálcãs, acabou se convertendo em um veículo para articular esses quadrinhos alternativos internacionais que uniam L'Association com a Fantagraphics. Em suas páginas, novos desenhistas espanhóis (Linhart, Paco Alcázar, Miguel Núñez, Gabi, Javier Olivares, Santiago Sequeiros, Portela/Iglesias) se uniam a veteranos recuperados depois do colapso dos anos 1980 (Keko, Martí, Gallardo, Del Barrio), e todos podiam ser tratados de igual para igual com Chris Ware, David B., Art Spiegelman, David Mazzucchelli, Julie Doucet e outros nomes de referência do cenário internacional.

A proliferação dos salões internacionais de quadrinhos, juntamente com o barateamento dos custos de impressão e as facilidades que a internet oferecia para o contato entre autores e a difusão das obras, ajudou a reforçar a "alternativa internacional". Por volta do ano 2000, existia a consciência de que esses quadrinhos adultos já estavam bastante consolidados para aspirar a algo mais do que as migalhas que os cada vez mais esgotados quadrinhos comerciais deixavam nas livrarias especializadas. Os primeiros autores alternativos começavam a entrar em sua fase de maturidade como criadores. O *Comix 2000* pareceu fechar simbolicamente uma etapa que terminava com o século e permitiu que os quadrinistas sérios se reconhecessem em uma foto de família internacional. Havia chegado o momento de deixarem de se considerar "alternativos" e passarem a empreendimentos maiores. Em 2000 foi lançado na França o primeiro número de *Persépolis*, de Marjane Satrapi, publicado por L'Association, e nos Estados Unidos a Pantheon publicou o volume *Jimmy Corrigan, The Smartest Kid in the World* [*Jimmy Corrigan, o menino mais esperto do mundo*[58]], de Chris Ware. Finalmente havia chegado o momento da novela gráfica.

[98] *NSLM* 10 (2004), Max.

5 – A NOVELA GRÁFICA

> *Os quadrinhos estão aparecendo nas livrarias como romances e nos museus como arte*[1].
>
> Chris Ware

O fim do alternativo

Com a chegada do século XXI, o conceito de "alternativo" perde o sentido, salvo como uma etiqueta já convencional que tem certa utilidade para distinguir "tipos de comics" entre os conhecedores. O sistema de oposições que dava sentido a esse termo perde seu valor, ou o altera, com o triunfo da novela gráfica nas livrarias generalistas pelas mãos de editoras literárias como a Pantheon nos Estados Unidos, a Gallimard na França e a Random House Mondadori na Espanha. Se "alternativo" havia sido definido sob o suporte do comic book e por oposição ao gênero de super-heróis dominante nas livrarias especializadas durante os anos 1980 e 1990, no novo panorama das livrarias generalistas e dos supermercados culturais ocorre um reajuste, pelo qual o material que conhecíamos como alternativo, e que com frequência trata de temas relacionados à memória, à autobiografia, à história ou à ficção não de gênero, passa a ser o material dominante para um público leitor geral e não especializado em quadrinhos, enquanto o material dominante nas livrarias especializadas, ou seja, a fantasia e os super-heróis, que acompanha as novelas gráficas adultas rumo às livrarias gerais, ocupa um nicho especializado, à semelhança do que ocorre em outros setores do consumo cultural, como a literatura ou o cinema, além de servir de forragem para as superproduções de efeitos especiais de Hollywood. A tendência, que vai aumentando durante toda a primeira década do século, coincide com um declínio cada vez mais pronunciado dos comic books, inclusive os de super-

-heróis, cuja presença está em declive nas bancas e nos pontos de venda maciços. Em maio de 2009, pela primeira vez na história, nenhum comic book alcançou 100 mil exemplares vendidos[2]. Quarenta anos antes, em 1968, a DC cancelava uma coleção como *Doom Patrol* [*Patrulha do Destino*] porque as vendas haviam caído para apenas 250 mil exemplares[3].

O caminho do comic book rumo ao ocaso já vinha se anunciando no mundo "alternativo" desde antes. *Ódio*, de Peter Bagge, o comic book mais vendido dos anos 1990 e que havia sido o símbolo geracional dos novos quadrinistas, foi concluído em 1998. De *Palookaville*, de Seth, só apareceram seis números entre 2000 e 2009, frente aos treze lançados entre 1991 e 1999; além disso, o autor ainda não havia conseguido terminar a *picture novella* que serializava nessa revista, *Clyde Fans*. Foram muito significativas as transformações sofridas pelos comic books das duas figuras máximas do movimento: Daniel Clowes e Chris Ware.

Clowes criou a *Eightball* em 1989 para ser "a minha própria versão da *Mad*, embora em uma versão muito perversa e mal-intencionada"[4]. Durante seus dezoito primeiros números, a *Eightball* manteve esse espírito miscelâneo e foi rigorosamente fiel ao formato do comic book, que só sofreu a alteração de receber paulatinamente cada vez mais páginas coloridas à medida que a consolidação das vendas a tornava economicamente viável. Em 1998, quando *Ódio* morria, a *Eightball* se reconverteu. Manteve a lombada canoa, mas aumentou suas dimensões para um tamanho mais parecido ao de uma revista tradicional, e seu conteúdo passou de diverso a monográfico. Os números 19-21 (1998-2000) foram dedicados exclusivamente à serialização em três partes de uma novela gráfica completa, *David Boring*. O comic book inspirado nos comic books de antigamente passava a se converter num fascículo para a pré-publicação de uma obra longa. Os dois números seguintes conservariam o formato ampliado e acentuariam ainda mais essa tendência de conteúdo homogêneo: o 22 (2001) era dedicado a uma única história, *Ice Haven*, que seria reeditada em 2005 como livro com capa dura pela Pantheon, mudando o seu formato para oblongo. O 23 (2004) teria, mais uma vez, uma única história, *The Death-Ray*, que ainda não havia sido reconvertida em novela gráfica, talvez porque, devido a seu conteúdo e intenção – é a visão peculiar de Clowes de um super-herói –, o formato com lombada canoa atual parece ser o mais

5 – A NOVELA GRÁFICA

adequado. É significativo que não tenha saído uma *Eightball* nova desde 2004[5]. Em parte, isso se deveu a questões externas – Clowes sofreu uma enfermidade cardíaca que o impediu de trabalhar durante meses, além de ter dedicado muito tempo ao desenvolvimento de vários projetos cinematográficos, depois do sucesso da adaptação de sua novela gráfica *Mundo fantasma* (2001) –, mas em parte também aos conflitos provocados pela realocação do comic book no novo panorama dos quadrinhos adultos. Clowes expressou recentemente essas dúvidas:

> Ninguém mais quer lidar com o formato de comic book nos Estados Unidos; é um formato antiquado. Deve-se sobretudo ao fato de que tem de ser barato, e as pessoas esperam que não custe muito. Por isso as lojas não ganham dinheiro e não lhes interessa promovê-lo. Eu poderia trabalhar assim, mas tenho a sensação de que o momento já passou, e isso resultaria em algo não espontâneo. Sempre quis que meus quadrinhos se parecessem com os comic books da minha infância. E agora parece que estou tentando fazer algo que saiu de moda e não mais existe, de modo que creio que tenho de modificar a forma como faço quadrinhos, ou seja, como apresento os quadrinhos[6].

O trânsito das HQs do estilo "dos comic books da infância" para as aparentes exigências da novela gráfica contemporânea não foi indolor para Clowes. Eventualmente, como no caso de *Ice Haven*, esse trânsito pôde ser feito com uma simples adaptação do material para um formato novo [99]. *Ice Haven* é uma história em coro, que, embora utilize como enredo um suposto assassinato infantil (inspirado no caso real do assassinato de Leopold e Loeb nos anos 1920), tem como real intenção examinar diversos personagens peculiares na vida de uma pequena cidade. Para contar essa história, Clowes reuniu as páginas como se fossem tiras diárias e páginas dominicais dos jornais dos anos 1950 e 1960, ou seja, como unidades aparentemente heterogêneas e autônomas que, no entanto, se relacionavam entre si. Em sua versão em livro, ou "comic-strip novel", *Ice Haven* passava do comic book com grampo ampliado para o livro oblongo de pequeno formato e capa dura. Clowes diria que "a história funciona melhor no formato de livro para mim. Parece mais densa. Ao folhear o livro, ao contrário do que acontece no gibi, parece que ela adquire uma substância própria"[7]. A questão da *densidade* vinha há muito tempo preocupando os quadrinistas maduros. Em 1997, Max declarava que, comparados com a literatura, os quadrinhos "não têm menos estatura, mas creio que têm menos densidade. Para mim é uma questão de densidade, de quantidade de conceitos por centímetro quadrado de página. Com relação a isso, os quadrinhos são simples. Gasta-se muito papel para transmitir poucas ideias"[8]. De imediato o apogeu da novela gráfica havia imposto aos desenhistas a obrigação de mostrar sua *densidade* nos requadros. Durante muitos anos, *Maus* havia sido o exemplo de uma HQ capaz de ser densa, mas sua prolongada solidão havia feito pensar que se tratava de um fenômeno extraordinário e único, cujo mérito talvez estivesse no tema, e não na forma. A recuperação das ambições formais de *Maus* por parte de Chris Ware e do próprio Clowes, depois de *David Boring* e *Ice Haven*, obrigava os quadrinistas sérios a se proporem desafios maiores. Para Clowes, esse umbral implicava uma *ansiedade pela densidade*, que o levou a empreender um projeto que, finalmente, depois de vê-lo em perspectiva uma vez recuperado de sua enfermidade, decidiu abandonar. Segundo suas próprias palavras:

> Passei cerca de um ano trabalhando nessa coisa que... Estava tentando escrever uma novela densa de um só fôlego, e tinha a sensação de que estava me esforçando demais para fazer uma *novela gráfica*, e isso acabou sendo muito restritivo. Tive que deixar de trabalhar nisso. Desde então, fiz um punhado de coisas menores. Não sei, [a pausa produtiva] não teve tanto a ver com eu me dedicar ao cinema quanto com o fato de necessitar de um algum tempo sem fazer quadrinhos e voltar a repensá-los. Senti que de repente a ideia de fazer um comic book já não era adequada. E tinha que averiguar como fazer quadrinhos; não sabia se queria fazer necessariamente livros individuais, nem era capaz de adivinhar como fazê-los. Agora sinto que tenho uma ideia para abordá-los e sinto que vejo mais o futuro que tenho pela frente. Durante alguns anos não fui capaz de ver bem o que podia fazer, já não era capaz de entender como era o panorama do negócio dos quadrinhos[9].

[99] "Ice Haven", em *Eightball* 22 (2001), Daniel Clowes.

Essa *tendência para a densidade*, como já mencionamos, tem muito a ver com a ascensão ao lugar principal do panorama internacional da HQ de vanguarda *Acme Novelty Library*, de Chris Ware. A *Acme* começou em 1993, e seu primeiro número [100] seguia o formato canônico do comic book alternativo com grampo da época. Entretanto, a partir do número 2 (1994), que adotava um insólito tamanho gigante, a *Acme* não voltaria a se parecer com o que identificamos como um comic book convencional. Até o número 14 (2000), no qual concluiu a serialização de *Jimmy Corrigan*, Chris Ware experimentou todo tipo de forma e formato, enfatizando o desenho e se distanciando cada vez mais da aparência mais reconhecível do que é um comic book. Mas, com a entrada no novo século, as distâncias entre o formato padronizado original e o caminho seguido pela revista se acentuariam enormemente. O número 16 (2005) da *Acme* seria o primeiro autopublicado por Ware – em que suas exigências com os detalhes fizeram com que ele entrasse em choque até mesmo com a Fantagraphics, a editora dos quadrinhos alternativos por excelência, conhecida por dar liberdade absoluta aos seus autores – e, a partir de então, ela será apresentada com capa dura, assemelhando-se mais a um livro independente em cada número do que a um fascículo de uma coleção de publicações periódicas. O conteúdo dos últimos números da *Acme* é também monográfico, como no caso dos números mais recentes da *Eightball*. Em cada volume estão incluídas páginas de algumas das novelas gráficas que nesse momento Ware está desenvolvendo, mas o desenhista procura que o segmento incluído tenha em si mesmo certa autonomia de leitura. Ou seja, cada *Acme* é agora uma miniatura de novela gráfica que, por sua vez, gesta uma novela gráfica futura mais ampla.

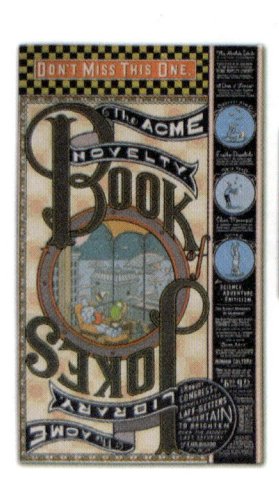

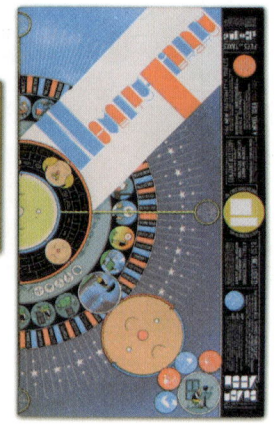

[100] Capa de diversos números da *Acme Novelty Library*, Chris Ware, reproduzidas em uma escala proporcional.

5 – A NOVELA GRÁFICA

— Me gusta.

Su pelo era sedoso y se extendía a lo largo de su frente.

Lo alisé y lo puse detrás de su oreja.

Estaba relajada y aun así sus cejas dibujaban un gesto preocupado, formando un ceño permanentemente fruncido.

¿Qué le preocupaba?

[101] *Blankets* (2003), Craig Thompson.

[102] *Bottomless Belly Button* (2008), Dash Shaw.

5 – A NOVELA GRÁFICA

O auge desse processo de substituição do comic book pela novela gráfica como formato preferido se dá com o surgimento de quadrinhos que se apresentam diretamente nessa forma, sem ter passado antes pela pré-publicação em suporte fragmentário e seriado. O título paradigmático dessa tendência, e que talvez tenha confirmado sua viabilidade comercial, é *Blankets* [*Retalhos*[10]] (2003) [101], de Craig Thompson. Com quase seiscentas páginas, *Blankets* era um esforço insólito num meio em que era costume criar as obras de maior envergadura acumulando-as pouco a pouco. Além disso, Craig Thompson (1975) tinha apenas 28 anos quando o livro foi publicado, de modo que o sucesso de *Blankets* confirmava a existência de uma nova geração de *novelistas gráficos* que havia crescido lendo os grandes nomes alternativos dos anos 1990, e que essa nova geração chegava a um público novo, que não havia se iniciado nas livrarias especializadas. Obras como a recente *Bottomless Belly Button* [*Umbigo sem fundo*[11]] (2008) [102], de Dash Shaw, corroboram que a via continua aberta. Dash Shaw (1983) tinha entre 22 e 24 anos quando desenhou esse livro de 720 páginas. Nunca, desde que Rodolphe Töpffer começou a compor suas *histoires en estampes*, haviam sido publicadas histórias tão longas em forma de quadrinhos diretamente como livro unitário.

Mestres da novela gráfica

A figura central dessa nova novela gráfica é Chris Ware (1967). Nascido em Omaha (Nebraska), estudou na Universidade de Austin, no Texas, e atualmente reside em Chicago. Ware tornou-se conhecido com pouco mais de vinte anos, quando Art Spiegelman o convidou para colaborar nos dois últimos números da *Raw* (1990-1991). Ali ele publicou uma história que se mostraria paradigmática de suas inquietações por experimentar as ferramentas do meio: "Thrilling Adventure Stories" (também conhecida como "I Guess") [103], em que uma narrativa textual de caráter autobiográfico e intimista ocupava todos os espaços, diegéticos ou não, destinados à palavra – balões, requadros, mas também onomatopeias – em um pastiche de uma HQ de super-heróis dos anos 1940. Em 1993, Ware deu início a seu próprio comic book, a *Acme Novelty Library*, pelo emblemático selo Fantagraphics, onde já estavam Los Bros, Daniel Clowes e Peter Bagge. Na *Acme*, Ware recopilava as páginas que ia publicando em diversas revistas e jornais, como o *Daily Texan*, o *New City* e o *Chicago Reader*, e dava-lhes nova forma adaptando-as aos extravagantes formatos que inventava para sua revista, muito influenciada pelo design gráfico modernista. A consagração de Ware chegou com a publicação em livro pela Pantheon de *Jimmy Corrigan, o menino mais esperto do mundo* (2000) [104], previamente serializada na *Acme*. *Jimmy Corrigan* é a história de três gerações de varões da família Corrigan, desde um presente situado nos anos 1980 até um passado em 1893, durante a Exposição Colombiana de Chicago. O tema principal de *Jimmy Corrigan* era o abandono e a solidão – assim como seu protagonista, Ware também foi abandonado por seu pai quando menino, e durante a realização da obra voltou a contatá-lo brevemente sem tê-lo procurado –, mas a real novidade estava no modo como Ware reinventava a linguagem dos quadrinhos para expressar sentimentos e matizes que até então pareciam fora do alcance de uma arte nascida como entretenimento vulgar. Esse esforço para reinventar a linguagem dos quadrinhos era muito consciente por parte de Ware:

> Por exemplo, se alguém quisesse fazer um filme sobre a sua vida, provavelmente poderia. Talvez ele não ficasse bom, mas como todo mundo cresceu assistindo a filmes, todo mundo está versado na linguagem do cinema, e poderia transmitir suas intenções, ainda que de um modo desajeitado. Ou se alguém decide se sentar para escrever suas memórias, pode fazê-lo também. Basta olhar o tamanho do dicionário: temos um enorme vocabulário e a gramática para expressar nossos sentimentos com sutileza. Mas cada vez que se tenta escrever sobre a vida utilizando a estrutura básica herdada dos quadrinhos, o resultado acaba parecendo uma *sitcom*. A única maneira de mudar isso é continuar fazendo quadrinhos, repetidas vezes, até que a linguagem acumule os meios para transmitir esses detalhes e matizes[12].

Essa reinvenção da linguagem dos quadrinhos na qual Ware embarcou passa a questionar a tradição cinematográfica ou de narrativa invisível herdada de Milton Caniff através do comic book e recupera aspectos dos pioneiros dos quadrinhos, desde Winsor McCay e George Herriman até Frank King. Ou seja, a recuperação do valor da página como elemento visual, como unidade gráfica que não apenas se lê, mas se olha. Junto a isso, o questionamento da hierarquia do desenho e da palavra – nas HQs de Ware, às vezes as funções de um e de outra se intercambiam [105] –, e do valor do desenho e da materialidade do livro como objeto, expressada por meio dos valores de produção e também dos anúncios paródicos – uma atualização do legado da *Mad* de Kurtzman – e dos recortes que oferece.

5 – A NOVELA GRÁFICA

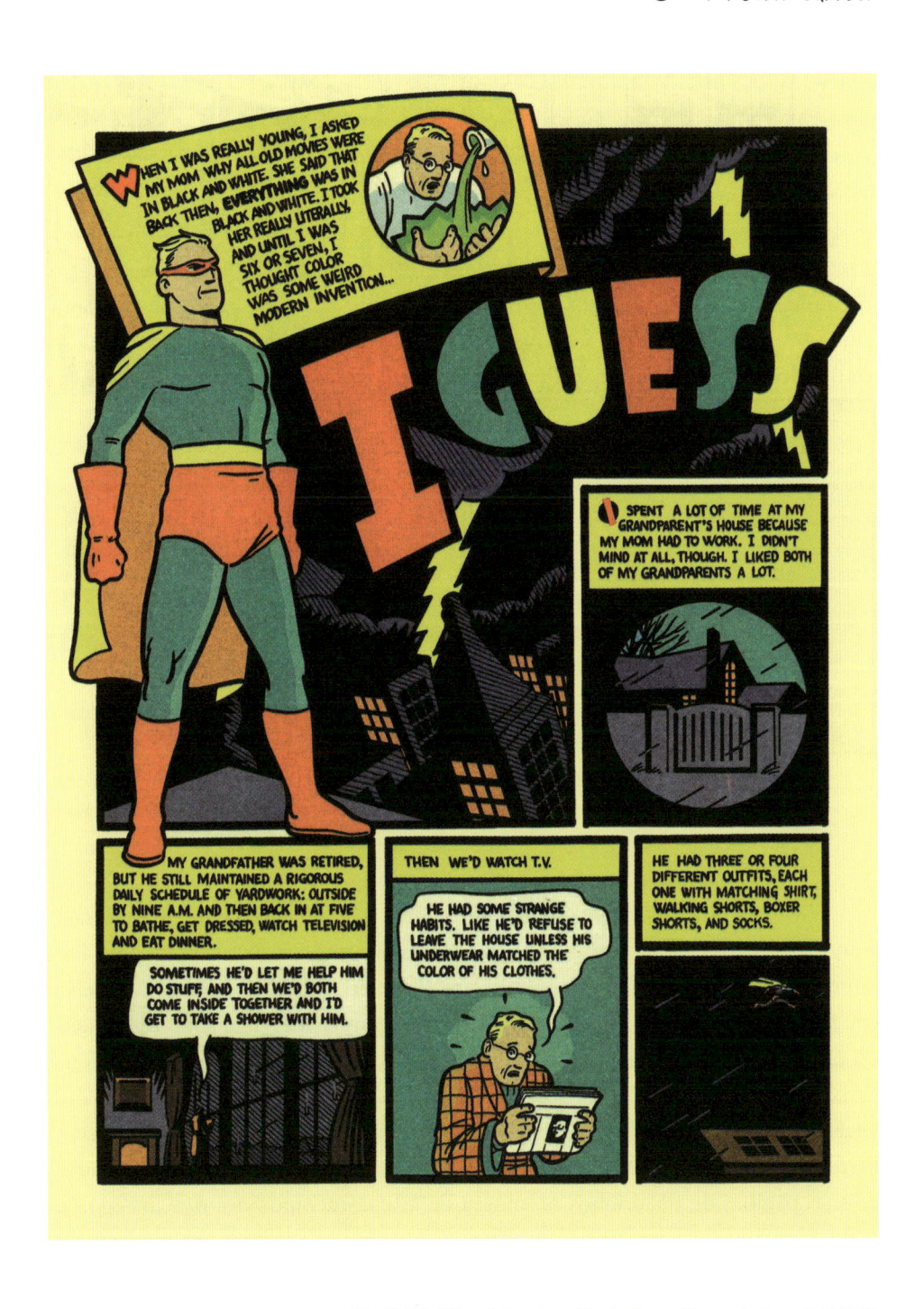

[103] "Thrilling Adventure Stories", em Raw vol. 2, n. 3 (1991), Chris Ware. Versão colorida de *Quimby the Mouse* (2003).

[104] *Jimmy Corrigan* (2000), Chris Ware.

Ware é, sem dúvida, quem melhor reflete o significado da sua própria frase, com a qual abrimos este capítulo. Suas HQs estão sendo reconhecidas como literatura: *Jimmy Corrigan* ganhou o prêmio First Book do jornal britânico *The Guardian* em 2001, a primeira vez que uma novela gráfica ganhava esse prêmio; foi requerido para contribuir com uma história em quadrinhos para a mencionada antologia de narrativa contemporânea *The Book of Other People*[13], e ilustrou a capa da revista *Granta*[14]. Ainda, logo estariam tendo uma presença cada vez maior nos museus. Participou da bienal do Whitney de 2002 e protagonizou uma exposição individual de suas páginas de quadrinhos no museu de arte contemporânea de Chicago em 2006. Certamente, a penetração de Ware nos templos da cultura institucional não deixou indiferentes os críticos mais conservadores. Com relação à última mostra, o crítico de arte do *Chicago Tribune*, Allan Artner, escreveu que ela atrairia "os muitos adultos que sofreram um atraso no seu desenvolvimento provocado pelos gibis e por seu parente mais musculoso, a novela gráfica"[15], demonstrando unicamente quanto caminho Ware e seus contemporâneos ainda tinham a percorrer para consolidar a mudança na percepção dos quadrinhos como meio de comunicação.

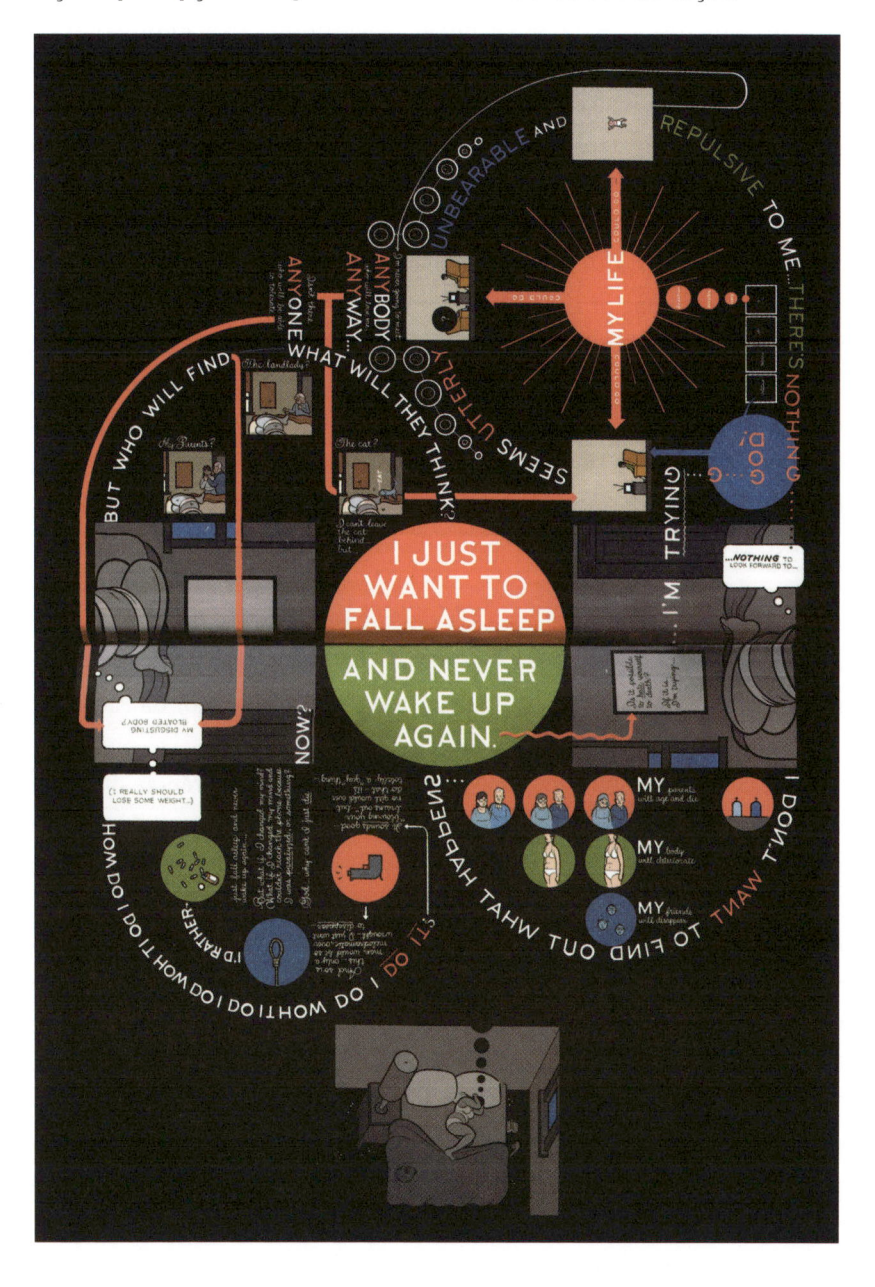

[105] História de uma página da *Acme Novelty Library* 18 (2007), Chris Ware.

Mas Ware não se limitou a ser objeto de exposições. Também realizou um importante trabalho de teorização, escrevendo artigos, editando antologias e supervisionando ele próprio as exposições. Assim, foi responsável pelo número 13 da revista literária *McSweeney's*, dedicado aos quadrinhos, pelo antológico volume *The Best American Comics 2007*, e dirigiu uma exposição dedicada a quadrinistas na Universidade de Phoenix. Sua facilidade para a análise objetiva e a expressão precisa, assim como a imensa autoridade derivada da sua categoria como autor, converteram-no num autêntico oráculo da nova HQ literária ou de vanguarda. Sua figura não é apenas de referência nos Estados Unidos, mas tem um alcance internacional. Na França, *Jimmy Corrigan* ganhou em 2003 o prêmio de melhor livro no Festival Internacional de Quadrinhos de Angulema, o mais importante da Europa, que não era conquistado por um autor estrangeiro havia mais de quinze anos. Em 2010 publicou um volume monográfico dedicado ao estudo da sua figura que começava com uma renúncia total a qualquer chauvinismo nacionalista por parte de seus autores: "Chris Ware est sans doute le plus important auteur de bande dessinée de ces dernières années, et pas seulement aux État-Unis, son pays de naissance et de résidence"[16].

O peso de Ware na nova novela gráfica pode ser medido pela influência que tem tido sobre seus próprios contemporâneos. Duas das principais figuras do movimento, Daniel Clowes e Seth, mostraram a marca do autor da *Acme*.

Daniel Clowes (Chicago, 1961) foi modificando a aparência da *Eightball* e dando mais importância ao desenho, seguindo os passos de Ware. As três primeiras novelas gráficas que serializou em seu próprio comic book seguiam as convenções da narrativa invisível e coerente: *Como uma luva de veludo moldada em ferro*, *Mundo fantasma* e *David Boring*. Só *Mundo fantasma* estava estruturado em episódios fechados, mas de caráter homogêneo, e parece que o recurso imitava o modelo das histórias de Buddy Bradley que Peter Bagge publicava na *Ódio*. Mas depois da publicação de *Jimmy Corrigan*, as duas últimas obras de Clowes[17] publicadas na *Eightball* são compostas pela junção de histórias breves heterogêneas, que normalmente citam de forma expressa gêneros e estilos do passado dos quadrinhos e colocam os mecanismos fictícios em primeiro plano e diante dos olhos do leitor, à maneira de Ware. Na verdade, assim como Ware transforma suas páginas em suas diversas fases de publicação (primeiro, quando aparecem na revista ou jornal original, depois quando são adaptadas à *Acme Novelty Library*, e por fim quando são publicadas em livro), Clowes realizou uma versão modificada de *Ice Haven* quando passou da sua publicação original em comic book no número 22 da *Eightball* para sua publicação como livro oblongo de tiras.

Desde os anos 1990, o canadense Seth (nome real Gregory Gallant, Clinton, Ontário, 1962) publica sua HQ *Palookaville*, na qual apareceria a novela gráfica (ou *picture novella*, como ele prefere chamá-lo) que lhe deu fama, *It's a Good Life if You Don't Weaken* (1996), uma obra de caráter autobiográfico falso, como já dissemos, em que o próprio Seth contava sua busca de um antigo desenhista esquecido. Seth sempre se caracterizou pela nostalgia de uma era perdida que ele nunca viveu: inclusive ele próprio veste trajes e chapéu à moda dos anos 1920. É essa saudade das épocas perdidas através de seus objetos e edifícios, e através dos personagens anciãos e solitários que as viveram, que aparece na ainda inconclusa *Clyde's Fans* e em seu último livro, *George Sprott*[18] (2009), publicado originalmente em fascículos na *The New York Times Magazine*. *George Sprott* [106] mostra uma série de elementos comuns com as propostas de Ware: a importância destacadíssima do desenho e da materialidade do livro, a nostalgia dos produtos e edifícios de antes da Segunda Guerra Mundial e, sobretudo, a construção da história baseada na reunião de materiais diversos: histórias de uma página com diferentes estilos, anúncios, ilustrações etc. Num nível mais profundo, Seth também compartilha com Ware um ritmo pausado, um interesse pelos detalhes e pelos momentos insignificantes da vida, e uma obsessão pela solidão como tema, mas é justo dizer que esses traços já apareciam em sua obra antes do impacto de *Jimmy Corrigan*.

Além disso, Seth desenvolveu durante os últimos anos sua faceta de excelente desenhista de livros e também escreveu prólogos e comentários de obras. Embora Ware tenha escrito sobre os clássicos, também sempre dedicou uma grande atenção aos últimos criadores. Seth se interessou mais por mestres do passado, como Lynd Ward e Frans Masereel, os novelistas gravuristas dos anos 1920 e 1930, ou como o britânico Raymond Briggs, autor de contos infantis e de gibis para adultos desde os anos 1970, hoje considerado mais um dos pioneiros da novela gráfica. Seth também seguiu Ware em seus esforços para enroupar as reedições de clássicos dos quadrinhos com desenhos adaptados ao gosto atual das HQs de vanguarda. Se Ware foi responsável pelo aspecto gráfico das coleções de *Krazy Kat* [107] de George Herriman ou *Walt & Skeezix* (*Gasoline Alley*) de Frank King, Seth assinou as de *Minduim* [108] de Charles Schulz, *Nancy* e *Melvin Monster* de John Stanley e uma recopilação monumental do humorista canadense Doug Wright. Ou seja, poderíamos dizer que Seth não só encontrou vias criativas para sua própria obra através dos achados formais de Ware, mas se ressituou como um nome no panorama da novela gráfica contemporânea: não só um autor importante, mas também um referencial que determina tendências estéticas e de desenho, e que assinala e glorifica as obras do passado que ficam canonizadas como exemplos válidos para os criadores cultos atuais.

[106] *George Sprott* (2009), Seth.

5 – A NOVELA GRÁFICA

[107] *Krazy and Ignatz 1939-1940* (2007), de George Herriman. Desenho de Chris Ware.
[108] *The Complete Peanuts 1950-1952*[19] (2004), de Charles Schulz. Desenho de Seth.

Ao lado de Ware, Clowes e Seth, os principais mestres da novela gráfica surgidos dos quadrinhos alternativos são os irmãos Hernandez, Chester Brown, Charles Burns e Gary Panter. Os primeiros se situam, como vimos, na origem de toda a escola alternativa. O próprio Clowes se declararia em débito com eles, como fonte de inspiração: "Foram os autênticos pioneiros da minha geração"[20]. Sua contínua atividade durante os últimos 25 anos o converteu em modelo para várias gerações, apesar de sua produção nunca ter se amoldado com facilidade ao formato de novela gráfica. As histórias de Gilbert e Jaime, sempre publicadas originalmente nas diversas representações de *Love and Rockets* ou em outras HQs derivadas que foram lançadas ao longo dos anos, acabam sendo recopiladas em forma de livro de maneiras muito diversas, mas em raríssimas ocasiões resultam em títulos com certa autonomia. Só Gilbert, o mais aventureiro da família, produziu várias novelas gráficas completamente independentes nos últimos anos, mas todos eles afastados do universo fictício de Palomar e seus personagens, ou muito tangencialmente relacionados com ele, e com frequência fora do seu selo-mãe, a Fantagraphics. Entretanto, os personagens, a estética e o estilo narrativo dos Hernandez têm sido um modelo constante para muitos dos jovens autores de raiz literária, desde Adrian Tomine até R. Kikuo Johnson.

Chester Brown (1960) compõe, junto com Joe Matt e Seth, com quem mantém uma estreita amizade que com frequência se refletiu nas histórias mais autobiográficas de todos eles, o trio de quadrinistas canadenses mais importantes dos anos 1990. Brown foi um dos primeiros quadrinistas alternativos a desenvolver relatos de envergadura através do comic book *Yummy Fur*. *Ed The Happy Clown*, uma perturbadora odisseia surrealista de mais de duzentas páginas, surgiu recopilada como livro já em 1989. Depois chegaram duas obras-primas que teriam grande influência sobre os quadrinhos autobiográficos posteriores: *Playboy*[21] (1992) e *I Never Liked You* (1994), ambas centradas nos sentimentos da adolescência. A brutal sinceridade das histórias de Brown tem sido o padrão para as dezenas de desenhistas que posteriormente se dedicaram a contar suas experiências juvenis. Depois do fracasso de *Underwater*, a história não concluída pelo autor de um menino desde o seu nascimento, contada a partir do seu próprio ponto de vista, Brown deu uma virada surpreendente na sua trajetória com *Louis Riel* (2003) [109], uma "comic-strip biography" que conta com um tom distanciado e aparente objetividade a vida de um revolucionário canadense do século XIX.

Charles Burns (1955) e Gary Panter (1950) parecem opostos à primeira vista, mas ambos têm muitas coisas em comum. Os dois ficaram conhecidos na *Raw* de Art Spiegelman e colaboraram no *Facetasm* (1998), um livro peculiar no qual rostos desenhados pelos dois artistas estão cortados em três partes, de maneira que se pode combinar partes de Burns com partes de Panter, criando milhares de alterações possíveis. Foi Matt Groening, o criador de *Os Simpsons* e autor da HQ de humor *Life in Hell*, que foi colega de colégio de Burns, quem apresentou os dois artistas. Burns se tornou conhecido com suas histórias curtas que reutilizavam pastiches dos quadrinhos mais convencionais dos anos 1950 e 1960, pervertendo as rígidas regras dos gêneros padronizados por sua obsessão pelo monstruoso, pelo bizarro e pelo doentio. Embora tenha inventado um personagem recorrente, El Borbah, um absurdo cruzamento entre lutador mexicano e detetive, Burns insistiu mais nos traumas da adolescência, personificados no freudiano Dog Boy, um garoto de esmerada aparência dominado por instintos caninos. Seu estilo replica em minúcias as técnicas dos desenhistas comerciais de meados do século XX, com uma arte-final de traço redondo e perfeito, extremamente minuciosa. O auge de todas as obsessões de Burns chegaria em *Black Hole* [110], publicado em comic book durante dez anos e finalmente como livro em 2005. *Black Hole* volta ao tema da desorientação da adolescência por meio da alegoria da enfermidade, na atmosfera enigmática de um povoado americano durante uns anos 1970 extraídos da memória mítica.

5 — A NOVELA GRÁFICA

[109] *Louis Riel* (2003), Chester Brown.

[110] *Black Hole* (2005), Charles Burns.

5 — A NOVELA GRÁFICA

A estética de Panter é completamente diferente da de Burns. Diante do esmero de Burns, Panter renuncia a toda formalidade, em uma orgia de rabiscos que convertem seus requadros em uma espécie de *comic brut*. Nas páginas da *Raw*, Panter apresentou um personagem recorrente, Jimbo, que lhe serve de modelo e desculpa para veicular qualquer tipo de história. Seu último título, o monumental *Jimbo in Purgatory* (2004) [111], levava-o a parafrasear a obra de Dante, da qual ele já havia se aproximado em *Jimbo's Inferno* (1999, reeditado em um formato similar ao de *Purgatory* em 2006). A originalidade e a liberdade de Panter exerceram grande influência sobre as novas gerações de quadrinistas — muitos dos quais ele formou diretamente como professor da nova-iorquina School of Visual Arts, onde também ministraram aulas, entre outros, David Mazzucchelli e Art Spiegelman —, o que permite considerá-lo o pai de uma tendência gráfica antiformalista de quadrinhos de vanguarda e, de certa maneira, a grande figura paterna que compensa a atração exercida pela minúcia de Chris Ware. O próprio Ware reconheceu o papel pioneiro de Panter na mudança para a tendência à experimentação formal a serviço de uma nova sensibilidade mais artística:

> O desenhista Gary Panter merece mais crédito do que ninguém por essa mudança, pois nos anos 1970 e 1980 ele inventou uma nova forma de narração visual que articulava e destacava as mudanças emocionais da experiência, transformando em tinta sobre papel a essência das sensações sinestésicas da memória em uma alquimia inseparável da poesia, da caligrafia e da visão, que deixa o leitor aturdido[22].

O que Burns e Panter compartilham é o tratamento das imagens da cultura de massas — sejam as HQs românticas dos anos 1950 para o primeiro, seja a série de humor infantil *Nancy*, pela qual sente veneração, para o segundo — como um artefato pop que se readapta para a expressão pessoal. Panter relaciona o processo com a estratégia típica situacionista, embora "só mais tarde eu tenha me dado conta de que o *détournement* é um pouco o que faço em meus quadrinhos: pegar uma fonte e mudar sua aplicação"[23]. Com Burns e Panter abriam-se as portas da história dos quadrinhos para que os novos quadrinistas a saqueassem à vontade, reutilizando convenções, tipos e estilos em projetos de alcance pessoal. Já não se tratava de representar a realidade, mas de processar imagens processadas e reconhecer a realidade criada pelo universo simbólico de objetos e imagens manufaturados em que vivemos.

[111] *Jimbo in Purgatory* (2004), Gary Panter.

A aproximação da realidade: do indivíduo para o social

A autobiografia, com frequência em sua vertente mais exibicionista e banal, foi o veículo que mobilizou o afastamento dos quadrinhos alternativos em sua viagem rumo à novela gráfica. Por isso a figura do grande marginal dos quadrinhos americanos recentes, Harvey Pekar, o autor que não era nem underground nem comercial, agigantou-se nos últimos tempos (isso também foi ajudado pelo sucesso do filme *American Splendor* [Anti-herói americano], 2003). Certamente as raízes dessa tendência partem de Robert Crumb, Justin Green e Aline Kominsky, mas, como observou R. Fiore, "a carreira de Pekar ensinou duas lições vitais aos quadrinistas que o seguiram: (1) Não deixe que ninguém lhe diga que a sua experiência não é um tema válido para a sua arte; e (2) Não aceite um não como resposta"[24]. Na verdade, Pekar não só deu forma a um tipo de quadrinhos com frequência solipsista, depressivo e antiemotivo, mas também a um perfil de quadrinista instalado na consciência do seu papel minoritário e, no entanto, implacável. A ética do perdedor, a renúncia expressa ao sucesso, sintonizava com a neurótica geração X que escutava Kurt Cobain durante os anos 1990, por mais chocante que isso tenha sido para Pekar, um notável conhecedor e resenhista do jazz de vanguarda. Pekar era mais um intelectual proletário filho da geração beat do que um eterno adolescente consumista de classe média, como a maioria de seus seguidores.

O exibicionismo explícito de Pekar, sobretudo em sua primeira fase, foi seguido por quadrinistas já mencionados, como Joe Matt, Julie Doucet ou Debbie Drechsler, e também por outros que puseram sobre a página dolorosos ou escabrosos episódios de seu passado. Phoebe Gloeckner contava nos sórdidos *A Child Life* (1998) e *Diary of a Teenage Girl* (2002) – combinando texto, ilustração e história em quadrinhos – suas próprias memórias sexuais através de um personagem. Gloeckner sempre negou que sua obra fosse autobiográfica, embora essas afirmações tenham sido postas em dúvida pela crítica. Há toda uma corrente de confissões sexuais abjetas que foi praticada por novelistas gráficas femininas desde os anos 1990, talvez como parte de uma virulenta reivindicação de gênero.

A obra de Pekar, que, como dissemos, não desenha suas próprias histórias, mas deixa-as nas mãos de diversos colaboradores gráficos de categoria muito desigual, também colocava uma questão estimulante para a última leva de autores: a questão do ofício. Embora Ware, Clowes, Seth, Burns, Los Bros e Tomine, entre outros, sejam desenhistas de qualidade comprovada que, além disso, foram aperfeiçoando seu domínio do desenho com o passar dos anos e investindo cada vez mais esforços no desenho geral de suas obras, os desenhistas de Pekar, que às vezes não estavam à altura de seus melhores colaboradores, e o desenho grosseiro de seus gibis estabeleciam que, na autobiografia, a honestidade era a principal virtude e que não era necessária uma elaboração muito formal para chegar com toda a sua potência à página. Isso, juntamente a explosão dos minicomics – gibis xerocados – durante os anos 1980 e 1990, e o acesso à educação artística de nível universitário por um número cada vez maior de novos quadrinistas, que aprendiam assim os princípios da arte contemporânea antiacadêmica, facilitou o desenvolvimento de toda uma corrente de minimalismo confessional. São histórias que tratam a própria vida aparentemente sem distanciamento no conteúdo, evitando ao máximo a censura de acontecimentos e de sentimentos, e com uma grande imediatez no aspecto gráfico. James Kochalka, um dos mais firmes opositores ao "ofício", desenvolve um diário [112] a partir de 1998 que o obriga a desenhar cada dia uma pequena história contando um acontecimento cotidiano. Apesar da simplicidade de sua proposta gráfica, Kochalka escolhe se representar como um elfo, em um giro retórico surpreendente que recorda a escolha de Spiegelman por animais antropomórficos para os personagens de *Maus*. Se em *Maus* os ratos nos permitem imaginar *de verdade* o Holocausto, em *American Elf*, o elfo nos permite ver o rotineiro como se fosse novo. Na recopilação dos cinco primeiros anos de *American Elf*, Kochalka escreve:

> Sou um ser humano. Todos somos, e todos fazemos cem pequenas coisas diferentes todos os dias. E cada dia escolho uma dessas pequenas experiências e desenho uma história sobre ela. Já faz mais de cinco anos que faço esse diário. Os dias passam, as páginas se enchem, e a fileira de cadernos negros cresce na minha estante. Cada história individual pode ser quase insignificante, mas todas juntas ganham força. Juntas, estão se convertendo em um retrato completo da minha vida.

Jeffrey Brown estreou com *Clumsy* (2002) [113], que contava a segunda relação sentimental importante do autor por meio de breves cenas desordenadas cronologicamente. A aparente falta de profissionalismo do desenho – repleto de erros e

5 – A NOVELA GRÁFICA

imperfeições – fez com que Brown tivesse muitas dificuldades para encontrar editor. Entretanto, uma vez publicada a obra, esta se converteu em um rápido sucesso de vendas internacional, graças à espontaneidade e à imediatez na transmissão das experiências do autor. A improvisação do roteiro e do desenho mostra uma sintonia com a própria improvisação com que Brown havia representado essas mesmas cenas na vida real. John Porcellino ou David Heatley são outros expoentes dessa tendência de minimalismo confessional que se relaciona com a preocupação mais ampla pela memória de um nutrido grupo de quadrinistas americanos contemporâneos.

[112] *American Elf* (2004), James Kochalka.

[113] *Clumsy* (2002), Jeffrey Brown.

5 — A NOVELA GRÁFICA

Assim, seguindo a esteira de Chester Brown, com seus regressos à adolescência, ou do próprio Art Spiegelman, com o que *Maus* tem de resgate da história familiar, podem ser encontrados títulos de David Small, Alison Bechdel, Lynda Barry, Carol Tyler, R. Kikuo Johnson, Gene Luen Yang, Nate Powell ou Mariko e Jillian Tamaki, entre outros. Em *Stitches* (2009), Small recupera sua infância traumática, submersa no silêncio depois que uma cirurgia para a retirada de um tumor maligno afetou suas cordas vocais. A tensão psicológica em que sua família vivia, presidida por sua mãe irascível, lésbica em segredo, recorda a que Bechdel descreve na densa *Fun Home*[25] (2006) [114], que foi recebida pela crítica literária como uma das novelas do ano, gráficas ou não. Em *Fun Home* conta-se a descoberta da homossexualidade da autora, ao mesmo tempo que a de seu pai, cuja morte, atribuída a um acidente, Bechdel suspeita ter sido um suicídio. Carol Tyler segue esse caminho de busca do pai em *You'll Never Know* (2009). Lynda Barry, em *One Hundred Demons* (2002), reelabora as recordações (os "demônios") da infância e da adolescência em capítulos temáticos ("Magia", "Baile", "Lanternas mágicas", "San Francisco", "Odores"), elaborados com um colorido *naïf*, perpetuamente perplexa diante das emoções sempre novas da vida.

A exploração da adolescência também levou ao surgimento de temas de identidade e raça, que haviam sempre permanecido em segundo plano nos quadrinhos alternativos, apesar de seus pais fundadores, os irmãos Hernandez, terem inundado *Love and Rockets* de personagens latinos e de uma mescla linguística peculiar de inglês e espanhol. Vale a pena mencionar um curioso antecedente distante de natureza mista: *Manga Yonin Shosei* é uma HQ de 112 páginas escrita e desenhada por Henry Kiyama, um imigrante japonês de San Francisco que conta suas vivências e as de outros expatriados durante sua estada nos Estados Unidos entre 1904 e 1924[26]. Ela apresenta os traços típicos reconhecíveis dos quadrinhos: narrativa dividida em vários requadros por página e balões de diálogo. Estes apresentam um peculiar bilinguismo, pois os personagens americanos falam em inglês (um inglês incorreto, é claro, pois não nos esqueçamos de que esses diálogos são escritos por um imigrante japonês que está aprendendo a língua), enquanto os personagens japoneses falam em japonês. Composto de 52 episódios, cada um com um tratamento humorístico ao estilo das tiras de jornais norte-americanos da época, o livro não deixa de ser ao mesmo tempo um testemunho autobiográfico e um retrato da vida de San Francisco no primeiro quarto do século XX.

[114] *Fun Home* (2006), Alison Bechdel.

5 – A NOVELA GRÁFICA

O descendente remoto de *Manga Yonin Shosei* é *American Born Chinese* [*O chinês americano*[27]] (2006), de Gene Luen Yang, que questiona a dupla identidade, herdada e adquirida, do protagonista, entrelaçando as inseguranças adolescentes e de identidade com a mitologia asiática do Rei Mono[28]. Pouco antes havia sido publicado *Same Difference* (2003), uma coleção de relatos intimistas do coreano-americano Derek Kirk Kim, que faz alusão à mesma problemática. Luen Yang e Kirk Kim colaboraram posteriormente em *The Eternal Smile* (2009). Talvez animado por esse espírito de autoconhecimento, um quadrinista que havia desenvolvido sua carreira praticamente sem examinar as próprias raízes como Adrian Tomine, de ascendência japonesa, também aborda essa questão em sua última novela gráfica, *Shortcomings* (2007), protagonizada por um jovem nipo-americano obcecado pelas mulheres brancas e por seu próprio sentimento de alienação. R. Kikuo Johnson, por sua vez, é havaiano, e redesenha, em *Night Fisher* (2005), o idílico Havaí dos postais como um agreste para os descalabros pós-adolescentes de seu sósia, um estudante brilhante detido nesse caminho prévio para se introduzir na vida real que tão bem representou Holden Caulfield em *O apanhador no campo de centeio*. As canadenses de origem japonesa Jillian e Mariko Tamaki também relembraram os traumas sentimentais do colégio em *Skim* (2008), assim como Nate Powell em *Swallow Me Whole* (2008), em que já começa a se distinguir quase como um subgênero com identidade própria.

Entretanto, muitos quadrinistas, entre eles alguns dos mais importantes da primeira geração alternativa, mantiveram-se distanciados da autobiografia pessoal ou familiar direta, construindo seus relatos com elementos pessoais, porém ficcionalizados. É o caso dos já mencionados Gilbert e Jaime Hernandez, Daniel Clowes, Chris Ware, Charles Burns, Seth ou Adrian Tomine. Jessica Abel foi outra que lançou mão das suas próprias experiências para tecer uma ficção que tem um pé no autobiográfico e outro nas questões do gênero em *La perdida* (2005), em que uma norte-americana de pai mexicano viaja para o México para descobrir a si mesma e acaba envolvida em uma trama criminosa. Mas outros autores também praticaram uma ficção menos apegada à realidade. É o caso de Kim Deitch, um clássico resgatado do underground para a novela gráfica com suas histórias mitológicas sobre as origens da animação, como *The Boulevard of Broken Dreams* (2002). Um tratamento igualmente mitológico foi aplicado pelo neozelandês Dylan Horrocks à história dos quadrinhos em *Hicksville* (1998), que imaginava a existência de um povoado secreto onde se escondiam todas as grandes obras que a indústria não havia deixado os quadrinistas profissionais realizarem. A mitologia americana em seu sentido mais amplo é o tema a que se dedica Tim Lane, que, em *Abandoned Cars* (2008), revisita os tópicos da boemia literária – a vadiagem, os clandestinos viajando em trens de mercadorias, os bares de perdedores – à sombra de Hemingway e Kerouac. Richard Sala representa talvez o caso mais extremo dessa tendência para a reutilização de tópicos da cultura popular, com suas histórias altamente estilizadas de terror, crime e mistério, que mesclam os estereótipos do folhetim, reabilitados ironicamente, com o distanciamento gráfico neogótico de um Edward Gorey.

O distanciamento da experiência privada não conduziu apenas à ficção, mas também à história. Mais uma vez, o *Maus* de Art Spiegelman é aqui uma referência inevitável, embora tenha sido Jaxon o quadrinista underground que demonstrou mais interesse pelos temas históricos, tendo desenhado, desde os anos 1970, com exaustiva documentação e com a liberdade formal que o comix underground lhe outorgava, a história do seu Estado em obras como *Comanche Moon, El Alamo, Los Tejanos* entre outros títulos. Certamente, a indústria franco-belga tem uma longa tradição "histórica" pelo menos desde o pós-guerra, mas se trata de um tipo de quadrinho que, embora documentado, é concebido como variante do gênero de aventuras. Os quadrinhos históricos primordialmente mais interessados nos acontecimentos que nas "aventuras históricas" servem simplesmente de pano de fundo, mas não tiveram tanta incidência até há muito pouco tempo, quando um número cada vez maior de artistas passou a lhes dirigir o olhar, às vezes, como já dissemos no caso do *Louis Riel* de Chester Brown, com uma pretensa objetividade; em outras, ficcionalizando os fatos em paisagem histórica abstrata, como no caso de *Storeyville* (1995), de Frank Santoro, ambientada nos anos da Grande Depressão e protagonizada por um vagabundo que procura um amigo. Mais detalhada e trabalhada em sua reconstrução é *Berlin* (2008), de Jason Lutes, que tenta recuperar o ambiente da capital alemã nos anos anteriores à ascensão dos nazistas. James Sturm foi outro daqueles que pesquisaram na história, e em *Above and Below* (2004) reúne dois relatos "da fronteira americana". Sem dúvida a história também pode fazer referência a acontecimentos mais recentes, como é o caso de *Laika* (2007), de Nick Abadzis, dedicado à vida da cadela que foi a primeira viajante espacial saída do planeta Terra.

A novela gráfica histórica estabeleceu um tipo de relação entre os quadrinhos e a realidade que não havia sido vista antes, e que se aproxima de um fenômeno ainda incipiente, mas muito interessante, que é o do quadrinho jornalístico. Há poucos quadrinistas com a preparação jornalística suficiente para abordá-lo com rigor, e geralmente a imprensa tem tratado o quadrinho jornalístico como pouco mais que uma mera curiosidade, talvez pela imediatez que as notícias requerem e o longo tempo que a produção de uma HQ consome. Como consequência disso, o jornalismo em quadrinhos reduziu-se a incursões esporádicas de autores como Kim Deitch, Jessica Abel, Ted Rall ou Peter Bagge, ou a livros-denúncia isolados como *Addicted to War* (1991, atualizado em 2002), de Joel Andreas, sobre a estrutura militar-industrial dos Estados Unidos, ou ainda a livros-reportagem como *9/11 Report: A Graphic Adaptation* (2006), de Sid Jacobson e Ernie Colon, que leva aos quadrinhos as conclusões da comissão de investigação sobre os ataques terroristas de 11 de setembro. Na Espanha, Pepe Gálvez, Antoni Guiral, Joan Mundet e Francis González realizaram um trabalho de ambições similares com *11-M. La novela gráfica* (2009), que utiliza como principal tronco narrativo a sentença judicial sobre os atentados terroristas contra trens em Madri em março de 2004. Na fronteira entre a reportagem e a ficção, encontramos *Shooting War* (2007), de Anthony Lappé e Dan Goldman, que cria uma fantasia política baseada na realidade midiática da guerra do Iraque.

Mas o jornalismo em quadrinhos gerou um dos grandes nomes da novela gráfica contemporânea, surgido das fileiras dos quadrinistas alternativos dos anos 1990. Joe Sacco (1960), desenhista norte-americano nascido em Malta e formado em jornalismo, desenhou reportagens sobre o mundo do rock, mas se tornou famoso por suas histórias sobre zonas do mundo em conflito, especialmente *Palestine* [*Palestina*[29]] (1993) [115] e *Safe Area Gorazde* [*Gorazde – Área de segurança – A guerra na Bósnia Oriental 1992-1995*[30]] (2000). Rocco Versaci observou que o periodismo nos quadrinhos tem uma sinceridade superior à dos meios convencionais, já que a marginalidade do meio lhe permite transmitir verdades silenciadas ou manipuladas por interesses econômicos na imprensa geral. Na verdade, Sacco realizou suas grandes reportagens para si mesmo, não para instituições jornalísticas, aplicando com absoluta liberdade os princípios subjetivistas do "Novo Jornalismo" aos quadrinhos, em especial "a colocação em primeiro plano da perspectiva individual como consciência organizadora"[31]. Na verdade, Sacco, que se introduz como um personagem a mais em suas histórias, aparentando-as assim com os quadrinhos autobiográficos, explora todos os recursos próprios que os quadrinhos colocam à sua disposição e que ficariam fora do alcance de uma simples reportagem em prosa:

Sacco destaca seu papel como jornalista não só mediante sua presença, mas também mediante seu estilo artístico. Ou seja, Sacco desenha a si mesmo de uma forma muito mais caricaturesca e de uma maneira muito mais exagerada do que aqueles que o cercam, e essa estratégia faz com que ele se destaque como alguém que não consegue se "encaixar" nessa paisagem ou com seus habitantes nativos[32].

[115] *Palestina* (1993), Joe Sacco.

5 – A NOVELA GRÁFICA

Essa mesma subjetividade é a base sobre a qual se constrói *L'Affaire des affaires* (2009), do célebre jornalista investigativo Denis Robert, acompanhado dos quadrinistas Yan Lindingre e Laurent Astier. Robert pratica o que Mariano Guindal chama, no prólogo da obra, de "jornalismo negro", investigando as profundas redes de corrupção que envolvem os governos e os grandes negócios europeus. A narrativa está inequivocamente posicionada na vida privada e familiar de Robert, em seu dia a dia e, a partir dele, nas reportagens que, primeiro em *Libération* e depois como agente livre, levam-no a entrevistar juízes, banqueiros, políticos e testas de ferro da nova paisagem de capitalismo sem fronteiras do século XXI. *L'Affaire des affaires* apresenta uma HQ jornalística de cunho novo, moderada pela sensibilidade da novela gráfica, que contrasta com a clássica sátira política, ao estilo de *La face karchée de Sarkozy* (2006, Philippe Cohen, Richard Malka e Riss), em que o trabalho de documentação serve finalmente a uma intenção humorística.

Por outro lado, *L'Affaire des affaires* também mostra um envolvimento mais direto com a realidade do que outras obras nas quais tal realidade se via obrigada a se ficcionalizar em um relato de gênero quase convencional, como no caso de *RG* (dois volumes, 2007-2008), baseado nas experiências do agente secreto Pierre Dragon (nome hipotético) e desenhado por Frederik Peeters.

Abarcando todo o espectro desde o intimamente banal até a reportagem jornalística, passando pela memória, a ficção e a história, todas essas novelas gráficas têm uma base narrativa fundamental. Algumas histórias, é claro, como aquelas do paradigmático Chris Ware, se mantêm no ponto de equilíbrio exato entre o literário e o artístico, entre a narrativa e a experimentação formal e visual. E em parte é dessa inspiração – e da liberação de ruptura de Gary Panter – que surgiu uma corrente que se distingue muito visivelmente das demais, a corrente daqueles quadrinistas que estão desenvolvendo o que poderíamos chamar de uma vanguarda gráfica. Nascidos em parte do formalismo modernista de Ware e em parte do surrealismo de obras seminais dos quadrinhos alternativos – *Como uma luva de veludo moldada em ferro* de Daniel Clowes, *Ed The Happy Clown* de Chester Brown e, sobretudo, as histórias de *Frank*, de Jim Woodring –, esses quadrinistas questionam como nunca se a narrativa é um princípio fundamental dos quadrinhos, ao mesmo tempo que situam estes na esfera da arte contemporânea.

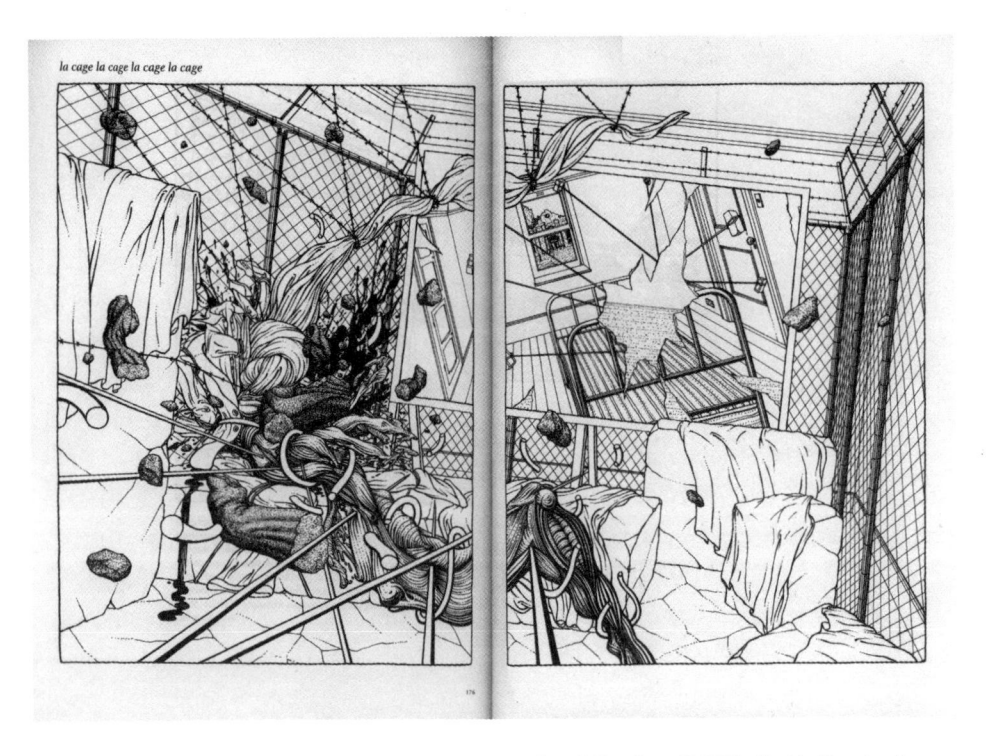

[116] *The Cage* (1975), Martin Vaughn-James.

O formalismo sempre atraiu exploradores vindos de outras esferas das artes plásticas, seduzidos pelo potencial dos quadrinhos. É o caso de Martin Vaughn-James (1943-2009), autor de uma série de livros singulares durante a década de 1970, entre os quais o mais conhecido é *The Cage* (1975) [116], um relato "criado a partir do nada"[33], como indicaria o próprio artista. *The Cage* carece de argumento, de ação e de personagens. Em suas páginas, sucedem-se paisagens externas e internas nas quais se percebe um fascínio pela ruína contemporânea não muito distante daquela mostrada em "Hotel Palenque" de Robert Smithson. Cada imagem dupla – pois cada página dupla é concebida como uma só, embora peculiarmente desdobrada pela moldura do requadro – é acompanhada de um texto, que finalmente deriva em canto litúrgico ou obsessivo (*"The cage the cage the cage"*) antes de se dissipar completamente. Vaughn-James nasceu em Bristol e viveu em Sidney, Londres, Montreal, Paris, Toronto e Bruxelas. Seus livros foram originalmente publicados no Canadá e na França (onde foram reeditados recentemente, e onde ele tem sido mais estudado). Esse espírito cosmopolita é identificado como um dos traços característicos de *The Cage* por Domingos Isabelinho: "Não pertence a nenhuma tradição nacional dos quadrinhos"[34]. E não é só isso: com suas citações de Robbe-Grillet, Michel Butor e Godard, fica evidente que a aproximação de Vaughn-James dos quadrinhos tem pouco a ver com alguma tradição estilística das HQs. Sua visão é radicalmente nova e original. Tanto que, sem dúvida, se perdeu no vazio até que a novela gráfica lhe permitiu refletir sobre suas propostas a partir de novas propostas. Há algo em comum entre suas paisagens desoladas e mortas e a obsessão pelo passar do tempo de Chris Ware.

Esse mesmo problema se manifesta de forma mais evidente em "Here", uma história de apenas seis páginas que é, no entanto, um dos pilares fundamentais da novela gráfica contemporânea. Publicada originalmente no segundo volume da *Raw* n. 1 (1989), é obra de Richard McGuire, cujo trabalho se estende desde a animação até a ilustração, passando pelos brinquedos e pela música. Em "Here", composta de requadros idênticos – dentro dos quais se inserem às vezes outros requadros –, mantém-se um plano fixo sobre um mesmo e reduzido espaço, do ano 500.957.406.073 a.C. até 2033 d.C. A sequência não é cronológica, e às vezes os planos temporais se superpõem. No mesmo requadro podemos ver um estegossauro que grunhe 100 milhões de anos antes da nossa era, um pai de família que ri quando tocado com uma pena de índio em 1986 e um rato preso em uma armadilha em 1999 [117]. Nesse mesmo espaço existe uma casa que está habitada, que ainda não foi construída, que já foi demolida. Chris Ware afirmou que os achados de McGuire para os quadrinhos são equivalentes aos de Cézanne para a pintura, Stravinsky para a música e Joyce para a literatura, e acrescenta: "não creio que haja outra história que tenha causado maior efeito sobre mim ou sobre meus quadrinhos do que 'Here'"[35]. Talvez isso se dê porque a grande inovação de McGuire esteja em romper com o que o próprio Ware chamou de "o presente contínuo transparente" em que sempre se desenvolve a ação nos quadrinhos.

[117] "Here", na *Raw* v. 2, n. 1 (1989), Richard McGuire.

5 — A NOVELA GRÁFICA

Uma terceira figura singular se eleva nesse território impreciso entre o gráfico e o plástico. "Jerry Moriarty construiu para si um lugar na fronteira entre a pintura e os quadrinhos"[36], escreveu justamente Richard McGuire. Moriarty foi um dos artistas atraídos pelo vanguardismo raivosamente moderno da *Raw* nos anos 1980, e ali publicou sua série *Jack Survives*, em que mostra cenas cotidianas de um surrealismo prosaico. Moriarty continuou investigando a relação entre a pintura e a narrativa sequencial em seus quadros, conquistando o nome de *paintoonist* (uma mistura de *painter* e *cartoonist*, ou seja, pintor e cartunista). Seu status de mestre foi reconhecido também por Ware, e a insistência nas influências reconhecidas por este autor não é pouco importante, já que por meio dele os trabalhos de artistas como McGuire ou Moriarty chegaram aos novelistas gráficos mais jovens. Quando dizemos "por meio dele" não nos referimos unicamente à marca que esses desenhistas deixaram em suas próprias páginas, mas também ao trabalho de Ware como recuperador deles. *The Complete Jack Survives* (2009) só poderia ter sido publicado no contexto atual de interesse por antecedentes dos quadrinhos experimentais, e conta com o prólogo obrigatório assinado por Ware, que funciona como um selo de garantia.

The Complete Jack Survives foi editado pela Buenaventura Press, o que não causa estranheza, pois a influência desses formalistas é percebida na revista editada pelo mesmo selo, *Kramer's Ergot*, fundada em 2000 e dirigida por Sammy Harkham e Alvin Buenaventura. *Kramer's Ergot* refletiu em sua própria forma a transformação dos quadrinhos de vanguarda durante a primeira década do século XXI, de uma tímida marginalidade para uma eclosão deslumbrante. Em seu número 7 (2008), a revista que começou como minigibi se converteu em um livro monumental (40 × 53 cm), de capa dura e lombada de tecido toda colorida, um verdadeiro *objeto artístico*. Em suas páginas os nomes consagrados dos quadrinhos alternativos – Ware, Clowes, Seth, Jaime Hernandez, Tomine, Ben Katchor, Deitch, Ivan Brunetti, Moriarty – sancionam com sua presença os esforços da última geração, dentro da qual se destacam CF, Anders Nilsen ou Ron Regé, Jr., entre outros. CF está envolvido em uma série de novelas gráficas intitulada *Powr Mastrs* (dois volumes até essa data, em 2007 e 2008)[37] [118] e ambientada em Nova China, um país imaginário. À semelhança das epopeias punk de Gary Panter, a série oscila entre o sonho e o pesadelo adolescente, sem que se possa estabelecer nenhuma distinção entre conteúdo e forma: *Powr Mastrs* não põe em imagens um roteiro que poderia ter sido expressado com outro estilo ou com outra estratégia, mas é uma torrente gráfica que flui de requadro em requadro e de página para página, seguindo uma lógica visual invisível.

[118] *Powr Mastrs* 1 (2007), CF.

5 – A NOVELA GRÁFICA

Mais cerebral é o trabalho de Anders Nilsen (1973). *Dogs & Water* (2007) se apresenta como uma novela gráfica convencional, de desenho realista e narrativa ortodoxa, que conta as andanças sem rumo de um jovem e seu urso de pelúcia por uma paisagem agreste distópica, o que o faz parecer uma versão surrealista de *The Road* [*A estrada*[38]], de Cormac McCarthy. *Monologues For Calculating The Density of Black Holes* (2008) [119] é completamente diferente. Volumoso e de formato pequeno, é composto de peças de menor extensão rabiscadas rapidamente com bonecos sem traços, a expressão mínima do desenho infantil. Às vezes Nilsen superpõe os bonecos a fotografias ou mapas, produzindo uma estranha tensão entre os dois sistemas de representação.

[119] *Monologues For Calculating The Density of Black Holes* (2008), Anders Nilsen.

[120] "Um Caligramme", em *Abstract Comics* (2009), Warren Craghead III.

5 – A NOVELA GRÁFICA

Ron Regé, Jr. (1969), por sua vez, é outro produto das HQs em minigibis, as quais recopilou em *Skibber Bee-Bye* (2000), em que era apreciado o seu estilo de enganosa ingenuidade e limpeza, porém de complexidade geométrica. É interessante observar que muitos desses desenhistas de vanguarda gráfica, como o próprio Regé, ou Chris Ware – grande aficionado do *ragtime* – e também CF e David Heatley, são também músicos, o que talvez explique sua tendência para uma visão mais harmônica do que narrativa dos quadrinhos, em que a sequência de formas visuais é mais importante do que o conteúdo representativo ou narrativo delas. Poderíamos dizer que buscam a música muda dos requadros. A publicação da antologia *Abstract Comics* (2009) [120], editada por Andrei Molotiu, marca o ponto-limite dessa fronteira. O livro recolhe mostras de quadrinhos abstratos desde 1967 ("Abstract Expressionist Ultra Super Modernistic Comics", de Robert Crumb, publicado na seminal *Zap Comix* n. 1) até hoje. Para Molotiu, os quadrinhos abstratos

> revelam algo fundamental sobre o meio do próprio quadrinho. Reduzidos aos elementos mais básicos do meio – a grade de requadros, as pinceladas ou traços da pena, e às vezes as cores –, destacam os mecanismos formais que estão por trás de todos os quadrinhos, tais como o dinamismo gráfico que conduz o olho (e a mente) de requadro em requadro, ou o jogo esteticamente rico entre a sequencialidade e o planejamento da página[39].

A novela gráfica internacional

Apesar de ao longo de sua história os quadrinhos terem se movido em mercados insulares dominados por indústrias locais, nos capítulos precedentes vimos como o fluxo internacional de influências foi decisivo para dar forma aos quadrinhos adultos, tanto nos Estados Unidos como na Europa. Harvey Kurtzman, cujo papel no desenvolvimento desses quadrinhos adultos é fundamental, exerceu uma influência formativa sobre René Goscinny, que com a *Pilote* poria em marcha o maquinário que conduziria à *BD* autoral na França. Ao mesmo tempo, desde o final dos anos 1960, Kurtzman se sentiu deslumbrado pela qualidade dos valores de produção dos quadrinhos europeus e por seu respeito pelos autores, e tentou levar esses princípios para seus trabalhos nos Estados Unidos. Os pioneiros dos quadrinhos underground americanos tiveram uma repercussão internacional que acendeu a centelha de algo novo em todo o Ocidente. Como afirma Rosenkranz,

> a *Zap Comix* teve o mesmo impacto em Amsterdã e Paris que nos Estados Unidos. Provocou inquietação e ocasionou descendentes ilícitos. Comix americanos como *Fritz the cat* e os *Freak Brothers* foram rapidamente reeditados em línguas estrangeiras na Espanha, Itália, Suécia e mais além. Na França, revistas de quadrinhos como *Métal Hurlant*, *L'Echo des Savanes* e *Hara-Kiri* também falaram com vozes revolucionárias[40].

Essas vozes revolucionárias dos quadrinhos europeus acabariam sendo ouvidas também nos Estados Unidos, por meio, entre outras, da mencionada versão americana de *Métal Hurlant*, a *Heavy Metal*, que mudou a forma de pensar do jovem Jaime Hernandez: "Toda a minha primeira produção em fanzines, antes de *Love and Rockets*, foi influenciada pela *Heavy Metal*. Estava descobrindo todos os europeus"[41]. E Jaime Hernandez é uma das fontes mais caudalosas das quais emanam os quadrinhos alternativos americanos que serviriam de modelo para L'Association definir os quadrinhos alternativos franceses e a novela gráfica europeia. Outra fonte, a revista *Raw*, sempre teve uma nítida vocação internacional, criando a ideia de uma continuidade universal entre Art Spiegelman, Joost Swarte, Mariscal, Tardi e Yoshihiro Tsuge.

L'Association, que havia afirmado com a antologia internacional *Comix 2000* que suas fronteiras não se estabeleciam por limites políticos ou geográficos, mas por intenções artísticas, produziu o exemplo perfeito da novela gráfica contemporânea que é, ao mesmo tempo, a novela gráfica internacional. *Persépolis* [121], de Marjane Satrapi, foi publicada primeiro em quatro volumes (2000-2003) e posteriormente recopilada em um único volume. As vendas de centenas de milhares de exemplares superaram completamente não só o mercado habitual de L'Association, mas o público especializado em quadrinhos. *Persépolis* apresenta as memórias da autora de sua infância e de sua mocidade no Irã da revolução islâmica, seus estudos durante a juventude na Europa e sua condição de exilada intelectual na França atual. Satrapi nunca havia desenhado quadrinhos, mas, animada por David B. – cuja obra autobiográfica magna, *L'ascension du haut mal* [*Epiléptico*[42]] (1996-2003), é o modelo evidente para *Persépolis* –, apresentou a obra à L'Association. O sucesso monumental que obteve, e que aumentaria ainda mais com a animação lançada em 2007, surpreendeu principalmente a própria L'Association.

[121] *Persépolis* (2003), Marjane Satrapi.

Entretanto, o sucesso de *Persépolis* torna-se mais compreensível se a inserimos na paisagem do consumo cultural globalizado e tomamos como referência o triunfo do chamado "cinema transnacional". O que Ángel Quintana diz sobre isso poderia ser aplicado quase palavra por palavra a *Persépolis* e a boa parte das novelas gráficas que vieram depois dela:

> Num momento em que esse império dos símbolos se deslocou para um mundo globalizado, o cinema contemporâneo vive em uma tensão permanente entre a hibridação de culturas e a emergência do hiperlocal. A migração de fórmulas estéticas não cessa de propor uma série de intercâmbios simbólicos que se transformaram numa parte essencial do cinema contemporâneo, enquanto a outra vem determinada pela forma com que os pequenos relatos de mundos distantes não cessam de se impor como universais[43].

É fácil imaginar um público comum entre os espectadores de Wong Kar-Wai, Fatih Akin, Kim Ki-Duk ou Isabel Coixet e os leitores de Marjane Satrapi. Poderíamos falar inclusive de um novo exotismo domesticado. Satrapi oferece a experiência remota e fascinante do Irã islâmico, mas sob o olhar de uma imigrante assimilada na França e através dos códigos da *bd*, firmemente desenvolvidos por um de seus esteios, como o seu mentor David B. O sabor é oriental, mas a receita é indiscutivelmente francesa. E o mesmo acontece no caso de muitas novelas gráficas que, frequentemente escritas e desenhadas pelas mesmas mulheres que mal participaram dos quadrinhos tradicionais, nos mostram histórias de *outros locais*, explicando-as com a linguagem familiar da HQ ocidental (ou seja, franco-belga). A israelense Rutu Modan triunfou simultaneamente no mundo todo com sua novela gráfica *Exit Wounds* (2006) [122], que, embora não seja autobiográfica, oferece uma visão da vida cotidiana em Israel refrescantemente distinta para um público acostumado a conhecer apenas as notícias do conflito judaico-palestino. A libanesa Zeina Abirached segue mais de perto os passos de Satrapi em *Mourir Partir Revenir. Le jeu des hirondelles* (2007), que rememora a tensão doméstica da vida em Beirute no início dos anos 1980. Por motivos geracionais, essa década é uma presença constante em muitas dessas obras. Por exemplo, em *Meine Mutter war Eine Schöne Frau* (2006), da sul-africana Karlien de Villiers, escrita originalmente em africâner e na qual a memória familiar é traçada sobre a tela da decomposição do regime do *apartheid*. A figura da mãe é constante nessas novelas gráficas. É o caso de *La historia de mi madre* (2008), da coreana Kim Eun-Sung, ou de *We Are On Our Own* (2006), de Miriam Katin. Esta última obra é significativa para mostrar como os quadrinhos foram conquistando nos últimos anos novos espaços da expressão pessoal que antes estavam reservados exclusivamente à literatura ou à arte. *We Are On Our Own* é o relato autobiográfico da fuga da autora, então uma menina, e de sua mãe (ambas judias húngaras) de Budapeste em 1944, quando escapam da perseguição do exército nazista invasor e posteriormente das tropas soviéticas. O peculiar é que Katin só empreendeu essa memória gráfica depois dos sessenta anos, idade em que geralmente os autores de quadrinhos já estão aposentados.

[122] *Exit Wounds*[44] (2006), Rutu Modan.

A aceitação e a assimilação desse tipo de novela gráfica em fórmulas comerciais são confirmadas por títulos como *Aya de Yopougon* (2007), de Marguerite Abouet e Clément Oubrerie. Com um estilo gráfico alegre, livre e colorido, inspira-se nas vivências sentimentais da roteirista, Abouet, na Costa do Marfim no final dos anos 1970 e princípios da década de 1980. Com aparência de novela gráfica, *Aya* é na verdade uma série ao gosto tradicional da indústria francesa, e sem dúvida Abouet filtra a experiência africana através de seus olhos parisienses, já que vive na capital da França desde os doze anos, e ali trabalha em um escritório de advocacia. *Aya* oferece uma aparência amável e de traços limpos, agradável de consumir, da experiência internacional em um idioma narrativo acessível ao leitor da metrópole.

Certamente, o exotismo às vezes vem nos buscar diretamente em casa. Em *Couleur de peau: miel* (2007), Jung recorda sua infância e adolescência como menino coreano adotado por uma família belga. A autobiografia, a crônica infantil, a confissão sexual, a descoberta da vocação artística e os problemas de identidade semelhantes aos apresentados por Gene Luen Yang e Derek Kirk Kim, mas com um viés europeu, concorrem nessa obra que alterna continuamente a memória pessoal e a reflexão de caráter universal. Em um determinado momento, Jung expressa a consciência que tem de si mesmo como quadrinista: "Agora sou autor de quadrinhos, e em todos os álbuns que realizei, com ou sem roteiristas, volto aos mesmos temas incansavelmente. Abandono, desarraigamento, identidade...?"

Em outras ocasiões, é o próprio cidadão da metrópole que sai ao encontro do exótico e o conta depois em seus próprios termos com perplexidade e empatia. O canadense Guy Delisle, residente em Montpellier desde 1991, foi quem abriu o caminho para estes "modernos exploradores", em geral implicados em algum empreendimento comercial ou de ajuda aos países menos desenvolvidos. As viagens de Delisle, às vezes envolvido em encargos profissionais de animação, e às vezes acompanhando sua esposa, membro dos Médicos Sem Fronteiras, deram origem a *Shenzhen* (2000), *Pyongyang* (2003) e *Chroniques Birmanes* (2007). Esse mesmo tom de crônica pessoal livre, caricaturesco e um tanto cínico, quase grotesco, se encontra nos dois volumes de *Kabul Disco* (2007-2008), de Nicolas Wild, um quadrinista que viaja para o Afeganistão com a missão de narrar em quadrinhos a Constituição daquele país depois da queda do regime dos talibãs pelas mãos do exército norte-americano. O Afeganistão é também o cenário de *Le Photographe* (2003-2006), três volumes desenhados por Emmanuel Guibert que adaptam o livro no qual o fotógrafo

Didier Lefèvre contava suas viagens acompanhando expedições dos Médicos Sem Fronteiras no país ocupado pelos russos durante os anos 1980.

Com ou sem concessões, para alcançar o sucesso internacional é inevitável passar pelo curso do modelo metropolitano. É insólito uma obra local chegar a outro público periférico sem ter passado antes pela edição franco-belga ou norte-americana, o que, evidentemente, impõe certa homogeneização baseada nos gostos dos públicos francês e norte-americano. Paradigmático é o caso de *Le fils d'octobre* (2005), de Nikolai Maslov, um raro exemplo de HQ russa. O siberiano Maslov (1953), vigia noturno em um estabelecimento comercial, desenhou suas histórias curtas, secas e lacônicas, de paisagens espaçosas, muito ao *estilo russo*, no deserto editorial de seu país, onde praticamente não existem quadrinhos profissionais. Um dia ele se apresentou na livraria moscovita Pangloss e mostrou ao dono do estabelecimento, o francês Emmanuel Durand, uma amostra do seu trabalho. Durand financiou por três anos a produção de Maslov, que finalmente seria publicado na França em 2005 pelas Éditions Denoël. Posteriormente, a obra foi comprada por editoras locais e traduzida para outros idiomas, chegando à Espanha em 2009. Como em tantas outras ocasiões, a novela gráfica internacional só existia como produto de uma das duas grandes indústrias nacionais.

A popularização da internet e o barateamento das viagens durante a última década também contribuíram em grande medida para reforçar os vínculos internacionais. Visitando seu site na internet, hoje é tão fácil conhecer a obra de um autor de outro hemisfério como a de quem vive em nossa própria casa. E as viagens de estudos, ou os convites para os cada vez mais abundantes salões e festivais dos quadrinhos, constituem excelentes veículos para o contato entre quadrinistas de nacionalidades diversas, mas interesses comuns. Em *Night Fisher*, R. Kikuo Johnson detalha que desenhou a HQ em Roma, Wailuku e no Brooklyn, reconhecendo que, durante sua estada em Roma, o contato com os quadrinhos europeus o afetou profundamente. De certa maneira, segue os passos de Charles Burns, que também viveu na Itália. Craig Thompson é outro exemplo de astro internacional com influências universais. Venera igualmente o francês Baudoin, o pai da autobiografia na França, e Jeff Smith, criador de *Bone*, uma série norte-americana de fantasia heroica juvenil que vendeu milhões de exemplares. O resultado é um estilo misto muito atrativo para públicos diversos, que fez mais sucesso na França do que nos Estados Unidos. Na Espanha foi publicada em castelhano e em catalão, e alcançou quatro edições e 6.500 exemplares, cifras consideráveis para o mercado.

[123] *I Killed Adolph Hitler* (2006), Jason.

5 — A NOVELA GRÁFICA

Nesse panorama, pode-se falar de astros puramente internacionais, autores que alcançam o sucesso diretamente fora do seu país natal e que publicam simultaneamente em um entrelaçamento de mercados locais. Trata-se de autores como o suíço Frederick Peeters, que triunfou com *Pilules Bleues* (2001), uma novela gráfica sobre sua relação com uma mãe solteira portadora do vírus HIV. A já mencionada Rutu Modan se projetou ao mesmo tempo na Europa e nos Estados Unidos, quase por necessidade, dado que Israel não possui uma indústria de quadrinhos. O italiano Gipi se converteu em uma figura da novela gráfica internacional dos dois lados do Atlântico, com histórias intimistas de alcance universal, como S. (2006), ou a mais descarada autobiografia, *La mia vita disegnata male* (2008). O mais internacional de todos talvez seja o norueguês Jason [123], que triunfa igualmente na França e nos Estados Unidos, e certamente em seus mercados consumidores, como o espanhol. Possivelmente a difusão de Jason foi favorecida por sua tendência a realizar histórias sem palavras, e seu espírito nômade se transferiu para sua própria vida, pois, depois de sair de sua Molde natal, morou em Nova York e em Montpellier. As histórias de Jason, que brincam com os tópicos de gênero e mesclam personagens e épocas históricas dependendo da conveniência, às vezes para conduzir a finais surpresa, estão desprovidas, por sua própria condição de materiais de aluvião, de especificações localistas. Qualquer pessoa que compartilhe a bagagem cultural comum do Ocidente se sentirá igualmente familiarizada com essas histórias, não importando qual seja a língua materna e a cultura local.

A relação da novela gráfica ocidental com o mangá é mais complexa de analisar. Embora, como vimos, os quadrinhos norte-americanos tenham sido fundamentais durante os primeiros passos dos quadrinhos japoneses modernos, aos quais influenciaram, no século XIX, com as revistas de humor e, no início do XX, com séries de tiras cômicas tão imitadas como *Bringing Up Father*, de George McManus, os quadrinhos japoneses se mantiveram durante boa parte do século XX em uma trajetória paralela – mas isolada – à dos quadrinhos ocidentais. Nos anos 1960, eles viveram sua revolução, nascida na revista *Garo*, à semelhança do que ocorreu com os quadrinhos underground nos Estados Unidos e na Europa, mas essa revolução respondeu mais ao reflexo de algumas circunstâncias políticas e sociais comparáveis àquelas do Ocidente do que à influência direta de suas histórias. Foi a partir dos anos 1980 que o mangá começou a ser conhecido nos Estados Unidos e na Europa, seguindo normalmente as séries de animação (conhecidas como animê), transmitidas pela televisão. *Akira* (1982-1990), de Katsuhiro Otomo, uma espetacular epopeia apocalíptica, foi o primeiro título que causou sensação entre os leitores ocidentais de quadrinhos. A série foi publicada nos Estados Unidos em 1988 – ano em que sua adaptação foi produzida para o cinema numa histórica produção de desenhos animados que se antecipa ao final da versão em quadrinhos da história, que ainda demoraria alguns anos – e na França em 1990. Nesse mesmo ano chega à França *Dragon Ball*, de Akira Toriyama, cujo animê já era transmitido pela televisão desde 1988, e que se converte em um dos sucessos mais avassaladores entre o público infantil das últimas décadas. O mangá revolucionou o mercado ocidental dos dois lados do Atlântico e, a partir desse momento, as editoras já estabelecidas e muitas outras de cunho novo, especializadas em quadrinhos japoneses, inundarão as livrarias com títulos extraídos da inesgotável produção do país do sol nascente. Surpreendentemente, o mangá, ao contrário do que previam os agourentos, não asfixia o produto autóctone, mas regenera a textura do público, injetando um novo vigor às vendas. Pode ser que muitos dos jovens compradores de mangá nunca olhem uma HQ norte-americana ou europeia, mas alguns acabam por fazê-lo. E mesmo os que não o fazem ajudam a manter abertas as livrarias especializadas onde são vendidos os quadrinhos locais. O mangá, além disso, recupera o público feminino, que havia sido completamente abandonado pelos editores ocidentais, e que agora está desempenhando um papel importante no auge da novela gráfica – já vimos o elevado número de mulheres desenhistas que apareceram nos últimos anos –, e impõe outros tipos de formatos que serão cruciais para os quadrinhos adultos contemporâneos. O *tankobon*, ou livro recopilatório, é o formato típico do mangá, que costuma ser publicado em volumes de tamanho reduzido e muitas páginas – depois da sua pré-publicação em revistas de enorme grossura e de papel de baixa qualidade –, em geral em preto e branco. Essas duas categorias serão típicas da novela gráfica. A liberdade narrativa que outorga o elevado número de páginas de que dispõe o mangá suporá uma revelação para muitos autores sérios ocidentais que se encontravam sem espaço para expressar com delicadeza os matizes que buscavam nos formatos convencionais, o "48CC"[45] franco-belga ou o comic book norte-americano.

No início dos anos 1980, já há autores que assumem influências do mangá, embora não possam lê-lo sem tradução. Mas a maneira de narrar e de desenhar a página dos japoneses impregna o jovem Frank Miller, que, enquanto não alcança suficiente prestígio para empreender seu próprio projeto autoral, apresenta uma obra de ficção científica adulta em que sua educação nos quadrinhos norte-americanos de crime e super-heróis se verte em páginas imaginadas à luz de mestres estrangeiros, como o japonês Goseki Kojima e o francês Moebius. *Ronin* (1983) condensa essa estranha fórmula híbrida assumindo seus resultados como algo natural. Durante os anos 1990, com o mangá já firmemente implantado na Europa, o monstro editorial japonês Kodansha empreende um programa experimental de captação de autores estrangeiros, tratando de renovar com seu talento uma produção que com frequência cai no formulaico devido ao seu elevado grau de padronização industrial. Desenhistas decisivos para a nova HQ, como Baru ou Lewis Trondheim, participam dessa aventura. O experimento será finalmente cancelado pela Kodansha sem dar nenhum dos resultados desejados pela empresa, mas nos desenhistas europeus e norte-americanos que trabalharam com eles fica a marca de um modo de fazer quadrinhos que rompe com as convenções formais ocidentais.

Um desses artistas, que talvez, desde Miller, tenha simbolizado mais que ninguém e com maior perfeição o encontro entre a sensibilidade americana, a japonesa e a europeia, é Paul Pope (1970). Figura esquiva e difícil de classificar, Pope se move com a mesma desenvoltura entre os mundos da autoria e da comercialidade. Capaz de autoeditar seus quadrinhos – as estranhas histórias de ficção científica intimista de *THB* –, é igualmente possível vê-lo ilustrando um projeto especial do Batman para a DC ou *A Mulher Biônica* para a Dargaud, uma das mais importantes editoras francesas. Pope salta sobre os gêneros e vende a si mesmo como marca que outorga o símbolo de autoria aos seus múltiplos projetos, todos eles de inegável atrativo *transnacional*. Taiyou Matsumoto (1967) oferece do Japão o reflexo de Pope. Seu *Tekkon Kinkreet* (2007) foi recebido com assombro na França, o que não é de estranhar, porque à sua personalidade indubitavelmente japonesa se une uma forte influência de Moebius. Em *Takemitsu Zamurái* (2007) [124], com o roteirista Issei Eifuku, a vontade de conseguir uma estética mangá heterodoxa e internacional fica ainda mais evidente. Essa rica ponte euro-asiática foi explorada melhor do que ninguém por Frédéric Boilet (1960), desenhista francês estabelecido no Japão desde 1997 e que promoveu numerosos projetos de encontro entre quadrinistas *literários* dos dois mundos. O mais paradigmático é o volume *Le Japon vu par 17 auteurs* (2005), em que se deu andamento a um convite para oito desenhistas franceses para que passassem quinze dias no arquipélago nipônico. Cada um deles deveria desenhar uma história – fictícia, histórica ou autobiográfica – sobre o local que lhe tenha sido destinado. O volume se completava com histórias de autores japoneses residentes no país (e o próprio Boilet, é claro). Assim, Emmanuel Guibert, Nicolas de Crécy, Benoît Peeters ou Joann Sfar compartilharam páginas com Matsumoto, Moyoko Anno, Kan Takahama ou a figura central do que é conhecido como *nouvelle manga*, Jiro Taniguchi.

[124] *Takemitsu Zamurái*[46] (2007), Issei Eifuku e Taiyou Matsumoto.

Taniguchi (1947) é um veterano desenhista de ampla carreira no Japão, onde realizou todo tipo de quadrinhos, incluindo a ficção científica, as aventuras alpinas, o gênero criminal ou o drama histórico. Também desenhou um tipo de HQ intimista e sentimental, de ritmo pausado e longos silêncios, revelando para muitos autores ocidentais os segredos para se fazer histórias em um tom mais sereno, para o qual não encontravam modelo. Um dos títulos mais paradigmáticos de Taniguchi é *Aruku hito* [O homem que caminha[47]] (1992) [125], uma coleção de relatos em que seu protagonista anônimo, um homem maduro, se limita a passear por cenários urbanos japoneses não especialmente chamativos. *O homem que caminha* carece de anedota, de drama e com frequência até de diálogos. Tudo o que é revelado em suas páginas é o que não aparece representado nos requadros minuciosamente desenhados por Taniguchi, ou seja, a verdade espiritual oculta à vista. Outros de seus títulos o consagraram como um mestre do sentimental. Em *Chichi no koyomi* [O almanaque do meu pai] (1994), o protagonista volta à sua aldeia de origem quando da morte de seu pai, e recorda a história familiar. Em *Haruka-na machi e* [Bairro distante] (1998), o retorno à infância é literal: o protagonista se converte em seu próprio eu quando ia ao colégio, e revive todos os sentimentos e sensações da época com a mentalidade do adulto. *Keyaki no Ki* [O olmo do Cáucaso] (1993) é uma coleção de relatos que adapta contos de Ryuichiro Utsumi com extrema emotividade. Todas as histórias giram em torno da melancolia, da perda e da solidão, embora em geral com uma redenção final que permite o alívio da esperança. Taniguchi, que recebeu a influência de artistas europeus através dos desenhos, sem entender o texto, de forma parecida como havia ocorrido a Miller com os japoneses, verte essa influência em um estilo de *linha clara oriental* imediatamente acessível ao leitor ocidental, o que talvez explique em parte o seu sucesso entre os leitores europeus e americanos. Nele manifesta-se o "glocal": o exotismo da história da pequena aldeia japonesa com os modos de representação dos quadrinhos contemporâneos internacionais. Esse idílio atinge o seu auge em *Maho no yama* [A Montanha Mágica] (2005), apresentado no Ocidente como álbum em cores com capa dura, ao estilo clássico francês, e que não só é um compêndio dos temas recorrentes de Taniguchi – a família e o retorno à magia da infância –, mas parece assimilar também o componente mitológico-emotivo que converteu Hayao Miyazaki em um dos diretores japoneses de cinema mais admirados no Ocidente. É dizer que, em seu afã por destilar os componentes reconhecidos do sucesso, *Maho no yama* incorre em um ternurismo premeditado. O processo de ocidentalização de Taniguchi o levou a colaborar com autores franceses como Moebius (*Icaro*, 2000) ou Morvan (*Mon année*, 2009).

A necessidade da internalização para a novela gráfica fica patentemente demonstrada mediante o exemplo espanhol. Na Espanha, a explosão da novela gráfica foi mais lenta do que nos países centrais dos quadrinhos mundiais, e só teve seu primeiro sucesso com a publicação, no final de 2007, de *Arrugas* [126], de Paco Roca, uma história sobre um ancião com mal de Alzheimer que ingressou em uma instituição para o cuidado de idosos. *Arrugas*, que depois de sucessivas reedições em pouco mais de um ano atingiu o insólito número de mais de 20 mil exemplares vendidos, outorgou ao seu criador uma longa série de galardões, à frente dos quais se encontra o Premio Nacional del Cómic de 2008, o mais importante outorgado na Espanha. O interessante é que *Arrugas* foi produzido por uma editora francesa, a Delcourt, e a Astiberri, editora espanhola, comprou os direitos de edição da obra e a traduziu como se fosse mais uma HQ francesa. Paco Roca era consciente de estar trabalhando para um mercado global, e por isso teve de fazer algumas adequações formais para aproximar a obra do gosto de seus editores: retirar um crucifixo de uma sala de aula, já que na França a educação é laica, ou adaptar o menu do Natal à tradição francesa. Na edição espanhola, Roca restauraria essas modificações à sua versão original.

A NOVELA GRÁFICA

[125] *Aruku hito* (1992), Jiro Taniguchi.

[126] *Arrugas* (2007), Paco Roca.

Carlos Giménez, considerado na Espanha o grande autor de referência graças a diversas obras que recuperam a memória pessoal e a memória histórica da Espanha do pós-guerra e da transição, já havia realizado esse trabalho de conquista *a partir de dentro* do mercado francês. *Paracuellos* (1976-2003), a recordação da vida nos abrigos do Auxílio Social durante o franquismo, receberia justamente em 2010 o prestigioso Prix du Patrimoine no Festival International de la Bande Dessineé d'Angoulême, o mais importante realizado na França. Apesar do seu caráter decididamente espanhol, tanto por sua ambientação histórica quanto por seu tom e tradição narrativa, *Paracuellos* foi assimilado pelo público francês como algo próprio – exótico, porém próprio – desde o início da sua publicação nas páginas de *Fluide Glacial* há mais de trinta anos.

Embora na Espanha tenha havido focos de quadrinhos adultos, que se materializaram em obras insólitas, como *Manuel no está solo* (2005, que recopila páginas dos anos 1980), de Rodrigo, ou em trajetórias individuais como a do roteirista Felipe Hernández Cava, que colaborou com desenhistas como Ricard Castells ou Federico del Barrio, não se pode falar de novela gráfica espanhola em sintonia com a corrente internacional até o surgimento de títulos como *Modotti, una mujer del siglo veinte* (2003), de Ángel de la Calle; *María y yo* (2007), de Gallardo; *Súper Puta* (2007), de Manel Fontdevila; *Bardín el Superrealista* (2006), de Max; *Buñuel en el laberinto de las tortugas* (2008), de Fermín Solís; ou *El arte de volar* (2009), de Antonio Altarriba e Kim. Até o momento, os autores espanhóis parecem concentrados em descobrir novos campos temáticos – a memória pessoal ou histórica, a biografia –, relegando a experimentação formal a uma função secundária. Para encontrar HQs na fronteira entre a arte e os quadrinhos em que se movem Richard McGuire ou Jerry Moriarty, temos de recorrer aos trabalhos de Francesc Ruiz, como *La visita guiada* (2008) ou *Manga Mammoth* (2009), inseridos no circuito da arte e completamente ignorados no mundo dos quadrinhos, ou a experiências marginais no mercado das HQs, como as de Felipe Almendros, Leandro Alzate ou Juanjo Sáez.

Hoje em dia, a Espanha é um país exportador de talentos, e os desenhistas que não trabalham diretamente para editoras estrangeiras, norte-americanas ou francesas, produzem suas novelas gráficas para editoras espanholas que tentam vendê-las no circuito internacional. As indústrias locais perderam o mercado de massas que alimentou outrora os quadrinhos comerciais, e a única maneira de rentabilizar as edições é recorrendo a um público global.

6 – A ÚLTIMA ARTE DE VANGUARDA

Desconfio que, embora enfrentando a mais absoluta indiferença, alguns de nós continuaremos criando quadrinhos, ainda que seja apenas pelo imenso e inexplorado terreno que existe entre o que já se fez e as emocionantes possibilidades que nos cercam em todas as direções[1].

Daniel Clowes

Durante a quase totalidade dos 180 anos de história que examinamos nestas páginas, os quadrinhos foram uma arte de massas considerada vulgar, que estava sempre e exclusivamente a serviço dos interesses comerciais, com frequência como um artigo que fazia parte do universo do consumo infantil e juvenil.

Entretanto, os quadrinhos como forma artística não têm nada de vulgar nem de infantil. Ao contrário, eles são sofisticadíssimos. Os quadrinhos não são um híbrido de palavra e imagem, um filho bastardo da literatura e a arte que foi incapaz de herdar as virtudes de seus progenitores. Os quadrinhos pertencem a uma estirpe distinta, e se realizam em um plano diferente daquele em que se realizam cada uma dessas artes. Têm suas próprias regras e suas próprias virtudes e limitações, que mal começamos a entender.

Mas uma forma artística não é um meio, e o entendimento dos quadrinhos como meio é fundamental para se compreender o papel que eles desempenharam ao longo da história. Quando falamos de meio de massas, referimo-nos à definição que lhe dá Mitchell:

> Um meio, em resumo, não é apenas um conjunto de materiais, um aparato ou um código que "medeia" entre indivíduos. É uma instituição social complexa que contém os indivíduos em seu interior, e que é constituída por uma história de práticas, rituais, espaços (cenários, estudos, pinturas de cavalete, cenários de televisão, computadores portáteis). Um meio é tanto uma agremiação, uma profissão, um ofício, um conglomerado, uma entidade corporativa, quanto um canal material para a comunicação[2].

Ou seja, se quisermos entender o caminho que os quadrinhos seguiram desde suas origens, não nos basta considerá-los uma linguagem formada por desenhos, palavras e requadros sobre papel impresso, porque isso não explicaria seu desenvolvimento, seus sucessos e fracassos, nem seu suposto "amadurecimento" como arte, como se isso fosse simplesmente um produto natural da passagem do tempo. Temos de entender os quadrinhos como meio integrado pela forma artística, mas também pelas empresas editoras e suas crises econômicas, pelas redes de distribuição e seus avatares, pela queda das bancas e o surgimento das livrarias especializadas, pelos rituais e práticas dos leitores, pelo colecionismo e as convenções de quadrinhos, pelas variações de formatos, o efeito que causaram e as razões por que foram produzidas, pela consciência ou não de si mesmos dos autores profissionais que os têm produzido. O entendimento do desenvolvimento da arte é o entendimento do desenvolvimento de uma instituição muito ampla que muitos praticantes conformam, dos leitores até os autores. Não basta ler as páginas. Nesse caso, mais do que nunca, é necessário ler nas entrelinhas, ou talvez devêssemos dizer "entre requadros".

Essa leitura nos revela tradições, subcorrentes do meio, cada uma até certo ponto autônoma, embora relacionada com as demais. Em todas elas está presente a forma artística dos quadrinhos, mas nem todas cumpriram as mesmas funções nem tiveram as mesmas aspirações. A tradição das tiras de jornal nascida nos Estados Unidos talvez seja a semente mais importante de todas as tradições mundiais dos quadrinhos do século XX, o antepassado comum, por assim dizer. As tradições do comic book nos Estados Unidos, do álbum franco-belga na Europa e das longas histórias em revistas no Japão foram as tradições hegemônicas nos três centros de produção dos quadrinhos internacionais durante os três primeiros quartos do século passado. Todas essas tradições tiveram pelo menos três elementos comuns muito importantes: desenvolveram-se como séries, basearam-se em personagens (heróis) e se dirigiram a um público juvenil. A negação desses três elementos nos dá a primeira referência para entender a tradição da novela gráfica que começa a deslanchar no último quarto de século sobre a tradição dos comix, os quadrinhos underground.

Essa tradição nova da novela gráfica encontra sua oportunidade com o rompimento – em maior ou menor medida – das tradições anteriores, cujo sistema, baseado no oferecimento de um produto de entretenimento maciço e barato, entra em crise, sobretudo quando se demonstra incapaz de competir com um rival tecnologicamente superior: a televisão. A implantação desta, em todas as tradições, supõe o início do longo fim do reinado dos quadrinhos como "lazer audiovisual" doméstico, tal e qual propunha Smolderen sobre como poderíamos interpretar o papel da HQ desde suas origens na imprensa americana. A forma artística dos quadrinhos não está obsoleta frente à forma artística televisiva, mas os quadrinhos como meio se veem suplantados pela televisão. O que parecia um processo que levaria à morte dos quadrinhos na verdade foi um processo em que sua forma artística conseguiu se desprender do meio quadrinhos *de massas* para fundar uma tradição nova baseada em valores literários e artísticos próprios, uma forma artística que já não compete com a televisão como meio de massas, mas se apresenta como um meio culto com identidade e espaço próprios – o livro, as livrarias gerais, o museu inclusive –, e seu novo público, um público geral acostumado mais do que nunca a decifrar textos integrados por palavras e ícones superpostos sobre uma tela retangular, depois de quinze anos de massificação dos computadores pessoais.

Essa tradição da novela gráfica reconhece as outras tradições e as integra em seu DNA, mas em muitos sentidos é completamente nova, pois nada parecido havia sido visto até vinte ou trinta anos atrás. Uma de suas características é o nascimento do autor de quadrinhos, por fim, o autor livre e adulto. Livre nos conteúdos, mas também nos formatos, com uma liberdade que não se tinha desde Rodolphe Töpffer, o primeiro quadrinista da história, o único que conseguiu trabalhar antes que os quadrinhos existissem como meio.

Até o surgimento da novela gráfica, essa liberdade era conquistada com dificuldade, e em geral só parcialmente. O meio não o permitia, e era difícil os profissionais que se dedicavam aos quadrinhos buscarem-na. Nos anos 1940, dedicavam-se aos quadrinhos aqueles que não serviam para outra coisa: pintores, ilustradores e escritores fracassados que se viam reduzidos a uma ocupação criativa vergonhosa para poderem sobreviver. Entretanto, como indica Boltanski, a partir dos anos 1970 a situação começa a mudar devido à maior difusão da educação universitária. Assim, indica que autores como Gotlib, Mandryka, Bretécher, Druillet, Mezières e Fred compartilhavam um *habitus* surgido das desigualdades entre seus capitais sociais e culturais. Uma origem social mais elevada teria dirigido suas ambições para a pintura ou a literatura, mas acreditaram que esses campos estavam fechados para eles. No entanto, o capital cultural que haviam adquirido nas escolas de artes fez com que buscassem algo além das carreiras em desenho técnico às quais pareciam destinados por sua origem social, e se sentiram atraídos pelos quadrinhos como forma de expressão simbólica à qual podiam ter acesso[3]. O mesmo processo foi vivido, simultaneamente, pelos jovens desenhistas americanos underground: S. Clay Wilson, Robert Williams, Spain Rodriguez e outros, que se formaram na universidade e se expressaram através de um meio menosprezado, porém vital, e que reconheceram como próprio. Atualmente, artistas jovens como Dash Shaw escolhem voluntariamente os quadrinhos como forma predileta sem cogitar que seja um escalão intermediário na ascensão para suas verdadeiras aspirações. Sua verdadeira aspiração é, simplesmente, fazer *arte em quadrinhos*.

Os artistas – quer se reconhecessem ou não como tais – foram em grande medida os responsáveis pelas mudanças de rumo que os quadrinhos sofreram em sua etapa mais recente. O talento individual sempre foi o melhor ativo dos quadrinhos. O talento de Kurtzman, de Crumb, de Spiegelman, de Los Bros, de Ware, dos grandes repudiados pela indústria, o talento que cresce à sombra. Esse talento foi se adaptando às circunstâncias. Os formatos da indústria permitiam apenas um precário equilíbrio entre o comercial e o pessoal, de modo que os quadrinistas sérios se viam obrigados a condensar suas aspirações em breves histórias que seguiam fórmulas convencionais. Era como tentar escrever uma grande novela no formato de uma canção pop de três minutos. A música pop, na verdade, oferece os melhores exemplos de paralelismo com os quadrinhos como meio, acima do cinema, com o qual se une por uma semelhança superficial como forma artística. O pop, como os quadrinhos, foi um meio dominado por sua função como produto de massas, e que se viu obrigado a amadurecer grotescamente sem perder sua aparência juvenil. Nem os cantores pop nem os desenhistas de comic souberam como envelhecer, porque seu meio se dirigia à juventude. E, no entanto, envelheceram ou desapareceram. Os quadrinhos se debateram entre a imposição de se manterem sempre ligados a um imaginário juvenil e a necessidade de ampliar esses horizontes. Mas as tradições hegemônicas tinham uma presença tão forte que qualquer outra via parecia *inconcebível*.

A novela gráfica contemporânea representa, portanto, e mais do que qualquer outra coisa, essa consciência de liberdade do autor, um movimento – seguindo Campbell – que estabelece uma tradição irmã das demais, porém distinta. Falemos claramente: nem melhor nem pior, apenas diferente. Não é, por conseguinte, um formato nem um gênero, nem tampouco um conteúdo. Não é necessário desenhar duzentas páginas para fazer uma novela gráfica, assim como o fato de fazer um gibi de duzentas páginas não o converte em uma novela gráfica. Um relato breve, como o "Here" de Maguire, ou uma história de tamanho intermediário – trinta ou quarenta páginas, como o *Binky Brown* de Justin Green – podem pertencer à tradição da novela gráfica. Também não é necessário tratar de temas autobiográficos para se fazer uma novela gráfica, embora eles tenham sido abundantes até o momento. Na verdade, agora que foram dados os primeiros passos para o reconhecimento da novela gráfica, a postura purista e excludente, que durante anos os promotores dos "quadrinhos sérios" mantiveram, pode relaxar. Eddie Campbell explicava que já não era necessária essa tática defensiva:

> Já podemos deixar voltar os super-heróis. "Garotos, vocês têm que ir embora até termos esclarecido isso... Muito bem, alcançamos essa posição, então já podem voltar a entrar". Assim, depois de se ter desprezado e menosprezado os super-heróis durante os últimos trinta anos, agora posso desenhar alegremente um gibi do Batman e me sentir orgulhoso de fazê-lo[4].

David B. disse algo parecido ao se referir às origens da L'Association na França e como as posições de resistência puderam relaxar conforme os objetivos na conquista de espaços para os quadrinhos autorais eram cumpridos: "Não sentíamos nenhuma obrigação de produzir álbuns coloridos de capa dura de 64 páginas; não havia razão alguma para isso. Agora que podemos fazê-lo, achamos que não há problema porque já existe L'Association"[5].

Se a novela gráfica é apenas um termo de acordo – ou de desacordo – para identificar uma HQ adulta em oposição ao *gibi* tradicional, isso quer dizer que não podemos saber que caminho ela seguirá a partir de agora, pois, desde que sua presença se consolidou, sua capacidade para absorver tendências distintas parece carecer de limites. É fácil ser cínico e pensar que a indústria triturará e converterá em mingau a *verdadeira* novela gráfica. Os exemplos desse fenômeno já são abundantes, alguns muito conspícuos. *Le Combat ordinaire*, de Manu Larcenet, é uma série de grande sucesso publicada na França pela Dargaud – uma das editoras mais poderosas do país – entre 2003 e 2008. Centrada na crise da meia-idade de seu protagonista, um fotógrafo, parece um exemplo perfeito da novela gráfica contemporânea, séria e literária, que ao mesmo tempo se vende em formato de álbum de capa dura colorido e tem um "personagem" como protagonista. Com seus traumas acessíveis e suas reconfortantes lições de vida mastigadas e filtradas pelos recursos dos quadrinhos comerciais de toda a vida, *Le Combat ordinaire* é uma das demonstrações mais notáveis de como a indústria é capaz de converter em fórmula comercial o que nasceu para não ser uma fórmula. Igualmente, a estética da *nouvelle bd*, nascida de autores fundamentais para a novela gráfica europeia, como Joann Sfar, Lewis Trondheim, Blutch ou David B., todos eles vinculados em sua época a L'Association, é representada hoje em dia melhor do que ninguém por Christophe Blain, um desenhista superdotado que se tornou célebre com recuperações dos gêneros clássicos do álbum de aventuras: *Isaac le pirate* [*Isaac, o pirata*[6]] [127] e *Gus*, um *western*. Blain também trabalha no formato tradicional de álbum de capa dura colorido, mas nunca publicou nas editoras pequenas. Sua capacidade para revitalizar os velhos gêneros com uma perspectiva deslumbrantemente moderna fez com que ele conquistasse um terreno dentro da indústria que se vende como "alternativo", mas que é um alternativo sancionado pelas grandes editoras[7]. Apesar de seu ar familiar com a obra dos melhores *novelistas gráficos* franceses, cabe perguntar se o que Blain está fazendo não é simplesmente perpetuar a tradição comercial de aventuras de toda a vida, se no fundo Blain não é o Bourgeon do século XXI, o empacotador de artefatos luxuosos desenhados para um público de fiéis aficionados.

6 — A ÚLTIMA ARTE DE VANGUARDA

[127] *Isaac le pirate 2. Les glaces* (2001), Christophe Blain.

A NOVELA GRÁFICA

A questão excede o formato. Também em capa dura, em cores e para uma editora grande é a já mencionada *Le Photographe* [*O fotógrafo*[8]] [128], de Emmanuel Guibert, uma obra em três volumes que é, no entanto, uma das novelas gráficas mais complexas e revolucionárias feitas até o momento. *O fotógrafo*, que adapta as viagens do repórter Didier Lefèvre com os Médicos Sem Fronteiras através do Afeganistão em meados dos anos 1980, utilizando uma mescla sutil de desenho e fotografia, é em certa medida uma meditação sobre a aventura, mas não uma reinvenção nem uma atualização. Não busca a nova fórmula mágica para revitalizar o antigo sistema, como o faz Blain, provavelmente o desenhista mais imitado na Europa neste momento.

[128] *Le Photographe* 3 (2006), Emmanuel Guibert.

Portanto, não podemos discutir – seria estéril e matizável – onde começam e onde terminam os limites da novela gráfica em muitas das obras atuais. Na França, sobretudo, os autores de obras pessoais cruzam continuamente a fronteira para as velhas tradições comerciais, e voltam mais tarde, uma vez mais, aos seus territórios privados, ou se mantêm em ambos simultaneamente, quase sem distingui-los. Nos Estados Unidos, os dois mundos estão mais separados – por isso foram e continuam sendo os americanos que lideraram esse movimento internacional –, mas ocorrem fenômenos curiosos que não podem ser desdenhados com o fácil recurso ao cinismo depreciativo. Um gibi como *Omega the Unknown* (2008) teria sido inimaginável antes da consolidação da novela gráfica. *Omega* é uma "série limitada" publicada pela Marvel que recupera um velho super-herói – completamente esquecido – dos anos 1970. O peculiar é que a HQ foi escrita pelo prestigiado novelista Jonathan Lethem (com a ajuda de Karl Rusnak), desenhada por Farel Dalrymple, um desenhista alternativo, e colorida por Paul Hornschemeier, autor de uma das novelas gráficas mais elogiadas dos últimos anos, *Mother, Come Home* (2003). Em um dos episódios há inclusive páginas desenhadas por Gary Panter, a lenda dos quadrinhos punk. *Omega* rompe com todas as convenções dos quadrinhos de super-heróis, com longas digressões intelectuais, um argumento pouco claro, personagens pouco atrativos e apresentações contrárias às fórmulas do gênero: em um dos episódios, por exemplo, a atenção se concentra em um diálogo entre dois personagens enquanto a batalha super-heroica fica em segundo plano e quase fora do requadro [129]. Devido à complexidade da história, ao tratamento dos personagens e à solidez do universo em que se desenvolve, *Omega* pode ser considerado uma verdadeira novela gráfica adulta, apesar de ter robôs, supervilões e heróis com capa em suas páginas. Se pensássemos que se trata apenas de uma manobra comercial vulgar da Marvel para atrair para seus super-heróis os leitores de novela gráfica, poderíamos muito bem conjecturar por que não escolheram então um personagem mais conhecido – e nos últimos anos, sobretudo graças às adaptações cinematográficas, a Marvel dispõe de muitos personagens muito famosos – que pudesse ter mais repercussão nos meios e seduzir um público maior. A resposta é que o projeto nasce mais da oportunidade provocada pelo desejo do novelista Lethem de escrever um gibi de *Omega*, como fã do personagem que era desde criança, do que de estratégias comerciais. Lethem *precisava* escrever *Omega*, como precisava escrever outras de suas novelas (não gráficas), e, no panorama atual da novela gráfica contemporânea – ou seja, da percepção dos quadrinhos como um meio no qual se pode fazer *qualquer coisa* –, uma ideia como essa pode se tornar realidade. Discutir em que medida *Omega* é um híbrido de novela gráfica e de gibi de super-heróis, em que medida é uma novela gráfica *pura* ou uma obra *bastarda*, é estéril, e o será ainda mais com o passar dos anos. É muito possível que no futuro essas misturas de gêneros e sensibilidades, de formatos, autores e tradições, sejam cada vez mais sinceras e habituais.

O fenômeno da novela gráfica é tão recente que ainda não se solidificou; portanto, está neste momento sofrendo processos de mudança muito importantes, que fazem com que possamos imaginar que veremos uma paisagem muito distinta em um prazo muito curto. Os mestres da novela gráfica são muito jovens. Crumb, Spiegelman e Taniguchi, os *avôs* do movimento, ainda não completaram setenta anos. Chris Ware, Daniel Clowes, Seth, Emmanuel Guibert, David B. ou Blutch não chegaram sequer aos cinquenta ou acabaram de completá-los. Estão, na verdade, no apogeu de suas carreiras. Dá a impressão de que muitos deles estão começando a trabalhar agora, e que só agora estão começando a entender o meio em que trabalham. Essa é uma das virtudes mais emocionantes dos quadrinhos contemporâneos: como arte, estão muito pouco desgastados. Menu diz que os quadrinhos são uma forma artística atrasada, que

> a sua história é uma história de atraso em relação à literatura, à pintura etc. Creio que os quadrinhos estão agora talvez em um estado equivalente ao dessas formas nos anos 1910-1920. Afirmo que a vanguarda pode ser ainda relevante com relação à *bande dessinée*, e que talvez esta seja a última arte para a qual tal termo ainda tem sentido[9].

Se Menu tem razão, os quadrinhos estão entrando agora na época de seus Duchamp e Picasso, de seus Joyce e Proust. Nunca antes um quadrinista havia tido a oportunidade de chegar tão longe. O profissional típico do meio começava com vinte anos e estava queimado aos quarenta, como os astros do pop. Foi o que aconteceu com Bernard Krigstein, um dos primeiros que tentaram o ofício, nos anos 1950, e tiveram de abandoná-lo antes de completar quarenta anos. Os novelistas gráficos talvez devam trabalhar em outra velocidade, uma velocidade até agora desconhecida nos quadrinhos.

6 — A ÚLTIMA ARTE DE VANGUARDA

[129] *Omega the Unknown* (2008), Jonathan Lethem, Karl Rusnak, Farel Dalrymple e Paul Hornschemeier.

Para eles, o maior estímulo será, como diz Clowes na citação que abre estas conclusões, o imenso território artístico que está por ser explorado e conquistado. Mas seria um erro pensar que essa exploração é uma conquista inevitável, assinalada pela inércia do destino ou pelo suposto amadurecimento *natural* do meio. O sucesso nesse empreendimento dependerá, como tantas vezes ocorreu na história dos quadrinhos, do talento e do compromisso de alguns autores individuais que continuarão fazendo HQs – quer se chamem ou não novela gráfica – apesar de tudo. Porque o terreno que têm de descobrir na verdade não existe. Esse terreno são as marcas que deixam enquanto caminham no vazio.

NOTAS

INTRODUÇÃO

1 Erwin Panofsky. *El significado en las artes visuales*. Madrid: Alianza, 2004, p. 36.

CAPÍTULO 1

1 Rosenkranz (2009), p. 27.
2 No Brasil: DÍAZ, Junot. *A fantástica vida breve de Oscar Wao*. Rio de Janeiro: Record, 2009. (N. E.)
3 No Brasil: CHABON, Michael. *As incríveis aventuras de Kavalier & Clay*. Rio de Janeiro: Record, 2002. (N. E.)
4 Heer & Worcester (eds.) (2004), xii.
5 Reitberger & Fuchs (1972), p. 9.
6 Ibáñez (2007).
7 Witek (1989), p. 3.
8 Deppey (2006), p. 79.
9 Pode-se consultar em <www.eddiecampbell.blogspot.com>.
10 No Brasil: CLOWES, Daniel. *Mundo fantasma*. São Paulo: Gal Editora, 2011. (N. E.)
11 Clowes (1997), p. 10.
12 Clowes (1997), p. 5.
13 No Brasil, o comic book é chamado de revista em quadrinhos, gibi ou HQ. (N. R. T.)
14 Eco (1988), p. 12.
15 Greenberg (2002), p. 15-33. O artigo original, "Vanguarda e kitsch", é de 1939. (No Brasil: In: GREENBERG, Clement et al. *Clement Greenberg e o debate crítico*. Rio de Janeiro: Jorge Zahar, 2001. [N. E.]).
16 Lara (1968), p. 18.
17 Eisner (2002). "Estou aqui para lhes dizer que acredito firmemente que este meio é literatura. É uma forma de literatura e está atingindo sua maturidade agora".
18 Ver, por exemplo, o significativo livro de Versaci (2008), cujo subtítulo é "Comics as Literature". Também o de Hatfield (2005) tem como subtítulo "An Emerging Literature". O fenômeno se explica em parte porque um bom número dos mais recentes estudos universitários sobre comic surge nos departamentos de literatura, não de arte.

19 Hatfield (2005), p. 33.

20 Salinas (1984), p. 317-318.

21 Salinas (1984), p. 17.

22 Citado em Versaci (2008), p. 186.

23 Wertham (2009), p. 55.

24 McLuhan (2003), p. 229.

25 Harvey (1994), p. 8.

26 Mitchell (2009), p. 116.

27 R. Sikoryak, *RasKol. Crime and Punishment!*, em *Drawn & Quarterly* Volume 3 (2000), p. 89-99.

28 Miller (2007), p. 16.

29 Gordon (1998), p. 9.

30 Harvey (1994), p. 7.

31 Merino (2003), p. 11.

32 Rosenkranz (2002), p. 272.

33 Kunzle (2007), p. 114.

34 Groensteen (2009), p. 3.

35 *Tebeo* e *historieta* são nomes dados às histórias em quadrinhos na Espanha e nos países de língua espanhola. No Brasil, temos um caso semelhante ao do "tebeo": a revista *Gibi*, lançada em 1939, que trazia diversos personagens de histórias em quadrinhos e cujo nome acabou se tornando um sinônimo de revista em quadrinhos. (N. T.)

36 Merino (2003), p. 32.

37 Schodt (1996), p. 19.

38 Para conhecer diversas explicações de maior amplitude sobre o significado concreto da palavra "mangá", cf. Gravett (2004), p. 21; Schodt (1986), p. 18; Meca (2008), p. 151; Koyama-Richard (2008), p. 6; Power (2009), p. 8-12.

39 Esse caso não se aplica tanto ao Brasil, onde o termo *comics*, usado no plural, está mais associado aos quadrinhos norte-americanos de super-heróis. Aqui, os termos mais populares são gibi, história em quadrinhos, quadrinhos e HQ. (N. R. T.)

40 Berchtold (1935), p. 36.

41 Paul Gravett (2005, p. 3) chama a atenção para Richard Kyle no boletim *CAPA-ALPHA* nº 2 (novembro de 1964), publicado pela Comics Amateur Press Alliance.

42 *Graphic novel* aparece em relação a três comics ou pseudocomics em 1976: *Bloodstar* de Richard Corben, *Beyond Time and Again* de George Merzger e *Chandler. Red Tide* de Jim Steranko.

43 *Chandler. Red Tide* (1976), de Jim Steranko.

44 Tanto *graphic album* como *comic novel* aparecem em *Sabre* (1978), de Don McGregor e Paul Gulacy.

45 *Tantrum* (1979), de Jules Feiffer.

46 No Brasil: EISNER, Will. *Um contrato com Deus*. São Paulo: Devir, 2007. (N. E.)

47 Em *El cómic y el arte secuencial* (1985).

48 Barrero indica que a primeira vez que o termo apareceu na Espanha corresponde precisamente à coleção *La novela gráfica*, da editora barcelonense Reguera, em 1948. Disponível em: <www.literaturas.com/v010/sec0712/suplemento/ Articulo8diciembre.html>. Acesso em: 8 maio 2009.

49 Ramírez (1975b), p. 104.

50 Eco (1988), p. 225-267.

51 Barrero (2008).

52 Gálvez (2008), p. 71.

53 *Mortadelo e Salaminho* foi publicado no Brasil pela Editora Cedibra, entre os anos de 1974 e 1980. (N. E.)

54 No Brasil: HERNÁNDEZ, Gilbert. *Crônicas de Palomar*. Rio de Janeiro: Record, 1991. (N. E.)

55 Deppey (2006), p. 83.

56 Ibáñez (2007).

57 Seth (2007), p. 416.

58 Berchtold (1935), p. 36.

59 Merino (2003), p. 270.

60 Masotta (1982), p. 13.

61 Merino (2003), p. 271.

CAPÍTULO 2

1 Sadowski (2002), p. 1.

2 Groensteen (2007), p. 12-17.

3 No Brasil: McCLOUD, Scott. *Desvendando os quadrinhos*. São Paulo: M. Books, 2004. (N. E.)

4 No Brasil: EISNER, Will. *Quadrinhos e Arte Sequencial*. São Paulo: WMF, 2010. (N. E.)

5 Eisner (1994), p. 5.

6 McCloud (2005), p. 9.

7 Harvey (1994), p. 10.

8 Carrier (2009), p. 108.

9 McCloud (2005), p. 20.

10 Ver a respeito, por exemplo, Ramírez (1975b), p. 229.

11 Barthes (1989), p. 162.

12 McCloud (2005), p. 9.

13 Na verdade, os exemplos da Coluna de Trajano e do tapete de Bayeaux vinham sendo utilizados há muito tempo como antecedentes do comic. Ver Lacassin (1982, p. 15), que também cita, entre outros, o friso do Partenón ou os vitrais de Chartres.

14 McCloud (2005), p. 10.

15 Citado em Kunzle (1973), prefácio.

16 Kunzle (1973), p. 2.

17 Kunzle (1973), p. 2.

18 Groensteen (2007), p. 13.

19 Groensteen (2007), p. 17.

20 Tomamos o conceito de Hatfield (2005, p. 4), que cita Samuel R. Delany como responsável pela aplicação do conceito de *objeto social* (com o sentido que lhe deu o sociólogo Lucen Goldman) aos comics, como parte do que chamam de *packages or publishing formats*, ou seja, "pacotes ou formatos de publicação".

21 Citado em Jiménez (2002), p. 51.

22 McCloud (2005), p. 23.

23 Kunzle (1973), p. 298.

24 Baudelaire (2001), p. 133.

25 Gombrich (1998), p. 296.

26 Baudelaire (2001), p. 150.

27 Kunzle (1990), p. 314.

28 Sabin (2009), p. 185.

29 No Brasil: McMANUS, George. *Pafúncio*. São Paulo: Martins Fontes, 1989. (N. E.)

30 Gravett (2004), p. 18.

31 Trata-se de "Por um coracero", de José Luis Pellicer, publicada na revista madrilense *El Mundo Cómico* nº 22, de 30 de março de 1873. Ver Martín (2000b), p. 30-31. Anteriormente, o próprio Martín havia identificado como a historieta mais antiga a anônima "Un drama desconocido" (1875), em Martín (1978).

32 Barrero (2004).

33 No Brasil: GOMBRICH, Ernst H. *Arte e Ilusão* – Um estudo da psicologia da representação pictórica. São Paulo: WMF Martins Fontes, 2007. (N. E.)

34 Kunzle (2007), p. 52.

35 Assouline (1997), p. 36.

36 Kunzle (2007), p. 121.

37 Kunzle (2007), p. 5.

38 Kunzle (1990), p. 2.

39 Martín (2005), p. 17.

40 Smolderen (2006), cf. a epígrafe "Töpffer Demonstration", p. 98-99.

41 Smolderen (2006).

42 Smolderen (2006), p. 99.

43 Kunzle (2007), p. 118.

44 Lanier (2008), p. 122.

45 Gombrich (1998), p. 301.

46 Gordon (1998), p. 15.

47 Smolderen (2002).

48 Gardner (2008), p. 211.

49 Citado em Baker (2005), viii.

50 Carlin (2005), p. 28.

51 Com exceções como a já mencionada do britânico Ally Sloper.

52 Ver Gordon (1998), especialmente "Comics as Commodity and Agent of Change: Buster Brown", p. 43-58.

53 No Brasil, os exemplares de *Os sobrinhos do capitão* foram publicados pela Editora Opera Graphica, na coleção Opera King. (N. E.)

54 Harvey (2009), p. 43.

55 Berchtold (1935), p. 35.

56 Smolderen (2006).

57 Smolderen (2006), p. 112.

58 O exemplo mais notável é o da série A. *Piker Clerk*, de Clare Briggs, publicada no *Chicago American* em 1903 e protagonizada, assim como a série posterior de Fisher, por um jogador que apostava nas corridas de cavalos. Embora Fisher tivesse se criado em Chicago, abandonou a cidade antes de Briggs iniciar sua série; portanto, não fica claro se houve uma verdadeira influência de A. *Piker Clerk* sobre A. *Mutt*. Além da coincidência do título e do tema, havia um recurso narrativo comum: a aposta feita pelo protagonista a cada dia era resolvida favorável ou desfavoravelmente no dia seguinte. Cf. Harvey (1994), p. 36.

59 Harvey (1994), p. 37. A fonte original da citação é o artigo "Confessions of a Cartoonist", do próprio Bud Fisher, publicado em 28 de julho de 1928 no *Saturday Evening Post*, e que continuaria nas três semanas seguintes.

60 Harvey, 1994, p. 38.

61 Citada em Gordon (1998), p. 86.

62 Schodt (1986), p. 45-48.

63 Sadoul (1986), p. 81.

64 Assouline (1997), p. 35.

65 Spiegelman (1990), p. 6.

66 Phelps (2001), p. 197.
67 *Sundays With Walt and Skeezix*, Sunday Press Books.
68 *Walt and Skeezix*, Drawn & Quarterly. Até o momento apareceram três volumes, que cobrem de 1921 até 1926.
69 García (2008), p. 28-34.
70 Ware (2005), p. 5.
71 Deppey (2006), p. 83.
72 *Krazy & Ignatz* (2002-2008), dez volumes até o momento, que incluem páginas de 1925 até 1944, momento em que a série acabou. O projeto continuará reeditando os volumes correspondentes aos anos anteriores a 1925.
73 *The Complete Peanuts* (2004-2009), onze volumes até o momento, que incluem tiras de 1950 até 1972. A coleção está aberta e continuará até completar a reedição completa de *Peanuts*, que foi concluída em 2000.
74 Kidd, Chip; Spiegelman, Art. *Jack Cole and Plastic Man*. San Francisco: Chronicle Books, 2001.
75 Heer (2008), p. 21.
76 No Brasil, a tirinha ficou mais conhecida como *Aninha, a Pequena Órfã*, mas também houve adaptações para outros veículos (cinema, teatro, televisão), em que passou a ser chamada de *Annie, a Pequena Órfã* ou simplesmente *Annie*. A tira começou a ser publicada no "Suplemento Juvenil", que acompanhava o jornal *A Nação*, de Porto Alegre. (N. R. T.)
77 Beronä (2008), p. 10-12.
78 Beronä (2008), p. 15.
79 Mann (2004), p. 16.
80 Seth (2007), p. 416.
81 Beronä (2005), vi.
82 Beronä (2009), v.
83 Gravett (2009).
84 Beronä (2008), p. 135.
85 Kiersh (2008), p. 98.
86 A respeito da relação de Milt Gross com o humor judaico e a representação da fala dos imigrantes, cf. Kelman (2010).
87 Ramírez (2008), p. 499.
88 Ramírez (2008), p. 502.
89 Eisner (2004), xiii.
90 Lanier (2007), s/n.
91 No Brasil: KUPER, Peter. *O sistema*. São Paulo: Abril, 1998. (N. E.)
92 No Brasil: TAN, Shaun. *A chegada*. São Paulo: Edições SM, 2011. (N. E.)

93 Citado em Harvey (1994), p. 70.
94 Waugh (1991), p. 224.
95 Carlin (2005), p. 58.
96 Benet (2004), p. 92.
97 Carlin (2005), p. 84.
98 Gordon (1998), p. 133.
99 Wright (2003), p. 4.
100 Steranko (1970), p. 14.
101 Jenkins (2006).
102 Jones (2004), p. 144.
103 Nyberg (1998), p. 16.
104 Benton (1989), p. 39.
105 No Brasil: EISNER, Will. *O sonhador*. São Paulo: Devir, 2007. (N. E.)
106 Thompson & Groth (2006), p. 103.
107 Hajdu (2008), p. 26.
108 Jones (2004), p. 214.
109 Benton (1989), p. 48.
110 Gordon (1998), p. 139.
111 Simon (1990), p. 122.
112 Benson (2003), p. 6.
113 Gilbert & Quattro (2006), p. 79.
114 Gilbert & Quattro (2006), p. 79.
115 Gilbert & Quattro (2006), p. 78.
116 Martín (2000), p. 169.
117 Martín (2000), p. 170.
118 Tatsumi escreveu e desenhou um comic autobiográfico em que relata, por meio de um sósia, as origens do *gekiga* desde o pós-guerra até os anos 1960: *Una vida errante* (dois tomos), publicado originalmente entre 1995 e 2006, e traduzido para o espanhol pela Astiberri em 2009.
119 A obra não possui edição brasileira. Seu título original é *Gekiga Hyouryuu* (editora Seirinkogeisha); em inglês, recebeu o título de *A Drifting Life* (editora Drawn and Quaterly). (N. R. T.)
120 EC é a editora paradigmática do movimento, mas não foi a única, nem a primeira, a praticar o gênero de terror. Ver Watt-Evans (1997).
121 "Foul Play!", em *Haunt of Fear* 19 (maio-junho de 1953). Roteiro: Bill Gaines e Al Feldstein. Desenho: Jack Davis.
122 Sadowski (2002), p. 19.

123 Sadowski (2002), p. 77.
124 Sadowski (2002), p. 166.
125 Benson, Kasakove & Spiegelman (2009), p. 288.
126 Sadowski (2002), p. 19.
127 Raeburn (2004a), p. 13.
128 Sadowski (2002), p. 201.
129 Em "From Eternity to Here" (*Mad* 12, junho de 1954). Posteriormente, também trabalharam juntos em "Bringing Up Father" (*Mad* 17, novembro de 1954), uma paródia de *Bringing Up Father* em que também participou Will Elder, e na qual de novo o resultado foi insatisfatório para todos os implicados.
130 Versaci (2008), Capítulo 5, "Guerilla Warfare and Sneak Attacks. Comic Books vs. War Films", p. 139-181.
131 Benson (2006), p. 24.
132 Witek (1989), p. 45.
133 Carlin (2005), p. 119.
134 Deppey (2006), p. 81.
135 Nyberg (1998), p. 3.
136 Nyberg (1998), p. 60.
137 Nyberg (1998), p. 63.
138 Ono (2009), p. 9.
139 Groth (2003), p. 53.
140 Benton (1989), p. 54.

CAPÍTULO 3

1   Rosenkranz (2002), p. 4.
2   Groth (2002a), p. 38.
3   Os quadrinhos de Robert Crumb foram publicados no Brasil na revista *Grilo*, na década de 1970, e nas revistas *Circo* e *Porrada* na década de 1980. Atualmente, suas obras são publicadas pela editora Conrad. (N. E.)
4   Rosenkranz (2002), p. 27.
5   Maremaa (2004), p. 31.
6   Maremaa (2004), p. 29.
7   Groth (2004), p. 28.
8   Rosenkranz (2002), p. 71.
9   Hatfield (2005), p. 12.

10 Rosenkranz (2002), p. 264.

11 Rosenkranz (2002), p. 171.

12 Danky & Kitchen (2009), p. 18.

13 Benton (1989), p. 74.

14 Raeburn (2004b), p. 39.

15 Raeburn (2004b), p. 39.

16 Crumb (1996), viii.

17 Rosenkranz (2009), p. 24.

18 Pouncey (2008), p. 7.

19 No Brasil: SHELTON, Gilbert. *Fabulous Furry Freak Brothers*. São Paulo: Conrad, 2004. (N. E.)

20 Robbins (2009), p. 32.

21 Robbins (2009), p. 32.

22 Chute (2009), p. 59.

23 Spiegelman (1995), p. 4.

24 Hatfield (2005), p. 7.

25 Schelly (2001).

26 "Lucky Luke, sus autores" (1973), em *Bang!* 10, p. 47.

27 *Barbarella* foi publicada no Brasil em 1969 pela Linográfica Editora Ltda., com tradução de Jô Soares. (N. E.)

28 Beaty (2007), p. 24.

29 No Brasil, *Valentina* foi publicada pelas editoras L&PM e Conrad. Essa história especificamente foi publicada pela Conrad em *Valentina – Volume 1* e se chama "Olá, Valentina". (N. R. T.)

30 E, na verdade, assim foi em sua primeira edição espanhola, nada menos que em 2006.

31 No Brasil: BUZZATI, Dino. *Poema em quadrinhos*. São Paulo: Cosac Naify, 2010. (N. E.)

32 Temos acompanhado a história do comic underground espanhol de Dopico, Pablo (2005), *El cómic underground español, 1970-1980*.

33 García (1997), p. 6.

34 No Brasil, *A lenda de Kamui* foi publicada pela editora Abril em 1993. (N. E.)

35 Gravett (2004), p. 42.

36 Sigo a tradução apresentada por Marc Bernabé em: <www.mangaland.es/2008/03/scanlation-de-niji-shiki-la-espita>.

37 Randall (2003), p. 135.

38 Shiratori (2000), p. 5.

39 Maremaa (2004), p. 27.

40 Crumb (1996), p. viii.

41 Rosenkranz (2009), p. 26.
42 Rosenkranz (2009), p. 19.
43 Buhle (2009), p. 45.

CAPÍTULO 4

1 Hatfield (2005), p. xii.
2 Mullaney (2007), p. 21.
3 Para uma história detalhada do *direct market*, ver Beerbohm (1999 e 2000).
4 Eisner (2001), p. 287.
5 Fundado por Jerry Bails e continuado depois por Thomas.
6 Ver "The Direct Market and the Consolidation of Fandom" em Hatfield (2005), p. 20-23.
7 No Brasil, *O fabuloso mundo de Krypton* (Superman) foi publicado pela editora Ebal em 1982. (N. E.)
8 Mullaney (2007), p. 23.
9 Mullaney (2007), p. 29.
10 Groth (2004), p. 55.
11 Crumb (2000), p. vii.
12 Ibáñez (2007).
13 No Brasil: BAGGE, Peter. Ódio. São Paulo: Via Lettera, 2001. (N. E.)
14 No Brasil: CLOWES, Daniel. *Como uma luva de veludo moldada em ferro*. São Paulo: Conrad, 2002. (N. E.)
15 No Brasil, *Black Hole* foi publicada em dois volumes pela editora Conrad. São eles: *Black Hole – Introdução à biologia* (2007) e *Black Hole – O fim* (2008). (N. E.)
16 No Brasil: EISNER, Will. *Um contrato com Deus & outras histórias de cortiço*. São Paulo: Devir, 2007. (N. E.)
17 Ramírez (2003), p. 105.
18 Andelman (2005), p. 183.
19 Benson (2005b), p. 128.
20 Kaplan (2005), p. 131.
21 Hatfield (2005), p. 29.
22 Andelman (2005), p. 289.
23 Hatfield (2005), p. 109.
24 Witek (1989), p. 121.
25 Hatfield (2005), p. 112.
26 Huyssen (2002), p. 144-145.
27 Witek (1989), p. 109.

28 No Brasil, essa história foi publicada pela editora Brasiliense em *Maus – A história de um sobrevivente – Volume II*, com tradução de Marfia Esther Martina. (N. R. T.)

29 Wolk (2007), p. 12.

30 Hatfield (2005), p. 145.

31 Sabin (2007), p. 108.

32 Versaci (2008), p. 92.

33 Didi-Huberman (2004), p. 17.

34 Huyssen (2002), p. 15.

35 No Brasil, essa história foi recentemente republicada pela Panini Comics em *Batman. O cavaleiro das trevas – Edição definitiva*. (N. R. T.)

36 Esse filme, protagonizado por Viggo Mortensen, Maria Bello, Ed Harris e William Hurt, foi lançado no Brasil com o título *Marcas da violência*. (N. T.)

37 No Brasil: AUSTER, Paul. *Cidade de vidro*. São Paulo: Via Lettera, 1998. (N. E.)

38 Em 1991, na verdade, a Marvel vendeu quase 8 milhões de cópias do X-Men n. 1, o lançamento de uma nova série protagonizada por seu grupo de super-heróis mais popular. O número estava superestimado pelo mercado de colecionadores especuladores, que pouco depois cairia estrepitosamente.

39 No Brasil, *Corto Maltese – A balada do mar salgado* foi publicado pela L&PM (1998) e pela Pixel (2006). (N. E.)

40 Embora não tenha sido publicado no Brasil, existe uma edição em português de *Blueberry – A mina do alemão perdido* publicada pela editora portuguesa Meribérica. (N. R. T.)

41 No Brasil, *A garagem hermética* foi publicada pela editora Globo na revista *Os mundos fantásticos de Moebius* nº 1 (1991). (N. R. T.)

42 No Brasil: JODOROWSKY, Alejandro; MOEBIUS, Jean Giroud. *Incal*. São Paulo: Devir, 2006. (N. E.)

43 Miller (2007), p. 27.

44 Há edições em português das duas obras de Bourgeon, publicadas pela editora portuguesa Meribérica. (N. E.)

45 Em português: JUILLARD, André. *As 7 vidas do gavião*. Alfragide/Portugal: Asa Edições, 2004. (N. E.)

46 Há edição em português de *Thorgal* pela Asa Edições de Portugal. (N. E.)

47 Embora não tenha sido publicada no Brasil, há uma versão em português de *A feira dos imortais*, publicada pela editora portuguesa Meribérica. (N. R. T.)

48 Wivel (2006b), p. 151.

49 Wivel (2006b), p. 158.

50 Wivel (2006a), p. 111.

51 Deppey (2006), p. 71.

52 Wivel (2006b), p. 156.

53 Abreviação de "48 Cartonnée et en Couler", tradicional formato das HQs franco-belgas, consagrado pelas séries *Tintim* e *Asterix*, de 48 páginas, coloridas, com lombada quadrada e capa dura. (N. R. T.)

54 No Brasil: SATRAPI, Marjane. *Persépolis*. São Paulo: Companhia das Letras, 2007. (N. E.)

55 Beaty (2007).

56 Wivel (2006b), p. 171.

57 *Nosotros somos los muertos* foi lançado como fanzine fotocopiado e autoeditado por Max em 1993. Esse fanzine só incluía uma historieta do próprio Max e dois textos, um de Pere Joan e o outro de Emilio Manzano. O número 1 da revista propriamente dita, que incluía colaborações de desenhistas espanhóis e estrangeiros, apareceu em maio de 1995. A partir do número 2 (maio de 1996), adotou-se o formato de livro, com mais de cem páginas em preto e branco, que se manteve até o número 6/7 (maio de 2000). Depois de uma longa pausa, a revista voltou a partir do número 8 (2003), reduzindo seu título para *NSLM*, ampliando seu tamanho e acrescentando cor e o subtítulo "gráfica radiante". Esta segunda fase terminaria no número 15 (abril de 2007). O curioso é que as duas etapas da *NSLM* podem ser comparadas com as duas etapas de *Raw*, mas em ordem inversa. *Raw* passou de formato de revista gráfica de grande tamanho para o formato de novela gráfica de bolso, e a *NSLM*, de novela gráfica para revista gráfica.

58 No Brasil: WARE, Chris. *Jimmy Corrigan, o menino mais esperto do mundo*. São Paulo: Quadrinhos na Cia., 2009. (N. E.)

CAPÍTULO 5

1 Ware (2007), p. xvii.

2 "Top 300 Comics Actual (May 2009)", disponível em: <www.icv2.com/articles/_news/15147.html>. Acesso em 25 de junho de 2009.

3 Drake (2002), p. 6.

4 Guilbert (2009).

5 E também é significativo que a próxima obra importante de Clowes, *Wilson* (Drawn & Quarterly, 2010), anunciada quando este livro estava em vias de ser impresso, seja publicada diretamente no formato de livro. [*Wilson* foi publicado como livro de capa dura, colorido, com oitenta páginas, contendo uma série de setenta histórias de uma página. No Brasil, a publicação é da Companhia das Letras (Quadrinhos na Cia.), com tradução de Érico Assis, 2012. (N. E.)]

6 Guilbert (2009).

7 Hignite (2006), p. 167.

8 García (1997), p. 24.

9 Guilbert (2009).

10 No Brasil, a HQ se chama *Retalhos* e foi publicada pela Companhia das Letras (Quadrinhos na Cia.), com tradução de Érico Assis, 2009. (N. R. T.)

11 No Brasil, a HQ se chama *Umbigo sem fundo* e foi publicada pela Companhia das Letras (Quadrinhos na Cia.), com tradução de Érico Assis, 2009. (N. R. T.)

12 Raeburn (2004), p. 17.

13 As duas HQs incluídas na edição original desse volume por sua editora, Zadie Smith, estão faltando na tradução espanhola: *El libro de los otros*, Salamandra, 2009.

14 *Granta* n. 108, outono de 2009.

15 Cwiklik (2006), p. 187.

16 "Chris Ware é, sem dúvida, o autor mais importante de quadrinhos dos últimos anos, e não somente nos Estados Unidos, seu país de nascimento e residência." Samson & Peeters (2010), p. 5.

17 O último comic publicado na época foi *Mister Wonderful*, serializado em *The New York Times Magazine* em 2008 e de caráter mais convencional, segundo declarou o próprio Clowes, pelo desejo de ser mais acessível a um público mais geral.

18 *Georg Sprott* e *Clyde's Fans* não foram publicados no Brasil. Originalmente, foram publicados em inglês pela editora Drawn and Quarterly. (N. R. T.)

19 No Brasil, a coleção foi lançada pela L&PM, com o nome *Peanuts Completo*. (N. R. T.)

20 Guilbert (2009).

21 No Brasil: BROWN, Chester. *Playboy*. São Paulo: Conrad, 2001. (N. E.)

22 Ware (2007), p. xxi.

23 Hignite (2006), p. 75.

24 Fiore (1997), p. 68.

25 No Brasil: BECHDEL, Alison. *Fun Home*. São Paulo: Conrad, 2007. (N. E.)

26 Ver Schodt (1999).

27 No Brasil: YANG, Gene Luen. *O chinês americano*. São Paulo: Companhia das Letras (Quadrinhos na Cia.), 2009. (N. E.)

28 *As aventuras do Rei Mono* é um clássico da literatura chinesa muito desconhecido no Ocidente. Conta as aventuras de um peregrino budista que vai à Índia para obter manuscritos da sua religião para iluminar o Império Chang por ordem da Bodhisattva Guan Yin. No caminho, os deuses põem a seu serviço quatro monstros, encarregados de limpar sua vida "malvada" anterior. Entre eles o mais importante é o Rei Mono, um macaco com superpoderes cósmicos. (N. T.)

29 No Brasil, *Palestina* foi publicado em dois volumes, "Uma nação ocupada" e "Na Faixa de Gaza", pela editora Conrad, em 2000. (N. E.)

30 Publicado no Brasil pela editora Conrad, em 2001. (N. E.)

31 Versaci (2008), p. 111.

32 Versaci (2008), p. 119.

33 Vaughn-James (2006), p. 7.

34 Isabelinho (2004).

35 Ware (2006), p. 7.

36 McGuire (2009), p. 5.

37 A série já conta com um terceiro volume. (N. R. T.)

38 No Brasil: McCARTHY, Cormac. *A estrada*. Rio de Janeiro: Alfaguara Brasil, 2007. (N. E.)

39 Molotiu (2009), p. 17.

40 Rosenkranz (2005), p. 27.

41 Hignite (2006), p. 163.

42 No Brasil, *Epiléptico* foi publicado pela editora Conrad em dois volumes (2007 e 2008). (N. E.)

43 Quintana (2008), p. 7.

44 Originalmente publicado em inglês com o título *Exit Wounds*, lançado pela editora Drawn & Quarterly. (N. R. T.)

45 48CC (*couleur, cartoné*) é um padrão dos livros de quadrinhos adotado na França desde 1950, caracterizado pelo formato grande, com capa dura, colorido e, em geral, contendo 48 páginas. (N. E.)

46 Foi lançado originalmente em japonês com o título *Takemitsuzamurai*, pela editora Shogakukan. (N. R. T.)

47 Em português: TANIGUCHI, Jiro. *A arte de Jiro Taniguchi: o homem que caminha*. Lisboa: Devir, 2005. Série Ouro. (N. E.)

CAPÍTULO 6

1 Clowes (1997), p. 14.

2 Mitchell (2005), p. 213.

3 Miller (2007), p. 31.

4 Deppey (2006), p. 99.

5 Wivel (2006a), p. 111.

6 No Brasil, a primeira edição foi publicada pela Conrad, com o título *Isaac, o pirata* (2005). Esta segunda edição não foi publicada no Brasil. (N. R. T.)

7 É significativo que tenha publicado na coleção Poisson Pilote, que com seu nome tenta se vincular às origens da tradição do comic de autor francês na revista *Pilote* de René Goscinny, que é, por sua vez, a origem do comic comercial moderno.

8 No Brasil, os três volumes de *O fotógrafo* foram publicados pela editora Conrad (2006, 2008 e 2010). (N. E.)

9 Wivel (2006b), p. 157.

COPYRIGHT DAS IMAGENS

O copyright aparece indicado segundo a página em que se reproduz cada imagem.

Página 24, © Gilberton Company, Inc.; 27, © R. Sikoryak; 34 © Fleetway; 40, © Scott McCloud; 67, 70, © Joseph Pulitzer's newspaper; 73, © Kitchen Sink Press; 82, 83, 108, 109, © King Features Syndicate; 85, © Estate of Frank King; 89, © Artists Rights Society (ARS), New York / VG Bild-Kunst, Bonn; 90, 93, © Robin Ward Savage and Nanda Ward; 97, 261, © Fantagraphics Books; 99, © Max Ernst; 101, © Eric Drooker; 102, © Peter Kuper; 104, © Shaun Tan; 110, © Tribune Media Services, Inc.; 111, © Peter Maresca and Sunday Press Books; 113, © Eastern Color Printing Co.; 117, 229, 231, © DC Comics; 120, 213, 214, 217, © Will Eisner; 123, © Joe Simon and Jack Kirby; 123 © Comic House, Inc.; 124, 127, © Arnold Drake; 129, © Yoshihiro Tatsumi; 132, 135, 136, 138, 142, 143, 154, © William M. Gaines, Agent, Inc.; 145, 146, © E.C. Publications, Inc.; 148, © Playboy; 149, © Harvey Kurtzman; 161, © Estate of Jack Jackson; 163, 202, © R. Crumb; 167, © Bobby London; 169, © Gilbert Shelton; 170, © S. Clay Wilson; 171, © Estate of Rory Hayes; 172, © Richard Corben; 173, © Trina Robbins; 175, © Justin Green; 179, © Gil Kane; 179, © The Morning Star Press, Ltd.; 180, 237, 239, 307, © Dargaud; 182, © Pascal Thomas e Guy Peellaert; 183, © Estate of Guido Crepax; 184, 238, © Les Humanoïdes Associés, Moebius; 186, © Nazario; 187, © Yoshihiro Tsuge; 198, 225, 227, © Art Spiegelman; 199, 266, © Gary Panter; 203, © Los Bros. Hernandez; 205, © Gilbert Hernandez; 206, © Jaime Hernandez; 210, 219, 249, © Daniel Clowes; 220, © Debbie Drechsler; 222, © Harvey Pekar; 233, © Dave McKean; 234, © Bob Callahan Studios; 244, © Max; 250, 255, 256, 257, © Chris Ware; 251, © Craig Thompson; 252, © Dash Shaw; 260, © Seth; 261, © United Features Syndicate; 263, © Chester Brown; 264, © Charles Burns; 269, © James Kochalka; 270, © Jeffrey Brown; 272, © Alison Bechdel; 276, © Joe Sacco; 278, © Martin Vaughn-James; 280, © Richard McGuire; 282, © C.F.; 283, © Anders Nilsen; 284, © Warren Craghead III; 287, © Marjane Satrapi & L'Association; 289, © Rutu Modan; 292, © Jason & Editions de Tournon – Carabas; 296, © Taiyou Matsumoto, Issei Eifuku; 298, © Jiro Taniguchi; 299, © Guy Delcourt Productions – Paco Roca; 308, © Dupuis; 311, © Marvel Characters, Inc.

REFERÊNCIAS BIBLIOGRÁFICAS

ACCORSI, Diego. Un poco de historia. In: *Biblioteca Clarín de la Historieta 16. Vito Nervio/Misterix*, p. 12-13, 2004.

ALANIZ, José. *Komiks. Comic Art in Russia*. Jackson: University Press of Mississippi, 2010.

ALTARRIBA, Antonio. *La España del tebeo. La historieta española de 1940 a 2000*. Madri: Espasa Calpe, 2001.

ANDELMAN, Bob. *Will Eisner. A Spirited Life*. Milwaukie: M Press, 2005.

ASSOULINE, Pierre. *Hergé*. Barcelona: Destino, 1997 [1996].

BAKER, Nicholson; BRENTANO, Margaret. *The World on Sunday. Graphic Art in Joseph Pulitzer's Newspaper (1898-1911)*. Nova York: Bulfinch Press, 2005.

BARBIERI, Daniele. *Los lenguajes del cómic*. Barcelona: Paidós, 1998 [1991].

BARRERO, Manuel. El bilbaíno Víctor Patricio de Landaluze, pionero del cómic español en Cuba. *Mundaiz*, n. 68, p. 53-79, 2004.

_____. Trabajos académicos. La historieta y el humor gráfico en la universidad. In: *Tebeosfera*. Bilbao: Astiberri, 2005, p. 89-127.

_____. La novela gráfica. Perversión genérica de una etiqueta editorial, 2008. Disponível em: <www.literaturas.com/v010/sec0712/suplemento/Articulo8diciembre.html>.

_____ (Coord.). *Tebeosfera*. Bilbao: Astiberri, 2005.

BARTHES, Roland. *La cámara lúcida*. Barcelona: Paidós, 1989 [1980].

BAUDELAIRE, Charles. *Lo cómico y la caricatura*. Madri: A. Machado Libros, 2001.

BEATY, Bart. *Fredric Wertham and the Critique of Mass Culture*. Jackson: University Press of Mississippi, 2005.

_____. *Unpopular Culture. Transforming the European Comic Book in the 1990s*. Toronto, Buffalo & Londres: University of Toronto Press, 2007.

BEERBOHM, Robert L. Secret Origins of the Direct Market. Part One: "Affidavit Returns": The Scourge of Distribution. *Comic Book Artist* 6, p. 80-91, 1999.

_____. Secret Origins of the Direct Market, Part Two: "Phil Seuling and the Undergrounds Emerge". *Comic Book Artist* 7, p. 116-125, 2000.

BENET, Vicente J. *La cultura del cine*. Barcelona: Paidós, 2004.

BENSON, John. No Fear of Heartaches... In: *Romance Without Tears*. Seattle: Fantagraphics, 2003, p. 6-13.

_____. *Confessions, Romances, Secrets, and Temptations. Archer St. John and the St. John Romance Comics*. Seattle: Fantagraphics, 2005a.

_____. Having Something to Say. *The Comics Journal*, n. 267, p. 113-122, 2005b.

_____. A Talk With Harvey Kurtzman, *The Comics Journal Library Volume 7, Harvey Kurtzman*, p. 21-37, 2006 [1965].

BENSON, John; KASAKOVE, David; SPIEGELMAN, Art. An Examination of "Master Race". In: HEER, Jeet; WORCESTER, Kent (Eds.). *A Comics Studies Reader*. Jackson: University Press of Mississippi, 2009 [1975], p. 288-305.

BENTON, Mike. *The Comic Book in America. An Illustrated History*. Dallas: Taylor Publishing Company, 1989.

BERCHTOLD, William E. Men of Comics. *New Outlook*, p. 34-64, abr. 1935.

BERONÄ, David A. Introduction. In: WARD, Lynd. *Mad Man's Drum*. Nova York: Dover, 2005.

_____. *Wordless Books. The Original Graphic Novels*. Nova York: Abrams, 2008.

_____. Introduction to the Dover Edition. In: WARD, Lynd. *Vertigo*. Nova York: Dover, 2009, p. v-ix.

BOZAL, Valeriano. *La ilustración gráfica del siglo XIX en España*. Madri: Alberto Corazón, 1979.

BUHLE, Paul. The Undergrounds. In: DANKY, James; KITCHEN, Denis (Eds.). *Underground Classics. The Transformation of Comics into Comix*. Nova York: Abrams ComicArts, 2009, p. 36-45.

CANWELL, Bruce. The Comic Capers of Mrs. Nouveau and Mr. Richie. In: MCMANUS, George. *Bringing Up Father. From Sea to Shining Sea*. San Diego: IDW, 2009, p. 17-26.

CARLIN, John. Masters of American Comics: An Art History of Twentieth-Century American Comic Strips and Books. In: CARLIN, John; KARASIK, Paul (Eds.). *Masters of American Comics*. New Haven & Londres, The Hammer Museum and The Museum of Contemporary Art, Los Angeles, in association with Yale University Press, 2005.

CARRIER, David. Caricature. In: HEER, Jeet; WORCESTER, Kent (Eds.). *A Comics Studies Reader*. Jackson: University Press of Mississippi, 2009 [2000], p. 105-115.

CHUTE, Hillary. Aline Kominsky-Crumb. *The Believer*, v. 7, n. 9, p. 57-68, 2009.

CLOWES, Daniel. Modern Cartoonist. *Eightball*, n. 18, inserto de 16 páginas, 1997.

COLLINS, Max Allan. Dick Tracy Begins. In: GOULD, Chester. *The Complete Chester Gould's Dick Tracy Volume One*. San Diego: IDW, 2006, p. 4-7.

COMA, Javier (Dir.). *Historia de los comics 1*. Barcelona: Toutain, 1982.

_____. *Historia de los comics 2*. Barcelona: Toutain, 1982.

_____. *Historia de los comics 3*. Barcelona: Toutain, 1982.

_____. *Historia de los comics 4*. Barcelona: Toutain, 1982.

COOKE, Jon B. Comix Book: A Marvel Oddity. *Comic Book Artist 7*, p. 102-108, 2000.

CRUMB, Robert. Introduction. In: CRUMB, R. *The Complete Crumb Comics Vol. 5*. Seattle: Fantagraphics, 1996 [1990], p. vii-viii.

_____. Introduction. In: CRUMB, R. *The Complete Crumb Comics Vol. 14*. Seattle: Fantagraphics, 2000, p. vii.

CWIKLIK, Greg. Chris Ware at the Museum of Contemporary Art in Chicago. *The Comics Journal*, n. 278, p. 186-188, 2006.

DANKY, James; KITCHEN, Denis. Underground Classics. The Transformation of Comics into Comix, 1963-90. In: DANKY, James; KITCHEN, Denis. *Underground Classics. The Transformation of Comics into Comix*. Nova York: Abrams ComicArts, 2009, p. 17-21.

DEAN, Michael. The Pull of the Graphic Novel. *The Comics Journal*, n. 268, p. 18-22, 2005.

DEPPEY, Dirk. The Eddie Campbell Interview. *The Comics Journal*, n. 273, p. 66-114, 2006.

DIDI-HUBERMAN, Georges. *Imágenes pese a todo*. Barcelona: Paidós, 2004.

DOPICO, Pablo. *El cómic underground español, 1970-1980*. Madri: Cátedra, 2005.

DRAKE, Arnold. Foreword. In: *The Doom Patrol Archives Volume 1*. Nova York: DC Comics, 2002, p. 5-6.

ECO, Umberto. *Apocalípticos e integrados*. Barcelona: Lumen, 1988 [1965].

EISNER, Will. *El cómic y el arte secuencial*. Barcelona: Norma, 1994 [1985].

_____. *Shop Talk*. Milwaukie: Dark Horse, 2001.

_____. Keynote Address from the 2002 "Will Eisner Symposium", 2002. Disponível em: <www.english.ufl.edu/imagetext/archives/v1_1/eisner/>.

_____. Preface. In: EISNER, Will. *The Contract with God Trilogy*. Nova York & Londres: Norton, 2004, p. xiii-xx.

EMMERT, Lynn. Life Drawing. An Interview With Alison Bechdel. *The Comics Journal*, n. 282, p. 34-52, 2007.

FEIFFER, Jules. *The Great Comic Book Heroes*. Seattle: Fantagraphics, 2003 [1965].

FIORE, R. A Nice German Trench. *The Comics Journal*, n. 200, p. 67-71, 1997.

GABILLIET, Jean-Paul. *Of Comics and Men. A Cultural History of American Comic Books*. Jackson: University Press of Mississippi, 2010.

GÁLVEZ, Pepe; FERNÁNDEZ, Norman. *Egoístas, egocéntricos y exhibicionistas. La autobiografía en el cómic, una aproximación*. Gijón: Semana Negra, 2008.

GÁLVEZ, Pepe. La novela gráfica o la madurez del medio. In: CORTÉS, Nicolás; GÁLVEZ, Pepe; GUIRAL, Antoni; MECA, Ana María. *De los superhéroes al manga:* El lenguaje en los cómics. Barcelona: Centre D'Estudis i Recerques Social i Metropolitanes y Universitat de Barcelona, 2008, p. 69-110.

GARCÍA, Alberto. EC, paradigma del horror pre-Code. In: *Tebeosfera 5*, Madri, 2009. Disponível em: <www.tebeosfera.com/documentos/textos/ec_paradigma_del_horror_pre-code.html>.

GARCÍA, Santiago. Max. *U 4*, p. 4-35, 1997.

_____. Chris Ware: estrategias para un cómic nuevo. *Mundaiz*, n. 76, 2008.

GARDNER, Jared. The Loud Silence of F. M. Howarth's Early Comic Strips. *The Comics Journal*, n. 292, 2008.

GASCA, Luis; GUBERN, Román. *El discurso del cómic*. Madri: Cátedra, 2001.

GIBBONS, Dave; KIDD, Chip; ESSL, Mike. *Watching the Watchmen*. Londres: Titan, 2008.

GIFFORD, Denis. *The International Book of Comics*. Londres: Hamlyn Publishing Group, 1990 [1984].

GILBERT, Michael T.; QUATTRO, Ken. It Rhymes With Lust. *The Comics Journal*, n. 277, p. 78-79, 2006.

GOCIOL, Judith; ROSEMBERG, Diego. *La historieta argentina. Una historia*. Buenos Aires: Ediciones de la Flor, 2003 [2000].

GOMBRICH, E. H. *Arte e ilusión. Estudio sobre la psicología de la representación pictórica*. Madri: Debate, 1998 [1959].

GORDON, Ian. *Comic Strips and Consumer Culture 1890-1945*. Washington & Londres: Smithsonian Institution Press, 1998.

GOULART, Ron. *The Encyclopedia of American Comics*. Nova York: Facts of File, 1990.

GRANT, Steven. Gilbert Hernandez. *The Comics Journal*, n. 281, p. 101-103, 2007.

GRAVETT, Paul. *Manga. Sixty Years of Japanese Comics*. Londres: Laurence King, 2004.

_____. *Graphic Novels*: Stories to Change Your Life. Londres: Aurum Press, 2005.

_____. Euro-Comics: The Graphic Novel in Europe, 2009. Disponível em: <www.paulgravett.com/index.php/articles/article/graphic_novels1/>.

GREENBERG, Clement. *Arte y cultura*. Barcelona: Paidós, 2002 [1961].

GROENSTEEN, Thierry. *The System of Comics*. Jackson: University Press of Mississippi, 2007 [1999].

_____. Why Are Comics Still in Search of Cultural Legitimization? In: HEER, Jeet; WORCESTER, Kent (Eds.). *A Comics Studies Reader*. Jackson: University Press of Mississippi, 2009 [2000], p. 3-11.

GROTH, Gary. Understanding (Chris Ware's) Comics. *The Comics Journal*, n. 200, p. 118-171, 1997.

_____. I've Never Done Anything Halfheartedly. *The Comics Journal Library, Volume One: Jack Kirby*, p. 18-49, 2002a [1990].

_____. Joe Sacco, Frontline Journalist. *The Comics Journal Winter 2002, Volume One*, p. 55-72, 2002b.

_____. As Far as I Know, The Comics Industry Has Never Done a Fucking Thing for the First Amendment. *The Comics Journal Library, Volume Two: Frank Miller*, p. 51-63, 2003 [1987].

_____. One Of My Main Reasons To Go On Living Is I Still Think I Haven't Done My Best Work. *The Comics Journal Library, Volume Three: R. Crumb*, p. 13-63, 2004 [1988].

_____. R. Kikuo Johnson. *The Comics Journal*, n. 277, p. 176-193, 2006.

_____. Yoshihiro Tatsumi. *The Comics Journal*, n. 281, p. 37-51, 2007.

GUILBERT, Xavier. Daniel Clowes, 2009. Disponível em: <du9.org/Daniel-Clowes>.

GUIRAL, Antoni (Coord.). *Del tebeo al manga: una historia de los cómics 1. Los cómics en la prensa diaria: humor y aventuras*. Girona: Panini, 2007.

_____ (Coord.). *Del tebeo al manga: una historia de los cómics 2. Tiras de humor crítico para adultos*. Girona: Panini, 2007.

_____ (Coord.). *Del tebeo al manga: una historia de los cómics 3. El comic-book: Superhéroes y otros géneros*. Girona: Panini, 2007.

_____ (Coord.). *Del tebeo al manga: una historia de los cómics 4. Marvel Comics: Un universo en constante evolución*. Girona: Panini, 2007.

_____ (Coord.). *Del tebeo al manga: una historia de los cómics 5. Comic-book: de la Silver Age a la Modern Age*. Girona: Panini, 2007.

_____ (Coord.). *Del tebeo al manga: una historia de los cómics 6. Del comix underground al alternativo*. Girona: Panini, 2007.

HAJDU, David. *The Ten-Cent Plague. The Great Comic-Book Scare and How It Changed America*. Nova York: Farrar, Strauss and Giroux, 2008.

HARVEY, Robert C. *The Art of the Funnies. An Aesthetic History*. Jackson: University Press of Mississippi, 1994.

_____. *The Art of the Comic Book*. Jackson: University Press of Mississippi, 1996.

_____. *Meanwhile… A Biography of Milton Caniff*. Seattle: Fantagraphics, 2007.

HATFIELD, Charles. *Alternative Comics*. Jackson: University Press of Mississippi, 2005a.

_____. The Craig Thompson Interview. *The Comics Journal*, n. 268, p. 78-119, 2005b.

HEER, Jeet. Dream Big and Work Hard. In: GRAY, Harold. *The Complete Little Orphan Annie Volume One*. San Diego: IDW Publishing, 2008, p. 11-27.

HEER, Jeet; WORCESTER, Kent (Eds.). *Arguing Comics*. Jackson: University Press of Mississippi, 2004.

HIGNITE, Todd. *In The Studio*. New Haven & Londres: Yale University Press, 2006.

HOLTZ, Allan F. Opper. A Cartooning Life. In: OPPER, Frederick Burr. *Happy Hooligan*. Nova York: NBM, 2009a, p. 5-17.

_____. Mutt, Jeff and Bud: The Trio Who Revolutionized Comics. In: FISHER, Bud. *The Early Years of Mutt & Jeff*. Nova York: NBM, 2009b, p. 5-16.

HUYSSEN, Andreas. *En busca del futuro perdido*. México, D. F.: Fondo de Cultura Económica, 2002.

IBÁÑEZ, Andrés. El cómic hecho literatura. *Revista de libros*, n. 125, 2007. Disponível em: <www.revistadelibros.com>.

INFANTINO, Carmine; SPURLOCK, J. David. *The Amazing World of Carmine Infantino: An Autobiography*. Lebanon: Vanguard Productions, 2000.

ISABELINHO, Domingos. The Ghost of a Character: The Cage by Martin Vaughn-James. *Indy Magazine Summer 2004*, 2004. Disponível em: <www.indyworld.com/indy/summer_2004/isabelinho_cage/>.

JENKINS, Henry. *Fans, Bloggers and Gamers. Exploring Participatory Culture.* Nova York & Londres: New York University Press, 2006.

_____. *Convergence Culture. Where Old and New Media Collide.* Nova York & Londres: New York University Press, 2008.

JIMÉNEZ, José. *Teoría del arte.* Madri: Editorial Tecnos, 2002.

JONES, Gerard. *Men of Tomorrow. Geeks, Gangsters and the Birth of the Comic Book.* Nova York: Basic Book, 2004.

KANE, Brian, M. Harold Rudolf Foster: 1892-1982. In: FOSTER, Hal. *Prince Valiant Volume 1: 1937-1938.* Seattle: Fantagraphics, 2009, p. 4-7.

KAPLAN, Arie. Looking Back. *The Comics Journal*, n. 267, p. 124-132, 2005.

KELMAN, Ari Y. (Ed.). *Is Diss a System? A Milt Gross Comic Reader.* Nova York & Londres: New York University Press, 2010.

KIERSH, Dave. *Skitzy*: An Afterword. In: *Skitzy*. Montreal: Drawn & Quarterly, 2008.

KITCHEN, Denis; BUHLE, Paul. *The Art of Harvey Kurtzman.* Nova York: Abrams Comicarts, 2009.

KOYAMA-RICHARD, Brigitte. *Mil años de manga.* Barcelona: Electa, 2008.

KUNZLE, David. *History of the Comic Strip Volume I: The Early Comic Strip. Narrative Strips and Picture Stories in the European Broadsheet from c. 1450 to 1825.* Berkeley, Los Angeles & Londres: University of California Press, 1973.

_____. *The History of the Comic Strip. The Nineteenth Century.* Berkeley, Los Angeles, Oxford: University of California Press, 1990.

_____. *Father of the Comic Strip: Rodolphe Töpffer.* Jackson: University Press of Mississippi, 2007.

KURTZMAN, Harvey. *From Aargh! To Zap! Harvey Kurtzman's Visual History of the Comics.* Nova York: Byron Press, 1991.

LACASSIN, Francis. *Pour un neuvième art. La bande dessinée.* Genebra & Paris: Slatkine, 1982 [1971].

LANIER, Chris. An Interview With Eric Drooker. In: DROOKER, Eric. *Flood!*. Milwaukie: Dark Horse, 2007.

_____. Rodolphe Töpffer: The Complete Strips. Father of the Comic Strip: Rodolphe Töpffer. *The Comics Journal*, n. 294, p. 116-123, 2008.

LARA, Antonio. *El apasionante mundo del tebeo*. Madri: Cuadernos para el Diálogo, 1968.

LEVIN, Bob. The S. Clay Wilson Interview. *The Comics Journal*, n. 293, p. 28-63, 2008.

LLADÓ, Francesca. *Los comics de la transición. (El boom del cómic adulto 1975--1984)*. Barcelona: Glénat, 2001.

LYNCH, Jay. Introduction. In: DANKY, James; KITCHEN, Denis. *Underground Classics. The Transformation of Comics into Comix*. Nova York: Abrams ComicArts, 2009, p. 13-15.

MANN, Thomas. Introduction to Frans Masereel: "Passionate Journey: A Novel Told in 165 Woodcuts". In: HEER, Jeet; WORCESTER, Kent. *Arguing Comics*. Jackson: University Press of Mississippi, 2004 [1948], p. 13-21.

MAREMAA, Thomas. Who Is This Crumb? In: HOLM, D. K. (Ed.). *R. Crumb: Conversations*. Jackson: University Press of Mississippi, 2004 [1972], p. 16-33.

MARTÍN, Antonio. *Historia del comic español: 1875-1939*. Barcelona: Gustavo Gili, 1978.

_____. *Apuntes para una Historia de los Tebeos*. Barcelona: Glénat, 2000a [1967--1968].

_____. *Los inventores del cómic español 1873/1900*. Barcelona: Glénat, 2000b.

_____. La industria editorial del cómic en España. In: BARRERO, Manuel (Coord.). *Tebeosfera*. Bilbao: Astiberri, 2005, p. 13-32.

_____. Una obra maestra de la Cultura Catalana. Los *Cuentos vivos* de Apeles Mestres, 125 años después... In: MESTRES, Apeles. *Cuentos vivos*. Barcelona: Glénat, 2007, p. 5-9.

MASOTTA, Óscar. *La historieta en el mundo moderno*. Barcelona: Paidós, 1982 [1970].

McCLOUD, Scott. *Entender el cómic. El arte invisible*. Bilbao: Astiberri, 2005 [1993].

_____. *Hacer cómics*. Bilbao: Astiberri, 2007 [2006].

McGUIRE, Richard. Preface. In: MORIARTY, Jerry. *The Complete Jack Survives*. Nova York: Buenaventura Press, 2009 [1984], p. 5.

McLUHAN, Marshall. *Understanding Media*. Corte Madera: Gingko Press, 2003 [1964].

MECA, Ana María. Los mangas: una simbología gráfica muy particular. In: CORTÉS, Nicolás; GÁLVEZ, Pepe; GUIRAL, Antoni; MECA, Ana María. *De los superhéroes al manga: El lenguaje en los cómics*. Barcelona: Centre d'Estudis i Recerques Social i Metropolitanes y Universitat de Barcelona, 2008, p. 149-177.

MERINO, Ana. *El cómic hispánico*. Madri: Cátedra, 2003.

MICHAELIS, David. *Schulz, Carlitos y Snoopy. Una biografía*. Madri: Es Pop, 2009 [2007].

MILLER, Ann. *Reading Bande Dessinée. Critical Approaches to French-Language Comic Strip*. Bristol & Chicago: Intellect, 2007.

MITCHELL, W. J. T. *What Do Pictures Want?* Chicago & Londres: University of Chicago Press, 2005.

_____. Beyond Comparison. In: HEER, Jeet; WORCESTER, Kent (Eds.). *A Comics Studies Reader*. Jackson: University Press of Mississippi, 2009 [1994], p. 116-123.

MOIX, Terenci. *Historia social del cómic*. Barcelona: Bruguera, 2007 [1968].

MOLOTIU, Andrei. Introduction. In: MOLOTIU, Andrei (Ed.). *Abstract Comics*. Seattle: Fantagraphics, 2009, p. 8-17.

MULLANEY, Dean. *Raw* Magazine. An Interview with Art Spiegelman and Françoise Mouly. In: WITEK, Joseph (Ed.). *Art Spiegelman. Conversations*. Jackson: University Press of Mississippi, 2007 [1980], p. 20-34.

NASH, Eric P. *Manga Kamishibai. The Art of Japanese Paper Theater*. Nova York: Abrams Comicarts, 2009.

NEBIOLO, Gino; CHESNEAUX, Jean; ECO, Umberto. *Los comics de Mao*. Barcelona: Gustavo Gili, 1976 [1971].

NORRIS, Craig. Manga, anime and visual art culture. In: SUGIMOTO, Yoshio (Ed.). *The Cambridge Companion to Modern Japanese Culture*. Cambridge: Cambridge University Press, 2009, p. 236-260.

NYBERG, Amy Kiste. *Seal of Approval. The History of the Comics Code*. Jackson: University Press of Mississippi, 1998.

ONO, Kosei. Introducción. In: TATSUMI, Yoshihiro. *Una vida errante. Volumen uno*. Bilbao: Astiberri, 2009.

PANOFSKY, Erwin. *El significado en las artes visuales*. Madri: Alianza, 2004 [1940].

PEKAR, Harvey. Foreword. In: *Plastic Man Archives Volume 8*. Nova York: DC Comics, 2006, p. 5-6.

PENISTON, David. The Joost Swarte Interview. *The Comics Journal*, n. 279, 2006, p. 36-63.

PHELPS, Donald. *Reading the Funnies*. Seattle: Fantagraphics, 2001.

PLOWRIGHT, Frank (Ed.). *The Slings & Arrows Comic Guide*. Londres: Aurum Press, 1997.

POUNCEY, Edwin. "The Black Eyed Boodle Will Knife Ya Tonight!". The Underground Art of Rory Hayes. In: HAYES, Rory. *Where Demented Wented*. Seattle: Fantagraphics, 2008, p. 7-17.

POWER, Natsu Onoda. *God of Comics. Osamu Tezuka and the Creation of Post--World War II Manga*. Jackson: University Press of Mississippi, 2009.

QUINTANA, Ángel. Un cine en tierra de nadie. *Cahiers du Cinéma España*, n. 10, p. 6-8, 2008.

RAEBURN, Daniel. *Chris Ware*. New Haven: Yale University Press, 2004a.

_____. Two Centuries of Underground Comic Books. In: DOWD, D. B.; HIGNITE, Todd (Eds.). *Strips, Toons, and Bluesies*. Nova York: Princeton Architectural Press, 2004b, p. 34-45.

RAMÍREZ, Juan Antonio. *La historieta cómica de postguerra*. Madri: Cuadernos para el Diálogo, 1975a.

_____. *El "comic" femenino en España. Arte sub y anulación*. Madri: Cuadernos para el Diálogo, 1975b.

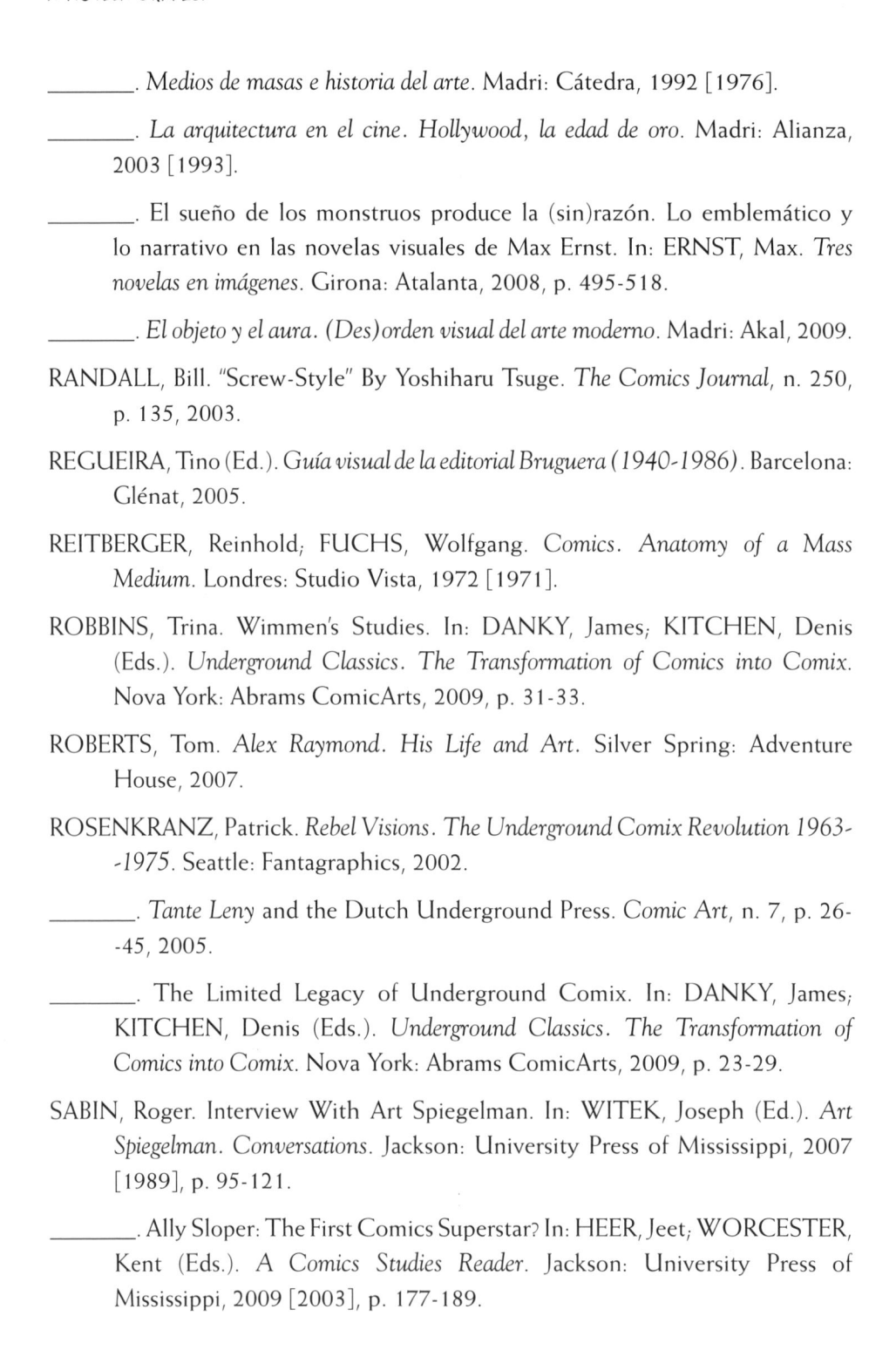

_____. *Medios de masas e historia del arte*. Madri: Cátedra, 1992 [1976].

_____. *La arquitectura en el cine. Hollywood, la edad de oro*. Madri: Alianza, 2003 [1993].

_____. El sueño de los monstruos produce la (sin)razón. Lo emblemático y lo narrativo en las novelas visuales de Max Ernst. In: ERNST, Max. *Tres novelas en imágenes*. Girona: Atalanta, 2008, p. 495-518.

_____. *El objeto y el aura. (Des)orden visual del arte moderno*. Madri: Akal, 2009.

RANDALL, Bill. "Screw-Style" By Yoshiharu Tsuge. *The Comics Journal*, n. 250, p. 135, 2003.

REGUEIRA, Tino (Ed.). *Guía visual de la editorial Bruguera (1940-1986)*. Barcelona: Glénat, 2005.

REITBERGER, Reinhold; FUCHS, Wolfgang. *Comics. Anatomy of a Mass Medium*. Londres: Studio Vista, 1972 [1971].

ROBBINS, Trina. Wimmen's Studies. In: DANKY, James; KITCHEN, Denis (Eds.). *Underground Classics. The Transformation of Comics into Comix*. Nova York: Abrams ComicArts, 2009, p. 31-33.

ROBERTS, Tom. *Alex Raymond. His Life and Art*. Silver Spring: Adventure House, 2007.

ROSENKRANZ, Patrick. *Rebel Visions. The Underground Comix Revolution 1963--1975*. Seattle: Fantagraphics, 2002.

_____. Tante Leny and the Dutch Underground Press. *Comic Art*, n. 7, p. 26--45, 2005.

_____. The Limited Legacy of Underground Comix. In: DANKY, James; KITCHEN, Denis (Eds.). *Underground Classics. The Transformation of Comics into Comix*. Nova York: Abrams ComicArts, 2009, p. 23-29.

SABIN, Roger. Interview With Art Spiegelman. In: WITEK, Joseph (Ed.). *Art Spiegelman. Conversations*. Jackson: University Press of Mississippi, 2007 [1989], p. 95-121.

_____. Ally Sloper: The First Comics Superstar? In: HEER, Jeet; WORCESTER, Kent (Eds.). *A Comics Studies Reader*. Jackson: University Press of Mississippi, 2009 [2003], p. 177-189.

SADOUL, Numa. *Conversaciones con Hergé*. Barcelona: Juventud, 1986 [1983].

SADOWSKI, Greg. *B. Krigstein*. Seattle: Fantagraphics, 2002.

SALINAS, Pedro. *El defensor*. Madri: Alianza, 1984 [1948].

SALISBURY, Mark. *Writers On Comics Scriptwriting*. Londres: Titan, 1999.

_____. *Artists On Comic Art*. Londres: Titan, 2000.

SAMSON, Jacques; PEETERS, Benoît. *Chris Ware. La bande dessinée réinventée*. Paris & Bruxelas: Les Impressions Nouvelles, 2010.

SCHELLY, Bill. Bill Pearson: The *witzend* Interview. *Alter Ego*, v. 3, n. 8, p. 37-44, 2001.

SCHODT, Frederik L. *Manga! Manga! The World of Japanese Comics*. Nova York: Kodansha, 1986.

_____. *Dreamland Japan. Writings on Modern Manga*. Berkeley: Stone Bridge Press, 1996.

_____. Henry Kiyama and the Four Immigrants Manga. In: KIYAMA, Henry. *The Four Immigrants Manga*. Berkeley: Stone Bridge Press, 1999, p. 7-18.

SCHWARTZ, Julius; THOMSEN, Brian M. *Man of Two Worlds. My Life in Science Fiction and Comics*. Nova York: Harper Collins, 2000.

SETH. Afterword. In: WALKER, George A. *Graphic Witness. Four Worldless Graphic Novels*. Buffalo: Firefly Books, 2006.

SHIRATORI, Chikao. Introduction. In: AA. VV. *Secret Comics Japan*. San Francisco: Viz, 2000, p. 4-5.

SIMON, Joe; SIMON, Jim. *The Comic Book Makers*. Nova York: Crestwood, 1990.

SMOLDEREN, Thierry. AB Frost: First Stories and the Photographic Revolution. Disponível em: <www.nwe.ufl.edu/~ronan/ThierryS.html>.

_____. Of Labels, Loops, and Bubbles. Solving the Historical Puzzle of the Speech Balloon. *Comic Art*, n. 8, 2006, p. 90-112.

_____. *Naissances de la bande dessinée*. Paris e Bruxelas: Les Impressions Nouvelles, 2009.

SPIEGELMAN, Art. Polyphonic Polly: Hot and Sweet. In: STERRET, Cliff. *The Complete Color Polly & Her Pals* Series 1, v. 1. Princeton: Kitchen Sink, 1990.

STERANKO, Jim. *The Steranko History of Comics Volume One*, Reading, Supergraphics, 1970.

_____. *The Steranko History of Comics Volume Two*, Reading, Supergraphics, 1972.

THOMPSON, Kim; GROTH, Gary. Harvey Kurtzman. The Man Who Brought Truth to Comics. *The Comics Journal Library Volume 7. Harvey Kurtzman*, p. 83-125, 2006.

VALENTI, Kristy. Melinda Gobbie. *The Comics Journal*, n. 281, p. 56-75, 2007.

VARILLAS, Rubén. *La arquitectura de las viñetas. Texto y discurso en el cómic*. Sevilha: Viaje a Bizancio Ediciones, 2009.

VAUGHN-JAMES, Martin. *La Cage* ou la machine à fabriquer des images. In: *La Cage*. Paris & Bruxelas: Les Impressions Nouvelles, 2006 [1975], p. 5-7.

VÁZQUEZ DE PARGA, Salvador. *Los comics del franquismo*. Barcelona: Planeta, 1980.

VERSACI, Rocco. *This Book Contains Graphic Language. Comics as Literature*. Nova York & Londres: Continuum, 2008.

VON BERNEWITZ, Fred; GEISSMAN, Grant. *Tales of Terror! The EC Companion*. Seattle: Fantagraphics & Gemstone, 2000.

WALKER, Brian. Being an Artist is Like Laying Bricks. In: McMANUS, George. *Bringing Up Father. From Sea to Shining Sea*. San Diego: IDW, 2009, p. 9-15.

WALKER, George A. *Graphic Witness*. Buffalo y Richmond Hill: Firefly Books, 2007.

WARE, Chris. Preface, Acknowledgements, & C. In: KING, Frank. *Walt & Skeezix 1921 & 1922*. Montreal: Drawn & Quarterly, 2005.

_____. Richard McGuire and "Here". A Grateful Appreciation. *Comic Art*, n. 8, 2006, p. 4-7.

_____. Introduction. In: WARE, C.; MOORE, Anne Elizabeth (Eds.). *The Best American Comics 2007*. Boston & Nova York: Houghton Mifflin Company, 2007, p. xvii-xxiv.

_____. Jerry Moriarty. *The Believer*, v. 7, n. 9, p. 44-54, 2009.

WATT-EVANS, Lawrence. Los otros. Breve historia de los cómics de horror pre-Code. *Tebeosfera*, n. 5, 1997. Disponível em: <www.tebeosfera.com/documentos/textos/los_otros_breve_historia_de_los_comics_de_horror_pre-code.html>.

WAUGH, Coulton. *The Comics*. Jackson: University Press of Mississippi, 1991 [1947].

WERTHAM, Fredric. Excerpt from *Seduction of the Innocent*. In: HEER, Jeet; WORCESTER, Kent. *A Comics Studies Reader*. Jackson: University Press of Mississippi, 2009 [1954].

WITEK, Joseph. *Comic Books as History*. Jackson: University Press of Mississippi, 1989.

WIVEL, Matthias. The David B. Interview. *The Comics Journal*, n. 275, p. 102--120, 2006a.

_____. Jean-Christophe Menu. *The Comics Journal*, n. 277, p. 144-174, 2006b.

WOLK, Douglas. *Reading Comics. How Graphic Novels Work and What They Mean*. Cambridge: Da Capo Press, 2007.

WRIGHT, Bradford W. *Comic Book Nation. The Transformation of Youth Culture in America*. Baltimore & Londres: The Johns Hopkins University Press, 2003 [2001].

1ª **edição** agosto de 2012
Fonte Weiss | **Papel** Offset 90g/m²
Impressão e acabamento Yangraf